彼女が家に帰るまで

ローリー・ロイ
田口俊樹・不二淑子 訳

集英社文庫

目次

主な登場人物

マリーナ・ハーツ……………………………オルダー通りに住む主婦
ウォーレン・ハーツ…………………………マリーナの夫
ジュリア・ワグナー…………………………オルダー通りに住む主婦
ビル・ワグナー………………………………ジュリアの夫
グレース・リチャードソン…………………オルダー通りに住む主婦。ジュリアの友人
ジェイムズ・リチャードソン………………グレースの夫
エリザベス・シマンスキ……………………行方不明の女性
チャールズ・シマンスキ……………………エリザベスの父
イザベル（イジー）、アラベル（アリー）……ジュリアの双子の姪
オリン・スコフィールド……………………オルダー通りに住む老人
ベティ・ローソン……………………………オルダー通りに住む主婦
ジェリー・ローソン…………………………ベティの夫
ミセス・ノヴァック…………………………〈ノヴァック・ベーカリー〉店主
キャシア、シルヴィ、ルーシー……………〈ノヴァック・ベーカリー〉で働く黒人女性
トンプソン、ワリンスキ……………………巡査

彼女が家に帰るまで

一度だけでは足りなかったので……
ビルとアンドルーとサヴァナに

二日前

1

マリーナ・ハーツは赤い柄《え》のハンマーを胸元で握りしめ、自宅の食卓——お気に入りのダイニングテーブル——を見下ろしている。今朝干してアイロンをあてたばかりの上等なテーブルクロスには、グラスの底の丸い染みがふたつついている。ウォーターグラスは、マリーナがぬるくなった水を流しに捨てるまで、四時間近くそこに置かれていた。ハイボールのグラスのほうは今もまだ彼女の夫ウォーレンの食器の横に置かれている。氷が溶け、中身はもう飲めたものではなくなっている。給料日、ウォーレン・ハーツはスコッチのジンジャーエール割りを飲む。今日もそうだった。給料日。毎週水曜日——彼が麝香《じゃこう》の甘いにおいをシャツにつけて帰ってくる日。マリーナがそのにおいのついたシャツを洗うようになってから、今日でちょうど一年になる。

こんな遅い時間になっても、マリーナの家の私道が空っぽのままなのはそのためだ。今日で丸一年。ある意味、記念日、とマリーナは思う。ウォーレンを浮気に走らせる理由なんてひとつもないのに。マリーナのスカートは前回穿いたときよりもウェストがゆるくなり、尖《とが》った腰骨まで下がっている。二十五年前にふたりが結婚したときから、彼女の体重は一グラムも増えていない。彼はありのままの彼女を気に入ってくれていた――彼女の細くて華奢《きやしや》な体を。「そのまま変わらないでいてくれ」と彼はよく言ったものだ。だから彼女は変わらなかった。あれから一グラムも肥《ふと》っていない。ウォーレンが浮気に走る理由なんて何ひとつない。真っ当な理由など何ひとつ。

マリーナは白い踵《かかと》で軟らかいリノリウムの床を軽くへこませながら、ダイニングルームから玄関ホールへ向かう。茶色の本革バッグ――彼女の手持ちの中で一番大きなハンドバッグ――にハンマーを忍ばせる。夫の作業台のそばのペグボードから持ち出したそのハンマーは、両手で持ったほうがいいだろう。例の女たち――ウォーレンの相手もその中のひとりにちがいない――は男たちが確実に現金を持っている給料日を狙って現われる。男たちみんなが働いている工場脇の倉庫に侵入し、ガラスの割れている窓辺に立つ。女たちは黒人だとみんな言っている。マリーナは今、この瞬間にも、ウォーレンの相手のにおいを思い出すことができる。その女のにおいは数えきれないほどこの家に侵入してきている。だからまるで壁紙や、ふかふかした椅子の生地や、居間のフロック加工のカーテンにまでそのにおいが染み込むほどに。

マリーナは玄関ホールの鏡のまえで髪を整え、夜にふさわしい赤い口紅を引く。片方の眼の下の黒い染みを拭き取り、最後に運転用の手袋をはめる。戸外に出て、オルダー通りにすばやく眼を走らせる。ひょっとしたら近所の人たちは家《うち》の私道の駐車スペースが空っぽなことに、あるべき場所にウォーレンの車がないことに、気づいていないかもしれない。とはいえ、ウォーレンは毎晩五時四十五分ぴったりに帰宅する。水曜を除けば、毎晩同じ時刻に。だから、もちろん気づかないはずはない。現に今もちらほらとカーテンが揺れている。たぶん、ウォーレンが帰宅したかどうか確かめようと、カーテンの向こうからのぞいているのだ。通りの真向かいでは、愚かな隣人ジェリー・ローソンがこちらに向かって手を振りさえしている。ジェリーはランニングシャツとトランクスしか身につけずに自宅の私道の端に立ち、彼の妻、ベティが乳母車を押して通りを行ったり来たりするのを見守っている。一ヵ月ほどまえ、ベティは布でくるんだ赤ん坊を抱いて帰ってきた。彼女自身は身ごもっていなかったにもかかわらず。養子をもらったのよ——近所の人々はそう囁《ささや》き合った。マリーナは、これ以上気まずい思いをさせられるまえに、足早に前庭の硬い芝生を横切り、車に乗り込む。それから、街灯のまぶしい光がどうにも苦手なので、ゆっくりとウィリンガム通りに向かって車を走らせる。

毎朝、マリーナもほかの主婦と連れ立ってバスに乗り、ウィリンガム通りへ日常の買いものに出かける。デリカテッセンやベーカリーやクリーニング店の店内から、ウィリンガム通りのつきあたり、チェンバリン通りとぶつかるT字路に眼を向ければ、夫たちが生計のために働く工場が見える。買物袋を腕にさげ、あちらこちらの店を渡り歩くあいだには、給料日に黒人の女たちが集まる例の倉庫も見ることができる。しかし、主婦たちはそこで眼にするかもしれないものを恐れて、買った品物をぎゅっと握りしめ、ちらりと眼を走らせるにとどめる。

マリーナは〈アンブロジーズ・デリ〉のまえにゆっくりと車を停め、イグニッションを切る。市《まち》のこのあたりでは、街灯のほとんどが壊れていて、まぶしさもさほどではない。夜の商店街は建ち並ぶ店舗が地盤を失い、根っこがするりと抜けて暗い通りの上を漂っているように見える。車の横の歩道の真ん中に、ミスター・アンブロジーが特売品を書いた黒板とイーゼルが置きっぱなしになっている。彼は〝本日のお買い得品〟——厚切りの骨付きリブと脇腹肉のステーキ——を一度も書き直したことがない。白いチョークの文字は、誰かが文字の上に指を走らせたみたいに消えかかっている。マリーナはドアのロックがかかっていることを二度確認すると、シートに頭を預けて眼を閉じ、数を数えはじめる。前回の診察でキャノン先生に、この方法を実践すればリラックスできるから、とにかくやってみなさい、と言われたのだ。しかし、二十まで数えても、鼓動は静まらないし、咽喉《のど》を絞めつけられるような感覚が和らぐこともない。次回の診察でうまくいかなかったと報告したら、キャノン先生はきっと、もっと頻繁にやればいいだけですよ、と言うだろう。うまくいかなかった原因はマリーナにあるのだ、と。

マリーナの予想どおり、夫の車は彼が日中を過ごす工場の駐車場に停まっている。夫は金型機械を使って働く工員たちを監督する立場にある。赤褐色の煉瓦《れんが》造りの簡素な建物は、ところどころたわんだり錆びついたりしている金網のフェンスに囲われている。夫は時折、あの工場も風前の灯《ともしび》だ、と言う。マリーナは、ぽつんと停まった車を見つめながら――自動車というよりただの影みたいに見える――夫の居場所を見つけたはいいものの、このあとどうすべきかわからないでいる。計画を練る時間はたっぷりあったのに。何時間もひとりきりで食卓に坐っているあいだに。キッチンで夕食が冷たく干からびていくあいだに。私道の空っぽの駐車スペースが隣り近所に夫の不在を喧伝《けんでん》しているあいだに。なのに、彼女は、その時間を怒りに費やしていた。マリーナはそのことを最初の過ちとして思い返すことになるだろう。それはまちがいない。それが数時間後か数日後か数週間後か数ヵ月後かはわからなくても。

長い年月のあいだに十数回ほど、夫がランチを持っていき忘れて、マリーナが届けたことがあった。ランチを届けに夫を訪ねたときにはいつも、駐車場のすぐ脇にある通用口を使った。たった今、開いたのもそのドアだ。人影――小柄な黒い肌の女――が戸口に現われた。その女がよろめいたのはドアが重すぎるせいだ。何度か同じ経験をしたマリーナにはわかる。女というより、まだ少女のように見える。ほんの子どもだ。すらりと伸びた細い脚。細い腰。足首のあたりが締まった青いズボンを穿き、白いブラウスを着ている。背の高さはマリーナとほぼ同じくらい。どちらも子どものような背丈だ。もちろん小柄な女に決まってる、とマリーナは思う。プチサイズを着られるくらい小柄な女に。わたしのような。

少女の体は半分が建物の影に隠れ、半分はすぐそばの街灯の光に照らされている。少女は姿勢を正し、ブラウスの裾を引っぱる。その黒い肌の小柄な少女は、うしろめたさを感じているように周囲に眼を走らせたり、誰かに尾《つ》けられているのではないかと怯《おび》えるように背後を気にしたりはしていない。なんのためらいも見せず、くるりと左を向くと大股で歩きだし——歩幅が長く見えるのは背が高いからではなく、細くてすらりとしていて、動きに迷いがないからだ——工場の壁面沿いに伸びる影の中に姿を消す。マリーナはイグニッションに手を伸ばすと、エンジンがかかりきるまえに、ギアをドライヴに入れ、そのあとサイドブレーキを探る。が、また現われた少女を見るなり、両手を膝におろす。

少女の動きには、明確な目的がある。あるいは、過去にも何度か同じことをした経験からくる確信が感じられる。背すじをまっすぐに伸ばし、顎を高く上げている。誇らしげとさえいえるほどに。その少女は——小柄で黒い肌の少女は——乳母車を押している。マリーナはシートにもたれかかる。少女は駐車場を横切り、歩道に出て、デトロイト川に向かって歩きだす。

よりにもよって、乳母車だなんて。

マリーナは隣りのシートから革のハンドバッグをつかみ、車のドアを開ける。夜気はオルダー通りより冷たく、死んだ魚と湿った腐りかけのゴミのにおいがかすかにする。川のにおいだ。昼間にウィリンガム通りで買いものをするときには、すぐそばに川が流れていることをつい忘れてしまうのだが。今すぐ車に戻って、エンジンをかけて、家に帰るべきだ、とマリーナは思う。今すぐ食卓のクッション付きの椅子に戻ったほうがいい。仔牛のステーキとキュウリのクリーム和えは、もう食べられたものではなくなっているだろう。夫は無駄を嫌うから、どっちみちその料理は食卓に出されることになるのだけれど。結婚以来、ずっとこの市《まち》に暮らすマリーナにはわかっている。この通りをさらに進めば、ハンマーでは回避できないほど危険な路地に足を踏み入れることになる。それでも乳母車を、あの乳母車を、見過ごすわけにはいかない。マリーナは思う。さっさとすませれば大丈夫。ちらりと見るだけでいいんだから。あんな小さな女がどんな危害を加えることができる？　オルダー通りの主婦たちだって、きっと同じことをするはずだ。

少女が工場脇を通り過ぎる。マリーナの半ブロックまえを歩いている。キーキーと甲高い音がリズミカルに響いてはゆっくりと消えていく。乳母車の金属の車輪の音にちがいない。歩道まで出て、少女のあとを追いはじめるなり、マリーナは足を止める。そうせずにはいられなかった。そこにはあの香りが漂っていたからだ——ちょうど一年前から、毎週給料日に洗濯かごからシャツを引っぱり出すたびに感じたのと同じ、あの麝香の甘いにおいだ。前方を歩く少女は工場のすぐ先を右に曲がり、姿を消す。

マリーナにとってこれほど市《まち》の南部の奥深くまで来るのは初めてだった。これまではそうする理由がなかったから。少女が消えた角にたどり着いて彼女は足を止める。なじみの商店街はもう通り抜けている。ここから先は最後にデトロイト川に出る見知らぬ路地だ。歩道に足を置いたまま、少しだけ身を乗り出し、工場の南端沿いに延びる暗い路地をのぞき込む。眼をすがめるようにして見つめながら、さらに身を乗り出す。それでも、あの少女の姿らしきものは見えない。踵《きびす》を返して帰るべきだ。ここでもまたマリーナは思う。あの空っぽの駐車スペースがなければ、あろうことか乳母車なんてものに狼狽《ろうばい》させられていなければ、車まで走って戻ったことだろう。頭を垂れ、誰にも見られないようにと願いながら。それから車を発進させ、どんなに街灯がまぶしくても、できるかぎり急いで家に帰ったことだろう。長い年月をかけて、マリーナは慎重に振る舞うよう、自分自身を躾《しつ》けてきた。夕食は六時に。朝食は七時に。シャツは必ず木製のハンガーに掛けること。襟は軽く糊《のり》づけすること。新聞は夫が読みおえるまで手を触れないこと。チェックリストはまだまだ続く。もっと若い頃は、夫の言いつけを紙に書きとめ、削り立ての鉛筆でチェックしたものだった。長い年月を経た今、もはやチェックリストそれ自体が無用のものとなっている。

ひとつ深呼吸をし、勇気を奮い立たせる。歩道から路地へと一歩を踏み出す。冷たい風が吹き抜けていく。乳母車の車輪が軋《きし》む音は消えている。川面《かわも》が波打つ音がかすかに聞こえる。女の声が夜気を通して伝わってくる。別の女がそれに答える。その声は閉じたドアの向こうから聞こえてくるかのように、くぐもっている。路地のつきあたりにも、建物があるにちがいない。おそらくあの少女はそこに住んでいるのだろう。多くの黒人の女たちと同じように。ほかに行くあてがないのか、彼女たちは廃墟と化した建物で暮らしているのだそうだ。またキーキーという音が聞こえてくる。歪《ゆが》んだ金属の車輪が路地の軟らかく乾いた土の上をがたがたと進んでいく音。乳母車だ。もちろん、中には赤ちゃんがいるのだろう。マリーナは想像する。きっとキャラメル色の肌をした赤ちゃんだろう。ウォーレンはすべらかで白い――青白いといえるほど白い肌をしている。かつてブロンドだった髪は頭頂部が禿《は》げ、左耳から右耳にかけて薄い畝《うね》を残すのみとなっている。一方、少女の肌の色はマリーナが見るかぎり、ダークブラウンだ。赤ちゃんはふたりの肌の中間の暖色で、すべらかな肌をしているにちがいない。マリーナはそこまで考え、両手をだらりと脇に垂らし、一歩うしろへ戻る。

ウォーレンの赤ちゃん？

マリーナは文字の消えかかった黒板のことをまた考える。くぐもった声と同様、あの黒板もここに、どこか近くに、人々がいることを思い出させてくれる。そろりと片足をまえに出し、路地の奥へと踏み出す。きっと靴は土埃だらけになるだろう。家に戻ったら湿った布で拭くことを忘れないようにしなくては。マリーナは、茶色の本革のハンドバッグの留め金を開き、ハンマーを取り出すと、両手で赤い柄を握りしめる。

数歩進むと、街灯の光の輪が届かなくなる。路地を照らす光は、工場の二階の窓から洩れている光だけだ。といっても、黄色い窓は道を明るく照らすほどの光源にはならない。あれはウォーレンの事務所の窓だ。そうにちがいない。マリーナはまるでフライパンの柄でもつかむようにハンマーの柄を持ち、少女のあとを尾《つ》けていく。冷えつづける外気が彼女のうなじを乾かす。彼女の豊かな髪がレースの襟と重なるあたりを。川面が一定のリズムで揺れる音が大きくもならず小さくもならず、はるか後方から聞こえてくる。なんとしてもあの乳母車の中を見届けなくては。マリーナは決意する。わたしにはあの中を見る権利がある。

「ちょっと、あんた、どこの誰だい？」

マリーナは両手でハンマーを握りしめる。頭上に掲げ、声のしたほうに向かって振りおろす。ハンマーの先の割れた重い頭部は標的にはあたらず、空《くう》を切る。その勢いでバランスを崩してよろめき、マリーナの手から唯一の武器がこぼれ落ちる。

マリーナの眼のまえに立っているのは、肉づきのいい女だ。黒くて丸い頬。光が足りないため、確信は持てないものの、眼の色は茶色にちがいない。背丈はマリーナと同じくらいだが、横幅はずっと広い。あの少女ではなさそうだ。それを確かめようと眼を凝らし、黒い人影のほうに身を乗り出す。その気になれば、手を伸ばして女の頬に触れることができるほどそばまで。つい触れてしまいそうな誘惑に抗《あらが》うため、マリーナは腕を組む。眼のまえにいるのは少女ではなく、大人の女だ。丸々と肥った女。背すじを伸ばし、ずんぐりとした両脚を広げて立っている。女は唇をすぼめ、顎を突き出してまえ屈みになり、マリーナをじっと見つめている。

「ははあん」女は大きな声を出す。彼女の息は甘い。まだ口の中にペパーミントキャンディが半分残っているかのように。

路地のつきあたりから、別の誰かの大きな声がする。「ねえ、あんたたち、そこで何やってんの？」

マリーナはじりじりとあとずさる。白い綿のブラウスが背中に張りつく。ふんわりとセットした髪も、もうぺったりしてつぶれているにちがいない。丸々とした女はマリーナを見つめつづける。黒い頬と分厚い上唇がてらてらと光っている。「あんたが誰だか、あたしゃ知ってるよ」女はにやりと笑って言う。嘲笑《あざわら》っているのかもしれない。「そりゃあの乳母車の中身が気になるよね」マリーナは首を振りながら、さらにうしろにさがる。踵を返し、走って路地を引き返す。「ちょっと、あんた！」と女が大声で言う。「どこへ行くんだい？　くそハンマーを忘れてるよ！」

2

　ジュリア・ワグナーは居間の奥に坐っている。どういうわけか、彼女はいつもうしろにいる。針金みたいな赤毛がちっともまとまらないことを気にしているせいかもしれない。ほかの主婦たちはまるで美容院でセットしてきたような髪型をしているのに、ジュリアの髪はどれだけ逆立てても、どれだけピンやヘアスプレーを使っても、そんなふうに仕上がったためしがない。ごわごわの髪をひっつめてポニーテールにすること――それがジュリアにできる精一杯のことだ。今日の昼食会のためにしてきたように。ひょっとしたら、ジュリアがうしろにいるのは、悪態をつきすぎることを気にしているせいかもしれない。あるいは、ダイエット中にはどうしても煙草を吸いすぎることを。それとも、ほかの主婦たちよりも豊満なことを気にしているせいかもしれない。ジュリアの服はあらゆる不適切な場所――彼女の夫に言わせると、あらゆる適切な場所――がはちきれんばかりになっている。ジュリアの母親は娘の服のボタンをつけ直すたびに、まさにケンタッキーの女だね、と言う。とはいえ、実のところ、ジュリアはそういった理由で部屋のうしろに坐ろうとするわけではない。彼女がそこを定位置にしているのは、つまるところ、この手のもの――聖アルバヌス教会慈善事業委員会婦人部の月例集会――は遠くから見ているほうがまだ我慢できるからだ。

ジュリア・ワグナーがたいてい部屋のうしろにいるとすれば、マリーナ・ハーツはたいてい――より正確に言えば、常に――一番まえにいる。今日彼女が立っているのもその定位置だ。本来ならマリーナは今、毎年恒例の手づくりお菓子のバザーと古着回収の取りまとめ役として、登録用紙を配り、慈善中古品販売店《リサイクルショップ》に持ち込むための古着を、いつ、どこで、どのように集めるのかについて、指示していなければならないのに、実際には、リチャードソン家の居間のあちこちに坐る十数人の主婦たちを相手に、恐ろしい事件の話をしている。今日の昼食会のもてなし役、グレース・リチャードソンはジュリアの親友だ。ジュリアにとって真の友と呼べるのはグレースだけだ。そしてそれがまたジュリアが居間のうしろに坐る理由のひとつとなっている。グレースが客人の世話をしたり、遅れてきた参加者を玄関で出迎えたりするあいだ、彼女に代わって煮豆を掻き混ぜるのが、親友であるジュリアの役目になっているからだ。が、マリーナが、工場近くで発見された女性はまずまちがいなく死んだようだとみんなに伝えると、グレースは席をはずしてキッチンに引っ込んでしまった。キッチンにいれば、グレースは自分で煮豆を掻き混ぜることも、玄関口で来客を出迎えることもできる。だから、今はジュリアの手助けは必要とされていない。

ジュリアは二本目の煙草を揉み消すと、昼食会にしてはいささか深すぎるブラウスの襟ぐりを引っぱり上げて、ため息をつく。思いのほか大きなため息になる。何人かの主婦がジュリアを見て、眉をひそめる。彼女たちはマリーナのことばを聞き逃したくないのだ。マリーナの夫は工場の管理職で、彼女はほかの誰よりも多くを知っているはずだから。昨日の朝、被害者の女性が発見されたのは工場に隣接する路地で、そこはウィリンガム通りの商店街から眼と鼻の先にある。被害者はまずまちがいなく黒人で、まずまちがいなく死んだはずよ。マリーナは言う。誰かが彼女の頭を殴りつけたせいで。だから事故じゃないわ。それはありえない。

マリーナは何度も繰り返し、事件の話をしつづけている。やがて十分が三十分になり、マリーナに新たに言うべきことがなくなると、主婦たちも彼女の話に飽きて、互いにひそひそ話を始める。夫から聞いた情報を交換し合う者もいれば、夫が何も話してくれなかった理由を思い悩む者もいて、立ち上がって会話をしたり、新しい情報を求めて席を入れ替わったりするようになる。動き、入れ替わり、坐り、立ち上がる。その一連の動きが発汗を促し、室内はますます暑くなる。彼女たちの香水やヘアスプレーやボディローションやスタイリングジェルのにおいが、ますますきつく香るようになる。ジュリアは煙草の煙を肺いっぱいに吸い込み、双子の姪の面倒をみるからと言って暇乞《いとまご》いしようかと考える。毎年夏になると、姪たちが二週間滞在するのよ。今年も数日前に来たばかりなの。可哀そうに、今はふたりきりでお留守番なの。たぶん今頃、お腹《なか》をぺこぺこにすかせてランチを待ってるんじゃないかしら――そんなふうに言えば、もっともらしい理由に聞こえることだろう。

それでも、今日の集会のように眼もあてられない状況でさえ、ジュリアは自宅にいるよりも、グレースの家にいるほうがくつろげる。ふたりでコーヒーを飲むときは、ほとんどいつもグレースの家で飲む。ふたりでカード遊びをするときもグレースの家の食卓で遊ぶ。夫たちがテレビでスポーツ観戦をするときも、グレースの家の居間で観戦する。一緒にバーベキューをするときも、グレースの家の裏庭でする。両家の家はオルダー通りに面して、二ブロック離れた同じ側に建っている。外から見れば、どちらも寸分たがわぬレプリカのようだが、家の中にはちがいがある。グレースのキッチンの床はタイルだが、ジュリアのキッチンはリノリウムだ。グレースの家の内壁は塗装されたばかりだが、ジュリアの壁はそうではない。グレースの家のシーツやテーブルクロスにはアイロンがあてられているが、ジュリアの家のものは皺《しわ》だらけだ。グレースは妊娠しているが、ジュリアはしていない。

ガラスが割れる音がして、居間がようやく静かになる。その音はジュリアに席を立つきっかけを与え、ベティ・ローソンの赤ん坊を泣きださせる。キッチンのほうが静かで、邪魔されずに眠れるだろうからと、赤ん坊はキッチンに寝かされている。

「わたしが行く」ジュリアは勢いよく立ち上がって言う。半分吸った煙草を飲みかけのアイスティの中に落とすと、片手を上げ、ベティ・ローソンにソファに坐ったままでいいと合図する。「赤ちゃんを見てくるわ」

何人かの主婦たちは、なんて親切なのとでもいうように、首をちょっと傾げて胸に手をあてる。また何人かは、ジュリアに赤ちゃんを任せてはいけないとベティに警告するかのように眉を上げる。泣いていようがいまいが、この小さな赤ん坊――三年ぶりにオルダー通りにやってきた新生児――はジュリアやほかの主婦たちに嫌でも思い出させる。ジュリアにはもう子どもがいないということを。

キッチンでは赤ん坊がまだ泣きつづけている。シンク近くの床に、割れた広口壜の破片が、紙ラベルの貼られた部分だけ形を残して転がっている。床のタイル一面、冷蔵庫のそばにも白いマヨネーズが飛び散っている。

「石鹸で手がすべっちゃって」とグレースが乳母車を揺らして赤ん坊をなだめながら言う。

今日の昼食会をもてなすにあたり、グレースはブロンドの髪をアップにしてフレンチロールにしていた。バーベキューソースの染みのついたエプロンをして、顔には何本かほつれ毛がかかっているが、それでも彼女はエレガントだ。一方、ジュリアは、午前中いっぱいかけて髪を整え、この昼食会のためだけに〈ハドソンズ〉で購入して、二度アイロンをかけたブラウスを着ていても、野暮ったさが抜けない。

「出てもらえる？」とグレースは裏口のドアに向かってうなずく。「エリザベスじゃないかしら」

ジュリアは割れた広口壜を避けて歩きながら、大きなかけらを拾い集め、シンク下のゴミ入れに捨てる。ジュリアの脳裏に小さなわが子の記憶を甦《よみがえ》らせるのは、赤ん坊の泣き声ではない。においだ。ジュリアも今はもういないメリーアンのために同じローションを買っていた。当時、ミスター・オルセンは彼のドラッグストアの二番目の通路の上段の棚に、ピンクの壜を置いていた。たぶん、今も同じ場所に置いてあるのだろう。冷蔵庫と食卓のあいだに体をすべり込ませると、ジュリアの耳にも届く――静かなノックの音。

エリザベス・シマンスキが網戸の外側に立っている。エリザベスは毎日グレースの家に昼食を食べにくる。今日の彼女も、いつもと同じように、首を傾げ、肩をすぼめて、両脇で手をぶらぶらさせている。ブロンドの長い髪には艶がなく、毛先がもつれている。そのせいで、二十一歳かそこらの実年齢よりずっと年上に見える。キッチンにはいると、そんな彼女のラヴェンダー色のワンピースの裾がジュリアの脛《すね》をかすめる。エリザベスは普通、金曜日には黄色の服を着ている。ワンピースの色で曜日を覚えられるようにするためだ。月曜日には赤。火曜日には青。水曜日には白。一年前の春に、母親のエヴァ・シマンスキが亡くなるまでは、毎朝、エヴァがエリザベスに洋服を着せていた。亡くなる直前も、骨ばった指で苦心してボタンを縫いつけたり、リボンを結んだりしていた。わたしが死んだら誰がこの子の世話をしてくれるのかしら、と思い煩《わずら》いながら。今は、父親のミスター・シマンスキが同じ苦労をしているのにちがいない。エリザベスは二十一歳か二十二歳で、若い女性と呼ぶにふさわしい年齢だけれども、自分で洋服を着ることができない。

よそゆきのワンピースに合わせて、いつもは日曜日に履く上等な黒い靴を履いている。踵、爪先、踵、爪先――タイルの床に靴音を響かせながら歩く。コツ、コツ、コツ、コツ。そうして食卓にたどり着き、エリザベスが腰をおろして椅子に身を収めたときには、赤ん坊も泣きやんでいる。ほかの子にならい、赤ちゃんがまた起きるといけないから小声で話すように注意するところだが、エリザベスには静かにするよう命じる必要はない。彼女はほとんど口を利かないから。口を開くのは、母親のエヴァの消息を尋ねるときだけだ。そんなとき、ミスター・シマンスキはいつもエリザベスに調子を合わせている――だからといって、なんの不都合があるだろう？――ママはすぐ戻る。それまでいい子にしてなさい。

グレースは静かになった乳母車に背を向けると、テーブル脇を抜けて電話に手を伸ばす。受話器を肩にのせ、片手でダイアルをまわす。もう一方の手の指先では、エリザベスのワンピースの背中のボタンが取れた跡についている糸をいじっている。きっとグレースは、明日じゅうにはこのワンピースをミスター・シマンスキから預かって、新しいボタンを縫いつけるだろう。ジュリアはそう思う。グレースは電話が一度だけ鳴るのを――それがエリザベスの無事の到着をミスター・シマンスキへ知らせるいつもの合図となっている――待ってすぐに電話を切ると、食卓の椅子にどさりと坐る。

「ねえ、知ってた？　メンバーの半分は今日ここへ来たがらなかったのよ」グレースは片手でさっとキッチンの中を示す。「おかげでこの料理は全部無駄になっちゃった。この通りに車を停めたくないんですって。そう言ってたわ。まるでここはもう安全じゃないと言わんばかりに」

売春婦がオルダー通りにまで進出したと本気で思っている者はいないだろうが、黒人たちならすでに来ていた。オルダー通りの西端にあるフィルモア・アパートには、三家族が移り住んでいる。トラブルが対岸の火事ではないことくらい、もうわかってたことじゃないの？ジュリアはそう思う。工場がまた閉鎖されたという記事がゆうべの新聞の紙面をにぎわせていた。心配するのなら、そっちを心配すべきなのに。これまでに数多くの工場が廃墟――板を打ちつけたレストランや居酒屋に囲まれた、朽ちかけた骨組み――と化している。かつて市《まち》の建物の屋上で輝いていた緑色のネオンサインは霧のように消えつつある。〈マレー〉も〈パッカード〉も〈スチュードベーカー〉も、すべて閉鎖された。それこそ主婦が心配しなくちゃならないことではないのか。

「気にすることないわよ」とジュリアは飛び散ったマヨネーズの最後の一滴を拭き取りながら言う。「これで向こう六週間、あなたとジェイムズには残りものがたっぷりできたわけだし」

「ねえ、今日の新聞、読んだ？」とグレースが尋ねる。

ジュリアは乳母車に背を向けると、ガスコンロに近づき、豆の煮込み《ベイクドビーンズ》から出る湯気を吸い込む。煮え立つブラウンシュガーとケチャップでも、ピンク色のローションのにおいを消し去ることはできない。

「ううん。読む気になれなくて」そう答えると、ジュリアはぐつぐつ煮える豆の中に指をつけ、その指を舐《な》めて言う。「ブラウンシュガーをもっと入れたほうがいいかも」

ガスコンロのまえにいても、キッチンに充満する新生児の甘いにおいが感じられる。白いベビーパウダーのにおいも混じっている。ジュリアは、メリーアンにパウダーをはたきすぎないようにいつも気をつけていたものだ。

「でも、あなたは興味ないの？　誰かが関わってるんじゃないかって思ったりしない？」グレースは居間のほうに目配せする。まるでここにいる誰かの夫が犯人かもしれないとでもいうかのように。

「全然。ちっとも興味がないわ。あなたもそんなことに興味を持つのはやめておきなさい。すでに人の噂もなんとやらみたいだし。警察も来なくなったってビルも言ってたし。根掘り葉掘り訊《き》かれることもなかったそうよ。ブラウンシュガーはどこ？」

グレースは頭上の食器棚を指差す。「マリーナはあのあとどんな話をしてた？」そう尋ねながら、グレースはエリザベスの貧乏ゆすりをやめさせようと、彼女の指先に触れる。エリザベスはほとんど口を利くことはないが、右足を揺する癖がある。上等な靴で貧乏ゆすりをすると、赤ん坊を起こしかねないほど大きな音になる。

「マリーナはただみんなを煽《あお》って、怖がらせてるだけよ。死んだ女性はどんな風貌なのか、誰か知らないかって、しつこく訊いてたし。肥ってたの？　痩せてたの？　なんて。なんでそんなことを訊くのかしら？　方位磁石とろうそくを持っていたって、マリーナには自分のお尻さえ見つけられやしないわ。そういえば、マリーナが裏庭にシェルターを掘ろうとしてるって話、聞いた？」

グレースは今日の新聞らしきものから輪ゴムをはずし、食卓に広げる。「きっと新聞に何か載ってるんじゃない？　もう二日になるんだもの。被害者は誰で、どこの人なのか。知りたいと思わない？」

「知るべきことはジェイムズが教えてくれるわよ」ジュリアはそう言って、豆をスプーンでゆっくりと8の字に搔き混ぜる。「心配することないわ」

「でも、彼は何も言ってくれないんだもの」

「それはジェイムズがあなたを深く愛してるからよ」

「ビルもあなたを愛してる」グレースは新聞の次のページをめくりながら言う。「それでも恐ろしいことでもなんでも詳しく話してくれるじゃないの」

「あなたの旦那さまほど、妻を深く愛してる男はいないってことね」

グレースのなめらかなブロンドと透き通るような肌は、災いを引き寄せるほどに美しい。妊娠まえの彼女はほっそりとしていても痩せぎすではなかった。華奢な足首に、くっきりと鎖骨の浮きでたネックライン。初めて眼が合うと、誰もがどきっとするような青い眼。〝天使のような〟という形容詞はグレースのためにあることばだ。天使のような妻を死んだ売春婦のニュースで穢《けが》したいと思う夫などいやしない。

「それに」ジュリアは豆の中にブラウンシュガーを四分の一カップ追加しながら続ける。

「わたしが聞いたことはもう全部あなたにも話したわ」

「だけど、それはほんとうはあなたから聞くべきことじゃないわ。ジェイムズが何も言わないのは、ほかに理由があるせいなんじゃないかって、心配なのよ。だからゆうべ思いきって訊いてみたの」

「なんて訊いたの？」

「その女性たちを見たことはあるのかって」

「そしたら？」

「一度もないって言ってた」

「ほら、ごらんなさい。心配することなんて何もないのよ」

「彼を信じてもいいものなのかしら？　その女の人たちはトップレスで立っているって、マリーナは言ってたわ。そんな女性に眼を向けずにいられる？」

ジュリアはグレースのまえから新聞を取り上げると、たたんでゴミ入れに突っ込んで言う。

「眼を向けたからってどうなのよ？　男は見るものよ。あなたはむしろ、ジェイムズがそんなことであなたを悩ませたくないと思ってることを感謝しなくちゃ」

居間から聞こえる声が一段と高くなる。誰かが凶器はなんだったのかと憶測を述べている。たぶん、棒か、金てこ《バール》だったんじゃないかしら？　こういうことにはいつもバールを使うものじゃない？

「ウィリンガム通りの店は、給料日には店を閉めることになるだろうって、マリーナは言ってたわ」とグレースが新聞紙をゴミ入れから引っぱり出して、また広げながら言う。「あなたにも同じことを言ってた？」

「言ってた。ほかのわけのわからないたわごとと一緒にね」ジュリアはそう答え、自分が乳母車を見つめていることに気づいて、頭を振る。

グレースはジュリアがゴミ入れに突っ込んだときにできた新聞の皺を伸ばし、エリザベスの手を叩いて、貧乏ゆすりをやめさせる。「ねえ、頼んでもいいかしら」とグレースは言う。「エリザベスを家まで送ってもらえない？　居間でのああいう話は聞かせたくないの。わたしはランチの支度を終わらせなくちゃならないから」

「テーブルのセッティングの手伝いは要らない？　食後には残りものにラップをかけたりもしなくちゃいけないでしょ？」

「あなたは姪っ子たちの世話をしに帰ったほうがいいわ」グレースはそう言って、新聞の次のページをめくる。「そろそろお腹をすかせてるんじゃない？」

いずれグレースもわたしと同じように気づくだろう、とジュリアは思う。メリーアン以来、この赤ちゃんがオルダー通りにやってきた初めての赤ちゃんだということに。グレースはジュリアに――少なくとも今日のところは――逃げ出す口実を与えてくれている。メリーアンが死んだばかりの頃、ジュリアの家に足を運ぶ勇気と頑固さを持ち合わせていたのはグレースだけだった。彼女は毎日訪ねてきた。ジュリアが彼女の眼のまえでドアをばたんと閉め、放っておいてくれと叫んだときでさえ。グレースはジュリアの体に血をめぐらせつづけ、家庭が崩壊するのを防いでくれた。グレースがジュリアを救ったとさえ言える、ジュリアの夫以上に。

「ミスター・シマンスキにまた電話するでしょ？」とジュリアはエリザベスのためにドアを開けながら言う。そして、これからもずっとこれが続くのだろうかと考える。グレースはジユリアをわが子の記憶から永久に遠ざけようとするつもりなのだろうか？　グレース自身に子どもが生まれたとき、そんなことがうまくいくのだろうか？「これからエリザベスを途中まで送るって知らせておいて」

グレースは親指の先を舐めて新聞の次のページをめくる。「ここにきっと何か載ってるはずだと思わない？」

そのとき、不意にジュリアは気づく。グレースは幸せな結婚生活を送っている。夫に心から愛されている。ジェイムズのことで、心配事などあるわけがない。彼女は殺された女が誰なのか、誰がその女を殺したのか、誰かの夫が犯人なのかどうか、などということに思い煩ってなどいない。だから、今のやりとりはジュリアのためになされたものだったのだ。キッチンの隅にいる赤ん坊から、ジュリアの気をそらすための手段として。その作戦はあと一歩で成功を収めるところだった。

ジュリアとエリザベスは外に出ると、グレース宅の私道の端まで並んで歩く。ジュリアはそこからエリザベスが帰路につくのを見守る。オルダー通りの北側で、花火が上がる。先週はずっと、空気に花火のにおい——硫黄とおそらくは木炭のにおい——が混じっていた。この暑さだけでなく、このにおいもまた、七月が足早に近づいていることを思い出させる。居間の開いた窓から、主婦たちの話し声と、グレースが結婚の贈りものにもらった上等な陶器に、銀食器があたる音が聞こえてくる。ベティ・ローソンの赤ん坊がまた泣きはじめる。一ブロック半先では、エリザベスがもう自宅のすぐそばまでたどり着いている。片手を伸ばし、前庭を囲む鉄製の柵の手すりに指を走らせている。彼女は鉄の柵のある家が自分の家だと教えられている。エリザベスが門のまえで立ち止まるのを見届けてから、ジュリアは自宅に向かって歩きだす。

3

オルダー通りの主婦の多くは、毎日ウィリンガム通りへ買いものに出かける。まず立ち寄るのは、ミスター・アンブロジーのデリカテッセンだ。自宅の霜だらけの冷凍庫では手づくりのキルバサ（ポーランドのソーセージ）が台無しになるので、主婦たちは毎日出来立てを買いにいくほうを選ぶ。そもそも食料品を自宅でうまく保存できたためしはないし、ミスター・アンブロジーの店から持ち帰ったばかりの出来立ての味には敵わない。そんなわけで彼女たちは、平日は毎朝南行きのバスに乗り、ハンドバッグにはレシピカードを入れている。互いのレシピを見せ合うのが好きな者もいれば、そうでない者もいる。買いものかごを手にミスター・アンブロジーの店の通路を歩きながら、スイーツやマイルドな酸味のザワークラウトや手づくりソーセージなどから品を選ぶ。どれもデトロイトで一番美味しいものばかりだ。とはいえ、主婦たちはデリカテッセンのためだけに、ウィリンガム通りまで出かけるわけではない。ウィリンガム通りとウッドワード通りの角にあるミスター・ウィルソンの店では、よそでは真似のできない腕前でスカートのプリーツをぴしっとアイロンがけしてくれ、眼に見えないほど細かな縫い目でふちをかがってくれる。ウィリンガム通りの反対側、ドラッグストアとフエンスで囲まれた空き地の先には、〈ノヴァック・ベーカリー〉があり、焼きたてほやほやのパンと、そこそこのピエロギ（ポーランドの郷土料理）を売っている。そのピエロギは、彼女たちが自分で生地を伸ばして茹でたと言っても差し支えない程度のものだ。もっともそれは、互いに秘密にしていたが。

グレースは今、食卓につき、両脚を真向かいの椅子の上に足首を交差させて投げ出し、主婦仲間との長い午後が終わって、ほっとひと息ついている。何かを忘れているような、あるいは何かを置き忘れたような気がしてならないのに、それが何か思い出せず、ただ母親のピエロギのレシピとにらめっこしている。亡くなるまえは、いつもエヴァ・シマンスキが手づくりバザーのためにピエロギをつくっていた。聖アルバヌス教会にはかなりの数の男やもめがいて、もはやピエロギの生地を伸ばして茹でる妻を持たない彼らの中には、エヴァのピエロギを一年じゅう待ちわびている者もいた。エヴァが亡くなり、今年からはグレースがその役目を引き継ぐことになる。これで彼女もほかの主婦たち同様、自分の担当の仕事を持つことになる。昨年のシュガークッキーの大失敗の二の舞にならないよう、グレースは月曜日の朝一番に、ベーカリーの店主ミセス・ノヴァックに助言を求めにいくつもりでいる。ミセス・ノヴァックほど上手にピエロギをつくる人はいない。

「そこまでやることはないわ、母さん」とグレースは真新しいレシピカードのふちを指でなぞりながら言う。最後の客が帰ってほどなく到着した母親が、また書かなきゃならないの？とため息まじりに書いてくれたカードだ。「そんなに長くはいられないんでしょ？」

母親はグレースの足元の床に両膝をついてタイルを磨いている。細い肩からエプロンの肩ひもがずり落ち、薄くなりはじめた銀色の髪が遅い午後の陽光にきらめいている。「家はいつも清潔にして、夫にはよく尽くすこと」と母親は言う。「そうしていないと、ほかの女にその役目を取られることになるわよ」

なんとなく気分が落ち着かないのは、売春婦と殺された女についての話をさんざん聞かされたせいだ。その噂話は母親の耳にもはいっていた。どこで聞きつけたのかグレースには知る由もないが、昼食会の後片づけを手伝いにきたときには、すでに母親も知っていた。

キッチンの窓の外の裏路地はひっそりとしている。何軒か向こうの家々から、リール式の草刈り機の回転音や、私道に水を撒くシューという音や、一家の主婦が洗濯物のシーツやタオルを取り込むときに物干し綱が軋む音が聞こえてくる程度だ。この界隈《かいわい》の子どもたちは一番年少でもティーンエイジャーで、年長は成人して親元を離れている。笑い声やあたりを駆けまわる足音が響くこともなく、家々のあいだの生け垣を跳び越えたり路地に石を投げたりする子どもはもういない。夕方になって、ようやく空気が冷たくなっていた。キッチンの開け放った窓からそよ風がはいり、裏口の網戸へ吹き抜けていく。時折、花火の甘いにおいが混じることもある。ぴりりとした冷気が気分を上向かせてくれてもおかしくないのに、それでもまだ家の中の何かがしっくりこないという感覚が拭《ぬぐ》えない。グレースは極力時計を見ないようにする。今日はジェイムズの心配をする必要はない。今日は給料日ではないのだから。

さほど密には敷かれていない砂利を踏むタイヤの音が聞こえ、グレースはガスコンロの上の時計をチェックする。五時三十分。車は家の裏手にあるガレージに近づくと、速度を落とす。エンジンのアイドリング音が聞こえ、やがて静かになる。ジェイムズが仕事から帰宅したのだ。ぴったり時間どおりに。常に時間どおりに。グレースはもう一度もう時計は見まいと自分に言い聞かせる。ジェイムズはわたしに不安を抱かせるようなことは何ひとつしていないし、わたしだってほんとうのところは、心配などしていないのだから。車のドアが開いて、閉まる音がする。が、ジェイムズが裏口の階段をのぼる気配はない。グレースは床を這っている母親をちらりと見下ろす。母親は眉を吊り上げている。まるでガレージから家まで歩くあいだに、ジェイムズが駄目な男に成り下がってしまったとでもいうかのように。ジェイムズは母親に対しても、不安を抱かせるようなことは何ひとつしていない。男であるということ以外には。ようやく裏口のドアが開き、ジェイムズが家の中にはいってくる。彼と一緒に勢いよく吹き込んできた冷たい風がいっとき、忘れている気がしてならない何かをグレースの心から追いやってくれる。

ジェイムズはグレースだけを見つめながら、キッチンを大股の三歩で横切る。潤滑油《グリース》とオイルのにおいが、工場で一日働いてきたにおいが、小さなキッチンを満たし、オーヴンで焼いているツナのキャセロールとフライドオニオンの芳醇な香りを覆い隠す。彼はシンクのそばの濡れた床の上でしゃがんでいる母親には気づかないまま、何かをのせているように丸めた手のひらを真横に突き出し、もう一方の手をグレースの体にまわして引き寄せると、頭のてっぺんにキスをする。彼の手は彼女の肩から腕へとすべりおり、胎内の赤ん坊の上でとまる。

日中、工場のオイルと蒸気にさらされていたせいで、ジェイムズの衣服も体も湿っていて、両腕の黒い体毛には埃がつき、肌はサンドペーパーのようにざらついている。ジェイムズは時折、毛深くざらついた肌ですまないと言うが、そんなときグレースは彼の胸毛に触れたり、手首から肘までそっと撫でたりして、彼の肌の感触が好きなのだと伝えようとする。ジェイムズはグレースがずっと夢見ていた男性そのものだ。戸口をふさぐほど横幅があり、周囲のほとんどのものを見下ろすほど背が高い。毛深いからこそ、彼女の肌をいっそうなめらかで若々しく感じさせてくれる。さらに、グレースがいまだに驚かされるのは、ジェイムズが茶目っ気たっぷりなことだ。ローストチキンを失敗したグレースをからかったり、花壇の雑草取りをしている彼女をホースの水で追いまわしたり、次第に大きくなる彼女のお腹に耳を押しつけ、お腹の中の赤ちゃんの声を聞こうとしたりする。グレースは、今朝剃ったあと伸びた下顎のひげに触れながら、ざらついた頰にキスをし、それから丸めた手を見て顔をしかめる。手のひらの上で緑のガラスの破片がきらめいている。ジェイムズはまるでふたつのサイコロを振るみたいに、手のひらの上の破片を揺らす。

二ブロック先には、グレースの家と同じ造りのジュリアの家がある。二階建ての赤煉瓦造り、寝室は三部屋、玄関まえにポーチがあり、裏手には独立したガレージがある。ジュリアはほぼ毎日、路地で割れたガラス——たいていは緑色で、たまに茶色のこともある——を見つけているという。彼女の話では、この数ヵ月で、ガラスの破片は秋の落ち葉と同じくらいあたりまえのものになったのだそうだ。誰も口にはしないが、割れたガラスはこの界隈が変わりつつある印だ。グレースはジェイムズがよけいなことを言わないように、母親を顎で示す。彼は母親に挨拶し、ゴミ入れにガラスの破片をひとつずつ落とす。それから夕食まえにシャワーを浴びるためにキッチンを出ていく。

黙々と食事をすませたあと、母親はハンドバッグと手袋をつかみ、暗くなってからこのあたりをうろつくはめになるまえにお暇《いとま》するわ、と言う。ジェイムズが母親を車まで送っていくあいだに、グレースは皿を洗おうと水を流す。また何かがグレースの心に引っかかりはじめる。ウィリンガムの売春婦のことだろうか？　しかし、彼女たちはバスに乗らなければ行けないほど遠い場所にいて、ここオルダー通りでの生活を脅かすことはない。たぶんあの緑のガラスのせいだろう。あのガラスは、裏路地を抜けてウッドワード通りへ向かう黒人たちの置き土産だろうと、グレースはまえから思っていた。日中、ジェイムズが仕事で不在のときや、夜遅くに彼がさきに寝てしまい、ひとりで痛む背中をさすりながら起きているときに、黒人たちが路地を歩く足音が聞こえることがある。彼らはいつも決まった時間に路地を通る。規則正しく。きっと毎日バスに乗っているのだろう。

「汚れがまだ残ってるわよ」グレースは、家に戻って皿洗いを手伝っていたジェイムズを肘でつついて言う。彼女のゴム手袋から石鹼水がしたたる。

「そろそろ調べようと思うんだ、グレース」とジェイムズが皿を脇へ置きながら言う。

「調べる？」

「これ以上事態が悪くなるのを、指をくわえて見てるわけにはいかない。そろそろ人を呼んでこの家の価値を見積もってもらうよ」

「壜が落ちてただけよ。それがちょっと割れてただけ」そう言いながらもグレースもそれが事実ではないことを知っている。

「おれはこの家を売ってくれる業者を探すつもりだ」とジェイムズは言う。「適正価格で売却してくれる業者を」

「でも、友達はどうするの？　わたし、ジュリアのそばを離れるのは嫌よ。母さんだってすぐ近くにいるんだし」

「この家を売った金で、もっと北のほうに一軒見つけられるはずだ」ジェイムズはグレースの背後から両腕をまわし、彼女のふくらんだ腹を抱きしめる。薄手の綿のブラウスを通して、彼の手のぬくもりが伝わる。「そろそろ現実と向き合うべきだ。事態はおれが望まない方向へ向かいつつある。最後の一軒になるまでぐずぐず居残っていたくはない」

よそゆきのヒールを履いていると、グレースはジェイムズのもっとも幅広い部分に身を預けるのにちょうどいい背丈になる。頰に触れる白い肌着は柔らかく、ほんのり漂白剤のにおいがする。グレースは彼に尋ねてみたいと思う。あなたも――昼食会に来なかった主婦たちと同じように――ウィリンガムで女性が死んだ事件に自分たちの生活が脅かされているって心配してるの？「ブラウニーがあるの」グレースは彼の答を聞きたいのかどうか自分でもわからず、別のことばを口にする。「デザートを食べない？」

ジェイムズはざらついた頬を彼女の首のつけ根の柔らかな部分にこすりつける。グレースは寄りかかり、彼がそこにキスしやすいように頭を傾ける。

「それにアイスクリームも」グレースは眼を閉じ、彼が体を洗ったあとにつけたコロンのぴりっとした香りを吸い込む。「冷凍庫にあるはずよ」

そのとき不意にグレースをしつこく悩ませていた感覚——何かを忘れているか、あるいは何かを置き忘れているという確信——がその正体を現わす。グレースは顎を胸に押しつけるようにして頭を振る。

「どうしよう、ジェイムズ。今日はエリザベスの誕生日だったのに。だからラヴェンダー色のワンピースを着ていたのに。黄色じゃなくて。今日が誕生日だから。アイスクリームもエリザベスのために買っておいたのに。忘れるなんてどうかしてる」

グレースが残りもののブラウニーを十個ほど皿にのせ、一ガロンのアイスクリームを冷凍庫から取り出しているあいだに、ジェイムズは車を私道にまわす。歩いても行ける距離だが、「家に戻る頃には暗くなっているだろうから車で行く」と言って、彼が譲らなかったのだ。

ミスター・シマンスキが玄関に出てくる。いつもはうしろに撫でつけられている白髪が皺の寄った眉間にかかっている。白い襟のシャツは裾が出ていて、ネクタイは結び目がゆるめてあり、ズボンは膝のあたりが皺くちゃになっている。エヴァが死んでからの一年で、彼の体は縮み、妻に先立たれた夫によくあるようにしぼんでしまっている。

「こんな遅くにごめんなさい」とグレースは言う。「婦人部のみんなが帰ったあとで、気づいたの……」

彼女は身を乗り出し、ミスター・シマンスキの体の脇から居間をのぞき込む。エリザベスは夜にはたいてい居間にいて、かつて彼女の母親のものだった、お気に入りの茶色の袖椅子に坐っている。エヴァが〝炉辺《ろばた》の椅子〟と呼んでいたその椅子には誰もいない。

「今日がエリザベスの誕生日だってことに」とグレースは続ける。

ミスター・シマンスキはまずジェイムズを見て、それからグレースを見る。「眠ってた」と彼は腰のあたりまでずり落ちたズボンを引き上げながら言う。「眠ってたみたいだ」

さきほどのグレースのように、ミスター・シマンスキも身を乗り出し、もっとよく見ようとジェイムズの背後をのぞき込む。まるでエリザベスがそこに立っているとでもいうかのように。

「あの子、あんたたちと一緒かな？」とミスター・シマンスキが尋ねる。

ジェイムズが一歩まえに出て言う。「チャールズ、おれたちだけだ。どうしたんだ？」

「エリザベスはあんたたちと一緒だ、だろ？」

「いいえ」とグレースが答える。「いいえ、一緒じゃないわ。家に帰ったもの。何時間もまえに。わたしの家を何時間もまえに出たわ。わたしたちは誕生日のお祝いを言いたくて来たのよ」

ミスター・シマンスキは家の中を見る。エリザベスがたいてい戸口に人がいることに気づかないまま、うつむいて坐っている場所を。居間は暗い。ミスター・シマンスキがうたた寝をしていたらしきソファには、エヴァが編んだかぎ針編みのブランケットが広げられている。オーヴンで何かを焼いているにおいはしない。ラジオの音も人の声も聞こえない。

「エリザベス、あんたたちと一緒だよな？」

ジェイムズが裏庭を捜しはじめる。酷暑の日でもひんやりとしたガレージの中から始め、それから裏のポーチに沿って生えているレンギョウの奥を調べる。ジェイムズが外を捜しているあいだに、グレースはミスター・シマンスキをキッチンの椅子に坐らせ、重いお腹を両手で支えながら、急いで家の中を捜す。ドアというドアをすべて開け、エリザベスの名を大声で呼びながら、空気が澱んだ部屋の中をのぞいてまわる。クロゼットの中をひとつひとつ調べては、エヴァのことを思い出させる防虫剤のにおいを手で振り払う。寝室ではベッドの下をのぞき込み、額にくっついた蜘蛛の巣を払い落とす。パッチワークのキルトをめくり、レースのベッドスカートを持ち上げ、舞いあがった埃に咳き込む。グレースは前後左右の隣家にも声をかける。それぞれの家がその隣家に声をかけ、彼らがそのまた隣家に声をかける。夫たちは新聞を脇へ置いてテレビを消す。主婦たちは汚れた皿もたたんでいない洗濯物も放り出す。グレースは二階から、廊下から、地下室から、ミスター・シマンスキに声をかけつづける——そこでじっとしていてね。心配ないわ。エリザベスがふらふら歩きまわるのはよくあることよね。わたしたちが見つけるわ。すぐに見つかるわよ。

ミスター・シマンスキの家の前庭では、ジェイムズが近所の人たちを集合させている。封筒の裏にオルダー通り、一ブロック南のマリエッタ通り、一ブロック北のタトル通りの地図を描き、そのエリアを六つのブロックに分け、ひとりひとりに担当ブロックを割りあてている。「できるかぎり人を集めてくれ。知ってのとおり、エリザベスは小柄だ。ポーチもガレージも隈《くま》なく調べてくれ。茂みの奥も。車の中も。あの子が怯えている可能性もある。どこかに隠れているのかもしれない」

男たちはグループに分かれ、ある者たちは北へ走り、別の者たちは南へ走る。その場に残ったグループもある。オリン・スコフィールドが集めたフィルモア・アパートの向かいに住む人々だ。オリンは、グレースとジェイムズの家から裏路地をはさんで二軒先に住んでいる。三年前に妻を亡くしていた。毎月第一・第三日曜日に、グレースはローストビーフにジャガイモとニンジンを添えてオリンに届けている。いつも同じメニューなのは、自信を持って差し入れできるレパートリーが少ないせいだ。料理を届けたついでにキッチンを掃除しているときなど、オリンはよく南に引っ越して娘と一緒に暮らそうかと思っていると話す。

「エリザベスの居場所はあそこのやつらが知ってるにちがいない。大金を賭けてもいいね」とそのオリンがフィルモアのほうを指差しながら大声で言う。沈みつつある夕陽の中、禿げかかった頭頂部が赤く見える。できることなら、グレースは彼に、家の中にはいって扇風機のまえに坐っていて、とでも言ったことだろう。心臓のことを考えて、と。心臓に負担をかけるのはよくないわよ、と。オリンは大声を上げ、なめし革の靴を引きずりながら歩道を行ったり来たりしている。青いズボンが足首のあたりでたるんでいる。長さ一メートルほどの木の棒を杖のように持ち、寄りかかって歩いている。昨年の夏、ジェイムズはオリンの家の裏のポーチの梁の交換を手伝った。オリンが杖にしている棒は、おそらくそのとき使った角材の残りだろう。オリンは棒を持ち上げると、アパートに向かって突き出し、また大声を張り上げる。「賭けてもいい、調べなきゃならないのはあそこだ！」

男たちはその簡素な二階建ての煉瓦造りのアパートの両側を捜している。低木の茂みや、建物の西側に沿って生えている伸び放題の草むらが一番気になっているように見える。建物の裏にまわれば、東側の細い川沿いにぎっしりと並んだポプラの木立もある。陽はすでに沈んでいたが、空はまだその残照で輝いている。彼らとしても、あたりが闇に包まれるまえに、しっかり捜しておきたいのだろう。この一年、この界隈の住民は、ずっとフィルモア・アパートについて話し合ってきており、住民の中にはより声高に自分の意見を主張する者もいた。住民たちは黒人がそのアパートに住むことより一軒家を買って移り住むことを恐れている。そんなことになったら、この通りに訪れた変化はもう取り返しのつかないものになるからだ。そんなことになったら、自分たちの生活はもう二度とよき時代に戻らなくなる。もとに戻らないことが決定的となる。おれたちは団結しなければならない、誰かひとりが転べば、全員が転ぶことになる――それがもっとも強硬に主張する者たちの考えだった。あちらこちらを指差しながら、少なくとも五、六人の男たちがふたつのグループに分かれ、アパートの建物の側面にまわり込み、裏手に消えてはまた正面に現われる。

「何か見つかったか？」オリンが片手の拳を宙で振りまわして叫ぶ。

男たちは両手を上げる。成果はゼロ。アパートの窓の大半は暗く、ドアは閉ざされている。

フィルモアに住む者は誰ひとり表に出てこない。

「中にはいって調べるべきだ」またオリンが言う。「あんたらを止めるものは何もない！」

それから警察――白黒のパトカー二台に、それぞれ警官が二名ずつ乗っている――が到着する。警官は男たちにフィルモアに近づかないよう命じる。

「誰もここに立ち入らないように」と警官のひとりが言う。

六人の男たちが道端に屯《たむろ》している。オリン・スコフィールドは木の棒を振りかざして叫びつづけている。ジェイムズが警官たちをミスター・シマンスキの家まで案内する。彼らは食卓の椅子に坐る。ジェイムズとグレースがエリザベスのことを説明するが、警官たちにはなかなか伝わらない。

「いいえ、子どもじゃないんです」とグレースが言う。「女性です。二十一歳――いえ、今日で二十二歳になりました。それでも、子どもみたいな子で、迷子になるんです。最後にあの子を見たのはわたしです。わたしの家から帰宅しました。徒歩で。すぐ近くなんです。そのとき見たのが最後です」

警官はミスター・シマンスキに、住民たちの捜索隊には加わらず、自宅で待機するように告げる。ジェイムズもそれに同意する。

「エリザベスを連れて帰ったときに、大好きなパパがいてくれたほうがいい」とジェイムズは言う。

「そうよ」とグレースはミスター・シマンスキの肩に手を置いて言う。「捜索はジェイムズが引き受けてくれるわ。きっとエリザベスを連れて帰ってくるから」

実際のところ、ジェイムズが心配していたのはミスター・シマンスキの心臓の具合だろう。もちろん彼はグレースも捜索に参加させるつもりはない。

「彼の面倒をみてやってくれ」とジェイムズはミスター・シマンスキのほうを見てうなずきながら、グレースに言う。「コーヒーを沸かして、電話の応対をしてほしい。それから、きみもこの家から出ないように」

ジェイムズが警官たちに地図を見せるために外に出ていくと、グレースはコーヒーの粉の場所を探す。使用済みの粉をシンク下に見つけた缶の中に捨て、ポットを洗って水を入れ、新しいコーヒーを沸かす。冷蔵庫の中にパン一斤とチーズ、今週の水曜日に彼女が届けたローストビーフの薄切りを見つける。オリン・スコフィールドと同様、彼女はミスター・シマンスキにもいつも同じ料理を差し入れしている。グレースはバターをたっぷり塗ったサンドイッチをつくって半分に切り、ミスター・シマンスキのまえに差し出す。

「最後に食事をしたのはいつ？」と彼女は尋ねる。

ミスター・シマンスキは白い小型冷蔵庫を見つめる。まるでそれが答を与えてくれるとでもいうかのように。「わからない……」彼はそう言って、サンドイッチの半分を手に取る。が、口には運ぼうとしない。

グレースは彼のためにコーヒーを一杯注ぐ。今夜眠れなくなるのではないかという心配はしない。エリザベスが家に帰るまでは、誰も眠らないだろう。ジェイムズがいつもそうするようにコーヒーにクリームと角砂糖をふたつ加えると、ミスター・シマンスキの手を取り、両手で握りしめる。ミスター・シマンスキにはバーボンのほうがいいかもしれないとも思うが、ジェイムズはコーヒーをと言っていた。

「お願い」とグレースは言う。「ほんとに何か食べたほうがいいわ」

捜索に加わるため近くの住民が続々とやってくる。グレースは家の外に駐車しているパトカーのほうを指差す。警官がひとり立っていて、小さな無線機に向かって何か話している。彼女は住民のひとりひとりに、ジェイムズの言いつけどおりに、すべてのガレージの中と茂みの奥を調べるのを忘れないようにと声をかける。それから捜索に加わった人々の名前を手早くメモする。

陽がとっぷりと暮れたあとも、住民たちは懐中電灯や灯油ランプを持って捜索を続ける。近くの通りに住む子どもたちが蚊をぴしゃりと叩いている。主婦たちは、ポーチやキッチンの明かりをつけるために、走って帰宅し、エリザベスのために通りを照らすことのできる家じゅうの明かりをつけてまわる。ティーンエイジャーたちがオルダー通りをぶらぶらと徘徊《はいかい》しはじめる。彼らの持つ煙草の先端が暗がりでオレンジ色に光る。グレースは、ミスター・シマンスキのキッチンの調理台を重曹で磨く。ふたりの警官が食卓でミスター・シマンスキと話をしている。ひとりは黒く縮れた髪をしていて、左耳の上で毛先がくるりとはねている。彼の名はワリンスキ、もうひとりはトンプソン。トンプソンのほうはかつてはブロンドだったと思われる茶色の直毛で、まるで自分より背の高い人間に会ったことがないかのように始終始背中を丸めている。どちらもいかにも床に疵《きず》をつけそうな黒い頑丈な靴を履いている。

縮れ毛の警官、ワリンスキ巡査が指をグレースに向け、それから食卓を示す。グレースが席に着くと、彼は質問を始める。エリザベスには何か計画があったのではないか？　お金に換えようとして何かを持ち出した形跡はないか？　食卓に覆いかぶさるようにして坐っているミスター・シマンスキは、両手で頬杖をついたまま首を横に振る。

「エリザベスはお金の使い方を知りません」とグレースが答える。「お金がなんなのか知らないんです」

それから、警官たちとグレースとミスター・シマンスキは四人でエリザベスの部屋へ行く。縮れ毛のワリンスキ巡査が質問を担当し、何かなくなったものはないかと尋ねる。トンプソン巡査は黄色い鉛筆と罫線《けいせん》入りの小さな手帳を持っている。エリザベスは旅行に行こうとしていたのではないですか？　ワリンスキ巡査はそう疑問を口にし、グレースとミスター・シマンスキに、エリザベスの友達の名前と電話番号を尋ねる。

「友達はいません」とグレースは答える。「わたしだけです。わたしと、近所の奥さんたちがほかに何人か。エリザベスは子どもみたいで、か弱くて、具合がよくないんです。そこをわかってもらわないと」

キッチンに戻ると、背の高いほうの巡査がひょいと頭をコーヒーポットのほうに動かし、一杯欲しいとグレースに伝える。ふたりの巡査とミスター・シマンスキは、それぞれ食卓の椅子に戻る。ワリンスキ巡査は耳の上にかかる縮れた毛先を払いのける。両手を上に伸ばして後頭部に添えると、前脚を浮かせて椅子をうしろに傾ける。彼の肌は少年のようにすべらかだ。

「もう一度うかがいますが」と彼はグレースに言う。「彼女を最後に見たのはいつのことです？」

空《から》のカップをそれぞれの巡査のまえに置き、どちらもカップのふちまでコーヒーを注ぎながら、グレースはミスター・シマンスキをちらりと見る。彼はまるで体を温めるように両手でカップを持ち、空っぽの中身をじっと見つめている。グレースは砂糖壺とクリーム入れを巡査たちのほうに押し出す。

「エリザベスは毎日ランチを食べに家《うち》に来るんです」とグレースは言う。「いつもと同じように、今日も来ました。そのあいだにミスター・シマンスキは溜まった家事を片づけたり、昼寝をしたりするんです。今日もエリザベスが家《うち》に着いたときに、彼に電話をかけました。そのあと、長々とおしゃべりを聞かせたくなくて彼女を帰しました」

「おしゃべり？」

「ウィリンガム通りで発見された亡くなった女性の話です。このあたりのご主人は、ほとんどがあそこで働いてますから。エリザベスが家《うち》を出たのは一時半でした。そのとき、またミスター・シマンスキに電話をかけました。電話のベルを一回だけ鳴らして、エリザベスが帰ったことを知らせました」

グレースはテーブル越しに、またミスター・シマンスキを見る。額に白髪がかかり、毛先が眼の中にはいりそうになっている。

「でも、そのあと忙しくて」と彼女は続ける。「たぶん、彼から電話は返ってこなかったと思います。ほんとうなら、エリザベスが家に着いたことを知らせる電話のベルを確認しなければならないんだけれど」

縮れ毛のワリンスキ巡査は、グレースとミスター・シマンスキの電話のベルのやりとりについて二度質問する。グレースは説明する――去年エリザベスの母親のエヴァが亡くなって以来、ふたりはエリザベスが無事に着いた合図として、電話のベルを鳴らし合っていたこと。エリザベスはたまにふらふらと遠くまで行ってしまうことがあって、グレースの家のまえを通り過ぎ、ウッドワード通りまで行ったところを保護されたことが過去に二回あったこと。

巡査は眼をすがめるようにしてグレースを見る。彼はまだ理解していない。

「エリザベスはふらふらと歩きまわるんです。電話は、彼女が無事だと知らせ合う方法です。彼女が家を出たときや、無事に着いたときに電話をかけます。どちらかが家を出たと電話を鳴らしたら、もう一方はちゃんと無事に着いたって電話を返すんです」

「では、あなたはミセス・リチャードソンに電話をかけましたか？」と巡査がミスター・シマンスキに尋ねる。彼が返事をするまえに、巡査はグレースにも訊く。「彼は娘さんがランチに向かったとき、電話で合図しましたか？　着いたときにはどうです？　彼から電話がありましたか？」

グレースは首を振る。ジュリアとエリザベスが家を出たあとで電話をかけたことは覚えている。それはまちがいない。いつもと同じように電話のベルを一回鳴らした。けれど、ミスター・シマンスキは電話を返してきただろうか？　そもそも彼は最初に電話をかけてきただろうか？　彼はエリザベスが家《うち》にランチに来たことを知っていたのか？　自宅を出たことを知っていたのだろうか？

「わかりません」とグレースは手のひらで鼻梁《びりょう》をこすりながら、ようやく答える。「覚えていません。ただ、わたしのほうはエリザベスが来たときと出たときに、電話のベルを鳴らしました。それは覚えています。確かです」

背の高い巡査は坐っているときでさえ背中を丸めている。彼は手を伸ばし、テーブルのミスター・シマンスキのまえあたりを鉛筆で叩く。「いかがです？」

「私、物忘れします」とミスター・シマンスキは言う。「とても恥ずかしい。だけど、思い出せない。私は眠ってました。時々、長く寝すぎます」

「では」と、ワリンスキ巡査が身を乗り出す。椅子の脚がリノリウムの床にがたんと着地する。「エリザベスはあなたの家を出て、ひとりで家に帰ったんですね？」

はいと言いかけて、グレースは口をつぐむ。巡査の動きを鏡で映したように、彼女も椅子をまえに引いて食卓に両手をつく。

「いいえ」と彼女は言う。「いいえ、ちがいます。ジュリア・ワグナーに家まで送るように頼みました。彼女はランチのまえに帰ったんです。双子が、ジュリアの姪っ子たちが来ていて、家に帰らなくてはいけなかったから。最後にエリザベスを見たのはジュリアです」

トンプソン巡査が立ち上がり、ミセス・ワグナーに話を聞きにいくと告げる。グレースはほっとし、たった今、思い出したことが何かよい結果につながるだろうと楽観的に思う。ジュリアがきっと何があったのか警察に話してくれるはずだ。彼女はきっと捜索の手がかりになるようなことを知っているにちがいない。

巡査たちがシマンスキ家を出ていくと、グレースはミスター・シマンスキに手を貸し、居間へ連れていく。彼はエヴァの椅子に腰をおろす。グレースはツイードのソファに坐る。この位置からなら、手を伸ばして彼の膝を軽く叩くことができる。

「今日はエリザベスの誕生日なのに……」とミスター・シマンスキが言う。

グレースはまるでちゃんと覚えていたかのようにうなずいてみせる。実際には忘れていたことを彼に悟られないように。彼女が忘れていたのは、ほかのことを考えるのに忙しかったからだ――ピエロギのこと、ウィリンガム通りの女たちのこと、それから亡くなった娘の思い出からジュリアを遠ざける最適な方法のこと。ラヴェンダー色のワンピースを見たときに、もっと早く思い出すべきだったのに。ミスター・シマンスキは、彼には大きすぎる椅子に身を沈め、クッションに頬を預ける。まるでエヴァの肩にもたれるかのように。

「きっとすぐ帰ってくるわ」そう言って、グレースは彼の膝に手を置き、まるで小さな木製のドアノブに触れているかのような感触を覚える。「ジェイムズがいるもの。彼がきっとなんとかしてくれる」

ジェイムズはいつだって何をすべきなのか知っている。修理の方法も、状況を改善する方法も知っている。車のエンジンがぷすんぷすんと音をたてたら、どの工具を使えばいいのか、どの部品を締め直したり交換したりすればいいのか知っている。給湯器でお湯が沸かなくなると、直るまで修理してくれる。テレビ画面が雑音《ノイズ》だらけになると、アンテナの向きをどちらに合わせればいいのか知っている。結婚して五年経ってもグレースは妊娠しなかった。そんなときにもジェイムズは、そういうことはおれの妻がしなければならない心配ではないと断言してくれた。子どもができないと泣いた彼女を叱り、このまま何年経とうとそばにいると約束してくれた。そして、彼はその問題にも終止符を打ち、グレースに赤ちゃんを授けてくれた。

「きっと彼がすぐにエリザベスを連れ戻してくれる」とグレースは言う。「エリザベスのためにブラウニーを持ってきたの。それにあの子はアイスクリームが大好きでしょ？　じきにひょっこり帰ってくるわよ」

ミスター・シマンスキはコーヒーを一口すする。「そうだろうか……」彼は何も掛けられていない壁を見つめながら言う。「あの子はもう二度と家に帰ってこない。そんな気がしてならない」

4

双子のイジーとアリー――イザベルとアラベルの愛称だ――はジュリア叔母さんの家の階段を忍び足で降りる。とっくに寝る時間は過ぎていて、どちらもお祖母《ばあ》ちゃんが漂白剤を使いすぎたせいで縫い目が黄ばんだパジャマを着ている。玄関のまえを通るときには、まっすぐまえを見つめる。つい電話のほうを見てしまわないように。お祖母ちゃんの隣人ミセス・ウィザースプーンは、ふたりの飼い猫が戻ってきたら電話すると約束してくれた。パッチズというのがその雌猫の名だ。パッチズは二週間前にお祖母ちゃんの家からいなくなった。お祖母ちゃんは、猫は暖かくなるとふらりとどこかへ行くものだから心配は要らない、と言った。エリザベス・シマンスキが行方不明になった今、猫の心配などしている場合ではないが、双子にとってエリザベスはさほどよく知る相手ではない。一方、パッチズは一年近くも飼っていた猫だ。とはいえ、ひとつだけ確かなことがある。見つめていても電話が鳴りだしたりしない。居間にはいると、ジュリア叔母さんが、エリザベスが家に帰るまで一緒に待ちましょう、と言う。ふたりは腰をおろす。二人がけのソファの前面に剝《む》き出しの脛が並び、足先が床につきそうでつかないまま揺れる。来年にはきっと床に届くだろう。

イジーとアリーはもっと小さな頃から、毎年夏にジュリア叔母さんとビル叔父さんを訪ねるのを愉しみにしてきた。一年のそれ以外の時期を過ごすお祖母ちゃんの家では、めったに庭の外へ出ることを許されない。とりわけ暖かい時期には。ポリオが怖いからね、というのがお祖母ちゃんの口癖だ。わざわざ危険を冒すなんて馬鹿げている、でしょ？　ところが、今年はせっかく叔母さんの家に来たというのに、お祖母ちゃん家《ち》と同じように閉じ込められている。去年までの夏は、ジュリア叔母さんの家に来たら、金曜日の夜は〈サンダース〉で過ごすものと決まっていた。そう、イジーとアリーがお店で買ったドレスを鞄に詰めてきたのはそのためだ。みんなで——イジーとアリーとビル叔父さんとジュリア叔母さんで、〈サンダース〉のカウンター席の丸いストゥールに腰かける。ビル叔父さんが、エプロンをつけて小さな白い帽子をかぶったお店の人に注文をし、ジュリア叔母さんが、椅子をくるくるまわしちゃいけません、とふたりを叱りつける。それから、波型ガラスの皿に盛られたホットファッジサンデーをみんなで食べる。それがいつもの金曜日の夜だった。

　ジュリア叔母さんの家の正面の窓の外では、懐中電灯の黄色い光線が芝生の上を行ったり来たりしている。重いブーツに踏まれて、乾いた芝がかさかさと音をたてている。肩幅のある人影が窓のまえを通り過ぎ、エリザベスを呼ぶ声が聞こえる。たいていは低く野太い男の声だ。すぐ近く、隣家か通りの反対側から聞こえる声もあれば、まるで一、二ブロック離れた場所から聞こえるみたいに、くぐもった声もある。小さな声は聞き取りにくい。つまり、大人たちはずっと遠くまで出かけているということだ。エリザベスも同じように遠くまで出かけたのではないかと考えて。そんな小さな声は、どこか暗いところから聞こえてくる。ポーチの明かりがずらりと灯《とも》り、玄関のドアが大きく開け放たれた通りではないところから。小さな声が聞こえるということは、エリザベスはジュリア叔母さんが考えているほどすぐには見つからないかもしれないということだ。イジーとアリーは――ジュリア叔母さんもきっと同じだろう――沈黙が訪れるのを待っている。沈黙は、近くであれ遠くであれ、大人たちが叫ぶのをやめたこと、つまり、エリザベスが見つかったことを意味する。沈黙はいい知らせということだ。

「エリザベスはこれからどうするの?」とイジーが尋ねる。パッチズや温かくほろ苦いチョコレートサンデーのことを考えなくてもすむように、電話には背を向けている。胃がぎゅっと締めつけられて、今夜は夕食を抜いたことを思い出す。ジュリア叔母さんの家のもうひとつのすばらしい点は食事だ。ジュリア叔母さんはお祖母ちゃんに負けず劣らず、たぶんお祖母ちゃん以上に、料理上手だ。そのうえ、最後まで残さず食べなさいとうるさく言うこともないし、おかわりもできるくらいたっぷりつくってくれる。ジュリア叔母さんの家では食事の時間にうんざりすることがない。「寝る時間になったら」とイジーは続ける。「エリザベスはどうするの?」

イジーの肩には湿った赤い髪がかかっている。入浴後に梳《と》かすのを面倒くさがったせいで、毛先がもつれている。イジーはお祖母ちゃんにいつも怒鳴られている――イジー、てきぱきしなさい! イジー、てきぱき髪を梳かしなさい! イジー、てきぱきベッドを整えなさい！　イジー、てきぱきしなさい！　一方、アリーの髪はほとんど乾いている。アリーのほうがタオルで拭くのがうまいからだ。アリーにてきぱきしろと怒鳴る大人はいない。

「どういう意味、イジー？」とジュリア叔母さんが聞き返す。

「寝るベッドもないのにエリザベスはどうするの？」　イジーが答えるよりも早く、アリーが答える。

イジーはアリーをじろりと睨《にら》み、頭を振る。お祖母ちゃんはイジーとアリーが互いのことばを引き取ったり、考えを代弁したりすると、いい顔をしない。神様はそういうことを望んでらっしゃらないよ、と言って。アリーはイジーと眼を合わせずにすむように、さっとソファの端に寄り、親指の先でほかの指の先を一本ずつこすりはじめる。アリーは今、手の中にお祖母ちゃんのロザリオがあったらいいのにと考えているにちがいない。そうすれば自分の指先ではなく、なめらかな象牙色の珠《たま》をこすることができるのに、と。けれども今、そのロザリオは二階のアリーのベッドのヘッドボードに掛かっている。この家に来てから、ずっとそこに置きっぱなしになっている。

「エリザベスはきっと今夜も自分のベッドで眠れるわよ」ジュリア叔母さんはそう言って立ち上がると、細身のスカートの腰のあたりのよれた生地を伸ばし、玄関へ向かう。「叔母さんはね、今日の午後、ミセス・リチャードソンの家でエリザベスと一緒にいたの。エリザベスがあなたたちに会ったらとっても喜ぶわよ」と言いながら網戸を押し開け、身を乗り出して、通りの左右を見渡す。「きっとあなたたちの猫を捜すのも手伝ってくれるわ。エリザベスが家に帰ってきたら、さっそく一緒に出かけましょうね。みんなでセダンに乗ってお祖母ちゃん家《ち》まで行って捜すの」

家の外で、数軒の玄関のドアがばたんと閉まり、すぐに車のエンジンがかかる音がして、ぶるぶるとうなる。車が通りを走り去るにつれてその音も消える。家の西側に生えている茂みががさがさと音をたてる。人々が足で蹴ったり、物差しで叩いたりしている音だ。エリザベスが隠れていやしないかと思っているのだろう。ジュリア叔母さんは赤みがかった細い眉を撫でて、深く息を吐く。片足で踵を返し、大きいほうのソファに戻って腰をおろす。低い声がエリザベスを呼びつづけている。「帰っておいで！」大声が響く。「夕食ができてるよ！」叔母さんの真似をして、双子は手を膝の上に置き、足首を交差させ、背すじを伸ばして坐り直す。

双子は正面の窓の外をじっと見つめている。ジュリア叔母さんはふたりがちらりと視線を向けるたびに、笑みを浮かべようとする。やがて双子は、近所が静まり返っていることに気づく。エリザベスを呼ぶ声はやんでいた。イジーとアリーは眼を閉じ、それぞれが息を吸う——まったく同じタイミングで。ふたりのあいだではたびたびそういうことが起こる。これ以上、誰かの大声——夕食が冷めちゃうよ！　だとか、パパがお家《うち》で淋《さび》しがってるよ！　だとか——を聞きたくないと双子は思う。そして、もうしばらく沈黙が続いたあと、眼を開ける。互いに顔を見合わせ、それからジュリア叔母さんを見る。アリーは二人がけのソファの端でもぞもぞと体を動かしてから立ち上がり、ぴょんと部屋の真ん中に出る。ぱちぱちと手を叩き、それから両手を胸にあてる。ジュリア叔母さんは歯を見せて笑みを浮かべる。叔母さんも沈黙に気づいている。玄関ポーチを踏む重い靴音が聞こえ、ジュリア叔母さんと一緒に玄関のほうを向く。ジュリア叔母さんはソファから弾かれたように立ち上がる。

開いた網戸の向こうから、まずビル叔父さんの頭がぬっと現われる。〈デトロイト・タイガース〉の黒い帽子をかぶっている。毎晩仕事から帰ったらすぐにかぶる、いつもの帽子だ。叔父さんの髪もその帽子とほとんど区別がつかないほど黒い。それから、叔父さんが家にはいってくる。爪先に鉄芯のはいった安全靴《ワークブーツ》で木の床を重く踏みしめて歩き、部屋の真ん中に差しかかると、そこに立っていたアリーをさっと片手で抱き上げて脇に抱え、そのままイジーの向かいのソファに腰をおろす。ジュリア叔母さんは眼を閉じ、長い息を吐く。それから音もたてずに歩き、叔父さんの隣りに坐る。ビル叔父さんはもう一方の手を叔母さんの体にまわして引き寄せ、厚みのある四角いクッションに背中を預ける。ジュリア叔母さんは笑って叔父さんの胸を叩き——もちろん痛みを与えるような叩き方ではない——叔父さんに寄りかかり、その肩に頭を預ける。イジーとアリーがこの部屋にいることをいっとき忘れてしまったかのように。

「ほんとにほっとしたわ」とジュリア叔母さんが、ビル叔父さんの隣りに身を沈めながら言う。

お祖母ちゃんは、イジーとアリーが母親にそっくりだと言うが、ふたりは母親のことを知らない。ジュリア叔母さんを見てごらん、似ているから、とお祖母ちゃんは言う。イジーは自分の平らな胸に眼をやりたくなる気持ちを抑える。ジュリア叔母さんはあたしたちにはちっとも似ていないし、あたしたちが大きくなってジュリア叔母さんみたいになるなんてありえない。

ジュリア叔母さんはビル叔父さんの腰に手をまわし、ベルトの穴に指を引っかけながら尋ねる。「あの子はどこにいたの？」

叔父さんはアリーの頭のてっぺんにキスをして、向かいに坐るイジーにウィンクをする。今からでも遅くはない、とイジーは思う。車で市《まち》へ出て、チョコレートサンデーを食べる時間はまだあるかもしれない。ビル叔父さんが黙ったままでいると、ジュリア叔母さんはベルトの穴から指をはずし、ソファの端に体をずらして、正面から叔父さんを見すえる。

「エリザベスは見つかったんでしょ？」ジュリア叔母さんの声音がもったりと間延びしたものになる。感情的になるといつも、叔母さんの南部気質が顔をのぞかせる。「だから家に帰ってきたんでしょ、ちがうの？　エリザベスが見つかったから」

アリーがビル叔父さんをつつき、家の中でもかぶったままの帽子を指差す。ビル叔父さんはイジーに向かってしたように、アリーにもウィンクをしてみせ、帽子のひさしを二本指でつまんではじく。帽子は頭からはじかれ、くるりとまわって叔父さんの膝の上に落ちる。

「まだだ」とビル叔父さんはアリーの顎の先をつまみながら言う。

「まだってどういうこと？」ジュリア叔母さんが立ち上がり、叔父さんを見下ろす。「外はもう真っ暗じゃないの。エリザベスはもう家に帰ってるはずよ」

ビル叔父さんは横のクッションを叩いてみせ、ジュリア叔母さんがまた腰をおろすと、今度はその膝を叩く。「どうやらスズメバチの巣を引っ掻きまわしてしまったみたいでね、お嬢ちゃんたち」そう言って、ビル叔父さんはざらざらした顔をアリーの頬にこすりつける。叔父さんに同じことをされたことがあるイジーには、なぜアリーが顎を引き、くすくす笑っているのかがわかる。そのアリーのくすぐったさが伝わってくるような気がして、イジーは自分の頬に手を触れる。「きみたちはしばらく家のそばを離れちゃいけないよ」

「お祖母ちゃんは、こっちから手を出さなければ、スズメバチは何もしてこないって言ってたよ」とイジーが言う。

「そのスズメバチの話じゃないんだ、おチビちゃん」

「なんの話なの、ビル？」とジュリア叔母さんが尋ねる。

「怒りのことばがたくさんフィルモアにぶつけられてる。だから、エリザベスが見つかるまではこの子たちは家からあまり離れさせないほうがいい」

今年、お祖母ちゃんがイジーとアリーを叔母さんの家に行かせるのをやめようかと考えたのは、フィルモア・アパートのせいだ。あそこには黒人が住んでいるから、何かあるのも時間の問題だよ、とお祖母ちゃんは言った。みんながひどいことを言ったということは――とイジーは思う――みんなは黒人たちが面倒を起こしたと思っているということだ。たぶんフィルモアの誰かがエリザベスに悪さをしたのだ、と。もしかしたらエリザベスは、ジュリア叔母さんが考えているように、ただ迷子になったわけではないのかもしれない。

「あたしたちの猫はどうなるの？」とイジーは言う。そのことばは止めるまもなく彼女の口から飛び出ている。行方不明の人間のことを考えるより、行方不明の猫のことを考えるほうがたやすい。「家から出られないんじゃ、ちゃんと捜せないよ。そうでしょ？　叔父さんはあたしたちにパッチズを捜すなって言うの？」

「少しのあいだだけだよ」とビル叔父さんは言う。「裏のポーチに食べものを置いておくといい。ミルクでもいいかもしれない。猫はミルクが好きだから。パッチズが家に帰ってくるように仕向けるんだ」

イジーは立ち上がり、叔母さんと叔父さんに数歩近づく。「うん……二日くらいなら平気だと思うけど」イジーがそう言いおえるまえに、ビル叔父さんは長い腕をイジーの腰にまわし、イジーを抱き上げる。

「でも、ジュリア叔母さんの許可なく家の外に出るんじゃないぞ」ビル叔父さんは一日で伸びた顎ひげをアリーの頰にしたようにイジーの頰にもこすりつける。「わかった？」

アリーと同じように、イジーも顎を引いて笑う。

双子は口をそろえて答える。「わかった！」

「それじゃあ、これからまた出かけるの？」とジュリア叔母さんが尋ねる。「戻って、ほかの人たちを手伝うんでしょ？」叔母さんは立ち上がり、またスカートの皺を伸ばす。ジュリア叔母さんの体はどこもかしこも丸くてボリュームがある。たえずボタンをつけ直し、伸びきった縫い目を繕っている。「もう行ったほうがいいわ。この子たちとわたしは大丈夫だから」

ビル叔父さんは双子をぎゅっと抱きしめると、イジーの頭越しにジュリア叔母さんに話しかける。

「もうひとつあるんだ、ジュリア。警察だ。外に巡査が来てる。きみと話したいんだそうだ」

「わたしと？」

ビル叔父さんはうなずく。「おれも一緒に行くよ。お嬢ちゃんたち、ちょっとここで待っていられるね？」

「いいわよ」と言って、ジュリア叔母さんは三人に向かってひらひらと手を振り、笑みを浮かべる。が、今は歯を見せてはいない。「話をするくらいお安いご用よ。あなたたちはここで待ってて」

ジュリアの家の玄関ポーチに立っている男は、青い帽子をかぶり、黒っぽいシャツを着て、ネクタイをしめている。警官の制服だ。男は帽子を取ると、頭上の明かりに眼を細めながら言う。「奥さん」

「家には子どもがいるんです」そう言って、ジュリアは彼の話を姪たちには聞かせたくないと暗に伝える。

警官は一歩さがり、ジュリアにもついてくるよう促す。ポーチを降りると、彼の視線がジユリアの胸元まで下がり、しばらくそこにとどまる。ジュリアは夕暮れどきに羽織った薄手のカーディガンのまえを閉じて腕を組み、袖についた小さな油染みを引っ掻く。

家の外に出ると、居間の窓のまえを漂っていた影が現実の人間の姿に変わる。身を屈めて駐車している車の下をのぞき込み、家と家のあいだの茂みを通り抜け、ポーチの下を這いつくばって捜索を続ける人々の姿に。懐中電灯の光がジュリアをすばやくとらえては、通り過ぎていく。また大声が聞こえはじめる。あたりの空気にはもう甘い硫黄のにおいは漂っていない。今夜の花火はみんなもう片づけられていた。

「何か進展があったんですか？」ジュリアは尋ねる。自分の腰を抱くようにまわした腕にぎゅっと力を込めて。

警官は自己紹介をし、トンプソン巡査と名乗る。ジュリアは彼の背すじを指でなぞってやりたくなる。双子がお行儀悪く背中を丸めているときにするように。巡査は今しがたまで、シマンスキ家にいたのだという。さらに「ミスター・シマンスキの娘さんを知っていますか？」と訊いてくる。ジュリアは「もちろん」と答える――わたしたち、わたしと双子の姪のことですけど、ずっと待ってたんですよ。エリザベスの無事の知らせが届くのを。姪たちはまだ幼くて外には出せないし、ふたりきりで留守番するのを怖がるものですから、わたしも一緒に、三人で家で待ってたんです。

「あなたは今日、彼女に会ったそうですね？」とトンプソン巡査は尋ねる。帽子をかぶっていたせいで、明るい茶色の髪が額にへばりついている。「あなたは……」そう言って、彼は手帳をぱらぱらとめくる。「今日エリザベス・シマンスキに会いましたね？」

「何時間もまえですけど」とジュリアは答える。「お昼頃に。こんな騒ぎになるずっとまえのことです」

「そのときのことを話してもらえますか？」

巡査はじっと手帳を見つめている。ジュリアがなかなか答えないでいると、ようやく視線を上げて言う。「彼女と会ったときのことを思い出してもらえますか？」

「ずいぶんと改まった訊き方ね。あの子を家まで送った、それだけです。一時半くらいだったかしら。グレース・リチャードソンの家での昼食会のときに。この騒ぎのずっとまえのことです」

「彼女を玄関まで送りましたか？」

ジュリアは眼を細め、さっと通り過ぎるヘッドライトの光を見つめる。「正確に言うと、エリザベスが家に帰るところまでは見届けました」

「見届けた？」と巡査は訊き返す。「具体的に説明してください」

「歩道からエリザベスを見てたんです。家の門に、彼女の家の鉄の門にたどり着くところまで。それから玄関まで歩いて中へはいるのも見届けました」

巡査はジュリアについてくるよう身振りで示す。彼女はちらりと自宅を振り返ってから、巡査と一緒に私道の端まで出る。巡査はジュリアの両肩に手を置き、通りの西の端のほうを向かせる。それからジュリアの背後に立ち、彼の胸筋がジュリアの後頭部にあたるまで身を乗り出すと、右手をまえに伸ばしてオルダー通りの先を指差す。「こんなふうに？」と巡査は尋ねる。「私道の端から、こんなふうにエリザベスが家に帰るのを見てたんですか？」

「ええ」とジュリアは答え、じりじりと巡査から離れる。「ただ、わたしが立ってたのは、グレースの家の私道です。もっとミスター・シマンスキの家に近いところからです」

「八軒」とトンプソン巡査は言う。ジュリアは身をよじって離れようとするが、巡査は彼女の両肩をがっしりとつかんで、シマンスキ家の方角を向かせつづける。「リチャードソン家からシマンスキ家まで、数えてみたところ、八軒離れてました」

人差し指で巡査は家を八軒分数える。彼の腕がジュリアの頭の横をかすめる。ジュリアは一歩身を引くが、巡査はもう一方の手で彼女の肩をつかんで引き戻し、また八軒目を指差す。「どうも腑に落ちないんですよ」と巡査は言う。「あなたはほんとうにエリザベスが家にはいるところを見ましたか？　もっと明るかったとしても、これだけの距離があるところから？　ちゃんと見えると思います？」

「鉄の門は見えます」とジュリアは言う。「エリザベスは鉄の門を指でなぞっていました。それを見たんです。門のまえには着いていました」

そこでやっとジュリアも気づく。自分がエリザベス・シマンスキを見た最後の人物らしいということに。

「エリザベスはあれからずっと行方不明なんですか？」とジュリアは尋ねる。「こんなにも長い時間ずっと？　ほかに誰も彼女を見てないんですか？」

「エリザベスが門を開けるところを見たというのは確かですか？」と巡査はジュリアの質問には答えずに言う。

「今日はいろいろあったから」とジュリアは言う。

「エリザベスはドアを開けましたか？」と巡査は繰り返す。彼は今、ジュリアのすぐ横に立っている。「確かに見ましたか？　エリザベスが門の中にはいって、玄関に向かって歩くところを？」

「事件があったでしょ」とジュリアは心の中で家を八軒数えながら言う。昼間の明るいときならもっとよく見えただろう。「みんな、その噂で持ちきりだったの。それに姪の双子もいて。つい最近来たばかりで。考えなくちゃならないことがいっぱいあって。以前にもこういうことはあったんです。エリザベスはまえにも迷子になったことがあるんです。だから、わたしが見たあとで、きっと誰かがエリザベスを見かけてるはずよ。ほかの奥さんたちの誰かが。この近所に住む誰かが。エリザベスはどこかへふらふらと行ってしまった。それだけのことよ」

この人に言えるわけがない――ジュリアは思う。あのときはエリザベスの身の安全より、ウィリンガムで殺された女や、お午《ひる》どきに工場に現われる売春婦たちへの不安で頭の中がいっぱいだったなんて。この人に言えるわけがない。この二年間、ビルはずっとよき夫だったけれど、それでも、ほかの奥さんたちと同じように心配でたまらないなんて。この人に言えるわけがない。ベティ・ローソンの赤ちゃんがどんなふうに泣いて、どんなふうにグレースがわたしを家から追い立てたかなんて。あの泣き声がどれほどわたしに身をよじるような痛みを与えたかなんて。それでも、ベイクドビーンズに指を突っ込み、もっとブラウンシュガーを入れたほうがいいわなんて言って、痩せ我慢しなければならなかったなんて。この人に言えるわけがない。三年前、自分の赤ちゃんを亡くしたことも。ビルが次の子を欲しがらず、わたしの体に、そういう意味では、指一本触れようとさえしないことも。実際、言ったところで、この巡査は理解しないだろう。ランチが始まるまえに、グレース・リチャードソンの家から帰らなければならなかったのは、二度と自分の赤ちゃんを腕に抱くことはないかもしれないという恐怖で、息苦しくなったせいだなんて。そして今、エリザベスの様子をしっかり見ていなかったことをどれほど悔やんでいるかなんて。そうしたことはすべて胸に収め、ジュリアは巡査と眼を合わせずに言う。

「ちゃんと見ました。エリザベスは家に帰りました。確かに帰りました。それに、エリザベスを見かけた人はほかにもいるはずです。わたしが最後ってことはないはずよ」

ジュリアと警官がワグナー家の私道を通りに向かって歩きだしたところで、マリーナは窓辺を離れる。壁にもたれて――ここなら誰にも姿を見られることはない――新聞をめくりつづける。すでに二度眼を通していたが、ウィリンガムで死んだ女の情報は何も見つからない。せめて記者がその女の身長に言及してくれていればいいのに……その女は細くて小柄なのか？　それともふくよかで大柄なのか？　知りたいのはそれだけなのに。

近所の人々がエリザベス・シマンスキの名を大声で呼んでいなければ、室温を下げるために、窓をひとつ、ふたつ開け放っているところだ。五メートルも生地を使ったふんわりとしたスカートは、マリーナの細いウエストを強調するにはうってつけだが、この暑さの中では呪いの道具でしかない。エリザベスを呼ぶ声が次第に近づいてくるような気がするが、ただの思い過ごしだと考え直す。あの人たちがこの家の周囲をぐるぐるまわっているわけはないし、ウォーレンが捜索に加わっていないことに突然気づいて、みんながやってくるはずもない。夕食の時間をとっくに過ぎたのに、なぜお宅の私道は今日も空っぽなの？――誰かにそう訊かれたら、マリーナはこう答えるだろう。夫はウィリンガムの不快な出来事の対応に追われてるの。殺された女性の事件を解決するには、誰かが警察に協力しなくちゃならないでしょ？　もし誰かに訊かれたら、そう答えよう。

「ただいま」

マリーナは新聞を閉じ、胸元にぎゅっと引き寄せて振り返る。ウォーレンが戸口に立っている。片手にブリーフケースを持ち、もう一方の手に帽子を持って。

「びっくりした」そう言って、マリーナは新聞を三つに折りたたむ。「こんなに早く帰ってこられるとは思ってなかったの。警察の対応で忙しいんじゃないかって思って」

ポーチの照明が放つ柔らかな光の下で、夫の頭を縁取る白髪は汗で光っている。陽が暮れて多少和らいだとはいえ、彼としてもこの異常な暑さはしのぎきれなかったのだろう。ウォーレンはマリーナがまだ片手でつかんでいる新聞をちらりと見てから、彼女に眼を向ける。「これは昨日の新聞よ」とマリーナは言う。「今日のはあそこにあるわ」彼女は廊下のテーブルを指差す。「そこに。どうぞ読んで」夫がベッドにはいるまで——あるいは念には念を入れて、夫が明日仕事に出かけるまで——マリーナが今日の新聞を開いて、死んだ女の記事を探すことはないだろう。

「ねえ、お腹がぺこぺこなんじゃない？」とマリーナは言う。「ナイフやフォークはもう並べてあるから、支度はすぐにできるわ」

「何があったんだ？」ウォーレンはマリーナが差し出した頰にキスをしてから、開けたままのドアから身を乗り出す。

通りの向かい側では、ジュリアと警官がワグナー家の私道の端に立っている。マリーナは小首を傾《かし》げて夫を家の中に誘い、ドアを閉める。彼は胸ポケットからハンカチを取り出すと、上唇と額を押さえながら、ちらりと家の中を見まわす。なぜこんなにも暑いのかと訝《いぶか》るように。今朝から着ている彼の白いシャツはよれよれになっていて、柔らかい胴に張りついている。

「なんでもないわ」とマリーナは言う。「なんでもないのに大騒ぎしてるだけよ」

いつもこうあるべきだわ、とマリーナは思う。わたしは食卓で待っていて、夕食はオーヴンの中にあって、アイスペールには氷がたっぷりはいっている。あんなことは二度とあってはならない——裏口のドアから駆け込んで、よそゆきのドレスをクロゼットに突っ込み、丁寧に脱ぐ時間がなかったせいで、新品同様のストッキングを駄目にしてしまい、メイクを落としもせず、髪をこめかみでピン留めすることもなく、一目散にベッドにもぐり込むようなことは。それがあの夜、ハンマーを路地に置きっぱなしにしたまま、ウィリンガム通りを逃げ出したあと、マリーナがしたことだった。あとから考えてみれば、それほど急ぐ必要はなかったのだけれど。夫が帰宅したのは、それからたっぷり三十分も経ってからだった。彼の首すじの毛先はかすかに濡れていて、体は石鹼で洗ったばかりのにおいがした。しかし、シャツにはあの少女のにおいがついていた。事後にウォーレンがどれだけ体を洗ったところで、シャツに染みついたあの悪臭を取り除けるのは、マリーナだけだ。今夜帰宅した彼にはべたべたとしたところがない。閉めきったオフィスで吸った煙草のにおいと、温め直したコーヒーのにおいと、朝一番に振ったコロンの残り香しかしない。あの少女の痕跡はどこにもない。

「なんでもないとは、どういうことだ?」とウォーレンが尋ねる。「なんでもないなら、なぜみんな懐中電灯を持って走りまわってる? 通りに警察が来てるのはどういうわけだ?」

マリーナは夫のブリーフケースを玄関ホールのクロゼットに入れ、帽子をクロゼットの扉の内側のフックに掛ける。

「エリザベス・シマンスキのことじゃないかしら」とマリーナは言う。

「あの子がどうした?」

マリーナは夫の薄くなった髪をそっと撫で、彼のシャツに片方の頰を押しつける。湿って張りを失った綿の生地を頰に感じながら、鼻から息を吸い込む。こうしていても、あの少女の痕跡は感じられない。

「エリザベスが？」ウォーレンが繰り返す。マリーナを肘で軽く突いて、さきを促す。「あの子に何かあったのか？」

「どうやらどこかへふらふらと行ってしまったみたいよ」そう言って、マリーナは身を離す。明日になったら、洗濯かごからこのシャツを取り出して、またにおいを嗅ぐことにしよう。

「それで、みんなであの子を捜してるのか？」彼はマリーナから離れ、ダイニングルームの窓の外をのぞく。「大勢で捜してるのか？」

「ええ、そうだと思う」

ウォーレンはそれ以上は何も言わず、重い足音で一度に二段ずつ階段をのぼる。数分後に戻ってくると、ガレージであれこれ作業するときにいつも着ている白いランニングシャツと茶色のズボンに着替えている。胸は上下し、顔はてかてかと光っている。

「おまえ、また夜に運転するようになったのか？」夫の顔が頭頂部の艶だけを残して、戸口の暗がりに消える。白いシャツが光っている。

マリーナは息を吸うと、空気を胸にためてゆっくりと――夫が見たり聞いたり感じたりしないように――吐き出す。「まさか。どうしてそんなことをしなくちゃならないの？」

ウォーレンは指先をマリーナの手首から肘へと這わせ、二の腕をつかむ。彼は、マリーナがノースリーブのブラウスを好まないことを知っている。二の腕のたるんだ皮膚を他人に見せたくないことを知っている。つまり、この部分が他人の眼にさらされることは決してないことを。夫の指がマリーナの細い骨に食い込む。

「今でも陽が暮れると、眼が見づらくなるのか?」

マリーナは笑みを浮かべる。呼吸をひとつひとつコントロールし、努めてスムーズに息をする。「街灯がまぶしいのよ。それが耐えられないの」

ウォーレンはマリーナの腕をつかんだまま――血流が止まり、彼女の指先はずきずきしはじめる――ドアを開けて、敷居に立つ。家の中でも外でもないところに。

「じゃあ、家にいるんだな? 毎晩?」と彼は尋ねると、片手をマリーナの二の腕から肩へとすべらせ、繊細な首元の骨の下に親指を押し込む。

正確には〝鎖骨《クラヴィクル》〟の下に。マリーナがその名前を知っているのは、夫にその骨を折られたことがあるからだ。彼はマリーナに顔を近づけ、彼女の眼をじっとのぞき込む。薬を飲んだ形跡がないか調べているのだ。マリーナは夫を見つめ返す。眼を大きく見開き、視線をさまよわせないようにして。さらに、薬を飲んでいないことが夫にわかるよう、まばたきするのも忘れず。キャノン先生は言っている――数を数えて、新鮮な空気をたくさん吸い込めば、それだけでもう薬を飲む必要はなくなる、と。

「ほんとうに、暗くなったら運転はしてないんだな?」

マリーナはウォーレンに身を寄せる。通行人の眼には、妻が夫に鼻をすり寄せているように映ることを念じて。

「どうしてそんなくだらないことを訊くの？　わたしには、夜にだってやらなくちゃならないことがたくさんあるんだから。最後に陽が暮れたあとエンジンをかけたのがいつだったかさえもう覚えてない」

気づいたときにはもう、マリーナは夫に嘘をついている。

二日目

5

エリザベスが行方不明になってから丸一日が経つ。グレースはふくらんだ固い腹部に両手を添えてキッチンの窓のまえに立ち、暗い路地を見やる。エリザベスが両腕を脇にぴたりとつけ、頭を垂らして、ガレージの向こうから、ふらふらとやってこないかと願いながら。しかし、そこには誰もいない。夜気は冷たく風もない。家の中ではオーヴンがブーンと音をたてて室内に熱をこもらせ、アップルバナナマフィンのにおいを充満させている。グレースは髪をトップでまとめ、ねじってピンで留めると、開け放った窓辺に母親が置いた小さな扇風機に顔を向ける。扇風機は左右に首を振り、外の空気を室内に引き入れて、彼女の顔と首を冷やす。

近所はひっそりとしている。丸二十四時間が経過し、今はもう誰もがエリザベスをオルダー通りで発見する見込みはないと思っている。そのため捜索の手は東西南北に広げられていた。ゆうべの捜索を終えたあと、ジェイムズは市《まち》の地図を持ち帰り、封筒の裏に描いたように地図をブロックに分け、その数を数え、それぞれに男たちの名前を書き込んだ。そして、土曜日の朝になると、みんなで車に分乗し、教会に集まった。ジェイムズは男たちをグループに分け、それぞれにどこへ行くべきかを伝えた。そうして捜索は一日じゅう続けられた。彼らはウッドワード通りを歩き、小売店や商店、レストランの一軒一軒に立ち寄って、エリザベスを見かけた人はいないか尋ねてまわった。住宅の玄関のドアをノックしては物置の鍵を開けてくれと頼んだり、駐車している車の窓に顔を押しつけて車内をのぞいたりした。今ではもう、ウィリンガム通りであの女性を殺した犯人が誰にしろ、黒人の売春婦と懇《ねんご》ろになったせいで誰かが会社を馘《くび》になるにしろ、そんな話題が出ることはない。すべてが忘れ去られる――エリザベスが帰ってこないかぎり。

男たちが捜索に出かけている日中、グレースはほかの主婦たちと一緒に教会で過ごした。地下の集会所に集まり、コーヒーを沸かし、温かい食べものをたくさん準備した。夕方の五時にもなると、足首や指がむくみ、彼女は拳で背中を揉むようになり、ジェイムズがそんなグレースを自宅に連れ帰ったのだった。「これ以上は駄目だ」と彼は車を私道に入れると、エンジンをアイドリングさせたまま言った。「このあとは家にいてくれ。赤ちゃんのためだ」ジェイムズはグレースを愛している。妻と、ふたりが五年間夢見てきた待望の赤ちゃんを、ひたすら守りたいと願っている。愛する夫と子ども――それはグレースが望んだすべてだ。彼女は今、その両方を手にしている。多くを手に入れすぎたのかもしれない。グレースはふと思う。ひとりの女が手にすべき幸せを超えて手に入れてしまったために、こんな悪いことがふたりの人生に起こったのかもしれない。「お義母《かあ》さんと一緒に電話番をするんだ」グレースを家に残して捜索に戻るとき、ジェイムズはそう言った。「病院にもう一度問い合わせてみてくれ。やってみるだけの価値はある」それからグレースの頰に両手を添え、彼女の眼をまっすぐ見つめて言った。「自分を責めるのはもうやめるんだ。エリザベスがふらふら出かけるのはよくあることだろ？　心配するな。おれが見つけてやる」

今はもうとっぷりと陽が暮れている。ガスコンロの上の小型タイマーのカチカチという音が次第に遅くなる。やがて完全に停止し、けたたましくベルが鳴りだす。グレースの母親はオーヴンからマフィンのトレイを取り出し、テーブルの上に置く。このマフィンは明日の朝、教会へ持っていくことになるだろう。もし今夜エリザベスが見つかったら——きっとそうなるに決まっているけれど——マフィンはしっかり凍らせておけばいい。だから焼けるだけ焼いても問題はない。

「ぱさぱさしてるわね」と母親がひとつひとつマフィンの表面に触れながら言う。「バナナがまだ熟れてないって言ったでしょうが」母親は銀髪をひっつめて——お菓子を焼くときのいつもの髪型だ——ゆったりとした灰色の家庭着を着ている。「すぐにつくり直してオーヴンに入れるわ」

「それ、捨てないでよ」とグレースは言う。「できるだけたくさん焼いて持っていかなくちゃならないんだから」

しかし、母親はグレースのことばを無視して銀のトレイを傾け、十数個のマフィンを裏口のドア脇のゴミ入れに捨てる。

「さあ、あなたも少しは動いて」そう言って、母親はフォークの先をあふれかけたゴミに向け、それから網戸に向ける。「虫が湧くまえに外に出してきてちょうだい」

グレースはゴミ入れを持ち上げ、ドアを押し開ける。最後の診察のとき、ハーシュ先生は言っていた――赤ちゃんの通り道をつくるため、じきに骨盤の関節がゆるみはじめるだろう、と。つまずいてひどく転んだりすることのないよう充分注意するようにとも言われた。お腹の中の娘は日に日に重みを増している。夕方から夜にかけては、とりわけ重くなる。グレースは空いている手で金属の手すりをつかむと、コンクリートの三段の階段を慎重に降りる。全体重をかけるまえに、まず爪先で踏み段を確かめながら。

もうすぐエリザベスが見つかったという知らせが届く。そうしたら日常が戻ってくる。母さんはウッドワードの東にある自宅に帰る。ジェイムズは階上《うえ》のお湯の蛇口の水漏れを直し、ゆるんだ手すりを直し、裏の茂みを刈る。赤ちゃんをわが家に迎えるときにはすべて準備は整っているはずだ。わたしの仕事は、おしめやブランケットやご近所からいただいたお下がりの衣類を全部洗濯し、ひとつひとつ丁寧にたたむことだ。そのあいだもずっとお腹の娘に話しかけるだろう。新しい部屋について。逞《たくま》しくハンサムなパパについて。裏庭の緑の芝生について。来年の春にはきっと、カエデの木陰ができるあの芝生の上で娘が遊んでいることだろう。ジェイムズは男の子が欲しいと言っているが――夫というのはそういうものだ――

グレースにはお腹の中にいるのが小さな女の子だとわかっている。最初の胎動のときからずっと。生まれてくる小さな顔を見れば、ジェイムズだって小さな娘を愛するだろう。妻を愛するのと同じように。

オルダー通りは端から端まで、家々の明かりが煌々《こうこう》と灯っている。捜索に出て不在の家でも、エリザベスに帰り道がわかるように外灯をつけている。自宅の裏手から低い声が聞こえる。グレースは耳をそばだてる。時折、夜遅くに聞こえる声だ。ガレージに近づくと――キッチンの窓から洩れる光が路地をかすかに照らしている――彼らの残したガラスが見える。日を追うごとにガラスの破片の数は増えている。明日になったら、全部片づけて、ジェイムズには黙っておこう。そのとき、砂利を踏みしめる重い足音が聞こえた気がして、グレースはさっと左を振り向く。続いて何かが、あるいは誰かが、ドアノブをがたがたと揺らした気がして、今度は右を向く。

グレースは腰の片側でゴミ入れを支えながら、ガレージのほうへあとずさる。ポーチの明かりが奇妙な影を投げかけている。地面に長く細く伸びる影もあれば、路地の隅にうずくまるような丸くて幅広い影もある。ウィリアムソン家の明かりがつくる影だと気づいて、ようやく息を吐く。息を吐いて初めて、自分が息を止めていたことを知る。ミセス・ウィリアムソンのキッチンの窓と、ミスター・ウィリアムソンが野球の試合中継を聞いている階上《うえ》の寝室の明かりが灯っている。この通りに住む全員が教会へ行ったわけではない。年配の住民の中には自宅に残った人もいる。さっきの音はたぶんミセス・ウィリアムソンが戸棚の中を探っている音か、夕食後に食器を洗っている音だったのだろう。グレースは思う。こんな気持ちのいい夜だから、きっとミセス・ウィリアムソンは窓を開けていて、それで家の中の物音が密集した住宅の狭間で奇妙な響き方をしたのだろう。しかし、音はまた聞こえてくる――小さな砂利を重い靴で踏みしめる音だ。

教会で一日を過ごした主婦たちはみな、ジュリアのテーブルクロスの折り方が雑で、料理の盛りつけが多すぎることに気づいて、その日が終わる頃には、彼女の後始末をさせられるのにうんざりして、ジュリアにコーヒー係を命じていた――もうすぐ夜の捜索も終わるでしょ？　男性陣が戻ってきたら、きっと淹《い》れ立ての温かいコーヒーを欲しがるわ。コーヒー係はとても重要な仕事よ。主婦たちはジュリアをそう言いくるめる。あなたの料理の腕はわたしたちの中で一番よ、それはもうまちがいないわ。それにたくさんの料理を持ってきてくれた。分担した量よりもずっと多く。だから、配膳はわたしたちに任せてちょうだい。そんなわけで、ジュリアはコーヒー係になり、ほかの主婦たちがキャセロールやアルミホイルで覆った持ち寄りの料理を並べたテーブルのまわりで忙しく働くあいだ、二台のパーコレーターの準備をし、クリームを用意し、角砂糖入れに添える銀のトングを探し出す。教会にいる男性はミスター・シマンスキだけだ。彼は背中をこわばらせ、両足を床につけて、キッチンのそばの木の椅子に坐っている。

集会所に降りる狭い階段の一番下に男たちの最初のグループが現われる。彼らは午後十時までに捜索を終えるよう指示を受けていた。警察の要請だった。彼らとしてもそれよりも遅い時間に通りをうろついて、警察の仕事を増やすのは本意ではない。昨夜の捜索終了後、これ以上オルダー通りを捜しても無駄だということで彼らの意見は一致した。そこで今日は車に、少なくとも一台につき二名以上分乗して、周辺の通りをゆっくりと走りながら、エリザベスの名を呼んでまわることになっていた。エリザベスはひとりぼっちでいるのは好きではないし、暗いところも好きではない。だから、きっとポーチの明かりが煌々と灯る住宅街のそばにいる。エヴァがお家《うち》で待ってるよ、と大声で呼びかければ、きっとそのことばを信じるだろう。実際にはエヴァはもう死んでいたとしても。

最初のグループが現われたあと、次のグループが続き、さらに次のグループも続く。白い光の下、彼らの皮膚が灰色に見える。女たちは腕を広げて男たちに駆け寄り、食べもののほうへと案内する。昨夜の捜索は朝まで続けられ、男たちはみな疲れた顔をし、暗闇で眼を凝らしたせいで眼も充血していた。それでも、明るいときに捜せば見つかるはずだ、と口々に話していた。今夜は、より多くの男たちが低い戸口を頭を屈めて通り、食べもののテーブルに集まっているというのに、頭上の光は彼らの顔に濃い影を落とし、みな一様に背中を丸め、ただ首を左右に振るばかりだ。彼らの希望はすでに潰《つい》えていた。

さらに多くの男たちが階段を降りてきて、小さな輪をつくりはじめる。その数が増えるにつれ、女たちの中にも配膳の仕事をやめて、少しずつ男たちの輪に加わる者が出てくる。主婦たちの何人かが手づくりバザーを延期すべきではないかと言いだす。しかし、そんなことを考えるのは時期尚早だとマリーナ・ハーツが言い、リサイクルショップに出す衣類の寄付を今後も続けるようにと念を押す。誰かが階段を降りてくるたびに、全員の頭が一斉に戸口に向けられる。捜索に加わった夫たちもその妻たちも、新たな知らせを待ちわびている。地下の集会所にはいってきた最後のグループの中に、アーサー・ジェイコブソンの姿がある。アーサーは、現在はオルダー通りよりずっと北に住んでいるのだが、聖アルバヌス教会の日曜礼拝にはかよいつづけている。その彼が片手に持った帽子を持ち上げて、地上の駐車場に向かって開く狭い窓のほうを示す。

駐車場では、ジェイムズ・リチャードソンと数人の男たちが二名の警官と一緒に立っている。街灯の黄色い光が彼らを包んでいる。かなり離れた場所にいるジュリアにも、ジェイムズが疲れているのがわかる。うなだれ、手のひらで額を揉んでいる。エリザベスの捜索のことだけでなく、グレースとお腹の赤ちゃんのことも心配しているのにちがいない。警官のひとりが手を差し出し、彼らに何かを見せる。ジェイムズとほかの男たちは身を乗り出す。数秒後、ほぼ同時に体を戻し、そろって首を横に振る。

さらにひと言ふた言、ことばが交わされてから、彼らは散らばる。警官はパトカーのほうへ歩きだし、ジェイムズとほかの男たちは教会の入口に向かって。地下の部屋にいる人々も散らばる。ジュリアはコーヒーの持ち場に戻り、せっせとカップとソーサーをきちんと並べて数を数える。二十三セットでは足りないだろう。通常、結婚披露宴や初聖体拝領を祝う会に使われるこの集会所はほぼ満員になっている。ジュリアは指先をテーブルの端に置き、唯

一、コーヒーを取りにきたハリー・ビグスビーに挨拶して、カップとソーサーを彼のほうに押し出し、クリームを渡す。そして尋ねる。
「何か食べものを取ってきましょうか、ハリー?」そうして彼のコーデュロイの帽子を取ると、つばについた糸くずを払ってから返す。

「どうも思わしくないね」とハリーは言う。それから首を振ってジュリアの申し出を断わり、お礼がわりに頭を下げると、部屋の中央へ向かう。

次に階段を降りてきたのはジェイムズ・リチャードソンだ。彼は帽子を取って黒髪を指で掻き上げると、頭を振りながら言う。「今夜はもう終わりだな」

ジュリアはカーディガンのまえを閉じる。彼女の手持ちの中ではもっともゆったりしたカーディガンだが、それでもまだぴったりしすぎている。

「誰かエリザベスの持ちものに詳しい人はいないかな?」とジェイムズが尋ねる。「靴を見て、エリザベスのものかどうかわかる人は?」

部屋は静まり返る。ただ、ジュリアとはちがって、ほかの主婦たちに驚いた様子はない。黙って首を振っている。こういう知らせを予期していたからにちがいない。エリザベスにとってよくない結果を伝える知らせだ。ジェイムズを含め、駐車場で警官と話していた男たちの背後にビルが現われる。頭を屈めて戸口をくぐり、立ち止まる。片手に帽子をぶらさげている。ビルはジュリアのほうを向いてうなずいてみせ、双子は無事だと安心させる。姪たちは、お昼近くまでジュリアと一緒に教会で過ごしたあと、もう家に帰りたいとせがんだ。ジユリアはドアにも窓にも鍵をかけ、カーテンも閉めておくことを約束させてから、ふたりを帰し、ビルが捜索の途中でそんなふたりの様子を見にいくことになっていた。

「きみはどうだ？」ジェイムズはざっと部屋を見まわし、ジュリアに眼をとめて言う。「エリザベスの持ちもののことはわかるかな？」ジュリアにそう尋ねるのは、彼女がエリザベスを最後に見たことが周知の事実だからだ。

「わからないと思う」とジュリアは答える。「たぶん、グレースが一番エリザベスのことをよく知ってるんじゃないかな？」部屋全体の視線がジュリアに集まる。眼を伏せている人もいれば、しょぼくれたまぶたの下から見つめている人もいる。「それか、チャールズが。わかるかな、チャールズ？」

「靴が片方見つかったんだ」とジェイムズが言う。「仲間が見つけてきた。チェンバリン通りとウィリンガム通りのそばで見つけたんだそうだ。川のそばで。実物を見たんだが、白い靴だった。底が柔らかいタイプの小さな靴だ、それはまちがいない。そんなにくたびれた靴じゃなかった。ずっと置きっぱなしだったわけではなさそうだ。もちろん、誰のものであってもおかしくない。ただの靴だ。でも、エリザベスはあの通りを知ってたらしい。よくエヴァと買いものをしてたんだそうだ。だから、ひとりでも、あそこまで行けたのかもしれない。だからその靴がエリザベスのものだということもありうる」

誰かがミスター・シマンスキに飲みものを渡している。彼はそのグラスを両手で握りしめていて、水滴のついたそのグラスから眼を上げない。エヴァが亡くなるまえ、エリザベスは母親と一緒にバスに乗っていた。そうして軟らかすぎるトマトを避け、明るい黄色の硬いバナナを選ぶことを学んでいた。

「グレースに訊いてみて。きっとわかると思う」そう繰り返してから、ジュリアは心の中で弁解する。わたしがグレースの名前を挙げたのは、事実だからであって、グレースもあの午後にエリザベスと会っていたってことをみんなに思い出させたいからじゃない。

「警察が訊くだろう」そう言うと、ジェイムズは帽子をかぶって階段に姿を消す。階段をのぼって駐車場へ行き、グレースの待つ家へ向かう。

ジュリアはミスター・シマンスキのところへ行き、彼の椅子の背に手を置いて、脇にしゃがみ込む。「気を落とさないでね、チャールズ」ジュリアは無理に笑みを浮かべて言う。「悪いことになると決まったわけじゃないわ。希望を持てる理由もたくさんあるもの」ジュリアはミスター・シマンスキの腕をぎゅっと握る。その腕は彼女が思っていたよりもずっと細い。

「何か食べるものを取ってくるわ。力をつけるために甘いものはどう？　わたし、ルバーブパイを持ってきたの。わたしのルバーブパイはとびきり美味しいんだから。よく知ってるでしょ？」

「みんな、私のエリザベスに、すごくよくしてくれる。みんな、あの子をすごく気にかけてる、そうだろ？」

「わたしが最後にエリザベスを見たの」ジュリアはそう言って、ゆったりしたカーディガンのまえをまた合わせる。

「警察はそう言ってた」ミスター・シマンスキは片手でジュリアの髪をそっと掻き上げ、笑みを浮かべる。まるでエヴァの髪もかつては赤毛だったにちがいないとでもいうように。そのことを好ましく思い出しているとでもいうように。「でも、あんたが今、言おうとしていることは言わなくていい」

「わたしがもっとちゃんとエリザベスを見ておくべきだった」

「あんたはいつも私のエリザベスによくしてくれる」冷えたグラスの水滴が彼の青いズボンにぽとりと落ちる。「ほかのみんなはあんたに冷たくしてる、そうだろ？　みんな、あんたを責めてる？」

「みんな不安なのよ、それだけよ」とジュリアは言う。「わたしたちはみんな不安なのよ」

　男たちがフライドチキンやパントケーキの分厚い一切れを食べているあいだに、女たちは皿を持ち帰る準備を始め、あちらこちらへと動きまわる。スカートがふくらはぎのあたりでひらひらと揺れ、黒や茶色のシンプルなヒールが白と灰色の混じったタイルの床の上でコツコツと響く。皿とガラス食器がぶつかり合い、スプーンがコーヒーカップのふちにあたる。主婦たちは使用したアルミホイルを伸ばして折りたたみ、次の機会のために取っておく。おそらくは明日、また集まるときのために。みんな、エリザベスが川で溺れたんじゃないかと思ってるんだわ。ジュリアはそう思う。こんなことは考えるのも悲しいけど、みんなそう思ってるのよ。そして、わたしが近づくと離れていくということは、明らかにこうも思っているからよ――こんなことをしでかして、ジュリアはこのあとどうやって生きていくのかしら？　すでに一度あんな経験をしてるっていうのに、どうやってこの重圧に耐えていくのかしら？って。

6

大人たちが教会で一日を過ごしているあいだ、アリーとイジーは約束を守って、家の中にいた。大半は自室にいて、オルダー通りに面した窓から外を見ていた。何か――なんでもいいから見えないかと願いながら。時間が経つと、ウッドワード通りのほうから車の行き来する音が聞こえはじめた。交通量が急増して、渋滞する車の数が増えるにつれ、車の音も大きくなり、アリーとイジーはますます置いてきぼりを食らったような気持ちになった。午後じゅう眺めてみたものの、ふたりがオルダー通りで見かけたのは、車数台と野良犬一匹だけだった。そこで窓から外を見るのをあきらめて、レコードプレイヤーの電源を入れた。そのプレイヤーは、今年の夏ジュリア叔母さんの家に着いた日に、イジーのベッドの端に小さな黒いスーツケースみたいに置かれて双子を待っていた。叔父と叔母からふたりへのプレゼントだった。その黒いケースの側面に、45回転のドーナツ盤がぎっしりはいった〈チューン・トート〉のレコードケースが立て掛けてあった。午後じゅう、アリーはずっともらったレコードをかけていた。曲の終わりにレコード針を持ち上げるときには、ビニールのレコードを傷つけないよう細心の注意を払った。アリーは音楽を最後まで流したかった。といっても、レコードが大好きだったからではない。どっちみち、ピンクのレコードケースの中には、彼女のお気に入りは一枚もはいっておらず、大半はペギー・リーやフランク・シナトラのレコードばかりだった。アリーの目的は、イジーをまた愉しい気分にさせて、ビル叔父さんやジュリア叔母さんの言いつけに逆らわないようにすることだった。

次々と曲を流しながら、アリーはレコードプレイヤーの小さなつまみをまわして、音をどんどん大きくした。イジーが踊ったりくるくるまわったりしたくなって、エリザベスや迷子の猫のことを考えずにすむように。ビル叔父さんがふたりに胸で十字を切らせ、家でじっとしていて、外へ捜しに出かけたりしないと誓わせてからというもの、イジーはずっと不機嫌だった。しかし、どれだけ大きな音でレコードを聞いたところで、イジーにエリザベスや猫のことを忘れさせることも、愉しい気分にさせることもできなかった。アリーが一日じゅう恐れていたことがついに起こったのは、ビル叔父さんが最後にふたりの様子を見に立ち寄ったあとのことだった。ビル叔父さんは一時間ほどで家に戻るから、それまでおとなしくしているようにとふたりに言った。叔父さんがドアの外に出るまえから、アリーにはイジーが何か企んでいることがわかった。

「ばれっこないって」とイジーは言う。「もう暗いもん。誰にも見つからないし、ビル叔父さんとジュリア叔母さんが帰ってくるずっとまえに、ちゃんと戻るんだから。エリザベスを捜しにいこうよ。もしかしたらパッチズも見つかるかも。よくあることだよ。ペットが飼い主のあとを追って国の端から端まで行ったりっていうのは。それなら、ウッドワードの反対側まで来てたっておかしくない、でしょ？　通りはすごく静かだし、エリザベスもパッチズも両方とも見つかるかもしれないんだから」

一緒に来るのか来ないのか、とイジーに強い口調で問い詰められ、アリーはしぶしぶ同意する。いつでも走れるようにスニーカーに履き替えて、キッチンのドアから出ることにする。正面から出るよりはめだたないだろうから。アリーがさきに出て、イジーがそれに続く。網戸がばたんと閉まる。アリーは首を振り、イジーをたしなめる。静かにして、と念を押そうとする。しかし、イジーはさっさとアリーを引っぱって階段を降りていく。ふたりは明るく照らされた裏庭を駆け抜ける。ジュリア叔母さんは玄関と裏のポーチの明かりを両方とも必ずつけ、さらに電球も新品に取り替えていた。一番必要なときに電球が切れる事態だけは避けようというわけだ。イジーはアリーを引っぱりながら、ビル叔父さんのガレージがつくっている影のところまで一気に走る。その中にはいると、ざらざらしたガレージの壁にぴったり身を寄せる。ふたりとも息を切らし、胸を大きく上下させている。長い距離を走ったからではなく——実際、大した距離ではなかった——こっそり抜け出して暗がりまで走ったことや、空っぽの通りに耳をすましても物音ひとつ聞こえないことが、息もうまくできないほど恐ろしかったからだ。

「あたし、通りには出ないからね」アリーは片手で胸を押さえ、ばくばくする心臓を静めながら囁く。「絶対誰かに見られるもん」

ガレージの壁が剝き出しの肩と腕にちくちくとあたる。長袖を着てくれればよかった。アリーは思う。陽が沈んだあとはいつも寒くなるんだから、それくらい思いつくべきだった。そう思ってアリーは、寒さとそれ以上に暗闇のせいで身を震わせる。

「じゃあ、通りはあたしがひとりで捜してくる」とイジーがちょっと大きすぎる声で言う。まるで怖いものなどないのだと自分自身とアリーをごまかそうとするかのように。「アリーは路地を見てきて」と言って、イジーは横に動く。一歩一歩すり足で、ガレージの一番奥まで。「裏にいれば誰にも見られないよ。茂みはちゃんと全部蹴って調べてよ。十五分経ったら、ここに集合ね」

アリーはイジーに手招きし、戻ってきてと伝える。アリーには質問がある。茂みを蹴ったとき、もしエリザベスにしろ、パッチズにしろ、まったく別の何かにしろ、ほんとうに蹴ってしまったらどうしたらいいのか？　しかし、そう尋ねようとしたときにはもう、イジーはジュリア叔母さんの家の角の向こうに消えている。アリーが訊きたかったもうひとつの質問は、どうやって十五分経ったことを知るのかということだ。ふたりとも時計を持っていないのに、どうやったらわかる？　確実なのはひとつだけ――自分は何かを蹴ったりなんかしないということだけだ。次のブロックの端まで歩いていって、すぐに戻ってくる。それなら大して遠くはない。イジーよりずっと早く戻ってきて、イジーが帰ってきたら、あたしも今戻ったところなのと嘘をつこう。

アリーは路地に踏み出し、すぐに真ん中へ向かう。両端のほうが明るく照らされているけれど、何か――あるいは誰か――が隠れているとしたら端のどこかだ。真ん中のほうが安全だ。何が隠れていたとしても、その何かがアリーを襲うには、跳びかからなければならない。その隙にアリーは走って逃げ帰ることができる。アリーは歩きつづける。眼を左右に忙《せわ》しなく動かし、数メートルごとに背後をチェックする。こんな夜にはアリーは暗い空を何時間も眺めていたものだ。例のソ連の宇宙ロケットをちらりとでも見たいと願って。ロケットというのは、空の端から端まで走る稲妻みたいなものだろうと想像していた。しかし、学校の先生から、あの宇宙船が地球に落ちたと聞いて以来、空を眺めることも、宇宙船に乗った犬が生きていますようにと願うこともやめた。それでも、今夜のようにとりわけ空が暗い夜には、ついうっかり明るい光が見えないかと空を見上げることもある。

オバマイアー家のまえまで来ると、アリーは立ち止まる。その家にはガレージがなく、家と家のあいだからオルダー通りを見通すことができる。イジーの姿らしきものはない。家と家のあいだをじっと見つめながら、さらに何歩か進む。オルダー通りが見えなくなったら、そこから全速力で次のブロックの端まで走ろう。どれだけ疲れても、どれだけ足が焼けるほど熱くなっても、どれだけ胸が痛くなってもかまわない。ビル叔父さんのガレージに戻るまでずっと走りつづける。アリーは両手をぎゅっと握ってうつむき、大股で三歩進んだところで、足を止める。

その男は、リチャードソン家のガレージの影から路地の真ん中に出てきたにちがいない。もしずっとそこに立っていたなら、アリーは気づいたはずだ。たった一軒半先にいる男を見過ごすなんて考えられない。アリーは数歩さがり、男が片手を上げたのを見て、また立ち止まる。彼は止まれの合図のように手を出しながら、ガレージの中にいる誰かに話しかけるかのように身を乗り出している。それから背すじを伸ばす。手も足もある人間の影だ。男は虫を追い払うように片手を横に振る。アリーに道端に寄れと言っている。隠れろと言っている。男はまた身を乗り出し、また背すじを伸ばし、今度は唇に指をあててアリーに声を出さないよう伝えてくる。

お祖母ちゃんがここを見たら、大草原だと言うだろう――アリーは眼のまえの裏庭を見て思う。誰も草刈りをしないのだろう。ミセス・スコフィールドは亡くなり、ミスター・スコフィールドは草が伸び放題でも気にしていない。アリーは丈の高い草を搔き分けて中に進む。長袖と長ズボンに着替えればよかったとまた思う。ガレージの横まで行き、そこでしゃがみ込む。自分の呼吸の音がうるさい。空気が勢いよく肺に流れ込み、また出てくる。アリーは片手で口を覆い、もう一方の手で膝を抱える。ガレージの壁が背骨のこぶに食い込む。

影でしかなかった男は今、リチャードソン家のガレージに立っている。ミセス・リチャードソンはジュリア叔母さんの親友だ。ミセス・リチャードソンのブロンドの髪はほぼ白に近く、どんな天気の日でもいつもなめらかだ。数ヵ月後には赤ちゃんが生まれる。もし誰かみたいに――誰でもいいから――なれるとしたら、ミセス・リチャードソンみたいになりたい。イジーとアリーはふたりともそう思っている。男はまたガレージをのぞき込み、アリーのほうに頭を傾げる。男がまた背すじを伸ばしたとき、さらにふたりの男が出てくる。片方はアリーを手で追い払った男と同じ背恰好だが、三番目の男は背がずっと高い――ビル叔父さんより。

男たちがアリーのほうへ歩きだす。アリーは頭を引っ込めて、眼を覆う。空気がとんでもなく大きな音をたてて体を駆けめぐる。あまりにうるさくて、男たちに聞かれてしまいそうなほどに。二十まで数えよう。二十まで数えたら、あの人たちは消えている。けれど数を数えはじめたとたん、眩暈《めまい》を覚える。息を止める。砂利が踏みしめられる音や、蹴られた小さな石が硬い土の道で跳ねる音がする。足音が止まる。アリーは眼を上げる。男たちはアリーが隠れている場所から数十センチのところに立っている。三人のうちのひとり、一番大きな男が屈んで足元の地面から何かを拾い上げる。ほかのふたりは路地を歩きだすが、一番大きな男はうしろを振り返り、それを投げる。ガラスが砕け、三人の男は走って逃げ出す。

イジーはそのうち戻ってくる。十五分後にはさっきふたりが別れたところ——エリザベスを捜す人たちからは見えないところにある、ビル叔父さんのガレージに戻って、壁にもたれているはずだ。アリーはまた数を数えようとする。が、熱い息と、背中に食い込むガレージの壁と、腕をつついたり引っ掻いたりする草のせいで泣きたくなる。泣きながら数を数えることはできない。どこかすぐ近くで、ドアが開き、重い靴が木製のポーチを踏む音がする。

アリーは両手で口を覆う。

路地の奥、ウッドワード通りとのつきあたりで、男たちは角をまわり、姿を消す。アリーは脚を伸ばして立ち上がり、腕にできた引っ掻き傷をさする。それから片足を持ち上げ、次にもう一方の足を持ち上げて、丈の高い草を踏みしめる。リチャードソン家のガレージから、何かがぶつかるような音がする。大きな音ではなく、静かな音だ。まるで誰かが音をさせないように何かを叩いているかのような。それから、か細く、くぐもったうめき声がする。誰かが立ち上がる。アリーはミセス・リチャードソンのガレージに背を向け、走って家に帰る。誰かが立ち上がる。

マリーナの家のブロックでは、ほとんどの住民がまだ教会から戻っていない。普段の彼女なら、最後の皿を洗い、折りたたみテーブルを片づけ、備品を棚にしまうまで教会に残っていただろう。しかし夫が「最後にもう一度オルダー通りの北側を見てまわって帰るよ、誰かに家《うち》のまえで降ろしてもらうから」と言ったとき、マリーナはうっかり、それなら家の車はわたしが乗って帰るわと答えていた。そう答えて、笑みを浮かべて鍵を受け取り、ようやく彼女は夫が自分をじっと見つめていることに気づいたのだった。

「街灯の光が不安なんじゃなかったのか?」とウォーレンは言った。

「可哀そうなエリザベスがまだ見つかってないのに、怖いとか言ってる場合じゃないでしょ?」

ウォーレンがあまりに長くマリーナを見つづけるので、そばにいた女たちは離れていった。それでも、彼もようやく男たちと出発した。それを待って彼女はほかの主婦に片づけを任せ、一足さきに教会を出たのだった。

マリーナは鍵と大きな茶色のハンドバッグを玄関のテーブルの上に置く。家の中は暗い。外をのぞくと、双子のどちらかがジュリア・ワグナーの家に向かって通りを駆けていくのが見える。マリーナが今年の夏に双子を見たのは、それが初めてだ。ドアの外へ身を乗り出し、もうひとりの姿を捜す。こんな時間にほっつきまわっている双子を叱ってやろうかと考えたものの、そんなことに関わり合っている暇はない。

最後にもう一度通りを見渡し、夫の姿が見えないことを確認すると、マリーナはドアを閉め、ハンドバッグを開ける。こんな巨大で、しかも季節はずれのバッグを教会へ持っていくのは実に気まずかったが、しなければならないことをすませるには、大きなバッグが必要だったのだ。ウォーレンが帰宅するまえに、急いで片づけてしまおう。ハンドバッグの底のほうから新品のハンマーを取り出す。ウィリンガムで落としたハンマーの代用品として、午前中に〈シンプソン〉金物店で買っておいたものだ。

マリーナはハンマーを両手で持ち、私道を横切って夫のガレージへ向かう。歩きながら、ハンマーの重さと感触を確かめる。マリーナが覚えているかぎり、もとのハンマーとよく似ている。車のエンジン音がして立ち止まり、耳をすます。しかし、エンジン音はそのまま彼女の家のまえを通り過ぎ、オルダー通りを走り去る。ウォーレンではない。もし時間があれば、マリーナは二十秒数えて、速まる鼓動を静め、緊張でこわばった首や肩をほぐそうとしたことだろう。緊張はすでに胃にまで伝わっている。今夜ベッドにはいるまえには、根生姜《ねしょうが》をひとかけら嚙む必要があるかもしれない。キャノン先生は、どんなときでも何度か深呼吸をする時間くらいあるものだ、と言うけれど、それはまちがっている、とマリーナは思う。ほんとうに必要に迫られたときには、女には数を数えたり深呼吸したりする時間さえないものだ。

ガレージにはいると、床の上に散らばる箱や袋——中身は全部、ほかの主婦たちが運び込んだ寄付の品で、マリーナが選り分けてリサイクルショップに出すことになっている——のあいだを爪先立ちで通り抜ける。急にまぶしくなり、ガレージの真ん中まで来ると、頭上に手を伸ばして小さなチェーンを引っぱる。ガレージの真ん中まで来ると、マリーナは眼を細める。入口のドアから彼女とともに吹き込んできた風が天井からぶら下がる裸電球を揺らす。電球の光が小さなガレージの中を駆けめぐり、すでに吐き気を覚えていた彼女の胃に追い討ちをかける。細い銀色のチェーンが左右に揺れ、やがて動きを止める。

ガレージの中はいつも同じにおいがする。おが屑《くず》のようなにおいだ。ウォーレンが鋸《のこぎり》を使うことはめったにないのに。特に夏場には。彼が日曜大工をするのは秋か春先だ。でも、ある種のにおいというのはそういうものだ——何週間、何ヵ月経っても、いつまでもこびりついて、厄介なものとなる。

マリーナの手の中にある、新しいハンマーの木製の柄はすべらかだ。あの暗い路地で落としたもうひとつのハンマーの柄もすべらかだったかどうか、マリーナには思い出せない。それにあのハンマーの柄は赤色だったような気がする。しかし、金物店には赤い柄のハンマーはなく、この茶色の柄のハンマーしかなかった。マリーナはしょっちゅう夫の工具に触れているわけではないが、工場裏の路地に持参したハンマーの頭部は、片側がふたつに割れていたことは確かに覚えている。それはまちがいない。それ以上に重要な特徴がハンマーにあるだろうか？

マリーナは作業台――夫が接着剤を使ったり紙やすりをかけたりする際に使う厚板――ににじり寄り、両手を伸ばして、新しいハンマーをペグボードのふたつの金属フックにそっと掛ける。このボードは隣人の〝返却し忘れ対策〟としてつくられた。誰かに工具を貸して、いざそれが必要なときに見あたらないということが度重なったためだ。これをつくるまで、夫は誰にどの工具を貸したか失念することがよくあった。が、今ではペグボード上の工具を象《かたど》った黒い縁取りを見れば、一目でどの工具が収まるべき場所にないのかがわかるようになり、忘れることもなくなった。そのほかの彼の所持品――釣竿、彼の父親から譲り受けたショットガン、黒いピストル、肉切りナイフ、斧が一、二本――はペグボードの脇のキャビネットに鍵をかけてしまってある。こうした物まで隣人に失敬されては困ると思っているのだろう。が、いずれにしろ、最近は工具を借りにくる人も以前と比べるとなぜか少なくなった。

あのハンマーを取ってハンドバッグに入れた夜、マリーナはほんの一瞬、キャビネットを開けて護身用に黒いピストルを持っていこうかと考えた。しかし、拳銃を扱うにはそれなりの技術が要る。そもそも彼女は弾丸《たま》やら引き金やら、その手のことにはまったく不案内だ。夫は以前、銃は常に弾丸を装塡《そうてん》しておくと話していた。非常時に弾丸の箱を持って慌てたくない――箱の中身をぶちまけたり、あまつさえ、あるべき場所に弾丸がなかったりしたら困るだろ？――そう言っていた。とはいえ、マリーナには銃が確実に装塡されているのかどうか確かめる術《すべ》がない。それで彼女はハンマーを持っていくことに決めたのだった。

マリーナは頭を右に傾け、次に左に傾ける。それから指を一本伸ばし、ハンマーが黒い輪郭の中に収まるよう、六ミリ上にずらす。しかし、位置をずらしたところで、新しいハンマーの頭部は彼女がなくしたハンマーの頭部よりずっと小さく、輪郭にぴたりとは収まらない。

夫から夜間の運転について質問されなければ、路地でなくしたハンマーのことなどさほど気にかけなかっただろう。しかし、夫がガレージでペグボードを一瞥《いちべつ》し、ハンマーが消えていることに気づくときはいずれやってくる。そうしたら、彼はまずマリーナにハンマーを見なかったかと尋ねるだろう。それから近所の家を一軒ずつ訪ね、問い質《ただ》してまわるだろう。彼は自分の物を人に貸すのをほんとうは忌み嫌っている。そのうちハンマーが忽然《こつぜん》と消えたことを不思議に思い、本来なら考えもしなかったことに思いをめぐらすことになるかもしれない。

あの夜、マリーナが運転していたことを誰かが夫に話したのなら、その人物はいずれマリーナが赤い柄のハンマーを持っていたことも話すだろう。工場の近くまで行ったことを夫に知られるのはまずい。妻が夫の個人的なことをあれこれ尋ねたり詮索したりするのを極端に嫌う夫。それがウォーレンだ。マリーナはそのことを結婚初期に学び、その後の長い年月で思い知らされてきた。彼女は改めて悔やむ——あのときハンマーを取りに戻ってさえいれば。そもそも、空っぽの駐車スペースや、無駄になる夕食のことなど気にしさえしなければ。ハンマーを取りに戻ってさえいれば、証拠が残ることもなかったのに。取りに戻ってさえいれば、赤い柄でも茶色の柄でもどんな種類のハンマーだろうと、気にすることもなかったのに。取りに戻ってさえいれば、ウィリンガムにいたことをウォーレンに知られずにすむのに。わたしが嘘をついたことを知られずにすむのに。

グレースはゴミ入れをガレージの脇に置き、重い木製扉の取っ手をつかむため両手をおろした。ゴミを片づけているということは、今日という一日が終わりつつあるという、まぎれもない印だ。まもなくジェイムズが帰宅すれば、エリザベスがまだ戻らないことを知ってから二日目の夜を迎え、ふたりは眠りにつくことになる。グレースは金属製の小さな取っ手を両手で握りしめて引き上げ、扉の下の隙間に両手を入れて頭上へ押し上げた。お腹の赤ん坊がここまで大きくなった今、グレースにとっては、ガレージの扉を押し上げるのもひと苦労だ。

ガレージの中は暗かった。ジェイムズの車がいつもの場所に停まっていた。ハワード・ウォレスが――それともアル・トンプソンだったか？――教会まで送ってくれたからだ。ジェイムズには地図を調べ、メモを取る役割があった。隣人たちは、運転ではなく、頭を使って計画を練ることを彼に求めた。銀色のゴミ容器がふたつ、車の横のいつもの場所にあった。グレースは指先が汚れないよう、ひとつ目のゴミ容器の蓋の持ち手にティッシュをかけた。その容器は満杯だった。そこで銀の蓋を戻し、やはり埃まみれの持ち手からティッシュで指先を守りながら、二番目の蓋を持ち上げた。そのとき、誰かの手に顔を覆われた。

硬く冷たい素手。大きな手のひらと太い指がグレースの鼻と口をふさぎ、呼吸をさえぎった。グレースは左右に、前後に、大きく頭を振った。背が高く横幅のある体に押しやられ、よろめき、つまずきながら、ガレージの奥へと追い立てられた。肺が焼けるように熱くなり、グレースは口をふさぐ手に爪を立て、引っ掻いた。すると眼のまえに立つ誰かが彼女の手首をつかんだ。

「しいっ」と低い声が囁いた。生温かい息がグレースの顔と眼にかかった。その声は、まるで咽喉を焦がしながら出てきたかのように、しゃがれていた。

背後にいる男が片手で彼女の口を覆った。グレースは鼻から息を吸い込んだ。男たちの体から饐《す》えたにおいがする。眼のまえの男は顎の先にひげを生やしていた。背が高く、ジェイムズよりもずっと高かった。男は三本の指で顎ひげを撫で、毛先を尖らせ、緑の壜をジェイムズの車のトランクの上に置いた。ジュリアが家の裏で見つけるような、ジェイムズとグレースが家の裏でよく見つけるような、緑色のガラス壜だ。男はグレースの腹部を見て、笑みを浮かべた。笑い声をあげたのかもしれない。男はグレースの両手首をつかんで左右にゆらゆらと振った。遊び場で歌でも歌う子どものように。

「いい子は静かにしてるんだ」と男は言った。

背後の男がグレースの腕をつかんだ。片手で両手首を握りしめ、もう一方の手でまた口をふさいだ。腕をうしろに引っぱり、自分の体を押しつけてくる。グレースの肩に痛みが走った。

笑みを浮かべた眼のまえの男は、顎に手をやり、ひげを撫でた。三番目の男は「勘弁してくれよ」と言って、顔をそむけた。背中をそらしたせいで、グレースの大きなお腹が彼らに向かって突き出ていたからだ。背後の男がざらついたサンドペーパーのような頬をグレースの頬にこすりつけた。片手を伸ばしてブラウスの裾の下にすべり込ませた。グレースはむっとするお腹の赤ん坊をふわりと覆ったブラウスの裾の下にすべり込ませた。グレースはむっとするような息を感じた。男の手が週を追うごとに伸びていく腹帯を引っぱった。冷たく湿った手がじかに彼女の肌に触れた。手はそこにとどまり、動かなかった。

「くそっ、マジかよ」三番目の男にはそれ以上その光景を見ていることができなかった。疲れた眼をゆっくりしばたたかせて、頭を振ると、どこかへ消えた。

背後の男がグレースの頭をつかんでうしろに倒した。グレースの眼に天井の黒い垂木《たるき》が映った。天井に伸びた影が折り重なった。口をふさいでいた手が咽喉元まで下がり、きつく締めつけた。グレースはまた息を奪われた。こんなこともできるぞ、という男からの警告だった。それから男はブラウスの襟元へ手を差し入れた。襟元には彼女の母親が縫いつけたレースがついていた。うまく手が入れられないと見るや、男は縫い目を強引に破り、レースを引き裂いた。ぎざぎざの爪がブラウスに引っかかり、たこのできた荒れた指が肌に触れた。彼女の乳房は以前よりも重くなっている。日に日に重みを増していた。もうすぐ赤ちゃんが出てくる印よ、と母親は言った。産後は胸を縛ったほうがいいわ、そんなにお乳は必要ないから、と。

両腕を引き上げられてうしろに倒れ込み、グレースは尻餅をついた。ふたつの手が彼女を地面に押し倒し、両手首を押さえた。闇がグレースのまわりを包んだ。どこか上のほうから、男たちの声がした――ふたりの男の声だ。ひとりが新聞のことを言っていた。やつらはこの女のことを書くだろうか？　この女の身に起こったことなら記事にして印刷するだろうか？　警察は来るだろうか？　それとも何事もなかったように振る舞うのか？　それを聞いて、グレースは直感的に察した。この男たちはウィリンガムの黒人女性を知っている。少なくとも、噂くらいは聞いたことがある。エリザベスが行方不明になって以来、人々の話題にのぼらなくなったあの死んだ女性のことを。新聞でまったく報じられなくなったあの女性のことを。刑事がコーヒーや煙草を片手にいくつか質問しただけで、警察の捜査がもう終わってしまったあの女性のことを。この男たちは――この男は――あの女性のことを知っている。これはこの男なりの物事の正し方なのだ。

男のひとりがグレースの顔をそむけさせ、頬を地面に押しつけた。グレースの眼にジェイムズの車のタイヤの側面が映った。緑の壜が車から落ち、ガレージの床で砕けた。もうひとりがグレースの中にはいってきた。これがエリザベスの身に起こったことなのだ――グレースはそう思った。荒い息づかいが聞こえてきた。うしろから、上から、そこらじゅうから。これが、エリザベスが最後に聞いたものなのだ。男は両手をグレースの脇について、彼女の上にのしかかっていた。前腕を這う太いひものような静脈と黒い針金のような毛。これが、エリザベスが最後に見たものなのだ。グレースはタイヤの黒い溝を見つめる。以前、ジェイムズはタイヤに一ペニー硬貨を差し込んで、溝の安全性をチェックする方法を見せてくれたことがあった。車の運転方法をまったく知らないグレースは、それを見て笑った。この家を売ってどこかに引っ越したら——最後の一軒になるまでここに残りたい人はいないから——また運転を教えてあげるよ。ジェイムズはそう言っている。

「くそっ」どこかに消えた男の声がした。

これがエリザベスの身に起こったことなのだ。この男たちは、まずエリザベスから始めたにちがいない。彼らは彼らのやり方で物事を正そうとしているのだ。グレースはそう思った。

そのあとはもう何も聞こえなくなった。

7

空っぽのガレージの中で、グレースの肌が冷えていく。男たちは出ていった。通りのどこかで、ガラス壜が砕ける音がする。そして静寂。グレースは息を吸い、吐き出す。聞こえるのは自分の呼吸の音だけだ。ジェイムズの車の横に散らばった緑のガラスを月明かりが照らしている。彼の車は最近流行りのシャープなフォルムでもなく、きらきらしたクロームメッキ仕様でもない。後部は丸く、前部はずんぐりと短い。グレースは仰向けから横向きになり、大きなお腹の許すかぎり両膝を体に引き寄せて、片手でブラウスのまえを合わせる。引き裂かれた母親のレースが襟元から垂れている。もう一方の手を赤ちゃんに添える。この子はあと一ヵ月ほどで出てくるだろう、と先生は言っていた。生まれるために体勢を変えはじめている、と。

ブラウスの破れた生地を握りしめながら、片手をついて体を起こす。キッチンのゴミ入れが倒れている。ぱさぱさのマフィンが泥だらけの床に散らばっている。いくつかはジェイムズの車の下まで転がっている。さらにいくつかは踏みつけられ、床の上ですりつぶされている。グレースは破れた母親のレースを片手でつかみ、もう一方の手でマフィンを拾う。もはやマフィンの形をしていないかけらのいくつかも。そして、ゴミ入れの中身を大きな銀色のゴミ容器の中に空ける。

ガレージの外に出ると、路地は暗く、人気《ひとけ》がない。まるであの男たちなど最初からいなかったかのようだ。家の表側、オルダー通りから届く光に彼女は眼をしばたたかせる。眼を閉じて、鼻から息を吸い、口から吐く。硫黄のにおいがあたりに漂っている。夕方、数ブロック離れたところから花火の音が聞こえていた。年々、子どもたちの花火遊びが始まる時間が早まっている。毎年、七月四日の独立記念日になると、ジェイムズとグレースはウッドワード通りにある起点から〈セント・クレア〉号に乗船し、デトロイト川をくだる。ふたりが初めて出会ったのもその船上だ。しかし、今年の夏はお腹に赤ちゃんがいるからやめておこう、とジェイムズは言っている。

ふたりが出会った七月四日、グレースは十歳で、ジェイムズは十八歳だった。ほんの子どもだったけれど、それでもきみのことは覚えているよ、とジェイムズは言う。しかし、それは事実と異なる、ロマンティックに美化された思い出だ。あの日、グレースは大人たちやそわそわしたほかの子どもたちに交じって、船べりから波止場に渡した道板《タラップ》の上に立ち、いっとき眼下の冷たい川の水のことばかり考えていた。それが〈セント・クレア〉号にまつわる彼女の最初の記憶だ。足が木の板のくぼみを踏んだときの胃のきりきりした痛み。もし下の冷たい川に落ちてしまったらという恐怖。硫黄のつんとした甘いにおい。やがて、船の汽笛が低くうなった。それを聞いた母親はたぶんこう言ったはずだ——というのも、母親はその後毎年同じことを言っていたからだ――ずいぶんと悲しげな音だこと、出航にはそぐわないわね。

グレースは十歳になっており、両親を追い越して走っていくには大人になりすぎていた。前年までは、母親のそばを離れ、ほかの乗船客のあいだをちょこまかと抜けて最前列まで出ていた。先頭に立って船に乗るということは、誰の手もまだ触れていない、上甲板に上がる階段の真鍮《しんちゅう》の手すりをつかみ、ぴかぴかのマホガニーの踏み段を踏むことを意味した。しかし、グレースはそろそろ〝淑女〟らしく振る舞うべき年頃に差しかかっており、〝淑女〟は先頭で船に乗り込んだりはしない。たとえあの完璧な輝きが、彼女よりさきに乗船した客の手によって失われたとしても。そんなわけで十歳のグレースは、手袋をはめた手を母親の手の中にすべり込ませ、ぴょんぴょんと片足ずつ交互に跳ねながら列に並んでいた。船に乗り込んだ瞬間にはもう、これから眼にする光景を思い浮かべて後悔していたとはいえ。

その年、グレースと一緒に並ぶあらゆる年代の女たちは、まるで何かに備えるかのように、誰もがぴんと背すじを伸ばしていた。母親の話では、今は国じゅうが気持ちを奮い立たせていて、足場を固めるべき相応の理由があるのだ、ということだった。グレースはそれが何を意味し、なぜ国がしっかりとした足場を必要とするのかは理解できなかったが、手首まである長い袖にきつく締めたウェスト、片方の眼を覆うようにしてゆったり背中まで流れる髪という恰好の女たちからみなぎる活気に、気持ちが高ぶるのを感じていたのは事実だった。彼女は肩をそびやかし、顔を上げて歩いた。このワンピースが子ども用でなければいいのに、と内心思いながら。

〈セント・クレア〉号に乗船する男たちは、その年もほかの年もスーツを着用していた。陽が沈む頃、上甲板でバンド演奏があるからだ。エンジンが振動し、音楽が鳴り響く中、紳士たちは淑女たちの細く締まったウエストに腕をまわし、ひきわりトウモロコシの粉で磨かれたダンスフロアの上で淑女たちをくるくるまわした。グレースが初めてジェイムズを見かけたのもその上甲板でのことだった。彼の右手は若い女性の腰に添えられ、左手はその女性の手を握っていた。ふたりの足はつやつやした床の上を漂い、くるりとまわるたびに彼は相手の体を引き寄せた。ジェイムズは背が高かった。よそゆきのヒールを履いた女性たちの誰よりも。幅広い肩は逞しく、ターンするとくせのある黒髪がはらりと額におりた。

踊りながら、ジェイムズは腕に抱く女性に屈託なく笑いかけていた。たぶん、いささか気安すぎるほどに。まるで相手の女性が妹ででもあるかのように。彼が笑いかけるたび、その女性の眉間の皺が深くなった。が、グレースがジェイムズに眼をとめたのは、その屈託のない笑い方のせいだった。相手の女性は笑うときに必ず手を口元にあてていたのに、彼は頭をうしろにそらし、口を大きく開けて笑っていた。誰に聞かれようと、誰に見られようと恐れていなかった。この人はきっとやさしい人にちがいない、とグレースは思った。そして、なによりそのやさしさをその後何年もずっと記憶にとどめつづけた。結局、かろうじて膝が隠れる丈のスカートを揺らし、頭上のライトに黄色い髪を輝かせていたその女性は、腕を組んで黄色い髪をひるがえすと、足音も高く、別のパートナーを探しにいってしまった。グレースはその女性がどこかへ行くのを見てひそかに喜んだ。靴を片方なくしたグレースは、ぎこちない足取りで家まで歩く。一歩、休み。一歩、休み。裏口のまえまで来ると、注意深く階段をのぼる。片手にゴミ入れを持ち、もう一方の手は裂けたブラウスを握りしめていて、手すりをつかむことができなくて。とにかく注意するように、と先生は言っていた。ひどい転び方をしてはいけない、と。

キッチンでは、扇風機がスタンドの上でがたがたと左右に首を振りつづけている。オーヴンのタイマーが一定のリズムで音をたてている。グレースはブラウスを両手で握りしめながら、テーブルの椅子に腰かけ、足の裏を床につけて坐る。真正面にあるガスコンロの上の時計をじっと見つめて、おなじみの胎動が——お腹の赤ちゃんが体を伸ばしたり丸めたりするのが——感じられるまで待つ。扇風機の送り出す風がほつれた髪を顔の上になびかせる。

「あらあら」母親がタオルで両手を拭きながらキッチンにはいってくる。

母親はすでに髪にスカーフを巻き、寝るためにメイクを落としていた。灰色の家庭着はまだ着ているものの、足元はフェルトのスリッパに履き替えている。母親は今夜、グレースの自宅に泊まることになっている。この状況を考えるとそうしてもらったほうがいい、とジェイムズが主張したのだ。

「焦げるまえにマフィンの様子を見てちょうだい」と母親は言う。

それからグレースに眼を向ける。

母親はグレースと距離を保ちながら、家庭着のゆったりとした裾をひるがえし、テーブルのまわりを歩く。ドアの内側に置いたままのゴミ入れをシンクの下に片づける。タイマーを切り、マフィンをオーヴンから出す。

「母さん？」

「こっちへおいで、グレース」そう言って、母親は片手でグレースの前腕をつかみ、もう一方の手を肘に添える。

ふたりは階段をのぼってバスルームへ行く。熱いお湯を入れるあいだに服を脱いで待っているように言われて、グレースは服を脱ぐ。ほどなくバスタブにお湯が張られる。母親はグレースをバスタブまで導き、腕をつかみ、グレースが足を片方ずつ上げてバスタブのふちをまたぐのを支える。グレースは片手をタイルの壁につけ、もう一方の腕は母親にしっかりとつかまれたまま、お湯に体を沈め、温かいお湯にむせ返る。握り拳を口にあてて空咳をしながら、吐きそうな気分になる。母親はグレースの肩に手を置き、吐き気が収まるのを待ってから、石鹼を手渡す。

「さあ、これで体を洗って」と母親は言う。

お湯に浮かぶ彼女の両腕のあいだから、お腹がせり出している。母親はグレースの手に石鹼を握らせ、髪から金色のピンを引き抜きはじめる。一度に一本ずつ、はずしたピンをバスタブのふちに置いていく。いくつかは丸いふちからすべり落ち、床のベージュのバスマットの上に音もなく落ちる。すべてのピンをはずしおえると、グレースの髪がなめらかになるまで梳かし、同じピンを使ってまた髪をまとめあげる。

「胎動を感じる」母親はグレースのお腹――温かいお湯から飛び出ている部分――に手を置いて言う。「この子はちゃんと動いてる。蹴ってる。見えるでしょ？　力強くお腹を蹴ってる」

グレースは両手を腹部にすべらせる。殻のように硬い。しばらくじっとしていたあと、赤ちゃんが動く。ほっと安堵《あんど》して、涙が出る。ジェイムズと結婚したばかりの頃、ほかのご主人たちはウィンクしてジェイムズの背中を叩いて言ったものだ――こんな若い奥さんならチョチョイのチョイで、すぐにおまえにも息子ができるさ。しかし、そうはならなかった。何年経ってもできなかった。グレースは毎晩、赤ちゃんを授かりますようにと祈り、聖アルバヌス教会でろうそくを灯し、枕の下に赤いリボンの切れ端を置いて眠った。ほかのどんなものより赤ちゃんを望んだ。自分のためだけでなく、ジェイムズのためにも。いつかできるさ――グレースが泣くと、ジェイムズはよく言った。いつかできるさ。

母親はグレースに白い綿のナイトガウンを着せると、寝室へ連れていき、ベッドに寝かせる。シーツをグレースの顎まで引っぱり上げ、一番上のブランケットを折り返す。グレースが子どもの頃によくしてくれたように。窓辺では白いレースのカーテンが揺れている。風がグレースの顔をそっと撫でる。

「ジェイムズには具合が悪いって言っておく。熱があるって。ソファで寝るように言っておくから」

グレースは体を横に向けて、手を赤ちゃんに添える。内側からまた突いてくる。「エリザベスは？」と彼女は尋ねる。

母親は頭を傾ける。「何も。何も聞いてない」

グレースは誰かシマンスキ家のガレージを捜したのかと――捜したと知っていても――母親に尋ねたくなる。ジェイムズがガレージもほかの場所も捜したことは知っているのに。

「双子が……」そう言って、グレースは片手をついて上体を起こす。もう一方の手は赤ちゃんに添えたまま。「ジュリアは今夜、双子に留守番をさせてるの。もう大きくなったからって。ジュリアはふたりが安全だと思ってる」

「わたしが様子を見ておくから」と母親は言い、手を振ってまた横になるよう促し、カーテンを閉める。風が止まる。「あなたはここにいて、休みなさい。傷痕もほとんど残ってないし、明日になれば元気になるよ」

かちゃり。ドアが閉まる。部屋は暗くなる。空気は動かない。バスルームからバスタブのお湯を抜く音がする。それから、母親が動きまわる足音。おそらくグレースの脱いだ服を集めているのだろう。きっと母さんはそのまま捨ててしまうのだろう。グレースは思う。わざわざ繕ったりせず。

またドアが開き、廊下の明かりが部屋に射し込む。グレースはまぶたを震わせる。

「男の肌の色を見たかい？」と母親が尋ねる。

グレースはうなずく――実際にはまばたきをしただけかもしれないが。

「自分の妻がこんな目にあったことを知りたがる男はいない。そんなことを知ったら生きていけない。いいかい。知りたがる男はいないんだよ」と母親は言う。

きっとこれがエリザベス・シマンスキの身に起こったことなのだ。グレースはまた思う。きっとこれが、あの子が耐えたことなのだ、と。

ドアがまた閉まり、部屋は暗くなる。

今夜の捜索は終わった。ジュリアの家のダイニングルームの窓の外は、ひっそりとしている。聞こえてくるのはひっきりなしの虫の声——時期はずれのセミの鳴き声——くらいだ。オルダー通りに並ぶ家々の寝室の明かりが一部屋、また一部屋と消えていく。どの家もポーチの明かりはつけたままだけれども。近くで赤ん坊が泣きはじめる。ベティ・ローソンの小さな娘の声だ。子ども部屋の開け放した窓から聞こえてくるのだろう。階上《うえ》では、ビルと双子のイジーとアリーが眠っている。三人の眠りを妨げてほしくない。ジュリアはそう思う。ドアが閉まる音も、通りを走る車の音も、これ以上聞きたくない。パイ皿は洗って拭いた。未使用のルバーブはアルミホイルに包んで冷蔵庫にしまった。明日パイをつくると双子に約束していた。明日の朝は早起きをして、教会へ行くまえにパイ生地を伸ばさなければならない。そこまでやっておけば、あとはあの子たちふたりで仕上げられるだろう。

ダイニングルームの窓の外を見ながら、ジュリアはベティ・ローソンが出てくるのを待っている。ベティはおやすみまえにミルクを飲ませたあと、赤ん坊を乳母車に乗せてオルダー通りを散歩する。そうしないと寝てくれないのよ、とベティは言っている。赤ちゃんがローソン夫妻と暮らすようになってから、ジュリアは毎晩ベティの散歩の様子を見てきた。一度だけ彼女につき合ったこともある。「この子、あなたにそっくりね」その夜、並んで歩きながら、ジュリアはベティにそう言った。ジュリアとしては、気をつかってあからさまな言い方は避けたものの、あなたたちは実の子とまちがわれるほど完璧な養子をもらったのね、と伝えたつもりだったのだが、ベティは「この子はジェリーのお母さんによく似てるのよ」と答えた。

ジュリアは毎晩、ベティと赤ちゃんの散歩を窓から眺めてきた――ポケットに皺くちゃになった〈ウィローズ〉の記事を入れて。その記事は、一年ほどまえ新聞から切り抜いて、玄関脇のテーブルの一番上の引き出しにしまっておいたものだ。〈ウィローズ〉は未婚の母のための施設で、良家の娘だけが入所できる。この国のすべての列車はカンザス・シティと〈ウィローズ〉に通ず。十中八九、ベティとジェリーはそこへ行き、ふたりにぴったりの養子をもらってきたにちがいない。以前のジュリアは養子のことなど考える気もなかった。どうして一度は子どもを授かった夫婦が養子を検討する必要があるだろう？　しかし、今ではそのほうがいいのかもしれないと思っている。ベティ・ローソンはほんとうに幸せそうだから。たとえ赤ちゃんを養子だと認めようとしなくても、充分幸せそうだ。最近のベティの髪はまっすぐで、赤ちゃんが来てからというもの、しょっちゅうピンカールをし忘れている。それでも、彼女の眼つきは柔らかくなり、そこには安堵の色が浮かんでいる。

ジュリアは、毎晩ベティと赤ちゃんの散歩を眺めながら、勇気を出してまた表へ出て、ベティに〈ウィローズ〉のことを尋ねてみようかと考えていた。この三年、ビルはほとんどジュリアに触れてこなかったし、もはやそれをすまなく思う様子さえ感じられなかった。ほかの方法でなければ、ふたりのもとに新たな赤ちゃんが来ることは期待できない。誰にも言わないわ――ベティ・ローソンにはそう伝えるつもりだった。しかし、夜ごと窓辺に立ちながらも、玄関から出る勇気が持てず、ジュリアはただ胸の奥に痛みを感じていたのだった。その痛みは翌朝まで消えることはなかった。眼を覚まして隣りにビルがいるのを――今は双子がキッチンテーブルについて、朝食はなんだろうと待っているのを――見るまでは。ほかの親から生まれた赤ちゃんなら、メリーアンの二の舞になるのではという恐れも感じずにすむだろう。今度は男の子がいい。ビルに似た黒髪の子がいい。息子は父親に似るものだから。肌の色はほんのりオリーヴ色で、わたしに似て青い眼をした赤ちゃん。そんな赤ちゃんなら、きっとすくすく育ってくれるだろう。

「出かけたりしないわよね?」

ジュリアは手を離してカーテンを閉じる。「まだ起きてたの?」とほかのふたりを起こさないように小声で言う。

夜遅くや朝早くに、イジーとアリーを見分けるのはむずかしい。どちらも髪をまっすぐに梳かし、顔もきれいに洗っているし、そうした静かな時間帯には、どちらもおだやかで物静かになるからだ。アリーはいつでもそんな感じだが、イジーはそうではない。

階段の一番上に立っている少女は、両手で手すりを握りしめている。「ビル叔父さんと約束したでしょ」

アリーだ。

「そうよ」とジュリアは言う。「約束を破ったなんて言わせるもんですか」

ジュリアは細身のスカートを膝上まで引っぱり上げると、一度に二段ずつ階段を駆け上がる。アリーを捕まえるふりをしてベッドへ追い立てるつもりがいつもとちがって、アリーはくるりと背を向けて逃げ出そうとはしない。うつむいて口に手をあて、くすくす笑いを洩らしてほかのふたりを起こそうともしない。かわりに、手すりから両手を離して、ジュリアの腰に抱きついてくる。

まちがいなくアリーだ。

「なんでそんなぶすっとした顔をしてるの？」と言って、ジュリアはアリーの腕を腰からはがし、顔をのぞき込む。「どうしたの、アリー？」

二階は暗く、双子の部屋から光が洩れてくるだけだ。アリーの淡い睫毛《まつげ》は柔らかな光に輝いている。アリーは必死で眼を開けようとゆっくりとまばたきをする。

「さあ、ベッドにはいりましょ」とジュリアは言う。

双子の部屋では、イジーも眼をぱっちり開けて、ベッドの上で体を起こしている。ベッドサイドのランプの光が揺らめいている。

「アリーにじっとしてなよって言ったのに」とイジーは言う。マットレスの隅に腰かけて両脚をぶらぶらさせている。足先がもう少しで床につきそうになっている。アリーはベッドにもぐり込もうとはせず、窓辺に行き、通りを見下ろす。しかし、上掛けをはぐ。

「あたしにもよくわからないの、ジュリア叔母さん」とイジーが言う。「アリーってば、夜になってからずっとこの調子なの」

「何か困ったことでもあったの？」ジュリアはイジーに尋ねながら、窓辺に立つアリーをじっと見つめる。両手と顔を網戸に押しつけている。さっと風が吹き、アリーの髪をくしゃくしゃにする。が、アリーは窓から離れようとも、冷たい空気に自分の体を抱きしめようともしない。

イジーがぴょんとベッドから立ち上がる。「わかるわけないでしょ？　あたしは何もしてないんだもん。きっとエリザベスみたいにさらわれるんじゃないかって、怖がってるんじゃない？」

ジュリアは頭をめぐらし、イジーと眼を合わせる。「エリザベスは誰にもさらわれてないわ。そんなこと言うんじゃありません」

イジーは腕を組み、じっとジュリアを見つめてから、視線をそらす。

「ジュリア叔母さん」とアリーが顔を窓の網戸に押しつけたまま言う。「ミスター・ローソンがいない」そう言って、こっちに来て、とジュリアに手招きをする。「ビル叔父さんを呼んできて。叔父さんに頼んで、ミセス・ローソンにやめさせて」

ジュリアはアリーの背後に近づく。下の通りでは、ベティ・ローソンが乳母車を押して、ジュリアの家のそばを歩いている。

「何を言ってるの、アリー？」ジュリアは尋ねる。「何をやめさせるの？」

「ミスター・ローソンがいないから。いつもみたいに私道から見てないから」

ジュリアはアリーの横から身を乗り出し、窓の外をよく見ようとする。が、アリーは叔母を押し戻す。

「ビル叔父さんを呼んできて」とアリーは言う。「今すぐ。ミセス・ローソンにやめるように言って！」

「ちょっと落ち着きなさい。ベッドにはいってなさい。ベティはわたしが見てくるから」

アリーはジュリアの脇をすり抜けて走りだす。

「アリー」とジュリアは言う。「ビル叔父さんを起こさないで。わたしが行くから。わたしがちゃんとベティを家に帰すから」

アリーはドアのまえで立ち止まり、片手をノブにかけたまま言う。「駄目。叔母さんには行ってほしくない。叔父さんじゃなきゃ駄目。ビル叔父さんじゃなきゃ」

「どうしちゃったのよ、アリー」イジーはそう言うと、またベッドに腰をおろし、ぴょんと弾んでから、ヘッドボードにもたれる。

アリーは廊下に身を乗り出す。「ビル叔父さん！」アリーは叫ぶ。「ビル叔父さん！　ビル叔父さん！」

ジュリアは慌てて戸口に向かう。「アリー、静かにして！　何をそんなに苛々《いらいら》してるの？」

アリーは叔母から離れて、廊下へ飛び出す。「ビル叔父さん、急いで！　ビル叔父さん！」

ビルが夫婦の寝室の戸口に現われる。重いまぶたをなんとか開けようとし、二本目の腕をシャツに通そうと苦戦している。

「行って、叔父さん！　急いで！」アリーは叔父に飛びかかり、階段のほうに押しやる。「ミセス・ローソンのところへ行って！　散歩するのをやめさせて！」

ビルはアリーの頭越しにジュリアを見る。ジュリアは手のひらを上にして両手を上げ、身振りで示す――わたしにも何がなんだかわからない。

ビルが階段の一番下まで降りたとたん、アリーは双子の寝室に飛び込む。ジュリアもあとを追い、ふたりで一緒に窓から外をのぞく。敷地の歩道にビルが現われる。歩きながらシャツのボタンをとめ、オルダー通りまで出ると左右を見やる。歩道の端に立ったまま、ビルは手を上げて何か言うが、その声は二階の窓には届かない。

「ほら、あそこに」ジュリアは通りを指差す。「あそこを見て。見える？　ミスター・ローソンよ。ちゃんといつもの場所にいるじゃないの。眼を光らせて。見えるでしょ？　ランニングシャツと下着姿で立ってるわ」ジュリアは笑いだすが、アリーの眼は今にも泣きだしそうに潤んでいる。「ミセス・ローソンは無事よ、アリー。危険はないわ。もう帰ってくるころだし」

アリーはうつむく。ミスター・ローソンの姿を自分の眼で確認すると、ようやく顔を上げる。窓辺から動こうとせず、ベティと赤ちゃんがローソン家の私道まで戻るのを見届ける。

「これで平気?」ジュリアは尋ねる。「もう眠れる?」

アリーはイジーみたいにマットレスの上で弾んだりせず、シーツの下にすべり込むと、ジュリアが上掛けをかけてベッドの端にたくし込んでいるあいだも、じっと身を固くしている。

「よく眠れそう?」ジュリアはアリーの髪を撫でて顔にかかる髪を払いのけ、両頬にキスをする。イジーのベッドでも同じことをする。ビルが戸口に現われ、部屋をのぞき込む。が、何も言わない。「早めに収穫したルバーブが冷蔵庫にはいってるわ。ピンク色で甘いわよ。明日、ふたりでルバーブパイをつくってごらんなさい。叔父さんと叔母さんが教会に行ってるあいだに、何か愉しいことをしたらいいわ」それからジュリアはイジーのほうを見て尋ねる。「何かわたしに隠してることがあるんじゃないの? あなたたち、今日はちゃんといい子にしてた?」

「あたし、なんにもしてないもん」イジーは腕を組み、シーツと上掛けを蹴り飛ばす。「アリーの頭がいかれちゃったのは、あたしのせいじゃないから」

「その口の利き方、あなたのママにそっくりね」そう言ってすぐにジュリアは後悔する。

ジュリアの姉のサラの名前が出ると、イジーは背中を向ける。双子が生母について知っているのは、顔がジュリアに似ているということだけだ。

ジュリアは電気スタンドの明かりを消すと、部屋の外に出て廊下の明かりも消す。それからドアを半分閉めたところで言う。「いいわね、午前中はパイをつくってるのよ」

「ジュリア叔母さん」とアリーの声がする。イジーのはずはない。イジーは明日の朝までジュリアとは口を利かないだろう。ジュリアのほうからサラの話題を出してしまった以上。

「なあに、アリー?」

アリーはきっちり体を包んだ上掛けを引っぱってたるませ、上体を起こす。朝までぐっすり眠るつもりはないとでもいうかのように。「エリザベスはもう帰ってこないわ」

アリーはジュリア叔母さんがドアを閉めるのを待つ。といっても、ドアは少しだけ開いたままになっている。イジーもアリーも廊下の光が射し込んでいる部屋で眠るのが好きだからだ。アリーは、イジーが寝返りを打ってシーツを肩まで引っぱり上げるのも待つ。ジュリア叔母さんへの怒りのせいで短い息をしていたイジーが長くゆっくりとした息づかい——眠っているときの息づかい——をしはじめると、アリーはヘッドボードに掛かっているロザリオに指を引っかけてはずし、膝の上にのせる。

これは真珠の珠でできている特別なロザリオだよ、いつもお祖母ちゃんが言い、粒は欠けてるし、そんなの、どこにでもあるロザリオだよ、とイジーが言っているロザリオだ。お祖母ちゃんの家では、アリーは毎晩、すべらかな珠を指で手繰っている。たいてい両膝を立ててシーツの下に隙間をつくり、その中でロザリオを握る。でも、祈っていることをイジーに隠そうとしても、イジーにはいつもばれてしまう。

もっと小さい頃は、ママが帰ってきますように、と祈っていた。今でもそう祈ることもある。それからソ連の犬のことも祈った。ひと晩にアリーが祈るのは五回だけだ。祈りの内容はイジーにも誰にも話したことはない。犬とはいえ、ロシア人のために祈るのは、罪深いことのように思えるからだ。イジーに言わせると、どっちにしてもアリーの祈り方は正しくないそうだけれど。本来は主の祈りと天使祝詞《アヴェ・マリア》を唱えながら、真珠の数珠を手繰っていくものなのだそうだ。だから、アリーはロザリオを隠し、イジーが眠るのを待ってから祈ることにしているのだ。今夜、一回目に冷たい珠から次の珠へと手繰りはじめたときから、アリーは心に決めている。エリザベスのために二十回祈ろう。ううん、二十では足りないかもしれない。ひと晩じゅう、朝が来るまで祈ろう。そのどこかで、ミセス・リチャードソンのためにも祈りを唱えよう。

三日目

8

それは司祭からの直々のお達しだった。特別免除です——と司祭は言った。今週の日曜ミサはおこないません。信者は全員礼拝を免除されます。エリザベスの捜索のほうがずっと重要だからです。それが神の御心にそむくことになるとは思えません。当然だ、とマリーナも思った。

その日曜日の朝、マリーナはチラシの束を持っている。男たちが街灯の柱や店の窓に貼るためのチラシで、夫が事務所の女の子に職場の機械を使ってつくらせたものだ。一枚一枚が完璧に同一の真新しいチラシが百枚。実に驚くべき技術で、こうした状況にはありがたい。マリーナはチラシの束を小脇にしっかりとはさみ、まだ温かいクルミ入りロールパンを入れた平鍋を抱えて、勝手口のドアを足で蹴って開ける。チラシと平鍋を車まで運び、後部座席に置く。それからスカートを膝の裏にたくし込んでしゃがみ、花壇を見つめる。

今年はキンギョソウが早くに芽を出していた。赤、黄、ピンクの花が敷地の正面の道路脇に並び、そこから小径沿いに玄関ポーチまで延び、色とりどりの境界線を引いている。マリーナは高く伸びたキンギョソウのあいだに手を入れ、タンポポを一本引き抜くと、針のような根を調べ、においを嗅いでから脇へ捨てる。また、嫌なにおいがする。しかも今回は彼女の花を穢していた。車まで来たのは三回目だが、そのたびににおいがきつくなっている。気温が上がるにつれて、悪臭が威力を増しているかのように。その原因がなんであれ、タンポポの根のせいでは断じてない。

オルダー通りでは、妻たちがコツコツとヒールの音をたてながら歩道を行き来している。今日はミサがないとはいえ、日曜日には革のパンプスを履き、タイトなスカートに白い手袋という恰好でいなければならないような気がするのだろう。彼女たちは今朝早くに焼いたミートローフやフライドチキンをのせたトレイを運んでいる。デザートを運んでいる者もいる。男たちが簡単につまめるフィンガーフードや、元気が出るような甘いものや糖衣をかけたものなどだ。通りの真向かいで、どっと笑い声が上がる。ジュリア・ワグナーの家の玄関から双子の姪たちが転がるように出てくる。両手にぶかぶかのガーデニング用手袋をはめ、針金のように細い腕と脚を剝き出しにしている。ポーチに出てようやく、まわりはエリザベス・シマンスキの無事の帰宅を祈っている人たちばかりだということを思い出したのにちがいない。ふたりは口をつぐんで階段を降り、前庭の小径に膝をついて雑草を抜きはじめる。

それは双子が三歳の頃から毎年繰り返されてきた光景だ。初夏、ビル・ワグナーが夕食に間に合う時間に私道に車を停めると、後部座席から双子の少女が出てくる。幼い頃には、ピーターパンのような襟にパフスリーブという可愛らしい格子縞のワンピースを着ていたこともある。そんなふたりを胸あてのある丈の長いエプロンをつけたジュリアが出迎え、それぞれの頭のてっぺんにキスをする。しかし、今年の双子は縫い目のすり切れたレースの縁取りがあるワンピースではなく、紺のショートパンツを穿き、青と白のストライプのブラウスを着ている。ゆうべマリーナが片方を見かけたときには暗すぎてよく見えなかったのだが、今朝改めて見ると、双子は明らかにこの一年で成長していた。赤毛を肩の下まで伸ばし、頬はすっきりとし、肌も陽に焼けている。きっと毎日何時間もふたりだけで外で遊ぶことを許されているのだろう。脚にも変化があり、より細く長くなっている。腰は小さくスマートで、腕も華奢と言えそうなほど、ほっそりとしている。体型だけなら、若い女とまちがえられてもおかしくない。

髪が赤毛でなければ、マリーナとまちがえられても。

自宅の玄関のドアが開く音がして、マリーナは膝を伸ばして立ち上がる。夫の硬い靴底が木製ポーチに響く音がする。網戸がばたんと閉まる。彼は通りの向こうを――おそらくあの双子の少女たちのほうを――まっすぐ見つめながら、白いハンカチで額を拭く。まだ気温は上がりきっていないのにすでに汗だくになっている。マリーナは夫に手を振り、鼻の下の汗を拭おうと前腕を上げかける。が、その寸前で動きを止める。あのにおいが鼻についたからだ。尿だ。これは尿のにおいだ。

「今夜はマッシュルーム・スフレをつくろうと思って」と言いながら、マリーナは自分の素手を見下ろす。誰かが彼女の花に放尿したのだ。「夕食に間に合うように帰ってこられるといいんだけれど。毎晩遅いと体を壊してしまわないかって心配よ」

夫は玄関に鍵をかけもせず、ポーチを突っ切って階段を降り、通りへ向かいながら大声で言う。「うちの庭にはいるな、ジェリー・ローソン！」

マリーナは泥だらけの手が体に触れないように腕を体の両脇に突き出しながら、夫の注意を惹《ひ》いたものに視線を向ける。ジェリー・ローソンが道路を渡ってこちらに向かってくる。Vネックの綿のランニングシャツに、白と青のブロード地のトランクスという恰好で。夫は縁石で立ち止まると肩を怒らせて――ついでに大きなお腹も突き出して――片方の手のひらを急いで近づいてくるジェリーに向けて言う。

「これ以上は近づくんじゃない」

ジェリーは道の真ん中で立ち止まる。下顎にはひげの濃い灰色の影ができている。ランニングシャツの裾は出しっぱなしで、トランクスは皺くちゃだ。足には靴下しか穿いていない。向かいの庭にいた双子は家の中に消えていた。ジェリーはウォーレンに向かって手を伸ばす。といっても、握手をするためではない。まるでウォーレンの腕を自分の体の支えにしようとしているかのようにマリーナには見える。

「仕事のない男はどうすりゃいい？」とジェリーは言う。

ウォーレンは小声が届く距離までジェリーを引き寄せる。マリーナにはふたりの会話は聞こえない。が、大半は夫が話している。ローソン家を指差し、何度か首を振る。

「待ってくれ！」立ち去りかけたウォーレンに向かって、ジェリーが大声で言う。

夫は立ち止まり、息を吐くと、うしろを振り返る。

ジェリーはマリーナにまっすぐ指を向け、一歩まえに出る。

「彼女が知ってる」とジェリーは言う。「あんたの奥さんが知ってる」

マリーナはそっと車の横に移り、車越しにジェリーに尋ねる。「いったいなんの話？」

「あんた、おれを見ただろ？」とジェリーが言う。

ウォーレンは片手でジェリーの胸の真ん中を押さえ、これ以上マリーナに近づけないようにする。

「言ってやってくれよ」とジェリーは言う。「車からおれを見たって、旦那に言ってくれ。おれが手を振ったら、あんた、手を振り返してくれたじゃないか」

マリーナはセダンに寄りかかる。黄色のドレスに埃や汚れがつくのもかまわずに。「なんの話をしてるの、ウォーレン？」とマリーナは言う。「いったい、どうしたの？」そう言って、誰かに聞かれていないだろうかと、両隣りの家をちらりと見やる。ほとんどの住民はすでに教会に出かけている。

ウォーレンはジェリーの胸から手を離し、マリーナのほうを向く。

「見たはずだ」そう言って、ジェリーはウォーレンの横に進み出る。「あの水曜の夜だよ。もう十一時近かった。おれはここに立ってた。うちの私道に。あんたはその車を運転して

さ　ウォーレンは腕を伸ばしてジェリーの行く手をふさぎながらも、眼はマリーナからそらさない。「マリーナ？」

「そうさ」とジェリーは言う。「覚えてるはずだ。ベティが散歩してた。シンシアを乗せて、乳母車を押して。おれはウィリンガムには近寄らなかった。あの女には近寄らなかった。旦那にそう言ってくれよ、ミセス・ハーツ」

「何か勘ちがいしてるんじゃないかしら、ミスター・ローソン」とマリーナは答える。これだから、数を数えて呼吸を整える方法などなんの役にも立たないのだ。肝心なときには、悠長に数を数える時間などありはしないのだから。マリーナは下着姿のジェリー・ローソンから眼をそむけて夫に言う。「わたしは夜には運転しないわ。そんな馬鹿げた時間に運転するわけがない。彼にそう言ってちょうだい、ウォーレン。光がまぶしくて運転なんてできないんだって。いったいなんの話なのかわからないし、そんなことを訊かれても答えようがないわ」

「あんた、その車を運転してたじゃないか」ジェリーはウォーレンの車のまえに停めてある薄い緑色のセダンを指差して言う。またまえに出ようとするが、夫の頑丈な腕に阻まれ、マリーナのそばへは近づけない。「その車ですぐそこを通った。あんたは角を曲がって、ウッドワードのほうへ向かったじゃないか」

マリーナは長年の経験から、夫から眼をそらしてはいけないことを知っている。視線をあちこちにさまよわせてはいけないことを知っている。そうしたとたん、嘘がばれることを。

「あなたの役に立てなくて申しわけないけれど」と彼女は繰り返す。「やっぱり勘ちがいだと思うわ」

ウォーレンはジェリーの皺くちゃのランニングシャツの胸倉をつかんで引き寄せ、小声で囁く。ジェリーは何も――マリーナに聞こえるようなことは何も――言わず、ただ首を振っている。会話はもう終わったとばかりに、ウォーレンはジェリーのシャツから手を離す。それから、張り出したお腹のせいではみ出たシャツの裾をズボンの中にたくし込み、いったん家に戻る。マリーナは笑顔を忘れないようにと自分に言い聞かせながら、助手席側のドアを開け、スカートを伸ばしてまえの座席に身を沈める。眼を閉じて、両手を膝の上に置く。手のひらを上に向けて開き、何にも触れないようにして。夫は玄関ポーチまで戻って鍵をかけ、ドアを二度引いて確認してから、マリーナの隣りの運転席に乗り込む。

「ウォーレン」マリーナはまばたきをする。夫がこんなに近くに坐っていると、眼をそらさずにいることがいっそうむずかしくなる。「ジェリー・ローソンを馘にしたの？」

普通、妻なら誰もが尋ねる質問だ。

「あいつとほかにも三人馘にした」

「それってウィリンガムの女たちと関係があること？」マリーナはベンチシートの運転席側に手を伸ばし、夫の太腿に手を置く。これも妻なら誰もがすることだ。「死んだ女性と関係があるの？」

「それは警察が調べることだ。おまえが首を突っ込むことじゃない」そう言って、ウォーレンは両手でハンドルを持ち、マリーナの車の後部をじっと見つめる。「あいつが言ったことはほんとうか?」ハンドルをきつく握りしめるあまり、大きな手の甲と指の関節が白くなっている。「あの晩、車を運転したのか?」

「どうしてそんな遅い時間に出かけなくちゃならないの?」

ウォーレンはハンドルから片手を離し、ギアをバックに入れると、片腕をシートの背にまわして、リアウィンドウから背後を見る。マリーナも背後を見る。双子がまたポーチに出ていて、ふたりのあいだにビル・ワグナーが立っている。

「嘘じゃないな?」そう言って、ウォーレンは開けた窓からビルと双子に手を振りながら車の後部を方向転換させ、車の鼻づらをオルダー通りに向ける。

最初に訊かれたときに、ウォーレンに真実を告げるべきだったのかもしれない。マリーナはそう思う。ええ、実は運転をしたの。そのときあの愚かなジェリー・ローソンを見かけたわ。そう告げたあとで、嘘をつくべきだったのかもしれない。あの夜は寝たきりの人のところへ夕食を届けにいく当番だったのに、すっかり忘れてしまっていたのよ。ええ、夕食を届けるには遅すぎる時間だったわ。でも、責任を果たしそびれたことがあまりに申しわけなくて、とにかく料理だけは届けにいったの。そんなわけであの夜、オルダー通りを車で走ったのよ。あなたがほんとうは何をしているのか調べにいったわけでも、あなたが家に持ち帰るあの嫌なにおいのもとを突き止めにいったわけでもないのよ。しかしマリーナは、実際にはそうしたことは何ひとつ言わなかった。彼女はすでに嘘をつき、ひと晩じゅう家にいたと断言していた。寝たきりの人と夕食のトレイの話を持ち出すにはもう手遅れだ。夫の問いかけに対して、マリーナはうなずき、なるべく口を利かないようにする。震える声が嘘をばらしてしまうから。それもまた彼女をいつもトラブルに巻き込む原因のひとつだ。

「ならいい」そう言って、夫は車のギアをドライヴに入れる。


母親がグレースの寝室にやってきて、ゆうべ閉めた重いカーテンと白いレースのカーテンをさっと開け、もう起きる時間だと言ったのは一時間前のことだ。もう気分はよくなったでしょ？――ということばは質問ではなく、通告だった。一日じゅう寝ているなんてもってのほかよ。料理をつくらなきゃならないし、旦那を食べさせなくちゃならないんだから。母親はクロゼットからローブを出してグレースの膝の上に置いてから、バスルームに消え、引き出しを引っ掻きまわした。それからまた寝室に戻ってくるとベッドの端に腰かけ、小さなスポンジに濃いファンデーションをつけてグレースの頬をはたいた。そして、しばらくすると体を離し、光を充分あてるかのように、グレースの顔を上向かせた。きっと赤い痕か、あるいは痣《あざ》ができているのだろうが、それももう隠れていることだろう。母親は、急いで階下《した》に降りなさい、とまた言った。お客さんが来てるのに、一日じゅう寝てるわけにはいかないでしょ。

「ねえ、あのにおいがしない？」グレースはドアから出ていきかけた母親に尋ねた。

母親は開いた窓をちらりと見たが、返事はしなかった。

「煙草の。工場の。あのにおいがしない？」グレースは深く息を吸い込んだ。「母さん、あのにおいを覚えてる？」

グレースが子どもの頃、毎朝、市《まち》じゅうに湿った煙草の甘く芳醇なにおいが漂っていた。天気がいいときには、開いた窓のそばで眼を覚まし、息を吸っただけで、その濃いにおいの存在を感じられたものだ。当時はそれくらい多くの工場があった。今はほとんど残っていない。

「馬鹿なことを言わないで」と母親は言った。「それは花火のにおいでしょうが。さあ、もう動きはじめる時間よ」

階段の下で、グレースは片手で手すりを持ちながら、もう一方の手をお腹に添える。もう癖になっているのだろう。内側を小さな足か膝に蹴られるまで、手を添えていることに自分では気づかないのだから。ひと晩じゅう、赤ん坊はグレースのお腹の中で寝返りを打ったり、お腹を蹴ったりするのに忙しかった。グレースが眼を覚ましたので、このあとは静かになるだろう。グレースの典型的な一日の動き――行ったり来たりして動きまわり、洗濯物を干し、階段をのぼり、ウィリンガム行きのバスに乗る――が逆に赤ん坊を落ち着かせ、なだめてくれるだろう。この子にとっては昨日と何ひとつ変わっていない。そう思えば、グレースもやっていくことができる。

キッチンから声が聞こえる。ふたりの男の声だ。ひとりはジェイムズで、聞きまちがえようもない。もうひとりは緊張した声で、ぼそぼそと話している。グレースは足を動かさずに身を乗り出す。やはりミスター・シマンスキだ。母親がグレースのフライパンで卵を掻き混ぜている。パーコレーターの中ではコーヒーがぶくぶくと音をたてている。ミスター・シマンスキの朝食をつくっているのだ。ポンと音がして、トースターからトーストが飛び出す。少し焦げたパンが二枚。あのトースターはいつもパンを少し焦げつかせる。母親がぎざぎざのナイフで焦げた表面を削り取り、パン屑をシンクに捨てる。家の外で、車のドアが閉まる音がする。誰かが妻に向かって叫んでいる。「電池を忘れないでくれ」それはつまり今日の捜索も夜まで続くということだ。

「どういう意味なのか、言わなかった」とミスター・シマンスキが言っている。「なんの意味もないかもしれない。警察はそう言ってた。エリザベスはまだ見つかっていない。それだけだ、言ってたのは」

フライ返しがフライパンの底を引っ掻く音がする。母親が卵を皿によそっている。テーブルにフォークがかちゃりと置かれる。タイルの床の上で椅子を引く音。グレースは手すりにもたれて体を支える。彼女はエリザベスが死んだことを知っている。ほかの人々は知らなくても。エリザベスは迷子になったのではない。あの男たちに捕まったのだ。もう二度と家には帰らない。

「もし川だったら」そこまで言ったミスター・シマンスキの声がうわずる。それでもまた話しはじめる。「もし川に落ちてたら、あの子はもう見つからないかもしれない」

「ほかには何か言ってなかったか？」これはジェイムズの声だ。

「望みはあまりない。警察はそう思ってる。あの子がすごく遠くまで行ってたら、その近くに住む人たちは何か見たとしてもきっとわざわざ言いにこないだろう。あの子が行きそうな場所はどこかって、何度も訊かれる。でも、あの子はあそこしか知らない。エヴァが連れていったのはあそこだけだから」

シンクで水が流され、食器洗い用石鹼を泡立てたにおいが、キッチンからグレースのいる居間へ流れ込む。テーブルに塩と胡椒を出し、冷蔵庫を開け閉めし、汚れた皿を石鹼水に入れたりして動きまわっていた母親がグレースに気づく。

「こっちへいらっしゃい」母親は居間に身を乗り出し、手招きする。指を一本、グレースにぴしっと向けて、それからキッチンを指差す。子どもの頃のグレースによくしていたように。

素足なので、咳払いするまで男たちはグレースの足音に気づかない。彼女は軽く会釈してミスター・シマンスキに挨拶する。男たちはふたりとも椅子から立ち上がる。

「坐ってて」とグレースは言う。「お願い、坐っててちょうだい。何か持ってきましょうか、チャールズ？」

ミスター・シマンスキは手を振って申し出を断わる。母親が椅子を指し示している。そこに坐れと言っているのだろう。

振り返って居間をちらりと見ながら、グレースは言う。「ほんとにごめんなさい。向こうで聞いてしまったの」

ジェイムズが立ち上がり、グレースにコーヒーを注ぎ、砂糖をひとつとクリームを少々加える。「気分はよくなったかい？」彼は指を彼女の顎に添えて、上を向かせる。「どうしたんだ、これ？」

グレースは上唇の小さな切り傷に触れる。腫《は》れた部分はすべらかで柔らかい。彼女はもう一方の手をジェイムズの手に重ね、ぎゅっとつねる。赤ちゃんが動くのを感じたときにほっとして涙が出たように、ジェイムズの手の温かさを感じて涙が込み上げてくる。まばたきをしてその涙を抑え込む。

「ふたりで頭をぶつけたの」と言って、母親がグレースとジェイムズのあいだに割ってはいり、テーブルの上に折りたたんだナプキンを置く。そして置いたあと、折り目を指で強くなぞる。「ゆうべオーヴンからマフィンを出すときにね。わたしが悪かったのよ、ほんとに。ほら、わたしはどうにも鈍《どん》くさいから」

「ずいぶん派手にぶつけたな」とジェイムズは言う。

「お願い、もう気にしないで。チャールズ、たくさん食べてる？　母さん、彼におかわりはある？」

「熱は下がったのか？」とジェイムズは尋ねる。グレースの前髪を払いのけ、額に手を置く。

「冷たい。よかった。でも、なんだか疲れてるみたいだけど、そうなのか？」

肩と首の痛みがひどくて、グレースは腕をテーブルについて背中を丸めたくなる。が、それを気取られないように、背すじをまっすぐ伸ばす。すると、お腹の中で赤ん坊も伸びをする。体勢が落ち着き、くつろぎはじめているようだ。グレースは指先でジェイムズの頰に触れる。頰はざらざらしている。髭を剃る時間がなかったのだろう。母親が料理の皿をグレースのまえに置く。ジェイムズが塩と胡椒をグレースのほうへすべらせる。

「暑さのせいよ」とグレースは答える。ジェイムズに訊かれてから、どのくらい時間が経ったのかもよくわからないまま。「暑さでへとへとになっちゃって」彼女は母親がテーブルに置いたナプキンのひとつを取り、さっと振って広げ、ジェイムズの膝にふわりとかける。それからもうひとつのナプキンを自分の膝に広げる。

　ジェイムズは煙草に火をつけ、テーブルに両肘をつくと、ミスター・シマンスキに注意を戻して尋ねる――おれやグレースに何かできることはないかい？　親戚はもうこのことを知っているのか？　なんなら教会へ行くまえに何本か電話をかけておくよ。ミスター・シマンスキは、親戚はいないと答える。誰ひとりいない、と。ふたりが話をしているあいだに、母親がグレースの耳元に身を寄せて囁く。

「食べなさい」

　グレースはフォークを取り上げ、じっとフォークを見つめる。角度を変え、どこか調べるように。

「渡したいものがある」とミスター・シマンスキが言う。「婦人会で古着を集めてる。そうだよね？」

「リサイクルショップに出すためにね」とグレースは言う。

「ガレージに置いてあるんだ」ジェイムズがのけぞるようにして煙草の煙を天井に向けて吐く。「五、六袋あるって言ってたっけ、チャールズ？」

「六つある」

「まあ、そうなの」とグレースは言う。「わたしが出しておくわ。ありがとう。とっても助かるわ」

ミスター・シマンスキはゆっくりと息を吐く。これで心が軽くなったとでもいうかのように。エヴァの衣類にちがいない。グレースはそう思う。クロゼットに掛けっぱなしになっていて、見るたびに辛い気持ちにさせられていた衣類にちがいない、と。

「警察がもうじき来る」とミスター・シマンスキが言う。「靴のことで」

グレースはフォークを置く。フォークは皿の端でかたかたと揺れ、テーブルに落ちる。母親は顔をしかめてフォークを皿のふちに戻すと、グレースに言う。「警察が靴を見つけたのよ。川のそばで」母親は警察が見つけたのはグレースがなくした靴ではないと暗に伝えている。別の靴の話だと。

「きみの具合がよくなるまでは心配させたくなかったんだ」とジェイムズが言う。

「靴？」とグレースは言う。

「きみが何か覚えてないかと思ったんだ。柔らかい靴底の白い靴だ。エリザベスが履いていたのと同じタイプの靴かな？」

「ほんとうは私が覚えてなきゃいけないんだが」とミスター・シマンスキが言う。「父親なら覚えてなきゃならない。でも、白い靴か、黒い靴か、ほかの靴か、さっぱりわからないんだ。警察に見せられても、わからなかった」

「どうだったかしら」とグレースは言う。「ちゃんと思い出してみないと」

ジェイムズは小さなガラスの皿で煙草の火を揉み消す。「今は無理しなくていいから。警察が来て、見つけた靴をきみに見せるだろうから」

「もし私のエリザベスが死んでたら？」ミスター・シマンスキはそう言って、また声をつまらせる。「それはあの子がひとりぼっちじゃないということじゃないかな？　怖がっていないってことじゃないかな。そう考えるほうがいい」

「そうね」グレースは気づいたときにはもう口にしている。あの男たちに――あの男に――あんなことをされたあとでも、エリザベスが生きているという考えに耐えることができずに、気づいたときにはもうそう言っている。「そう、つまりわたしが言いたいのは」とグレースは言いつくろう。「エリザベスはひとりじゃないって知ってるってことよ。絶対ひとりぼっちなんかじゃないってね」

ミスター・シマンスキの眼の下には、三日月形の深い皺ができている。彼はグレースをじっと見つめる。もっと何かを言ってほしいと願うかのように。

グレースはフォークを持ち、スクランブルエッグを少しだけ突き刺す。「エリザベスは白いスニーカーが好きだった。しょっちゅう履いてたわ」そう言って、フォークの先を見つめる。あの男たちは……わたしのことは自宅で襲い、エリザベスは川へ連れ去ってそこで捨て

たのにちがいない。「わたしの記憶じゃ、エリザベスは靴底がすり減ったり汚れたりすると
がっかりしてた。そんなとき、エヴァはエリザベスを喜ばせるために新しい靴を買ってあげ
てたわね」そう言って、グレースは笑みを浮かべ、ミスター・シマンスキの手に触れる。た
るんだ皮膚は冷たく乾いている。「エヴァは白いスニーカーが悩みの種みたいにぶつぶつ言
ってたけど、ほんとうはちっとも気にしてなんかいなかった。それが証拠にエリザベスはす
ごくたくさん持ってるでしょ?」
「あれは私のエリザベスの靴だと思うんだね?」
グレースは冷めたスクランブルエッグを口に入れ、舌の上にのせる。吐き出さないように
ひと息に呑み込む。
「ええ」とグレースは答える。「たぶんね。そうじゃないかと思う」

9

ジュリアとビルのワグナー夫妻は、ほかの人たちより遅れて教会の駐車場にはいる。ビルはギアをパーキングに入れ、イグニッションを切ると、ハンドルの上で腕を組む。背中を丸め、頭を両手の上にのせて、大きく息を吐き出す。ジュリアと双子たちはここ数日、ほとんどビルに会っていなかった。こんな短期間でそんな変化が起こるはずもないのだが、頬がこけたように見える。眼の下にも黒い隈ができている。

「今日こそ」ビルは顔を横に向けてジュリアを見る。「今日こそあの子を見つける」

ふたりの真ん前に、灰色の鼻づらの丸い古いプリムスが停まり、運転席のドアが開く。ミスター・シマンスキが車から出てきて降り立つ。シャツを着てネクタイをしめ、だぶついた黒いジャケットを小さな肩に羽織っている。よろよろと歩きだすと、数メートルも行かないうちに、女性のひとりがさっと駆け寄り、彼の腕をつかんで、駐車場に延びる二本の長蛇の列の先頭まで連れていく。

こんな列ができるのは今朝が初めてだ。聖アルバヌス教会の近隣住民と信者たちは、車から降りると、どちらかの列の最後尾につく。ビルはジュリアにも同じことをするよう身振りで示し、自分は教会の地下への入口のそばに集まっている男たちの輪に加わる。ジュリアは、今朝生地を混ぜて焼いたスイートブレッドの塊を片手で抱えながら、近いほうの列の最後尾に並ぶ。

女たちは誰もがジュリアと同じように、ぴったりしたジャケットに細身のスカートという服装をしている。すでにその多くは古い教会の会報で自分を扇ぎながら文句を言っている。ますます暑くなるのに外に置きっぱなしにしてたら、せっかくのデザートが台無しになると。ジュリアは腕時計をちらりと見る。お昼には戻って、チーズサンドイッチを焼いてあげると双子に約束したものの、この列の長さを見ると、正午をまわった頃にもまだ並んでいそうだ。そもそもなんのための列なのだろう？

「何に手間取ってるの？」とジュリアは隣りの列に並んでいる男に尋ねる。彼も彼の妻も礼拝で見かけたことはあるが、名前は思い出せない。

「名前を聞かれてるんだ」と夫が答える。ジュリアのほうは見ずに、妻がペプラムジャケットを脱ぐのを手伝っている。

「誰に？　なんのために？」ジュリアは冷めないようにスイートブレッドを抱きしめる。お昼に家に帰ったら、ビーフとコーンのキャセロールを四皿分準備して、教会で焼いて男性陣の夕食に出そう。明日は忘れずに食料品の買い出しに行かなければならない。

「警察よ」と妻が答える。首すじのあたりの金色のヘアピンが抜けかかっていて、光があたった部分がきらきら光っている。「誰がここに来て、誰が来ていないかを記録してるんですって。警察はあの子の靴を川のそばで見つけたでしょ？」

ジュリアは警察がなぜそんなことをするのかと尋ねかけて思いとどまる。完全には理解できていなくても彼女にもわかる。誰かが――ここにいる人にしろ、いない人にしろ――エリザベスの身に起こったことにしろ、起こらなかったことにしろ、何かに関係していると警察が考えていることくらいは。もしエリザベスが単に迷子になっただけなら、警察はこの捜索に誰が参加して誰が参加しなかったか、そんなことに興味を持ったりはしない。

列は当初ジュリアが恐れていたほどには時間がかからずに進む。彼女が最前列に来たところでビルが戻ってくる。ふたりの警官が金属製のテーブルの向こうに坐り、分厚いバインダーを広げている。ひとりがビルとジュリアに質問をし、もうひとりが隣りの夫妻に質問をする。ビルが答え、ふたりの名前と住所、両隣りの住民の名前を告げる。ここに来ている人を全員知っていますか、という質問には、あたりに視線を走らせることもせず、はいと答え、捜索に見知らぬ人が参加していませんでしたか、という質問には、いいえと答える。またビルは、最後のふたつは訊き方を変えただけで、同じ質問だと指摘する。

「大事なことだからです」と警官は言う。

ジュリアはビルの脇から顔を出して尋ねる。「何にとって大事なんです？」

その警官はジュリアもジュリアのことばも無視して、質問を続ける。「近所の人や友人、親戚で、捜索に加わらなかった人はいますか？」

ビルは今回も少しもためらわずに答える。「いいえ」

ビルとジュリアの隣りでは、夫妻が同じ質問に答えるまえに、あたりにいる人々をざっと見まわしている。

「ジェリー・ローソンね」と妻が言い、抜けかかっていたピンをようやく髪に差し込む。

もうひとりの警官がうなずく。その名前を挙げたのは彼女が最初ではないのだろう。

「ジェリー・ローソンがどうかしたのか?」とビルが両手をテーブルに置いて尋ねる。背中を丸めていても、ビルは隣りの男よりも背が高い。

「彼はここに来てないでしょ」と隣りの妻は答える。夫は黙ったままだ。「ここに来てない人は誰かと訊かれたから、答えたのよ」

「いったいなぜわざわざローソン夫妻の名前を出すわけ?」と今度はジュリアが言う。「近所に住んでるわけでもないのに。もしそうなら、ふたりが最近、親になったばかりだってことを思い出すでしょうに」とジュリアは警官に向かって微笑む。「数週間前のことなんです。生まれたばかりの赤ちゃんが家にいるんだもの、わたしたちだってそもそも参加させようなんて思わなかった」

「といっても、養子でしょ?」と隣りの妻が言う。「それにわたしたちにだって、ジェリー・ローソンの名前を挙げる権利はあるわ。彼がトラブルを抱えていることは、ここにいるみんなが知ってることよ」

「赤ちゃんは赤ちゃんよ」とジュリアは言う。思いのほか大きな声になる。キャセロール皿や蓋をした深鍋や平鍋を運ぶ女たち、女たちの腕を取ってエスコートしている男たちが何事かと足を止める。ジュリアは彼らに顔をしかめてみせ、手を振って追い払う。「可愛い赤ちゃんがどこから来たのかなんてどうでもいいことよ」どうやら下着姿のジェリー・ローソンがオルダー通りのど真ん中で、ウォーレン・ハーツと口論していたという噂は聖アルバヌス教会にも届いているらしい――ジュリアはそう思い、警官のほうを向いて言う。「このご婦人はゴシップをばら撒いてるだけなんです。だから肥やしを撒いたみたいにぷんぷん嫌なにおいがする。ジェリー・ローソンが抱えてるトラブルはエリザベス・シマンスキにも、彼女の捜索にもなんの関係もないことです。そんなこと、わかっているのにわざわざ言うなんて」

ジュリアがさらに何か言おうとするより早く、ビルの手が彼女の手首を包む。彼は手に力を込め、これ以上何も言わないほうがいいと合図し、ウィンクしてみせる。

「このグループには所在不明の人はいません」とビルは警官に言う。「そう書いておいてください。所在不明の人はいないって」

警官がビルに最後の質問をするのを待って、ジュリアはビルに続いて教会の地下室へ向かう。列に並んだり、車から降りてきたりしている人々のあいだを通り抜けながら、ジュリアは実感する。〝エリザベスはウッドワード通りをふらふら歩いているところを発見されるだろう〟という当初の予想はすでに、〝はるばる川まで歩いていったのではないか〟という心配に取って代わられていることを。さらに、警察が人々の名前を記録して質問している今、そうした当初の説は〝エリザベスの身に暴力的な結末が訪れたのではないか〟という恐怖に変貌していることを。

母さんのピエロギ――キッチンに足を踏み入れ、グレースはまずそのにおいを嗅ぐ。ほかの主婦たちは今日も教会で働いているが、グレースはジェイムズの指示で家にいる。彼が出かけるために荷物をまとめているあいだ、母親はそうするのが一番よ、とグレースに囁いた。グレースはなんの貢献もできないことを心苦しく思いながらも、同意するしかなかった。母親はグレースに背を向けてガスコンロのまえに立っている。横に突き出した肘が小さな円を描いている。ピエロギがくっつかないように掻き混ぜているのだ。母親は三日月型のダンプリングをトレイふたつ分ほどもつくっていた。ポテトとオニオンのピエロギ。グレースの昔からの好物だ。

「それ、教会に持っていくの？」とグレースは尋ねる。

母親はうなずいて、オーヴンから鋳鉄製の深鍋を取り出し、グレースに席に着くように身振りで示す。そして、オーヴン用のミトンをはめた両手で大きな鍋をテーブルに運ぶと、グレースのまえに置いて蓋を取り、ミトンをはずす。素手で大きな鍋の中から湿ったタオルを取り出し、両手のあいだでぽんぽんと投げながら、熱すぎないことを確かめる。温度に満足すると、タオルをくるくると巻いてグレースの首すじと肩に押しつける。

「ジェイムズが気にかけてたわよ」そう言って母親はピエロギの準備に戻る。「あなたが寝ているあいだに三回電話があったの。だから、あなたは元気で午前中はピエロギの生地を伸ばして過ごしたって言っておいたわ」

グレースは温かいタオルを両手でつかみ、首のまわりに巻く。「じゃあ、ジェイムズは母さんの話が嘘だってわかってたのね」そう言って笑いかけたが、上唇の小さな傷口が開き、口を閉じる。片手でタオルを押さえながら、朝食のときから置きっぱなしの新聞をめくる。数日前はウィリンガムで亡くなった女の記事を探して新聞をめくっていた。主にジュリアのために――部屋の隅にいる赤ちゃんのこと以外に話題を見つけようとして。今日はエリザベスと自分自身の記事を探している。もっとも、グレースの身に起こったことに関する記事はどこにも見つからないだろうけれど。

母親がテーブルに今度は温かいピエロギの皿を持って戻ってくる。皿をグレースのまえに置くと、コップにミルクを注ぎ、彼女の手の届くところまで塩をすべらせて言う。「今日はきれいなピンク色の口紅でも買ってきなさい。気分が上向くだろうから」それからグレースのお腹のふくらみに手を振って言う。「さあ、食べなさい。食べなきゃ駄目よ」

グレースがピエロギを三つに切り分けているあいだに――彼女は子どもの頃からそうやって食べる――母親はジャガイモの茹で汁から五、六個のピエロギをすくい上げ、ワックスペーパーの上にのせる。

「何か兆候は？」と母親は生のピエロギの最後のいくつかを鍋に落としながら尋ねる。グレースが黙っていると、母親はまたグレースのお腹に向かって手を振る。「出産間近にあんなことがあったら、赤ちゃんを刺激してもおかしくないからね。早く出たがってるような兆候はある？」

グレースは首を振る。

「じゃあ、そのミルクを飲みなさい。そしたら出かけるわよ」

グレースは母親のあとについてキッチンのドアから外に出ると、コンクリートの階段を降りて家の裏手へ向かう。ガレージのまえに来ると、母親は重たい扉を引き上げ、頭上まで押し上げる。

「自分の家を怖がるなんて」そう言って、母親はガレージの中に足を踏み入れると、ガラスの小さな破片を蹴り、グレースにもはいるよう促す。「明日か明後日にはちゃんとはいるから」

「怖がってなんかいないわ」とグレースは言う。

「今日やりなさい」母親はスカートを膝の裏にはさんでしゃがみ込むと、ゆうべグレースが見逃していたガラスを拾う。「今すぐに。じゃないと、恐怖が身に染み込んでしまうわよ。克服できなくなる」

グレースはちらりと路地を見てから、オルダー通りのほうへ向かおうとする。

「今日は日曜で、まだ昼にもなってないのよ」と母親は言い、ガラスの破片のいくつかをゴミ容器に投げ捨てる。「日曜の朝に出歩かないなんて馬鹿みたいじゃないの」母親はそう言ってうなずき、グレースに中にはいるよう命じる。「ほら、そのあたりを調べて。破片がジェイムズの車のタイヤに刺さりでもしたら困るでしょ」

ガレージにはいったら、パニックに襲われるんじゃないか——グレースは心のどこかでそんなふうに思っていた。呼吸が速まって、心臓がばくばくしはじめ、額と鼻の下から汗がどっと噴き出すのではないか、と。しかし、そういったことは何ひとつ起こらず、ただ静けさがあるだけだ。ガレージの奥までゆっくりと進む。外の空気はスカートを揺らしていたが、中の空気は静止している。彼女は髪を背中に垂らし、顔にかからないようシルクの白いスカーフでまとめている。肌は冷たく乾いている。身を屈めて両手両足をつくと、片方の手のひらを地面につき、ゆっくりと、そっと左右に動かしてガラスの破片を探す。

「そのとんでもないものをどっかにやっておくれ」

母親の声だ。母親は少しまえにガレージを出て、路地に姿を消していた。グレースは膝を伸ばして立ち上がる。そこまで来て、胸が大きく上下しはじめる。呼吸が速まる。心臓がばくばくしはじめる。

「まったくあきれたわね！」これも母親の声だ。「あんたみたいな大馬鹿爺《じじい》、見たこともない」

ガレージの角から、ふたつの顔がひょっこりのぞく。双子だ。肌は陽に焼け、鼻とふっくらとした頬のまわりにそばかすが散っている。長い赤毛をそれぞれ二本ずつの三つ編みにしている。片方が手を上げ、ひらひらと振る。次にジュリアが現われる。赤毛をきつく巻いて、頭のてっぺんでピンでとめている。よそゆきのハイヒールを履き、リネンのスカートを穿いているということは、今日はもう教会へ行ってきたのだろう。そう考えながら、グレースはゴミ容器のところまで行き、ひとつの蓋を開けて、手の上のガラスの破片を落とす。

「あなたのお母さんがオリン・スコフィールドをとっちめてる」とジュリアが言う。キャセロールを入れた白い磁器の皿を両手で抱えている。グレースの具合がよくないと聞いて、食べものを持ってきてくれたのにちがいない。「出てきたほうがよさそうよ」

路地の向こう側で、オリン・スコフィールドが自宅ガレージのそばに立ち、エリザベスが消えた夜に持っていたのと同じ角材を持っている。

「あのふたりのどっちかの仕業なんだ」と言って、オリンは角材を双子に向かって突きつける。

「ぐだぐだ言ってないで」と母親が言う。「今すぐ家に引っ込んで！」

「この眼で見たんだ」オリンはまた宙を突く。「そこを走っていくのを。どっちかひとりだけだが。ついゆうべのことだ。すぐそこで。おれん家《ち》の窓ガラスを割りやがった、あいつらが」

「窓が割れてたの？」とグレースは尋ねる。ガレージの外に出ると、鼓動が静まり、息をするのが楽になる。

「このふた晩で、三枚目だ」オリンは角材を脇におろし、それに寄りかかる。前ポケットからハンカチを取り出し、眼や首を拭う。「そのうえ、家《うち》のガレージに火をつけやがった。おれん家《ち》のガレージに。あやうく家まで燃えるところだった。てっきりあっちの黒人のチンピラどもの仕業だと思ってたんだが。どうやらおれの勘ちがいだったらしい」

ジュリアは頭を振る。「オリン、このふたりがあなたのガレージに火をつけたと思ってるの？　だいたいこの子たちは勝手に外には出られないのよ。もし言いつけを守らなかったら、お尻をベルトでひっぱたくってビルが脅したんだから。ほんとうよ、言いつけにそむくようなことするわけがないでしょうが」

「あたしたち、あんたの家の古い窓を壊したりしてないってば」イジーだ。腕を組み、腰の片側をぐいと突き出し、オリンと向き合っている。「あんたの臭いガレージに火をつけたりもしてない」

「敬語を使いなさい、イジー！」

双子のもう片方、アリーはグレースを見つめている。彼女の眼はグレースの裂けた上唇にとどまっている。グレースがアリーのほうをちらりと見ると、少女は視線を地面に向ける。

「ミスター・スコフィールド」とイジーが言う。「あたしたちは窓も壊してないし、ガレージも燃やしてません」

「そっちのやつはどうなんだ？」とオリンは角材でアリーのほうを突き出して言う。オリンの白シャツの襟首は、まるで彼が何年もかけて縮んでしまったようにぶかぶかで、ズボンはベルトをきつく締めすぎたせいで皺が寄っている。「おまえは何か言うことはあるか？」

アリーは首を振りながら、うしろにさがる。

「いい加減にして、オリン」とジュリアが言う。「怖がってるじゃないの。だいたい窓が壊されたのは自分のせいでしょ。フィルモア・アパートのまえで好き勝手なことをしゃべったせいよ。全部自分で招いたことじゃないの。ほかに言いたいことがあるなら、ビルと話してちょうだい」

「さっきも言ったけど」とグレースの母親が頭上に手を伸ばし、ガレージの扉を閉めながら言う。「もう一度言うわ。とっとと家に引っ込みなさい、このくそ爺」

オリンは角材に寄りかかって歩きながら、よろよろと自宅のガレージに戻る。そして、ガレージの中から金属製の錆びた折りたたみ椅子を持ち出し、路地の端で広げる。「おれの家のまわりで、そいつらをうろうろさせるんじゃないぞ」オリンはキャンバス地の背もたれを叩き、シートの埃を払い落とす。「この椅子が見えるか？　こいつとおれは今日から毎日この路地にいる。見張り番だ。そいつらだろうと、ほかの誰だろうと、面倒を起こすやつを見張ってやる。せいぜい気をつけるこった」そう言って、オリンは椅子に腰をおろす。「いいか、おまえらを見つけたら、ただじゃおかないぞ」

四日目

10

月曜日の朝。ウッドワード通りは閑散としている。まるで市《まち》じゅうの人々がここ数日をエリザベスの捜索に費やし、それに疲れてしまったかのように。バスが発車すると、グレースは片手でバスのまえの座席の背もたれを押さえ、もう一方の手をお腹のふくらみに添えながら、白い手袋を忘れたことをほかの主婦たちに気づかれませんように、と願う。寝室の化粧台か裏口脇のテーブルに置いてあったのに、見落としてしまったのにちがいない。

今朝、家を出るまえに、グレースは母親の袖に触れてこう言った。「わたし、話すべきだと思うの」

母親はキッチンの床を掃いていた箒《ほうき》を横に置くと、グレースの手に自分の手を重ねて言った。「今日は月曜よ。ウィリンガムに行っておいで。戸棚を食材でいっぱいにしなさい。教会ではますます食べものが必要になるんだから」

「警察の助けになるかもしれないでしょ」グレースは戸口から動かなかった。「もしあの男たちが、あの男が、同じことをエリザベスにもしたんだとしたら？　もしあいつがまた同じことを繰り返したら？　話したって大丈夫、ジェイムズはわたしのことを心配するだけよ。それと赤ちゃんのことを」

「その男たちにさらわれたんだとしたら、天があの子を救ってくださる」母親はそう言って、グレースが通れるようにドアを押さえた。「正直に話したからって、起きてしまったことを変えられるわけじゃない」それからグレースのブロンドの髪を撫でつけて、暗に伝えた――きちんとメイクをして、髪を丁寧に梳かして、ピンでとめて、ヘアスプレーしなさいと。きれいにしていることが家庭の平和を保ってくれるんだからと。

「必要以上に夫に理解を求めちゃいけない」と母親は言った。「そこを履きちがえちゃいけない」

バスはスピードを上げて、ウッドワード通りを進みつづける。暑くなりはじめた朝の空気が開いた窓から吹き込んでくる。グレースは手袋をはめていない手を伸ばし、ふちなし帽を押さえる。近頃、主婦たちはわざわざ帽子をかぶったりしない。高く盛った最新のヘアスタイルを乱したくないからだ。しかし、今日のグレースはビロード飾りのついた灰色のふちなし帽をかぶっている。普通は日曜日にしかかぶらないその帽子は、頭のうしろの小さな傷を隠してくれ、人に見られる心配をなくしてくれる。グレースは風が直接あたらないように、お尻の片側からもう一方の側へと体重を移す。その拍子に、思わず小さなうめき声が洩れる。

お尻は痣になっているだけで、騒ぎ立てるほどのことではない、と母は言っていたけれど。

「グレース」とマリーナ・ハーツが通路に身を乗り出して言う。「ねえ、大丈夫？」肩のあたりできつく巻いたブルネットの毛先に手を添えている。

グレースは帽子を押さえていた手を膝の上に置く。「大丈夫よ。この暑さのせい」

マリーナは白い手袋をはめた手を伸ばし、グレースの手首をぎゅっとつかむ。グレースはたじろぐが、手を振り払ったりはしない。手首や腕にはまだ痛みがあり、男のひとりに地面に押しつけられた部分がずきずきと疼《うず》く。

「手づくりバザーがまださきだからって気を抜かないでね」とマリーナは言う。グレースの剝き出しの両手に気づくと、丁寧に毛抜きで処理した眉毛の片方を――右の眉だ――吊り上げ、額に皺を寄せる。「もう聞いたでしょ？　開催日は数週間延期になっただけよ。もちろん、ピエロギは冷凍してても大丈夫なわけだし。何もぎりぎりまで待ってからつくる必要はないわ」

土曜日には川沿いで白いスニーカーが発見されたという知らせが届いた。が、日曜日はなんの続報もなく過ぎた。そして今日、月曜日にも、捜索は続行される。本来なら男たちは仕事に戻らなければならない。それでも工場の同僚たちが夜間勤務や、必要なら次の週末に休日出勤をして――何度でも週末の休日出勤を繰り返して――仕事を肩がわりしてくれることになっている。そのおかげで、オルダー通りとその周辺の通りに住む男たちはエリザベスの捜索を続けられることになったのだった。同僚たちは捜索に参加する者の家族にも超過勤務をこなすことを約束していた。

月曜日には、手づくりバザーの正式な延期と、マリーナ・ハーツが婦人部の取りまとめ役になるという知らせも届いた。マリーナはすでに手づくりバザーのスケジュールとメンバーリストを管理していた。で、その朝、彼女はオルダー通りの主婦たちに、各自家族の世話をして、用事をすませられるよう、午前中は休みにする旨を伝えた。さらに彼女は続けた——今日から四時間の交代制で働いてもらいます。教会で食べものの用意をし、男性たちの食事の後片づけをし、新しいコーヒーを沸かしてください。エリザベスが無事に帰宅したという知らせが届くように、希望を失わず、毎日祈らなければなりません。しかし、同時に、そうではない未来——エリザベスの行方がどうしてもわからず、捜索に終わりが訪れない未来——を迎える心の準備もしておいてください。

バスはリサイクルショップのすぐ先で停車する。店のドアが開き、中からジュリアが出てくる。今朝、ビルに頼んで店まで車で送ってもらったにちがいない。グレースはそう思う。

普段、ジュリアとグレースは一緒にボランティア活動をしている。これまでに何度も、ふたりはマリーナの監視の下、狭い店内で寄付の古着の仕分けをしてきた。ジュリアが裏表になったブラウスを引っぱり出し、そのままハンガーに掛けようとするたびに、グレースは小言を言ったものだ。それでも、ジュリアはそのままブラウスを吊るしてしまう。そんなとき、マリーナがよく訊いてきた。何が可笑しいの？　なんでもない、くだらない冗談よ。グレースはたいていそう答えた。そして、マリーナが別の古着の山にかかりきりになると、次のブラウスをわざと裏返してハンガーに掛け、ジュリアにウィンクしてみせるのだった。

ジュリアが隣りの席に坐るだろうからと、グレースは窓際の席に移って場所を空け、顔を窓ガラスに押しつける。鋭い痛みが頬を通って眼球まで走る。座席に坐ったまま背すじを伸ばし、ハンドバッグからコンパクトを取り出して、口紅をチェックする。通路の向こうから、ふたりの主婦が小首を傾げてグレースに微笑みかける。大きなお腹をしたグレースはその女たちに――グレースに眼を向けるすべての人に――思い出させる、人生というものはずっと続くものであることを。エリザベスに関する知らせがどれほど悲惨なものになろうと、グレースを一目見れば、誰もがなんて愛らしく美しい人だと思い、生まれてくる子もきっと彼女にそっくりなのだろうと想像する。

「今日会えるとは思ってなかったわ」とグレースは隣りの席に坐ったジュリアに言う。

ジュリアはそれには答えず、通りを指差す。男がふたり、リサイクルショップの隣りの金物店から出てくる。片方はクリップボードを持っている。何かを書きつけながら、次の店に向かう。店のまえに来るとドアの取っ手を引っぱり、店内に消える。エリザベスの捜索をしているのだ。多くの女たちが足を止め、そのふたりに道を譲っている。

今朝の車内ではウィリンガムの女性の話題が出る。エリザベスが行方不明になってからの数日間、あの亡くなった女性についてじっくり考えようとする者はいなかった。また、新たなニュースも犯人逮捕の知らせもなかった。しかし、ウィリンガム行きのバスに乗ったことで、主婦たちの思考の表層にあの女性が再浮上したようだ。誰も口に出そうとはしないが、あの事件がエリザベスの身に起こったことを解明する手がかりになるのではないか、と恐れてもいる。グレースのまわりの主婦たちはずっと警察について話している——きっとウィリンガム通りで警官を見かけるんじゃないかしら？ 女が殺された路地の捜査はもう終わってそうだけど、川の捜索は絶対してるはずよ。今日は四日目で、男性たちの話では、エリザベスが川で溺れたのだとしたら、そろそろ遺体が水面に浮かび上がってくる頃なんですって。

「教会へ行く途中にビルに降ろしてもらったの」とバスが停留所を離れると、ジュリアが言う。「あの子たちにはクロゼットの掃除をさせたわ。わたしがいないあいだにやるべき手伝いも言いつけてきた」それから声をひそめる。「バスで運ぶには袋の数が多すぎたの。わたしが自分で店に持ち込んだってばれたら、マリーナはかんかんに怒るわね」

グレースは短い笑いを洩らしたものの、すぐに後悔する。笑うたびに唇の小さな傷口が裂ける。主婦仲間で、グレースがともに笑うことができるのはジュリアだけだ。ほかの主婦たちと一緒だと、スカートの長さや、髪の巻き具合や、選んだ口紅の色のことばかりが気にかかる。自分の選んだものはどれも趣味が悪くて、あとでひそひそ噂されるのではないか、と心配になる。ジュリアは、口紅の色が似合っていなければ直接そう言ってくれる——ちゃっかりその口紅をもらうためにそう言うこともある——友人だ。

「ねえ、聞いた？」とジュリアが身を寄せて囁く。こんなふうにふたりの会話は始まる。彼女の話は面白くて、つい耳を傾けずにはいられない。たとえ今日のような日でも。エリザベスがまだ戻ってきていないことを知っていても。ジュリアもまた、物事がいつもどおりであってほしいと思っているのだろう。「マリーナの花壇のこと」

グレースは首を振る。

「誰かが花におしっこをひっかけたんですって。道の真ん中を堂々と歩いてきて、オルダー通りの住民と神の眼のまえで放尿したんだって。それも一回きりじゃないらしいの」

「そんなこと、考えられない」

「マリーナが自分でそう言ったのよ。そのせいで何時間も水を撒くようになったんですって。可哀そうに、お花はもう水浸しになってる。あの様子じゃ、あっというまに萎れちゃうんじゃないかしら。たぶんひと月ももたないわね」そこからさきは片手で口を覆いながら話す。「しかもマリーナはイジーとアリーの仕業だと思ってたの。教会でわたしに詰め寄って、ふたりのことを責め立てたんだから。もちろん、じゃあ、具体的にどんなふうにやったのか説明してちょうだいって言ってやったわ。そしたら彼女も認めたけど。かなり無理があるし、そもそも人目につきすぎるわよ」

「ジュリア、やめて」とグレースは唇が腫れないように笑いをこらえる。「そんなこと聞いたら、またお腹が痛くなっちゃう」

これまでにもグレースとジュリアはバスの車中で笑い転げることが何度もあった。グレースの頬とお腹が痛くなるほど。あとで誰もいない家に戻ってから考えても、何がそんなに可笑しかったのか思い出せたためしはないのだが。それでも、バスでの愉しいひとときを思い浮かべるだけで、グレースの顔にはいつも笑みが浮かんだ。夕方近くなると、グレースはジュリアに電話をかける——今日の夕食は何にするの？ どちらかが尋ねる。コーヒーでもどう？ すぐ行くわ。たいていはジュリアがグレースの家にやってくる。夕食後には、電話でその日最後のおしゃべりをする——ビーフステーキはうまく焼けた？ シャツについた機械油の染みを落とすにはどうしたらいい？ するとジュリアが言う。そのシャツは捨てないで、旦那のほうを捨てなさい。そこでまたふたりは笑い合う。

ジュリアは話の最後にグレースを軽く小突いて言う。「でも、気分がいいじゃない？ 笑うのって」

バスはウィリンガム通りに向かって走りつづける。ひんやりとしたさわやかな朝の空気が、開いた窓から吹き込んでくる。バスの横を通り過ぎる車は、大半が窓を閉めきっている。運転席に坐る女たちはハンドルを十時十分の位置で握り、薄手のスカーフ——黄色やピンクや白のスカーフを斜め半分に折ったもの——を頭にかぶって顎の下で結んでいる。信号待ちをする車内では、男たちが窓枠に肘をつき、火のついた煙草を外に向けている。バスがダウンタウンに近づくにつれ、信号で停まるたびに、レーンに連なる車が増える。ウッドワード通りの両側に連なるビルは次第に高くなり、道路が狭く感じられるようになる。切ったばかりのガラス板や、ホースで水洗いしたばかりのコンクリートのにおいを川のにおいが押しのける。ウッドワード通りとウィリンガム通りの交差点に差しかかると、バスはスピードを落とす。風が収まる。

「一緒にクリーニング屋さんに行かない？」バスが停車すると、ジュリアが立ち上がって言う。

グレースは首を振り、シートにまた身を沈める。「あんまり具合がよくないの。冷凍庫にはまだ食材もあるし、このままバスに乗って家に帰ることにするわ」

ジュリアは身を乗り出して、グレースの額に手を置く。「ずっと具合が悪かったってジェイムズが言ってたわよ。熱はないみたいだけど」そう言って、体勢をもとに戻す。「少し休みなさい。あとで電話する。教会へ行くまえに様子を見にいくわ」

通路に出てマリーナ・ハーツの背後に立ったジュリアは、まるでマリーナの花壇の尿のにおいを嗅いだかのように、鼻先を押しつける真似をする。グレースはまた笑いたい衝動をこらえる。片手を上げて、手を振り、手袋を忘れたことを誰にも気づかれないよう、すぐにまたおろす。バスが終点――そこでバスは折り返し、ウッドワードを逆方向に進む――に向かって発車したときには、グレースは気づいている――二度と午前のバスに乗ることはないだろう、と。グレースはもうかつてのグレースではなくなった。今さらほかの主婦たちの輪に加わることなどできはしない。彼女たちもどこか変わったかもしれないが、それは永久に続く変化ではない。現に、彼女たちは普通の生活に戻りつつある。エリザベス・シマンスキの存在しない〝普通の〟生活に。しかし、グレースが慣れることはない。いずれ誰もがそのことに気づくだろう。そして、いずれその理由を知りたがるだろう。

真っ先にジュリアが――おそらくジュリアだけが――グレースに疑問をぶつけてくるはず

だ。ほかの主婦たちは遠慮して何も言わないだろう。残念な口紅の色について何も言わないように。彼女たちはたぶん原因は個人的なことだろうと推測するにとどめる。グレースの結婚生活に問題があったか、赤ちゃんのことで悪い知らせがあったのだろう、と。グレースを気にはかけても、踏み込んではこない。グレースの問題に巻き込まれたくないからだ。しかし、ジュリアは個人的なことだろうが、とばっちりを受けようが、気にしたりしない。彼女ならきっと質問してくるだろう。たくさんの質問を。遠慮せず、粘り強く訊き出そうとするはずだ。グレースの家に来て、床を掃き、洗濯物を干して、料理をする。ジュリアの娘が死んだときにグレースがしたことをそっくりそのままやろうとするだろう。グレースがまた元気になるまでつき添おうとするだろう。そんなジュリアの存在がこのあと常にグレースに思い出させることになる。人生は二度ともとには戻らないということを。

「ウィリンガム行きの午後のバスはありますか？」バスのドアが閉まったあと、グレースは運転手に声をかける。

バスはがたんと揺れ、シューッと音をたてて、ウッドワード通りを進みつづける。

運転手はバックミラー越しにグレースを見ながら答える。「オルダー通りなら、十二時十五分発があります。お客さん、オルダーにお住まいですよね？」

「ありがとう」とグレースは言う。「ちょうどいい時間だわ」

ジュリア叔母さんはあと数時間、家には帰らない。近所の人たちと買いものに出かけていて、午前中いっぱいは戻らない。それでもイジーとアリーは二度、左右を確認してから通りに出る。叔母さんの知り合いの誰かに、外に出ているところを見られたらやはりまずいことになる。オルダー通りの北のほうで、爆竹がたてつづけに鳴る音がする。矢継ぎ早に点火しているのだろう。お祖母ちゃんは年々爆竹を鳴らす時期が早まってみっともない、と言っている。その爆竹の音が、スタートを知らせるピストルがわりになる。イジーは冷たく濡れた壜をお腹に押しつけ、さっと手を振って合図する。イジーとアリーは駆けだし、ターナー家とブランデンバーグ家のあいだの庭を走り抜ける。路地に出ると、乾いた土に足をすべらせながら、埃を蹴り立てて進む。ふたりは走りつづける。〈ビアーズドーフ〉食料品店までの往復で咽喉が渇いてもつばを吐きたくなっても、足ががくがく震えるようになっても。

アリーは路地に怯えているから、ジュリア叔母さんの家まで一目散に走りつづけるだろう――イジーはてっきりそう思っていた。しかし、何かがアリーの歩幅を狭め、スピードをゆるめ、やがて足を止めさせる。正面の数メートル先にはミセス・リチャードソンの家のガレージがある。ミスター・スコフィールドの錆びついた骨董品のようなパイプ椅子と短く切った角材が路地の真ん中に落ちている。錆びついた骨董品のようなミスター・スコフィールド本人の姿は見あたらない。

アリーがイジーの向かう先に気づいたのは、〈ビアーズドーフ〉食料品店までの道のりの半分を過ぎた頃だった。イジーはアリーにこう言っていた――無理やり連れていこうってわけじゃないんだから、帰りたければひとりで帰れば？　アリーにそんな勇気がないことは百も承知で。結局、ふたりは一緒に叔母さんの家から西に一ブロック、南に三ブロックのところにある食料品店まで、残り半分の道のりを歩いた。そのあいだずっとエリザベスを捜す大人たちに見つからないよう気をつけた。車が近づいてくるたびに低木の茂みやニレの幹の陰に屈んだ。「あたしたち、お金を持ってないのに、なんでわざわざ〈ビアーズドーフ〉まで行くの?」行き先に気づくと、アリーは尋ねた。けれど、アリーが〈ビアーズドーフ〉へ行きたくないのは、お金がないせいではなかった。

アリーが尻込みをしているのは、裏路地に怯えているせいであることは言うまでもないが――そのためアリーはあらゆることに怯えているように見える――もうひとつ、ジュリア叔母さんが〈ビアーズドーフ〉での買いものをやめたからだ。叔母さんにはそうするだけの理由があるはずだ、とアリーは思っていた。ジュリア叔母さんの下には苔は生えない、というのがお祖母ちゃんの口癖だ。実際、叔母さんは理由もないのに何かするのを嫌がったり、やめたりすることはない。バスに乗ってウィリンガムまで行くのは週に一、二度だけだけれど、つい最近まで叔母さんは〈ビアーズドーフ〉で買いものをしていた。こんな短いあいだに〈ビアーズドーフ〉が悪い場所に変わるわけがない。しかし、それはイジーの考えだ。一方、アリーのほうは、物事が悪くなるのにそれほど時間はかからないと思っていた。そういうことを知りたければ、バナナを観察すればいい。

〈ロイヤルクラウン〉のコーラの壜をさっとシャツの下に隠すことくらい、イジーにとっては朝飯前だった。ミスター・ビアーズドーフは店の外に立っている黒人たちに気を取られ、イジーとアリーには眼を配っていなかった。屯する——黒人たちの行動を大人たちはそう呼んでいる。アリーもまた黒人に気を取られていた。彼らに怯えてさえいた。店にいるあいだじゅう、眼がずっと彼らに釘づけになっていた。だからアリーは店を出て角を曲がり、家に向かって歩きだすまで、イジーのシャツの下に〈ロイヤルクラウン〉がはいっていることを知らなかった。歩きながら、アリーは何度も言った。「その盗んだコーラの壜、どうやって開けるつもり？」今、路地の真ん中に立ち、リチャードソン家のガレージの扉が大きく開いているのを見て、イジーはコーラの壜を開けるいい方法を思いつく。しかも、ミスター・スコフィールドにジュリア叔母さんとの約束を破ったところを見られずにすむ方法を。

リチャードソン家は静まり返っている。ミセス・リチャードソンにしろ、ほかの誰かにしろ、人のいる気配はない。今日の午前中は溜まった家事を片づける時間に割り振られたため、教会で働いている人はいない。オルダー通りの奥さんたちはみんな、ジュリア叔母さんと一緒にウィリンガム行きのバスに乗っているか、地下室で洗濯物を脱水機にかけているかしている頃だ。路地の向かいのミスター・スコフィールドの家から、網戸が軋み、ばたんと閉まる音がする。黒人たちの行動には規則性がある——ビル叔父さんとジュリア叔母さんはそう言っていた。ビル叔父さんはこう言った——いつも同じというわけじゃないが、それでも知っておいて損はない。彼らは午前十時のバスによく乗っている。少なくとも何人かはそのバスに乗る。たぶん仕事に行くんだろう。そして、午後五時十五分のバスで帰ってくる。真夜中の行動はわからないが、ともかく覚えておくといい。ミスター・スコフィールドもきっとその規則性を知っているにちがいない。

もうさほど冷たくもない濡れた壜をお腹に押しつけながら、イジーはアリーをガレージのほうへ引っぱる。アリーはつられて何歩か歩いてから身を引く。

「はいりたくない」とアリーは小さな声で言う。近づいてくる足音がミスター・スコフィールドのものだった場合に備えて。

「じゃあ、叔父さんに鞭で打たれるほうがいいっていうの？」イジーは錆びついた古い椅子を指差して言い、アリーをまた引っぱる。

ガレージの中にはいると、とたんに空気がひんやりする。ふたりは周囲の音がよく聞こえるように、じっと動かず、息をひそめる。よその家の敷地にはいったふたりを怒鳴りつける声は聞こえない。イジーはガレージの奥を指差し、外の砂利道を角材でつつく音がしないことを確かめてから、真ん前にある木の作業台に近づくと、ミスター・リチャードソンの工具箱の蓋を開ける。かび臭いにおいと砂だらけの工具――手に取ってみると、大半がイジーの想像以上に重い――はイジーに父親というものについて、また父親が家で持つものや持たないものについて考えさせる。イジーは父親のことを何ひとつ知らない。それでも、壜の蓋を充分はさめるくらいに開いたり閉じたりする大きな工具が、ペンチと呼ばれていることは知っている。そう。ペンチならきっとうまくいくはずだ。

「坐ってて」とイジーはアリーに囁く。「すぐにこれを開けるから」

鼻につんとくる花火のにおいが、ふたりのあとを追ってガレージにはいり込んでいる。そのにおいがまるで誰かがすぐそばで花火に点火したかのように、だんだん強くなる。

「あたしは盗んだコーラなんて飲まないから」アリーはそう言って、誰にも見られない程度にガレージの奥まではいると、自分の体を抱きしめるように腕を組み、ざらざらした木の壁にもたれる。

イジーは蓋をひねり、ごくごくと一気に飲むものの、炭酸が咽喉までせり上がってきて、咳き込む。「勝手にすれば」イジーはそう言って、またコーラを飲み、壜を持ち上げてどれくらい残っているか確かめる。そして、ガレージの真ん中から、南側の壁を指差して言う。

「見て、あれ、使えるんじゃない？」

ひんやりした空気のせいなのか、盗んだコーラが血管を駆けめぐっているせいなのか、地面を歩きながらイジーはぶるっと身を震わせる。そして、壁に掛かっている一本のロープを手に取る。ガレージの中は花火の煙の味さえしそうなほどになっている。

「パッチズをつなぐリードにできそう」イジーはそう言って、またコーラを飲みはじめる。が、お腹の調子が悪くなったような気がして飲むのをやめる。

「今度はロープを盗もうっていうの？」アリーはイジーのお腹の具合が悪くなったことに気づき、笑みを浮かべながら言う。「やめてよ。それは猫には大きすぎるよ」

「そうだね」とイジーは言い、ミスター・スコフィールドが戻ってくる気配はないか外をうかがう。「アリーの言うとおりかも。縄跳びにはよさそうだけど」

「これならいいリードになるんじゃない？」アリーはさらに数歩ガレージの奥に進み、爪先で何かをつつく。まるでそれが生きているかどうか確かめるみたいに。

イジーはロープをひょいと肩にかけると、アリーに近づいて尋ねる。「何、それ？」アリーのほうへ近づくと、何かが燃えるにおいがさらに強くなる。たぶんタトル通りの奥のブロックに住む少年たちの仕業だろう。ジュリア叔母さんは、男の子は大きくなると何かしら面倒事を起こすものだ、と言う。今年の夏、迎えにきたビル叔父さんの車のトランクにスーツケースを積み込んで、イジーとアリーがいざ車に乗ろうとすると、お祖母ちゃんがイジーに指を向け、男の子とどうにかしようだなんて考えちゃいけないよ、と言った。そう言って、イジーに指を二回突きつけた。二回目にはイジーの胸を実際に突きさえして、同じことばを繰り返した。「わかった？」お祖母ちゃんにそう訊かれ、イジーはうなずいた。実際には、なんの話なのかもわからなかったのだが。

「古い服とか、そういうのがはいってるみたい」とアリーが言う。「きっとミセス・リチャードソンのだね」

袋のひとつに手を伸ばし、アリーは細くて白いベルトを引っぱり出す。小さな丸いバックルにピンクと白の宝石がたくさんついている。アリーはベルトの端をバックルに通し、ベルトの輪が猫の首の大きさになるまで引っぱる。「ぴったりだ」とアリーは大きな声で言う。

イジーはアリーに飛びつき、片手をぴしゃりとアリーの口にあてる。ふたりはじっとしたまま耳をすます。しばらく静かな時間が過ぎる。ミスター・スコフィールドの気配はない。イジーはアリーの口から手を離す。

「ごめん」とアリーが囁く。

イジーは頭を傾け、アリーに向かって眉を吊り上げる。いつもなら、そういう顔で相手をたしなめるのはアリーのほうだけれど。「なんであんたは盗んでもいいわけ？」イジーは壁ぎわに並ぶ六つの茶色い袋――そこならミスター・リチャードソンの車に踏みつぶされることもないのだろう――のほうへ近づきながら尋ねる。「あたしは駄目なのに？」イジーは袖を引っぱってブラウスを取り出してから、ふわりと袋の中に戻す。

「これは盗みじゃないもん。『ミセス・リチャードソンは全部捨てるつもりなのよ。このベルトはゴミの中にあったんだから」

そこでふたりはおしゃべりをやめる。イジーは唇に指をあてる。ガレージの反対側で何かが軋む音がする。錆びついた骨董品のような折りたたみ椅子の古いパイプの脚が、ミスター・スコフィールドの重みにうめき声をあげたような音だ。イジーは片足の踵をもう一方の足の爪先にぴたりとつけて歩きながら――それがもっとも静かに歩ける方法だ――ガレージの奥まで行き、冷たい壁に耳を押しつける。それ以上は何も聞こえない。胃のむかつきのことを忘れて、もう一口コーラを飲むが、〈ロイヤルクラウン〉はすっかり生ぬるくなっている。イジーは思う――外をのぞいてミスター・スコフィールドが椅子に坐っているかどうかを確かめなくちゃ。あのおじさんがいたら、ふたりは夕食の時間までここから出られないことになる。

「これ、あそこの袋のどれかから出てきたんじゃない？」とイジーはアリーにしか聞こえないくらいの声で囁くと、地面から白いドレスシューズを屈んで拾い上げる。そして、靴の中に指を入れて揺らしながら、もっと光があたるように、それからアリーにもよく見えるように、高く掲げて靴を調べる。

「その靴、袋の中のほかの靴よりずっと大きいね」アリーは少し靴に近づくが、近づきすぎはしない。「それにほとんど新品だよ。ミセス・リチャードソンの靴だ」

「ここにあるのは全部ミセス・リチャードソンのだよ」イジーはそう言って、残りのコーラを捨てる場所はないかと地面を見まわす。

「でも、この靴は大きいよ。妊娠してる女の人は大きい靴を買うのよ。この靴はゴミじゃないんじゃないかな」

「妊娠してるのとなんの関係があるのよ?」

「ジュリア叔母さんの足のこと覚えてないの? すごくぷにぷにしてたでしょ、覚えてない?」アリーは顔のまえで手を振る。アリーも煙の嫌なにおいを感じてるんだ、とイジーは思う。「一緒に〈ハドソンズ〉に行って、叔母さんが大きな靴を買ったときのこと覚えてる? これはミセス・リチャードソンの、大きなマタニティーシューズの片方だよ」

イジーは〈ハドソンズ〉へ行ったことは覚えているが、それでも首を横に振る。メリーアンに関係のあることは何ひとつ考えたくないのだ。あるとき叔母さんの家を訪れたら、赤ちゃんがいて、家じゅうを満たしていた。次に訪れたら、赤ちゃんはいなくなっていて、叔母さんの家はそれ以来ずっと空っぽのままだ。ぽっかり穴があいてしまっていると言ってもいいかもしれない。

「でも、ミセス・リチャードソンに、あなたのですかって訊くわけにはいかないじゃない」イジーは言う。声が高くならないよう気をつけてはいるものの、今のようにアリーに苛々させられているときには、それがむずかしい。「袋の中に戻したほうがいいよ」イジーは自分のシャツにその靴をこすりつけて泥を落とすと、アリーに向かってぽんと投げる。

一度もうまくボールをキャッチできたためしのないアリーは、とっさにまえに出て、手を伸ばす。が、靴はアリーの脇をすり抜けて飛び、ミスター・リチャードソンのゴミ容器のひとつにぶつかる。その拍子に蓋がはずれ、銀のゴミ容器から煙が出て、もくもくと立ち昇る。

アリーは片手で口を覆い、イジーはコーラの壜を落とす。

「蓋が……」とイジーは囁き、床に落ちた蓋を何度も指差す。それから慌てて手を振ってアリーを止めようとする。「駄目、やめたほうがいい。熱いよ」イジーは袋のひとつからスカートを取り出し、それを手に巻いて蓋の端をつまみあげ、ゴミ容器にのせようとする。が、蓋は縁にあたって跳ね、足元に落ちる。

「おまえたち、そこから出てこい！」誰かが大声で怒鳴る。

ミスター・スコフィールドだ。イジーとアリーは立ち昇る煙に向かって腕を大きく振りながら、燃え盛る炎からあとずさる。

「ライフルを取ってくるぞ」とミスター・スコフィールドが叫ぶ。

イジーはアリーをつかむ。「あたしたちです、ミスター・スコフィールド！」そう言って、アリーを抱き寄せる。「ミスター・スコフィールド、あたしたちしかいません」

姿は見えないし、音しか聞こえないが、ミスター・スコフィールドが不自由な足取りで――まるで体の右側が左よりもずっと重いみたいに、ほとんど右脚を引きずるようにして――歩いている様子がイジーの眼に浮かぶ。片方の肩はまえに傾き、顎の肉は垂れ下がっている。ミスター・スコフィールドが歩いたりしゃべったりすると、その肉がぶるぶると揺れる。子どもの頃にポリオに罹《かか》ったのよ、とジュリア叔母さんがふたりに話したことがある。一度かかると完全には治らない病気で、今でも彼の体の隅々まで蝕《むしば》んでいるの。

「出てこい！」とミスター・スコフィールドがまた大声で言う。「おまえらがつけた火のにおいがするぞ！」

「ちがいます、ミスター・スコフィールド。あたしたちです。あたしたち」

「くそったれどもが、火をつけやがったな」

イジーはアリーを引っぱってガレージの奥へ進む。もっとも遠く、もっとも暗い隅へ。

「あたしたちです、ミスター・スコフィールド。アリーとイジーです」

しかし、ミスター・スコフィールドの耳には届かない。

「出てこい！　でないとおれが火をつけるぞ」

11

バスを降りると、マリーナは足早にウィリンガム通りを渡る。ほかの主婦たちは足を止めて、倉庫を見つめている。ウィリンガム通りがチェンバリン通りにつきあたったT字路の真正面にある、三階建ての白い石造りの建物がそれだ。まるで建物が土台から沈み込んでしまっているかのように、窓枠は亀裂が走って歪んでいるし、戸口は板でふさがれている。そこに黒人の女たちが集まり、夫たちに体を見せつけている。男たちの欲望をさらに掻き立てるため、ブラウスや下着を脱いでみせるのだと言う人もいる。

主婦たちは口をすぼめ、腕を組み、いっとき倉庫を見つめていたが、やがて自分たちが真に心配すべきはエリザベスのことであって、黒人女性のことでもなく、夫が関わっているかもしれないよからぬ行為のことでもないのだと思い出す。そして、人生にはすばらしいこともあると自分に言い聞かせ、手袋を引っぱり、ハンドバッグの留め金を確認し、巻き毛を撫でつけ、デリカテッセンやクリーニング店やドラッグストアへ向かう。二十分後に、主婦たちはベーカリーで落ち合うことになっている。主婦たちは行きのバスの中で、もしミセス・ノヴァックが給料日にも店を開けつづけると言い張るなら、もう彼女の店では買いものをしないことにすると決めていた。二十分後、みんなそろってそのことをミセス・ノヴァックに伝えることになっていた。

倉庫の隣りにある工場の駐車場は半分しか埋まっていない。ウォーレンを含むほとんどの男たちは、今日も教会に集合しているからだ。夫のセダンが駐車場に停まっていないことを確認すると、マリーナは片足を軸にして体を反転させ、川に向かって歩きだす。ほかの主婦たちはこれから二十分間、店から店へと駆けまわる。マリーナは思う、だから自分がいないことに彼女たちが気づくことはない、二十分もあれば充分だ、と。もしウォーレンの少女がまだ生きているようなら、チェンバリン通りを一ブロックくらい行けば見つかるはずだ。

「絶対まちがいないわ」今朝、オルダー通りの主婦たちがバスに乗り込んだあと、ドリス・テイラーが言っていた。シートに浅く腰かけ、開いた窓から吹き込む風に掻き消されないように大声を張り上げて。「ミセス・ノヴァックには給料日に店を閉める気なんてないの。じゃあ、わたしたちはどうすべき？」

そう投げかけたのはドリスだったが、主婦たちはシートの上でさっと体の向きを変え、一斉にマリーナのほうを見た。彼女たちのその動きはマリーナに、自分がこの中で最年長のひとりだということを思い出させた。

「わたしは特に意見はないわ」とマリーナは言った。

主婦たちは——何人かは口をぽかんと開けて——マリーナを見つめ、冗談を言ったのだと決めてかかったような顔で、マリーナの次のことばを待った。マリーナはまたしてもお局《つぼね》扱いされたことに腹を立て、いい加減その失礼な態度に気づいてほしいと思いつつそれ以上は何も言わなかった。ただ、追い払うように手を振ってみんなに別なほうを向かせた。

「みんなでミセス・ノヴァックのところへ行くべきよ」マリーナに代わって、ドリス・テイラーが続けた。ドリスは毎年手づくりバザーにシナモンロールを出品している。といっても、いつも大して売れてはいない。ピーカンナッツをほとんど入れないし、いつも焼きすぎるからだ。「わたしたちみんなで一致団結して言いましょうよ。店を閉めてくれないなら、あなたの店ではもう買いものをしないって。もしベーカリーが開いていたら、わたしたちの誰かが給料日にウィリンガムに行きたくなってしまうかもしれないでしょ。わたしたちの安全のためよ。マリーナだってこないだ同じことを言ってたわ」

主婦たちはまたマリーナを見た。「そうだったわね」マリーナは長いため息をつき、笑みを浮かべる。「いい考えだと思うわ。みんなドリスの意見を聞いたらいいんじゃない」

マリーナは自分の悩みで手一杯だった。だから他人の悩みまで引き受ける気はなかった。これ以上ぽかんと開けた口を見ないですむよう、座席の背もたれに頭を預けると、通路の反対側に坐っているグレース・リチャードソンを見つめた。まっすぐまえを向いた彼女の眼には何も映っていないように見えた。手袋をはめていない両手で、丸いお腹をゆっくり弧を描きながら繰り返しさすっていた。時折、まぶたがゆっくりと閉じられ、長い時間が経ったあとでようやく開いた。彼女が眼を閉じるたびに、眠っているのだろうか、とマリーナは思った。それでも、ジュリア・ワグナーがバスに乗り込んでくると、ようやくグレースも目覚めたようだった。

「仲間のひとりが死んでしまったんだし、あの女《ひと》たちも出ていくんじゃないかな」と主婦のひとりが言った。バスはリサイクルショップまえのバス停から発車した。「それに、ほら、知ってるでしょ？　馘になった人たち。財布を開いてくれる客が残ってなければ、あの女たちもほとんど消えちゃうわよ」

「こんな話はするべきじゃないわ」と別の主婦が言った。「エリザベスのことを考えましょうよ。不謹慎よ。エリザベスに対して失礼だと思わない？」

それから主婦たちの話題はジェリー・ローソンに移った。そのときにはもう、誰もがジェリー・ローソンが解雇されたことを知っていた。オルダー通りから離れたブロックに住む人々でさえ。なんて気の毒なベティ・ローソン。ご主人があんなことしていたと知って、これからどうするのかしら？　あの可哀そうな赤ちゃんはどうなるの？　あの子の名前はなんといったかしら？　シンシア、じゃなかったっけ？　可哀そうなシンシア。見捨てられたも同然ね。ジェリーはもう生活費を稼げないもの。次に主婦たちは、ジェリー・ローソンが懇ろにしていた女はひとりだけだったのか、それとも複数いたのかということについて噂し合った。ひとりより大勢のほうがマシだというのが全員の意見だった。もし相手がひとりだけだとしたら、その女に本気で惚れていたことになるからだ。なんてこと、本気だったかもしれないだなんて！

「うちのハリーの話では、例の女はハンマーで殺されたんですって」そう言った主婦の名前をマリーナは思い出せなかった。彼女はオルダー通りのすぐ北のほうに住んでいて、めったに礼拝に来なかった。「想像できる？　警察は被害者の女を見ただけで、凶器はハンマーか、それに似たものだってすぐにわかるのよ。どうやってそんなことがわかるんだと思う？　頭にできた穴を見て、何による傷かわかるだなんて、信じられないわ」

「死んだ女性について何か知ってるの？」マリーナは視線をグレースに向けたまま尋ねた。グレースはジュリア・ワグナーとしゃべりながら、両手でお腹をそっと撫でている。グレースとジュリアはほかの主婦たちのおしゃべりには耳を傾けず、ふたりだけでくすくす笑い合っていた。

「どうしてそんなことを訊くの？」数人の主婦の声がこだました。

バスはウィリンガムの停留所に近づいていた。マリーナはまえの座席をつかんで体を支えた。頭をハンマーで殴《ひと》られた人間にはどんな傷痕が残るものなのだろう？「新聞で読んだの？　ご主人はその女がどんな人だったか話してた？」

ドリス・テイラーがハンドバッグからティッシュを取り出して折りたたみ、つけたばかりの口紅を拭き取った。「あの女たちの仲間よ。ほかに何が考えられる？」

ウォーレンの少女にも、グレース・リチャードソンのような時期があったにちがいない――マリーナは思った。きっとあの少女も宙を見つめ、健康で幸せな赤ちゃんと、自分を愛してくれる男のことを夢見ながら、両手でお腹をさすっていたのだろう。もし殺された女がウォーレンの少女だとしたら、乳母車の中の赤ん坊はどうなったのだろう？　黒人の女――

のうちの誰か——が殺されてからというもの、マリーナは玄関に届いた新聞にはすべて眼を通してきた。インクが指先につき、折り目が破れるまで読み込んだ。なぜこの事件を重要だと思うのか、なぜ死んだ女についての手がかりを切望しているのか、自分でもよくわからないまま。たとえ事件の詳細を知ったところで、マリーナの窮地を救ってくれるわけでもないのに。死んだのが誰だろうと、殺したのが誰だろうと、マリーナが嘘をついたことに変わりはないのに。

「全然。まったくないわね」とマリーナは答えた。バスはウッドワード通りとウィリンガム通りの交差点の停留所に停止するため、速度を落としていた。「二十分後にベーカリーで会いましょう。すごくいい考えだと思うわ、ドリス」

マリーナは黒人女性が殺された路地に近づく。赤い革靴のヒールがコンクリートに響いてマリーナの存在をさらけ出してしまわないように、ほとんど爪先だけで歩いている。路地の入口に着くと立ち止まり、七分丈の袖口を引っぱる。この服を買ったとき、〈ハドソンズ〉の店員はマリーナに言った。この最新の袖丈は誰にでも合うわけじゃありませんけど、お客様のように小柄な方なら、きっと美しく着こなせますよ。

女性が殺されて以来、あまりに多くのことが起こったにしては、路地は何も変わっていないようにマリーナには見える。強いて言えば、昼間の光の下では狭く見え、不吉な感じが薄れることぐらいだろうか。あの夜以来、改めて路地を見てみると、さほど長くも暗くもなく、乳母車を押す少女を追っていたときにはかなり遠く感じられた距離も、実際には数歩の距離でしかない。一瞬、マリーナはその数歩を進んで、落としたハンマーを探しにいきたい衝動に駆られる。夫のペグボードにしかるべき工具が掛かっていたら、どんなに安堵できるだろう？　しかし、それは馬鹿げた考えだ。警察が見つけたか、ほかの誰かが見つけて持ち去っているはずだ。また衝動に駆られて冷静な判断力を失うまえに、マリーナは川に向かって進みはじめる。

前方で、黒人の女たちが少人数で固まって立っているのが見える。ほかにも数人が縁石に坐って、黒く長い脚を投げ出している。また別の数人は同じ縁石にあぐらをかいて坐り、草の葉をつまんだり、自分の荒れた爪をいじったりしている。それ以外の女たちは道の真ん中に屯している。かつて——それほど昔ではない——彼女たちが決してウィリンガム通りに姿を見せなかった時期もあった。しかし、ハイウェイ建設によって西や北に押しやられ、今では日々じわじわとこのあたりを侵食している。主婦たちがその日の買いものを終えて帰路につくまで、黒人女性たちがぶらぶらしたり、待っていたり、時間をつぶしたりしているところがしばしば目撃されている。そのうち給料日には占領されてしまうんじゃないかしら——主婦たちの中にはそんなふうに話す者もいる。これは終わりの始まりなのかもしれない、と。近々、マリーナたちはウィリンガム通りから追い出されることになるのだろう。ちょうど〈ビアーズドーフ〉食料品店から追い出されたように。すでに幾人かは買いものをするためにハムトラミックまで出かけるようになっている。

黒人女性たちのグループから少し離れたところに——まるで自分は仲間ではないとでもい

うかのように——あの少女が立っている。マリーナは少女の顔を見てもわからないのではないかと心配していたが、一ブロックほど離れた場所からでも見まがいようがない。少女にはある種の気品が備わっている。おそらく長い首と細い手脚がそう感じさせるのだろう。肌はすべらかだろうか——そう思いながら、マリーナはグループに数歩近づく。少女はゆっくりと、まるで誰かに見つめられているのを感じ取ったかのように、頭をくるりと横に向け、マリーナを見つめ返す。ほかの女たちもマリーナのほうを向く。何人かは立ち上がり、ほかの女は腕を組む。

グループの中心には、背が高く肥った女が黒いスカートから象のような脚を突き出して立っている。狭い肩幅に、たるんだ腕、それに驚くほど巨大な尻。ほかの女たちと同様、その大柄な女もマリーナのほうを向く。しかし、体はマリーナに向けても、乳母車の持ち手をつかんだ手は動かさない。その女はあの夜路地でマリーナを怯えさせた女よりも——同じように残念な体型をしているものの——ずっと背が高い。マリーナのほうへ一歩出たものの、片手は乳母車から離さない。この女《ひと》は守ってるんだわ——マリーナはそう思う——わたしからあの中の赤ちゃんを守っているのよ。

似たような乳母車がもうひとつあるとは考えにくい。道の真ん中に停められている乳母車には、同じような大きな金属の車輪と、同じような黒い日よけがついている。マリーナがもっと近づくことができれば、あの少女が押していた乳母車と同じような車輪の軋む音が聞こえることだろう。とはいえ、この大柄な女はいかにも赤ちゃんを産んだばかりのような体型

——たっぷりとした豊かな尻、たるんだ柔らかそうな二の腕——をしている。一方、ウォーレンの少女は母親には見えない。彼女の腰は小さく、脚は華奢で細い。あのウィリンガムでの夜、少女は実の母親に代わって、赤ちゃんのお守《も》りをしていたのにちがいない。彼女がやさしいのもうなずける。夫は礼儀正しい態度や会話を好み、やさしさを高く評価する。彼女がそんな夫の浮気相手がしとやかで思いやりのある少女でも驚くにはあたらない。マリーナは思う、路地で殺されたのはウォーレンの少女ではないと判明した以上、あの乳母車の中はのぞくまでもない。

ウィリンガム通りでは、そろそろほかの主婦たちが買いものを終えている頃だ。今頃、〈ノヴァック・ベーカリー〉に集合し、店じゅうのアップルケーキを買い占めていることだろう。ミセス・ノヴァックは毎週月曜日にそのケーキを焼く。今日、できれば来たくないと思っていた大半の主婦たちをウィリンガムに引き寄せたのも、おそらくそのケーキだ。マリーナも売り切れるまえにベーカリーへ行って、夫のためにひとつ買っておきたいと思う。彼は就寝前に粉砂糖を軽く振ってそのケーキを食べるのが好きなのだ。しかし、それほどの人気店でも、ドリス・テイラーたちがミセス・ノヴァックに要望を伝えたあとには、あの店で買いものをする者はいなくなるだろう。

あの赤ん坊がウォーレンの子どもではないとわかったのだから、少しは安堵できてもいいのに、マリーナにはまだジェリー・ローソンとの問題が残っている。マリーナに指を突きつけて非難したジェリー・ローソンは、きっとまた激怒して乗り込んできて、ウォーレンがわたしに疑いを持つきっかけを与えることだろう。あのとき嘘さえつかなければ……心の底から悔やまれる。マリーナは黒人女性たちにじっと見つめられたまま、何歩かあとずさり、踵を返す。もうヒールがコンクリートの路面にうるさく響いても気にすることなく、ウィリンガム通りと〈ノヴァック・ベーカリー〉に向かって歩きだす。細身のスカートと七分丈のジャケットという装いで、可能なかぎり速足で。

グレースがジェイムズと結婚する二週間前、そろそろピエロギづくりを覚えなきゃいけないね、と母親が言った。が、いざ始めてみると、母親はグレースの新居のコンロのそばで頭を振るはめになった。「バターが焦げかかってる」そう言って、母親はタマネギを炒めていたフライパンを冷えたバーナーの上に移した。二日後、ふたりは改めて挑戦した。新妻が毎日の夕食に、温かい食事を出せなくてどうするの？——と母親に発破をかけられて。その二回目の挑戦で、グレースは茹でたジャガイモをザルで漉《こ》し、茹で汁を排水口に捨てた。母親はまた頭を振った。母親のレシピにはジャガイモの茹で汁は取っておくと書かれていた。六個以上もジャガイモを茹でており、母親は無駄になった茹で汁を見て、ため息をついた。三回目の挑戦で、グレースがピエロギにフィリングを詰めすぎたのを見て、そこで母親は娘に教えることを断念した。グレースは母親の真似をして、指の関節を使ってピエロギの皮の端にひだをつけた。が、生地を薄く伸ばしすぎていたせいで、沸騰する鍋に落とすと、三日月型のダンプリングの皮がすべて破れてしまい、チーズのからまったポテトが鍋の中にあふれることになったのだった。

「あなたはどんな料理ならつくれるわけ？」

グレースはピエロギの生地のはいったボウルをキッチンテーブルに置くと、テーブルに身を乗り出して体重を利用し、生地を押し、たたんで、ひっくり返す。押して、たたんで、ひっくり返す。母親のつくる生地はいつもなめらかでコシがある。グレースのつくる生地は、もったりとした白い塊に指を入れると、べたべたくっついてしまう。それでも、朝まだ早いバスを降りて、ほかの主婦たちよりもずっと早くオルダー通りに戻ってくると、グレースは朝の冷たく乾いた空気が生地づくりに適しているのではないかと思ったのだ――このピエロギがうまくできたら、ジェイムズに頼んで教会へ持っていってもらおう。それから手づくりバザー用にもっとつくって凍らせておこう。さらにスプーン一杯の小麦粉を加え、手のひらの親指のつけ根で、また押しはじめる。そのとき、裏の路地から大きな声が聞こえる。グレースはさっと身を起こす。思わずボウルを床に落としそうになる。

「おまえたち、そこから出てこい！」そのあとさらに聞こえた。「ライフルを取ってくるぞ……」

真っ先にべたついた手の甲を使って裏口のカーテンを開け、そこにいるわけはないと知りながらもジェイムズの姿を探す。そこでまた大声が聞こえる。今度は男の声ではない。グレースはエプロンで両手を拭き、指のあいだの生地のだまを取りながら、横に移動してキッチンの窓のまえに立つ。ガレージから細い煙が昇っている。電話をしなくちゃ。グレースはそう思う。しかし、ジェイムズにかけたくてもかけようがない。彼は今頃、ウッドワード通りか川の周辺にいることだろう。水面に浮かび上がる遺体など見つからないようにと願いながら。グレースは裏口のドアを開ける。

「あたしたちです、ミスター・スコフィールド！」また少女の声がする。「あたしたちしかいません」

グレースの家のガレージのまえの路地にオリン・スコフィールドが立っている。ライフルらしきものを肩で支えて構えている。立ち昇る煙の色が白から黒に変わりつつある。

「オリン！」グレースは大声を出す。「それをしまって！」

グレースは扉の開いたガレージに近づかないように、またオリンの標的にならないように、大きく弧を描いて歩きながら、煙のにおいを手で振り払う。これまでグレースは毎朝ジェイムズのためにガレージの扉を閉めていた。彼が仕事に出かけたあと、朝食の皿洗いをすませ、それから裏庭に出て、雑草を抜き、木立に水をやり、マリーゴールドの萎れて茶色になった花を摘み取ったりしたあと、ガレージの扉を閉めていた。しかし、今朝は出かけた彼のあとを追うことはしなかった。もう二度としないかもしれない。

「誰なの？」とグレースはガレージに向かって叫ぶ。「誰がそこにいるの？」

双子たちが姿を現わす。片方がもう一方の腕をつかんで引っぱっている。手前にいるのがイジーで、うしろからついてくるのがアリーだ。

「あたしたちじゃありません」と言って、イジーは黒い煙から離れる。

立ち昇る煙が細くなる。オレンジ色の火花がパチパチと散り、そして消える。

「ゴミ容器です」とイジーが言う。「ゴミ容器の中から火が出たんです」

「オリン！」グレースはもう一度大声を出すと、双子に向かって、そばに来るよう手招きする。「その銃をしまって。あなたたちはこっち。こっちへいらっしゃい。オリン、イジーとアリーよ」


オリンは煙の雲の向こう側に立っている。ガレージの側面をライフルの銃身で叩いて叫んでいる。「出てこい！　このくそガレージから出てくるんだ！」

「オリン、お願い」グレースは双子をカエデの木の下に連れていく。ふたりの腕をさすり、それぞれの顔を両手で包み込んで、どこか怪我をしていないか調べる。「ここにいなさい」そう言って、ふたりから離れる。グレースの腕をつかもうとしたアリーの手を振り払いながら。


パン！　ライフルの銃声がする。グレースの体がぐらりとよろめく。彼女はとっさにお腹の赤ん坊をかばう。本能的に。次に双子に手を伸ばす。ふたりはグレースに駆け寄り、ふたりで――左右にひとりずつ――下からグレースを支える。さらに銃声。グレースは体勢を立て直す。双子を両手で囲い込み、抱き寄せる。三人は硬いカエデの木の下で身を寄せ合う。それぞれの吐く息を吸いながら。静けさが広がると、グレースは背すじを伸ばす。少女たちの髪を掻き分け、改めて怪我がないか調べる。双子の片方がグレースのお腹を抱きしめ、耳を押しつけて赤ちゃんの音を聞こうとする。イジーだ、とグレースは思う。アリーはこんな大胆なことはしない。

路地の反対側の家の勝手口から、ミスター・ウィリアムソンが飛び出して裏庭を駆けてくる。が、オリンがライフルを構え、木製の銃床に頬を押しあてているのを見て、歩をゆるめる。ミスター・ウィリアムソンにはもう通勤しなければならない職場はない。それでも、毎朝シャツを着てネクタイをしめ、ズボンにはベルトをして、仔牛革のウィングチップを履いている。グレースが初めて彼に会った日と変わらぬ豊かな銀髪をうしろに撫でつけて整髪料で固めている。たぶんジェイムズと同じ〈トップ・ブラス〉を使っているのだろう。ミセス・ウィリアムソンも夫を追って出てきて、物干し綱の近くで立ち止まる。薄くなった白髪をいつものように青いスカーフで覆っている。首からかけた胸あてエプロンは、腰ひもを結ばずにだらりと垂らしている。ミスター・ウィリアムソンはオリンの少し手前で立ち止まり、それ以上は近づかず、銃口が下がる機会をうかがっている。

「いったい何を撃ってるんだ、オリン?」とミスター・ウィリアムソンが尋ねる。

「そこに誰かいるんだ」オリンは銃の細い先をガレージに向かって振りまわす。その拍子に眩暈を覚えたかのように彼の体がぐらりと傾く。その眼がグレースと双子――三人はまだ腕をからませて抱き合っている――をとらえる。彼の頬と鼻は赤らんでいる。オリンはこめかみにしたたる汗を拭う。「あれを見ろ!」そう言って銃でガレージを指し、またよろめく。

「おれが言ったとおりだろ? そいつらふたりが火をつけたんだ」

ガレージから出る煙はすでに細くなり、ちょろちょろと出ているだけだ。ミスター・ウィリアムソンはもう何歩かオリンに近づく。

「この小火騒《ぼや》ぎを起こしたのが誰であれ、もうとっくに逃げてるんじゃないかな」とミスター・ウィリアムソンは言う。「それよりその銃を私に貸してくれないか?」

「おれは聞いたんだ。そいつらが何か物を投げてる音を聞いたんだ」オリンは体の向きを変えてグレースと双子を見る。同時にライフルもくるりとまわる。「おまえたちがやったんだ! おまえたちふたりが」

イジーが何かを言いかけるが、グレースは彼女をぎゅっと抱きしめて、黙らせる。

「おれはこの眼で見たんだ」オリンはそう言って、頭を振る。まるで頭の中をはっきりさせようとするみたいに。

「なあ、ちょっとそれを見せてくれないか?」そう言いながら、ミスター・ウィリアムソンはオリンのそばににじり寄ると、広げた手のひらを銃身に置き、ゆっくりと地面のほうに向けさせる。「私が銃の手入れが得意なのは知ってるだろ?」銃口が真下を向くまで待って、ミスター・ウィリアムソンはオリンの手から銃をつかみ取る。「私がざっとチェックして、超特急できみに返すよ。返すときにはマーサのコブラーパイもひとつ持っていくよ」

銃がミスター・ウィリアムソンの手に移るのをオリンはただじっと見つめている。

銃が無事にミスター・ウィリアムソンの手に収まると、イジーは身を振りほどき、グレースの眼をまっすぐ見て言う。「あたしたち、何もやってません。火をつけたりしてません。ほんとです。お願い、ジュリア叔母さんには言わないで。あたしたちじゃありません」

「おまえらがうちに火をつけたんだ。窓も割りやがって」

「ちがいます、そんなことしてません」とイジーは言う。「ひとつもしてません。あたしたち、ただ隠れたかっただけなんです。それだけです。路地にミスター・スコフィールドの椅子があったから、見られたくなかったんです。そうよね、アリー？　そうでしょ？　お願い、ミセス・リチャードソン。叔母さんに言わないで」

「じゃあ、黒人のやつらの仕業だ」オリンはそう言って、ミスター・ウィリアムソンを押しのけ、路地の先を見つめる。「毎日、やつらはここを通っていく。火をつけて、窓を割るのはあいつらだ」

グレースは双子の片方をつかむ。どちらか見分ける余裕もなく尋ねる。「彼らを見たの？」少女の眼がきらめき、グレースから離れようとする。が、グレースはつかんだ手に力を込める。アリーだ。グレースは思う。双子のもう片方、イジーがグレースの腕をつかみ、アリーから引き剝がそうとする。

「あの男たちを見たの？」グレースは大きな声で問い詰める。

イジーが両手でグレースの腕を引っぱる。「あたしたち、誰も見てません、ミセス・リチャードソン。誰も見てないし、火もつけてません」

「みんな、まずは落ち着こうじゃないか」とミスター・ウィリアムソンが言う。「無用なトラブルを起こすのはやめておこう。さあ、家まで送ろうか、オリン？」

「やめてくれ。おれはどこにも行かないぞ」とオリンは言う。「おれの椅子。おれをそこに坐らせてくれ」

「女性たちは、戻ったらいいんじゃないか？」とミスター・ウィリアムソンが言う。グレースに向かってウィンクして、ネクタイを引っぱる。ネクタイはまっすぐで、直す必要などなかったけれども。「火が消えたかどうかは私が見ておこう。被害はなかったようだし」

グレースはアリーをつかんでいた手をゆるめる。「さあ、行きましょう」「ごめんなさい」そう言って、アリーの細い肩についた赤い痕をさする。グレースはそれぞれの肩に腕をまわし、ウィリアムソン夫妻にお礼を込めてうなずくと、双子を家の横まで連れていく。これから、ふたりを家に入れて、冷たいタオルで顔を拭いてやって、ジュリアに電話をかけて迎えにきてもらおう。そのあいだに何か、ピーナツバターサンドイッチでも食べさせて、牛乳を飲ませてあげよう。誰かが警察に電話するだろうか、とグレースは思う。そうしたら警察が来て、ガレージの中を調べるかもしれない。

「あたしたち、平気です。ミセス・リチャードソン」イジーはアリーの手をつかんで引っぱると、グレースの家のキッチンへ通じる階段から引っぱりおろす。「あたしたち今すぐ家に帰ります。まっすぐ帰ります」

「叔母さんが来るまで待たないと駄目よ。あなたたちだけでは行かせられないわ」

イジーはアリーを引っぱりつづけ、私道から道路に出ようとする。

「叔母さんは今、買いものに行ってるんです。あたしたちは大丈夫。まっすぐ家に帰ります。あの火をつけたのはあたしたちじゃありません、ミセス・リチャードソン。ほんとです。やってません」

「じゃあ、送っていくわ」とグレースは言う。

「いいえ」イジーは片手を上げて、グレースがついてくるのを止めようとする。「まっすぐ帰ります。約束します」

アリーはひと言も口を利かない。グレースがアリーのほうを見るたびに、視線を落とし、横を見る。明らかにイジーは、言いつけにそむいたことがジュリアにばれたらなんと言われるかを恐れている。一方、アリーは何かほかのことを恐れている。まるでグレースを恐れているようにさえ見える。

「お願い」イジーは繰り返す。「言わないでください」

グレースは片手を上げて、指差す。「ふたりともまっすぐ家に帰りなさい。それからエリザベスが見つかるまでは、お願いだから家から出ないで」

12

アリーとイジーはジュリア叔母さんの家まで一目散に駆けていく。一度もミセス・リチャードソンのほうを振り返ることなく。ふたりは玄関ポーチにロープを置き、裏口でスニーカーを脱ぐと、キッチンを抜けて階段を駆け上がる。家の中で走ってはいけません、と言われていても。それから宝石のついた細いベルトを寝室のクロゼットに放り込み、煙のにおいのついていない清潔なブラウスに着替えて、居間に戻る。イジーがジュリア叔母さんの見張り役をするあいだ、アリーはソファに身を沈め、叔母さんのクッションを胸に抱きしめながら、鼓動が静まるまで深呼吸を繰り返す。クッションはビル叔父さんが教会につけていくコロンに似た香りがする。そのにおいを嗅ぐと、アリーはいっそう気分が悪くなる。ビル叔父さんとジュリア叔母さんを怖がらせるようなことをしてしまったのは彼女にもよくわかっている。ふたりは言いつけを守らず、家の外に出てしまった。ビル叔父さんとジュリア叔母さんは、ふたりがエリザベスと同じ目にあうのではないかと心配するだろう。

「叔母さん、見える？」アリーがそう尋ねるのはこの二十分で三度目だ。

イジーは指を一本立てて、アリーに待つよう伝える。三十分ほどまえに、女の人たちが両手いっぱいに食料品を抱えて通り過ぎてから、オルダー通りは静まり返っている。叔母さんの姿はそのグループにはなかった。

「見えない」とイジーは答える。「でも、ミセス・ハーツの家に誰か来てる。警察の人みたい」

アリーはソファから跳び上がり、イジーと一緒に窓の外をのぞく。通りの向かい側にあるミセス・ハーツの家の玄関ポーチに、黒っぽい服を着たふたりの男の人が立っていて、私道にはパトカーが停まっている。

「あの小火《ぼや》のせいかな？」とアリーは言う。「あたしたちのことで来てるのかな？」

「げっ！」とイジーは声を上げ、カーテンを閉めてアリーをソファへ押し戻す。

ビル叔父さんが私道を使うことはない。いつもブロックをまわって路地にはいり、直接ガレージに停める。それなのに今、私道に停まったのは叔父さんの車で、しかも叔父さんの隣りにはジュリア叔母さんが乗っている。がたがたと鳴っていたエンジン音が静かになる。ふたつのドアが開く。足音が──ひとつは軽い音で、もうひとつは重い音だ──玄関ポーチから聞こえる。イジーとアリーは並んでソファに坐っている。両手は膝の上に置かれ、足は床の少し上で揺れている。玄関の錠に鍵が差し込まれる。ドアが開く。

まずジュリア叔母さんがはいってくる。叔母さんの髪は、今朝家を出たときよりも縮れている。午後になって、ピンやヘアスプレーで撫でつけようとする意欲がなくなり、ぼさぼさの赤毛が広がり放題になったら、髪をスカーフで覆って首元で結ぶのだろう。叔母さんは食料品のはいった袋を玄関脇のテーブルにどさりと置いて、居間に駆け込む。うしろから、ビル叔父さんがさらにいくつか袋を抱えてはいってくるが、叔父さんは袋を乱暴に置いたりはしない。

「あなたたち、撃たれたんですって?」そう言って、ジュリアはまずアリーをつかみ、それからイジーをつかむ。ミセス・リチャードソンがしたように、ジュリアもふたりの顔から髪を払いのけて、傷や痣ができていないかチェックし、指先を肩から腕へと走らせ、手の両側をひっくり返して見る。「怪我はない?」

「ほんとに撃たれたわけじゃ……」

「やめなさい!」とジュリアは言う。「言いわけはやめなさい! そもそもあなたたちは……あなたたちは外出禁止だったのよ!」ジュリア叔母さんは立ち上がり、ソファのまえを行ったり来たりする。叔母さんが怒るといつでもその声音は一番なじみのある土地に回帰する。南部訛り——ビル叔父さんはそう呼ぶのを好む。「ちゃんと言ったわよね? はっきり言ったでしょ? はっきりきっぱり言ったはずよね? なんてこと、あの瞬間湯沸かし爺があなたたちを撃ったですって?」

アリーはイジーが返事をするのを待つ。が、どうやらイジーでさえ、ここは黙っておくのが賢明だと判断したようだ。

「じゃあ」とジュリア叔母さんは言う。「何があったのか話してちょうだい」

「あたしたち、ただパッチズを捜してただけなの」とイジーが答える。「外に出られなかったら、絶対見つかりっこないし」

「口答えするんじゃないの！」

ビル叔父さんが玄関口へ行き、食料品の袋をジュリア叔母さんが置いた袋の横に置いてから、居間に戻ってくる。叔父さんは両手を叔母さんの肩に置く。叔父さんの眼はいつもどこか淋しげな色をたたえている。お祖母ちゃんは、あの淋しそうな黒い眼がジュリアの心をとらえたのよ、と言う。女っていうのは、いくつになっても、どんなタイプでも、淋しげな眼に弱いものなのよ。

「ふたりとも、ちょっと玄関の外に出ていてくれないかい？」そう言って、ビル叔父さんがジュリア叔母さんの横から顔を出して言う。叔母さんを小さく見せるのは叔父さんだけだ。

「ちょっと叔母さんに話があるんだ」

アリーはイジーがまず立ち上がるのを待ち、それから彼女のうしろに続いて玄関へ向かう。

「庭から出ようなんて気を起こすんじゃないわよ」とジュリア叔母さんが言い、叔父さんの手をぱちんと叩いて払うと、ソファの真ん中にどさりと腰をおろす。「わかった？」

「はい、わかりました」イジーが言う。

「はい、わかりました」アリーも言う。

イジーは玄関のドアをもう一度引き、閉まっていることを確かめてから、網戸のドアをばたんと閉める。そうすればジュリア叔母さんを怒らせると知ってのことだ。パトカーと警官はもうミセス・ハーツの家からいなくなっている。それを見て、アリーはほっとして息を吐く。階段の一段目に腰かけ、イジーの坐る場所を空けるために端にずれる。しかし、イジーは坐ろうとはせず、ミセス・リチャードソンのガレージで見つけたロープをつかんでポーチを歩く。ミセス・リチャードソンは自宅での小火《ぼや》と銃撃を心配するあまり、イジーがガレージから持ち出したロープにも、アリーの手に包帯のように巻かれていた細いベルトにも気づかなかった。イジーは階段を降りて小径を歩き、通りに出る一歩手前で立ち止まり、両手を腰にあてる。口には出さないけれど、庭からオルダー通りに出て、もう一度ジュリア叔母さんの言いつけにそむいてやろうか、と考えているのがアリーにはわかる。そんなことをしたら、叔母さんはイジーを〝カンシャクモチ〟と言うだろう。それがどういう意味なのか、アリーにはよくわからないけれども。

イジーは両手でロープを持って地面に垂らし、くるりとまわして跳びはじめる。ロープの回転はどんどん速くなり、熱いコンクリートを打ちはじめる。その音もジュリア叔母さんを怒らせるためにやっているのだろうけれど、実際のところ、それほど大きな音はしていない。

通りの向かい側のウォーレンとマリーナ――ハーツ夫妻――の家の私道に大きな青い車が停止する。片側のドアが開き、黒い靴がひとつ現われる。それからミスター・ハーツの全身が現われる。ドアを開け放したまま、ミスター・ハーツは私道を大股で歩き、通りを横切ると、まっすぐアリーとイジーのほうへやってくる。ふたりがミスター・ハーツにこんなに近づいたのは初めてだ。ビル叔父さんの日曜日のコロンみたいな――ただし、ずっときつい――においがする。お腹が白いシャツを押し出し、息を大きく吸っただけでボタンが弾け飛んでしまいそうに見える。ミスター・ハーツも、ミセス・リチャードソンやジュリア叔母さんがしたように、ふたりの状態を調べる。ただし、ふたりの腕に走らせた両手は、外は暑いというのに冷たく乾き、ざらざらしている。

「叔父さんは家にいるんだろ、お嬢ちゃんたち?」そう言って、ミスター・ハーツはイジーの髪をさっと撫で、それからアリーの髪にも触れる。「怪我はなかったかい?」

「ええ、ありません」とイジーが答える。

アリーは何も言わずに片足をうしろにさげ、もう一方の足も引いてそろえる。

「ウォーレン」ミセス・ハーツが通りの向こう側から呼ばわる。「どうしてこんなに早く帰ってきたの?」頭の上で手を振り、ふらつきながら縁石の端まで歩いてくる。黒髪が白い肌をプラスティックのように見せている。ミセス・ハーツはどこもかしこも、まるでお店で買ってきたみたいにぴかぴかしている。

ミスター・ハーツはそれには答えない。彼の眼はイジーとアリーのあいだを行ったり来たりする。「オリン・スコフィールドには近づかないほうがいい」ミスター・ハーツの視線はイジーに止まり、そこから動かなくなる。「彼はほんとうにきみたちを撃ったのか?」

「あたしたちを撃ったわけじゃありません」とイジーは答える。「ガレージを撃ったんです。土の床に向かって。誰かを傷つけようとしたわけじゃないと思います」

「何か用意しましょうか、ウォーレン?」ミセス・ハーツが今度はもっと大きな声で言う。それから通りへ一歩、踏み出す。「サンドイッチはどう?」そう言いながら、頭の上で手を振りつづけている。「お腹はちっともすいてない？」

「叔父さんに、今日は一緒にずっと家にいるように頼みなさい」とミスター・ハーツは言う。彼の眼はまだイジーにとどまっている。「ミスター・ハーツがそう言ってたと言うといい」

「わかりました」とイジーは言う。

「もしきみたちがまた困ったことになったら、私に言いなさい」

「わかりました」とイジーは繰り返す。

「ウォーレン、夕食を食べたい？　服は着替えないの？」

「よし、ならいい」ミスター・ハーツはふたりの手を取って握りしめてから、アリーの手を離す。イジーの手はまだ握っている。「気をつけるんだよ」

アリーはイジーの腕を引っぱる。ミスター・ハーツの手がイジーから離れる。

「どんなことでもいい」そう言って、ミスター・ハーツはイジーの指先をつかもうとするが、その手は届かない。「私に頼みなさい」

「ありがとう、ミスター・ハーツ」イジーはアリーに玄関のほうへ引っぱられて、よろけながら答える。

「ビル叔父さんに、ミスター・ハーツが来たって言います」とアリーは言う。なぜ自分がそんなことを言ったのか、なぜビル叔父さんがミスター・ハーツよりもずっと逞しくて大きいことを不意に嬉しく思ったのか、よくわからないまま。

グレースは六枚の食パンがトランプのように広げられた調理台にもたれ、誰もいない家に双子を帰宅させたのはまちがいだったろうか、とまた考えている。普段なら、今はグレースの一日でもっとも忙しい時間帯だ。昼食までに家事をすませておき、午後は家の中を片づけたり、ジェイムズの帰宅まえにメイクを直したりするためにとっておきたいからだ。だらだらしてる――母親にはいつもそう言われてきた。グレースは午後の時間をだらだら過ごすのが好きなのだ。普段なら午前中に洗濯物を干し、食料品を片づけ、夕食の献立を考えている。しかし、今日は洗濯をするのを忘れ、買い出しにさえ行かなかった。すぐそばでスタンドミキサーが低くうなっている。グレースはボウルにオイルを垂らし、ミキサーで掻き混ぜながら、三十まで数を数えはじめる。すぐにまた彼女の考えはさまよいだす。いくつまで数えたかわからなくなり、また数え直す。三十秒混ぜなさい――母親はいつもそう言う。

オリン・スコフィールドがライフルでガレージを撃ったあとも、グレースはジェイムズに電話をかけなかった。が、誰かが彼を見つけて自宅に帰らせるだろうとわかっていた。ちょうどいい、とグレースは思う。ジェイムズは、男性たちがお昼にサンドイッチをつまめるようにツナサラダを教会へ持っていくと約束していたからだ。ツナサラダはグレースが自信を持って出せる数少ない料理のひとつだ。裏口のドアが開き、熱い空気がキッチンに流れ込む。それからジェイムズが駆け込んできて、敷居をまたぐときにあやうく転びそうになる。彼の靴の裏には砂利だか小石だかがついている。灰色のタイルの床に靴音を響かせて、大股の四歩でグレースのそばまでやってくる。

ジェイムズはまずは何も言わずに、グレースが双子たちにしたように、両手で頬をはさんで、頭のてっぺんから爪先までじっくり見てから、湿った彼女の髪をうしろに撫でつける。

「大丈夫か?」

グレースは彼の角張った顎に触れる。顎はざらざらとしている。今朝はひげを剃らなかったからだ。

「大丈夫」そう言って、彼女はお腹の赤ちゃんに手を添える。「ふたりとも無事よ」それから、スタンドミキサーがオイルと卵とレモン汁を混ぜるところを見つめる。

ジェイムズが様子を見にくるだろうと思い、グレースはあらかじめ髪にブラシをかけ、口紅を塗り直し、白粉《おしろい》をはたいていた。梳かしたばかりの髪がつやつやと輝き、口紅の色で頬が明るく映えると、ジェイムズが安心するとわかっていたから。

「馬鹿げた勘ちがいだったのよ」グレースはそう言って、指でマヨネーズをさっとすくい、ジェイムズの唇にあてる。

彼は怒っている。もちろん怒っている。椅子を倒しそうな勢いで、荒々しくキッチンを歩きまわる。何度もシンクのまえに立ち止まっては、窓の外をのぞく。オリン・スコフィールドの姿が見えないかと、ひたすら願いながら。彼は激怒している。なにしろ自分の家に銃弾を撃ち込まれたのだ。警察を呼んで、オリンを厳重注意してもらうべきだ。彼はそう言うが、グレースは反対する——オリンは地面に向かって撃っただけよ。すごく慎重に行動してたわ。誰かを傷つけようとはしてなかった。あの子たちに必要な警告だったのかもしれない。ほんとうに危険なのは、ふたりがジュリアとビルの言いつけを守ろうとしてないことよ。「小火《ぼや》の件はどうだったんだ？」怒りをぶちまけながら歩きまわったせいで、彼は疲れていた。グレースに寄りかかり、顔を彼女の髪に埋《うず》めて、息を吸う。彼が動くたびに、靴の裏にはさまった石が軋る音がする。

グレースはミキサーを切ると、コンロの上の鍋から温かい固ゆで卵を取り出し、シンクのふちで軽く叩きながら考える。

「あの子たちが」そう言って、ひび割れたところを指先で削《はつ》り、殻を剝く。薄い殻と一緒に卵の白身も剝がれる。まず冷やしてから殻を剝くべきだった。「花火で遊んでいたんじゃないかと思うの」嘘がするりと口をついて出てくる。「ほんの少し煙が出ただけなの。すぐに燃え尽きてしまったし。わたし、ジュリアには言わないって、あの子たちと約束したの」果物ナイフでつるりとした固ゆで卵を切り、ジェイムズの口の中にひと切れ放り込む。「そんなに心配してくれてありがとう。ミスター・ウィリアムソンが銃を取り上げてくれたの。もう二度とこんなことは起こらないわ」

ジェイムズはグレースの脇を通って窓辺に立つ。靴がずっと音をたてていることには気づいていない。気づいていれば、爪の先か、ステーキナイフを使って小石を取り除いていることだろう。彼は窓の外を見つめ、オリンの姿を探している。あるいは路地を歩く黒人の男たちの姿を。そのうち、きっと彼も、火をつけた犯人は黒人の男たちではないかと思いいたることだろう。グレースがそう考えているということは、ジェイムズの頭にもいずれ浮かぶはずだ。

「それは何？」グレースはジェイムズのうしろのポケットを指して尋ねる。

「ガレージで見つけたんだ」と言って、彼は白い靴を取り出す。

女物の靴だ。五センチのヒール。普段使いの靴。つぶれて真っ黒になっている。グレースの靴だ。

「すまない」とジェイムズは言う。「車で轢《ひ》いてしまったみたいだ」

グレースは折れたヒールの部分をつかんで、靴を受け取る。男たちが去ったあと、ガレージにひとり取り残された彼女は足を引きずりながら家に戻った。片足は素足で、爪先立ちして歩いていた。穿いていたストッキングは引き裂かれたにちがいない――というのも、もう一方の足にはヒールを履いていたのだから。グレースは思う。どうしていつも忘れてしまうんだろう。この靴のことを思い出すべきだったのに。母さんとふたりでガレージの床に散らばったガラスの破片を拾ったときに、一緒に捨てるべきだったのに。

「ミスター・シマンスキが持ってきた袋の中にはいってたんだと思うわ」グレースは言う。またしても、するりと嘘が口をついて出る。「エヴァのものじゃないかしら」

「そうだな」

ジェイムズは戸棚の下に取り付けられているオープナーの下にツナ缶をあてる。「もう家の裏手には行かないでほしい。絶対にオリン・スコフィールドには近づかないでくれ」それから缶を固定して、銀色のハンドルをまわす。「きみはガレージにもはいる必要はない」

グレースは刻んだ卵を三つ分、一番大きなボウルに入れたものの、ピクルスをどれくらい加えればいいのかわからない。一度にこんなにたくさんの量をつくったことがないのだ。ジェイムズがそのボウルにツナを入れ、空《から》になった缶を調理台に置くと、グレースをテーブルに連れていき、椅子に坐らせる。

「今日、不動産業者と話してきた」ジェイムズはそう言って、シンクとテーブルのあいだを行ったり来たりする。彼の靴が音をたてる。それほど大きな音ではないけれども。小石はすでに溝の中まではいり込んでしまったのかもしれない。「教会に来ていて、たくさんの人と話をしてた。おれはその業者に家を売ろうかと思っていると話した。そいつが言うには、エリザベスが行方不明になってから、多くの住民が自宅の売却を考えてるんだそうだ。もう十数件電話がかかってきたと言ってた。そんな話をするのは気が引けたけど。エリザベスがまだ見つかってもいないのに」

前回キッチンの床で靴音が響いたときには、グレースはその音がベティ・ローソンの赤ちゃんを起こしてしまうのではないかと心配していた。赤ちゃんは奥の隅で寝ていて、居間では聖アルバヌス教会慈善事業委員会の主婦たちがおしゃべりをしていた。

「おれたちが最後になるわけにはいかない。早めに真剣に考えないと」ジェイムズは腰をおろし、椅子をまえに引く。「グレース、聞いてるかい？」

「ミスター・シマンスキを残しては行けないわ」とグレースは言う。「今は駄目よ。エリザベスが帰ってきたとき、わたしたちがいなくなってたらどうするの？」

　グレースは自分のことばを信じたいと思う。声に柔らかなやさしさを込めて――そのことばにふさわしいと彼女が考える話し方で――話そうとする。しかし、実際に発せられたことばは一語一語が大きすぎる低い声で、単調に、うつろに響く。グレースにはエリザベスがもう二度と家に帰らないことがわかっている。

「こんなことを言うのはおれも辛い」とジェイムズは言う。「もちろん、チャールズにはそんな話はしない。でも、おれはきみをいつまでもここに住まわせるわけにはいかない。もうここは安全じゃない」

　グレースは椅子の上で体を動かす。太腿の内側の痛みは取れないし、腰骨もまだずきずきしているけれど、唇の切り傷はほとんど完治している。今では口紅の染みと見まがうような赤い痕が残っているにすぎない。ジェイムズもうそのことを話題にはしない。

「その業者は、このあたりの住宅をたくさん売りに出すことになるだろうと言ってる」とジェイムズは続ける。「いずれみんなが不安になりはじめる。のんびり構えてる場合じゃない。誰も最後の一軒にはなりたくないから。フィルモアに彼らが引っ越してきたことは、次に何が起こるかを如実に示してる。業者はそう言ってる。で、二、三日のうちにここに来てもらうことにした。この家を下見してくれる」

　ジェイムズはさらに五つのツナ缶を開け、グレースは二ダースのサンドイッチをつくり、斜めにふたつに切って、ラップでくるむ。グレースが作業するあいだ、ジェイムズは引っ越し先の候補地について話す――「エイト・マイルのずっと北のほうなんかいいんじゃないか。そのあたりに引っ越している人はたくさんいるし。寝室が三つあるランチハウスで、カーペットを敷きつめてあって、キッチンのシンクはふたつあるような、そんな家はどうだい？値段が張るだろうから、約束はできないけど。ハイウェイが通ったから、車での通勤もそれほど苦にはならないと思うんだ。おれはきみが望むものはなんでも、きみに必要なものはなんでも、与えてあげたいと思ってる。ここよりもずっと広い芝生の庭があって、近所には感じのいい家族が住んでる。子どものいる家族がね。子どもがたくさんいる地域がいい。バスは北のほうへも走ってるから、きみが心配する必要はない。あるいは、そろそろもう一度、運転にチャレンジしてもいい頃かもしれないな。

エリザベスの捜索をやめるつもりはない」そう言って、彼はグレースの顔を持ち上げ、自分のほうを向かせる。「おれたちがどこへ行こうと。あの子を見つけるまでおれはやめない」それから両手をグレースの大きなお腹の両側に置くと、さっと撫で上げて顔に触れ、また自分のほうを向かせる。彼のまぶたは重たげだ。グレースが妊娠期間を終え、ただ夫としてそばにいることが許される日のことを考えているのだろう。

「その業者は庭に看板を出して、知らない人たちを連れてきて家の中を案内するの？」グレースはゆっくりと身を離し、洗った皿を戸棚にしまいはじめる。

「彼がこの古い家を気に入って、充分しっかりしてると思ったら、彼が買い上げてくれる」ジェイムズはそう言って、裏口へ向かう。靴はまだコツコツと鳴りつづけている。「そうするのが一番だろう。近所の人たちを不安にさせる必要はない。きっといい値段で買ってくれるよ。あっというまにここを出ていくことになる。赤ん坊が生まれるよりも早く」彼はドアを開け、帽子のつばを引っぱって目深にかぶる。「でも、何かが見つかるまで、捜索は絶対にやめない」

「あのスニーカーは履いてなかった」とグレースはだしぬけに言う。

ジェイムズはドアをまた閉める。「誰が？」

「靴で床を鳴らしてた」そう言って、グレースは爪先にスチールのついたジェイムズの黒いブーツを指差す。「今のあなたみたいに。音がしてたのは黒い革靴を履いてたからよ。ラヴェンダー色のワンピースやよそゆきの服を着ているときには、エリザベスはいつもその革靴を履いていた。警察が見つけたのはあの子の靴じゃないわ」

「なるほど」とジェイムズは言う。「伝えておくよ。警察に言っておく。だけど、そもそも、たかが靴だ。警察はそれほど重要視していなかったと思うよ。誰のものでもおかしくないんだから」

「エリザベスはただ迷子になったわけじゃないと思うのよ、ジェイムズ」とグレースは言う。「悪いことが、ものすごく悪いことが、あの子の身に起こったんじゃないかって。もう二度と帰ってこないんじゃないかって思う」

「心配しなくていい」とジェイムズは言う。「おれたちが見つける。おれのことを信じてるだろ？」

「ええ、心から」そう言って、グレースは片足を右にずらす。正面の窓から射し込む光が自分の髪にあたるように。わたしの髪がつやつやとして、唇が明るく輝けば、ジェイムズの気分もよくなるだろう。

グレースが無事だったことがよほど嬉しいのか、ジェイムズは笑みを浮かべる。家に帰るまでの車の中で、おそらく彼はグレースと赤ちゃんのいない人生がどんなものになるか想像したのだろう。その想像は彼を恐怖に陥れたが、グレースの無事な顔を見た今、人生が最善の結果に落ち着いたことを知り、彼はほっとしている。母さんの言うとおりだ、とグレースは思う。ジェイムズは真実など知りたがらない。真実はわたしの胸の内にとどめておくしかない。

13

双子が家の外に出て、ビルが玄関のドアを閉めた瞬間、ジュリアは靴を脱ぎ捨て、スカートを膝上まで引き上げ、ストッキングが伝線するのもかまわず、階段を一度に二段ずつ駆け上がる。二階に上がると、少女たちの寝室のドアを開け、アリーのベッドの下からスーツケースを引っぱり出して、マットレスの真ん中に投げ出す。

「何も言わないで」ビルが部屋にはいってくると、ジュリアは言う。そして、化粧箪笥の一番上の引き出しを開け、肌着や靴下を腕一杯搔き集め、蓋を開けたスーツケースの中に放り込む。「あの子たちは母さんのところへ帰すわ」

ビルが化粧箪笥のまえに立ち、ジュリアに次の引き出しを開けさせまいとする。「きみのお母さんは今、家にいないよ。そうだろ?」

ジュリアは片方の肩を低く下げると、ビルの体の脇腹にぶつけて、彼をどかそうとする。ビルは腕を組んで言う。「おれはどかない。それにあの子たちも出ていかない」ジュリアの興奮状態が冷めはじめると、ビルは彼女の両肩に手を置く。

「下手をしたらどんなことになっていたか、想像してみてよ」とジュリアは言う。ビルからゆっくりと身を離し、スーツケースを閉じて、ベッドの上に坐る。彼女のスカートは、階段を駆け上がったせいで膝のずっと上までずり上がり、太腿に張りついている。ジュリアはスカートを引っぱり、体をくねらせて、もとの位置までおろす。「いったいぜんたい、どこの誰が女の子ふたりに向かって銃をぶっぱなすっていうのよ?」

「オリンがふたりに銃を向けたわけじゃないことは、きみだってわかってるだろうが」ビルはジュリアの横に坐る。が、ふたりの脚が触れ合うほどそばには寄らない。彼にはいつも取るべき距離がわかっている。

「そんなことわかるもんですか」とジュリアは言う。「こないだあの男がギャーギャーわめいてたのを聞いてないから、あなたはそんな悠長なことが言えるのよ」

「あの子たちにはおれから話しておくよ」ビルはそう言って、ジュリアの手を軽く叩く。「当分はあの子たちをオリンに近づけないようにしなくちゃならない。でも、怖い思いをしたのがいい薬になったんじゃないかな。さすがにもう家から遠くへ行こうとは思わないだろう」

ジュリアはベッドから降りて、ビルのまえにひざまずき、彼の両手を取る。「それだけじゃ、充分じゃないわ」と彼女は言う。「あのふたりはいずれわたしたちが引き取ることになる。いずれ母さんの手に余るようになってくることはあなたにだってわかるでしょ? 今すぐではなくても近いうちにそうなるわ」

「ああ」とビルは言う。「そのときには喜んでふたりを迎えるよ」

「引っ越さなきゃ」とジュリアは言う。「今すぐに。この家を売って、引っ越しましょう。わたしたち、近所の人に銃を向けられたのよ」

ビルは首を振る。「それは過剰反応というものだ」

「どうして引っ越したらいけないの?」ジュリアは立ち上がり、両手をビルの胸に置く。「ここで家族を持ってもわたしたちはのびのび暮らせない。それに赤ちゃんはどうするの? あなた、この界隈では赤ちゃんを育てたいとは思えないんでしょ? もう昔と同じじゃないんだから。たとえエリザベスが帰ってきても……」

「今は赤ん坊のことを考えてるときじゃない」

「今こそ完璧なときよ」とジュリアは言う。「わたしたちの赤ちゃんとグレースの赤ちゃんが一緒に育つなんて、完璧じゃないの。どこに住んでいたって、すばらしいことよ。ジェリーとベティみたいに養子をもらってもいいわ。ベティは認めないけど、ふたりが養子をもらったことはわかってる。わたしたちもカンザス・シティに行けばいい。電車に乗れば、まっすぐユニオン駅まで連れていってくれる。あなたはメリーアンのいい父親だったもの。どうしてもう一度そうなりたいと思わないの? あの子を愛してなかったの?」

「どうしてそんなことをおれに訊くんだ?」

ビルがジュリアに対して何か動きを見せたわけではない。手を振り上げたり、拳を握ったりしたわけでもない。それでも室内の何かが動き、ジュリアにはビルが彼女をひっぱたきたがっているように感じられる。

「何か理由があるはずだもの」ジュリアはビルから離れ、またひざまずく。「それが理由なの？　メリーアンを愛してなかったの？」

「おれが自分の娘を愛していなかったと思うのか？」

「じゃあ、わたしのせい？　わたしはいい母親になれっこないと思ってるの？　エリザベスの身に起こったこともわたしのせいだと思ってる？　わたしは母親には向かないって？」

「おれはエリザベス・シマンスキが家に帰ることはないと思ってる」とビルは言う。「みんなもわかってる。ただ、口には出さないだけで。ウッドワード通りは隅々まで捜した。おれもほかの人たちも。数えきれないほど何度も捜した。近隣の半径八キロ以内はすべて捜した。どの店も、どのレストランも、どのバーも片っ端から訪ねて、店員全員に話を聞いた。公園という公園を片っ端から捜して、近所の人全員に話を聞いた。おれたちは全員と話したんだよ、ジュリア。それでも誰ひとりとして、あの日エリザベスを見たという人はいないんだ」

「やめて」とジュリアは言う。「そんなこと言わないで」

「きみだってエリザベスがどんなふうに歩きまわるか知ってるだろ？　たいてい誰かに出くわすし、誰かが気づく。それなのにそんな誰かがひとりもいないんだ、ジュリア。誰ひとりとして、見かけたっけと考えることすらしなかった。おれたちが話を聞いた人のリストは何枚にも及ぶ。だけど、その中にひとりもいないんだ。エリザベスは迷子になったんじゃない。ひとりで通りを歩いてたんじゃない。誰かがあの子を連れ去ったんだよ、ジュリア。誰かにさらわれたから、誰ひとりあの子を見かけてないんだ。たぶん車に乗せて、連れ去ったんだろう。ここ、オルダー通りでなくても、どこかすぐそばで。以前と同じように、ふらふら歩いていただけなら、誰かが見かけたはずだ。誰かが覚えてるはずだ。それでもひとつだけ確かなことがある。それはこの家に赤ん坊を連れてきたって、エリザベスを取り戻せるわけじゃないってことだ」

「もちろんあの子は帰ってくるわ。あの子は戻ってくる。あなたたちが捜しつづけて、きっとあの子を見つけるわ」

ビルは首を振る。「あの子は帰ってこないよ、ジュリア。あの子がどうなったのか、考えたくもないが」

「そんなことは言わないで。そんなひどいことは言わないで」

「誰もきみを責めてなんかいない。きみが自分自身を責めているだけさ。でも、今はイジーとアリーのことを考えるべきだ。あの子たちを危険な目にあわせないことだけを考えるべきだ」

「わたしがそれを望んでないとでも思うわけ?」

「あのふたりのことが一番大切だと言ってるんだ。あの子たちときみのことが」ビルはジュリアの手を払いのけて立ち上がる。「今は赤ん坊のことを考えるときじゃない。おれの子どもでも。知らない誰かの子どもなどなおさらだ」

マリーナは頭の上で手を振りながら、車に乗り込もうとする夫に近づく。通りの向こう側では、双子が小径を歩いて、ジュリアの家のポーチに戻っていく。ありそうもないことだが、マリーナにはこの距離からでも、ウォーレンの少女のにおいが感じられる。夫が車のドアを開けたとき、車内から洩れてきたのにちがいない。今、感じているにおいがマリーナの妄想であってもなくても、いずれ、そのにおいは夫と一緒にマリーナの家に侵入してくる。殺されたのはあの少女ではなかったのだから。

「家に寄って、何か食べていかない？」彼女はまた呼ばわる。

夫の青いセダンが私道をバックして、通りに出る。運転席の窓から長い腕が伸び、手が双子に向かって振られる。マリーナはキンギョソウが生えているへりまで出る。今朝マリーナが大量に水をやりすぎたせいで、どの花も萎れている。彼女は縁石を越えようと片足を上げた拍子に、足首をひねりそうなほどよろめく。それでも通りに出て大声で呼びかける。

「早く帰ってきてね！　美味しいローストビーフをつくっておくから。だから早く帰ってきて！」

夫のセダンはオルダー通りのつきあたりの信号で停まり、それから右折する。マリーナは通りの真ん中に突っ立ったままジュリアの家を――前庭にいる双子を――見つめる。少女と若い女を隔てる一線のなんと細いことか。かつてマリーナは何度も見たことがある。ちょっとした挨拶がとてもゆっくりとほかのものに――ほかの人にはわからないもの、想像さえしないものに――変わっていくところを。人々はミスター・ハーツを親切な人と考える。気前がよく、思いやりがあり、魅力的だとさえ思う。しかし、過去の少女や女たちはこの双子の少女のような幸運には恵まれていなかった。この子たちは数週間もすれば出ていく。もっと早いかもしれない。すでにふたりはここで数日過ごしている。すぐにふたりはいなくなる。何も心配することはない。

「ちょっと、あなたたち」マリーナは大声で声をかける。

　双子はそろってマリーナのほうを見る。

「この花が見える？」

「はい、見えます」ふたりは口をそろえて言う。声を重ねて。

「わたしはもっと植えなきゃならないわ。数十本以上は植えないと。ふたりとも、どうして植えなくちゃならないかわかる？」

「はい、知ってます」と双子の片方が答える。「誰かが花におしっこをしたって、ジュリア叔母さんが言ってました」

「花の名前ぐらい覚えなさい、お嬢さんたち。これはキンギョソウっていうの。ただの花じゃなくて」

「すみません。誰かがキンギョソウにおしっこをしたって、ジュリア叔母さんが言ってました」

「それから、あなたたちが踏みつぶしたんでしょ」

「いいえ、ちがいます」そう答えたのは、いつも威勢がよくて、もうひとりほど礼儀正しくはないほうの少女だ。「どっちもあたしたちじゃありません。あたしたちのせいにしないでください」

マリーナは眼をすがめるようにして、ふたりをじっと見つめる。両の拳を固く握りしめて腰にあて、身を乗り出す。双子たちに真剣さが伝わるように。「わたしの花壇に、絶対に近づかないでちょうだい」彼女は言う。「わかった？　うちの庭に近づかないで」少女たちはうなずき、賢明にもそれ以上は何も言わない。マリーナは、ひいては双子のためにもなるものと思い、つけ加える。「それから、ミスター・ハーツにも近づかないで」

双子はうなずくと、片方がもう片方をポーチへ引っぱっていく。「はい、わかりました」一方が答える。もう一方は網戸を開ける。

「ちょっと待ちなさい」とマリーナが言う。「あなたたち、うちのまえに男の人たちがいたのを見た？」

双子のひとりが網戸から手を離す。網戸がばたんと閉じる。ふたりともうなずく。

「あなたたちには関係のないことよ」とマリーナは言う。「いいこと？　あの人たちはまちがえて来ただけなの。妙な噂を広めるんじゃないわよ。わかった？」

もう一度うなずくと、双子は家の中に駆け込む。また網戸がばたんと閉まる。

午前中、ウィリンガム通りでの買いものから戻ったあと、マリーナは袋から食料品を出し、キャロットケーキづくりを始めた。手づくりバザーが延期され、余分にケーキを焼く時間ができた。実際のところ、手間がかかるのは砂糖衣《アイシング》のデコレーションのほうだったが。マリーナのキャロットケーキはいつもいい値段で売れる。人々は可愛らしい波型のデコレーションケーキには、気前よくお金を払うものだ。玄関のドアをノックする音が聞こえたのは、三本目のニンジンをすりおろしていたときだった。

「はい、どちらさま？」そう返事をして、マリーナは両手をこすり合わせた。オレンジ色のニンジンのかけらがふたつか三つ、床に落ちた。

男がふたりポーチに立っていた。どちらもダークグレイのスーツを着て、幅の広すぎるネクタイをしめていた。マリーナを見ると、ふたりは帽子を取った。どちらも背は低めで、もし仕立てのいい濃い色のスーツを着ていなければ、痩せぎすの男と思っただろう。

「ウォーレン刑事です」と明るい髪の男が言い、顎を引いた。黄色の髪の毛先に汗がついている。その刑事は隣りに立ついくらかは背の高いほうの男に向かって頭を振った。「こちらはバーロウ刑事。いくつかおうかがいしたいことがあるのですが、奥さん」

「かまいませんわ」とマリーナは答えた。「ただ、すでにお話ししたこと以外は、お役に立てるかどうか……別の警察の方たち――黒い髪の方たちに、知っていることはすべてお話ししましたから」スカートのポケットからハンカチを取り出し、マリーナは胸元と首をそっと押さえた。彼女の服は身頃がぴったりしすぎていたが、そのおかげで美しいシルエットができていた。「実は、わたしはよく知らないんです。夫のほうが、チャールズ――ミスター・シマンスキをわたしよりもずっとよく知っています。ふたりは同じ職場で働いてたんです。チャールズが退職するまでは。その頃、わたしは結婚したばかりで」マリーナはそう言って笑みを浮かべ、絹のようなブロンドの髪の男に片眼をつむってみせた。「もう二十五年もまえの話です。まだ若いうちに結婚したもので」

キュートなブロンドの刑事はマリーナが湿った肌をハンカチで拭く仕種を眼で追った。

「では、ローソン家についてはどうです?」背の高いほうの刑事が言った。彼の髪はごく平凡な茶色の直毛で、眼のすぐ上で不ぞろいに短く切りそろえられていた。

「ローソン家?」マリーナはそう言って、顎を引いた。

「そうです、奥さん。六月四日の夜、水曜の夜に、ミスター・ローソンがあなたを通りで見たと証言しています。かなり遅い時間に。あなたも彼を見たはずだと。その晩のことを覚えていますか?」

「まあ、馬鹿げてるわ。いったいどうしてわたしが夜遅くに外にいなくちゃならないんです? そんなことありえません」

刑事は帽子を頭にのせ、目深にかぶった。「では、あなたは六月四日の夜十時半から十一時のあいだに、ウッドワード方面に車を走らせてはいないのですね?」

「わたし、夜間は運転しないんです。明かりのまぶしさが耐えられなくて。もう何年もそうなんです」

「彼はよく外に出ている、ということですが。ミスター・ローソンは」と黄色い髪の刑事が言った。「ほかの住民の方たちの証言では、彼は夜遅くに外に出て、奥さんがお子さんを散歩させるのを見守っていたということですが」

「あの赤ちゃんはつい最近、あの家に来たばかりなんですよ」そう言ってから、マリーナは声をひそめた。「養子なんです」

「その赤ちゃんが来てからは、ミセス・ローソンが夜に散歩させて、ミスター・ローソンが私道の端でそれを見ていたことはご存知でしたか?」黄色い髪の刑事は通りの向こう側のローソン家の私道を指差した。「あそこから?」

「そもそもローソン家の夜の習慣なんて、知ろうとも思わないわ」

「妙だな、そう思いませんか?」と黄色い髪の刑事が言った。マリーナというより相棒に向かって話しかけるように。

「何がです?」

黄色い髪の刑事は頭を片側に傾け、ローソン家の正面をしげしげと見つめた。「なぜミスター・ローソンは一緒に歩かないんだと思います?」と彼は尋ねた。「奥さんと一緒に。なぜ一緒に散歩しないんでしょう? 奥さんとお子さんの安全を守ることが目的なら、一緒に歩けばいいのに」

マリーナは笑った。「その答は簡単です。彼はいつもランニングシャツとトランクス姿で、その上に服を着ようとしないからです。そんな恰好で通りをぶらついたら、まちがいなくご近所から苦情がきます。ほんとにおかしな人なんですよ」

「では、あなたは彼を見たことがあるんですね?」と刑事は言った。「通りに立っているミスター・ローソンを? 馬鹿げたシャツとトランクスしか着ていない彼を?」

マリーナは片眉を吊り上げた。眉間に見苦しい皺ができることも忘れて。「わたしにどんな答を求めていらっしゃるのか、わかりません」

「われわれはどんな答も求めていませんよ、奥さん。しかし、ちょっと考えてみてください。あなたは彼を見かけたかもしれないが、日付まではわからない。そういうことはありえませんかね？」

「さきほどもお話ししたとおり、わたしは日没後に運転はしません。街灯がまぶしいから」

茶色の髪の刑事は手帳を閉じ、鉛筆を胸ポケットに入れた。「お忙しいところ、ありがとうございました、奥さん」

「それだけ？」とマリーナは言った。「ここにはエリザベス・シマンスキのために来たんじゃないんですか？　あの子を見つけるために警察は何もしてないんですか？」

階段の一番下から茶色の髪の刑事が答えた。「多くの優秀な警察官がミス・シマンスキを捜すために働いています」

「あなた方は、あの黒人女性が殺された件で、わたしに話を聞きにきたってことですか？　あの事件が起こったのは水曜の夜だったわ。その件のことで質問しにきたってことですか？」

「お時間ありがとうございました、奥さん」キュートな刑事がそう言って、また帽子を脱いだ。

「だったら、わかってもらえましたよね？」車に近づく刑事たちの背中に向かって、マリーナはさらに大きな声をあげた。

そして、ポーチの手すりにもたれながら、マリーナは片足を上げ、もう一方の足で爪先立ちをし、脚が長く美しいラインを描くようにした。ふたりにいい印象を残すように。

「わたし、夜は運転しないんです。できないのよ」

車は私道をバックしはじめる。

「街灯のせいで。あの夜もほかの日も、ジェリー・ローソンは見ていません」

運転している刑事がハンドルを一方にまわし、それから反対方向にまわすのが見えた。

「逆のことを言ったりしませんよね？　主人に、あの夜、わたしが出かけてたなんて言いませんよね？　そんなこと聞いたら、主人は激怒すると思いますよ」

車はもう走り去っているのに、マリーナはぼそっとつぶやいた。

「わたしが嘘をついてるなんて知ったら、あの人、きっとものすごく怒ると思います」

五日目

14

翌朝、グレースは自宅のキッチンで忙しく家事をこなしている。ほかの主婦たちはウィリンガムへ買いものに出かけている頃だ。がらんとした家の静けさの中では、時間を持て余してどうしてもよけいなことを考えてしまう。それでも朝のバスに乗って、主婦仲間の誰か――おそらくジュリア――の隣りに坐る恐怖に比べたら苦ではない。シンクを磨き、ほとんど空っぽの冷蔵庫を掃除しながら、双子の気配がないか耳をすます。この近所に住むほかの子どもたちは裏路地を駆け抜けたり、前庭で遊んだりする時期をとうに過ぎている。みんな車や仕事を持つティーンエイジャーで、グレースのような主婦たちに通りから追い払われることもない。午前十時まえ、錆びた折りたたみ椅子を広げるキーという音が路地から聞こえてくる。が、双子たちの気配はない。おそらくオリン・スコフィールドの脅しが効いたのだろう。ふたりとも心底震え上がったのだろう。あるいは、幾日も暑さと日照りが続いたあと濃い霧雨になり、そのため家の中に閉じこもっているのかもしれない。グレースが髪を梳かし、洋服を着替え、ウィリンガム行きの午《ひる》のバスに乗る頃には、ジュリアのほうは買いものをすませ、家に戻っていることだろう。これが双子たちの安全のためにグレースにできる精一杯のことだ。

遅い時間のバスにはオルダー通りの主婦は誰ひとり乗っていない。ウィリンガムでも、誰ひとり店から店へと駆けまわってはいない。彼女たちは今頃、教会にいるだろう。マリーナが割り振ったシフトは無視して、午後から夜までずっと教会にいることだろう。ウィリンガム通りがひっそりとしているのはそのためだ。聞こえてくるのは工場の音——労働者が部品を切り出し、尖ったふちを丸く削ってなめらかにするときに轟《とどろ》く、金属と金属がぶつかる連打音——だけだ。灰色の雲が低く垂れ込め、雨粒がふちなし帽からしたたり、グレースの頬と鼻を濡らす。

「ずぶ濡れになってる」グレースがベーカリーのドアから店内にはいると、ミセス・ノヴァックが言う。いつものように床に着きそうな長さのゆったりとした灰色のスカートを穿き、胸あてエプロンのひもを太い腰で結んでいる。小さな丸眼鏡越しに眼をすがめるようにしてグレースを見ると、顔をしかめる。すると皺の寄った頬がふくらみ、薄い唇がすぼめられる。

「おはいりなさい。そこじゃ濡れるわよ」

狭い店の空気は埃っぽい。小麦粉——それと砂糖——のせいだ。ミセス・ノヴァックが乾いたタオルを持ってくるよう誰かに声をかけているあいだに、グレースは帽子を留めていたピンをはずし、傷痕が見えないように頭のてっぺんの髪を直す。奥の部屋と手前の店の部分を隔てている黒いカーテンの向こうから、若い黒人女性が白いタオルを腕からさげて現われる。女は足首のあたりでカットした細身の赤いパンツを穿き、幅の狭い襟のついた袖なしの白いブラウスを着ている。豊かな黒髪は丸いシルエットを描き、顔の細さに比べて広がりすぎている。その若い女はミセス・ノヴァックにタオルを渡すと、ちらりとグレースのほうを見てから、カーテンの奥に消える。

「今日は来るのが遅いわね？」ミセス・ノヴァックはグレースにタオルを渡すと、眼鏡をはずしてエプロンの角でレンズを拭いてからかけ直す。頭をちょっとさげ、レンズを通さず眼鏡の上のふち越しにグレースをじっと見つめる。「さて、ご注文は？」

「ピエロギをつくりたいの」そう言って、グレースは柔らかいタオルで顔と首を拭う。怠け者の手は厄介事を招く手よ——と母親はいつも言っている。外出したと知ったら、ジェイムズはひどく心配するだろう。「手づくりバザーのために、今年ピエロギをつくる予定なんだけれど、わたしひとりではうまくつくれなくて。あなたに教えてもらえないかと思って来たんです」

ミセス・ノヴァックがカウンターの向こうから出てくる。灰色のスカートが左右に揺れ、ぷかぷかと浮いているように見える。「あたしの手が空いてると思った。そうなのね？」彼女は店の端から端まで並ぶガラスの陳列棚の上に両手を置く。「ほかの奥さんたちはもうここで買いものをしない。そう言ってた」

商品名を書いたよれよれの紙が――英語で書いたものもあれば、ポーランド語で書いたものもある――棚からさがっている。ガラス棚の中はほぼ空っぽで、組みひもパンのトレイがいくつかあるだけだ。生地を編み込んだ幅広のパンで、刷毛で卵の白身を塗った部分がつやつやと光っている。ジェイムズはエリザベスの捜索のことはほとんど話さない。路地で死んだ女性のこともまったく話さない。なのに、ミセス・ノヴァックの店をボイコットしようという主婦たちの計画については、進んでグレースに伝えていた。

「ごめんなさい」とグレースは言う。「わたしはあとから聞いたんです。あの日、ここにはいなかったから」

ミセス・ノヴァックは肉づきのいい手を振って、グレースのうしろめたさを払いのける。「来て」そう言って、黒いカーテンを開き、店の奥へ誘う。「一緒にランチを食べて、それからピエロギをつくりましょう」

ミセス・ノヴァックは店の奥でパンを焼いている。二段重ねのオーヴンが光り輝いている。ガスレンジのバーナーのまわりに敷かれたアルミホイルも汚れひとつない。小麦粉の大きな袋は、奥の壁の木製つっぱり棚の一番下の段に置かれ、上の段には四角い広口壜が白黒のラベルをきちんとそろえて一列に並べられている。裏口近くの調理台には銀の深鍋や浅鍋が重ねられ、乾かされている。グレースはミセス・ノヴァックのうしろについてその小部屋を抜け、裏口からコンクリート敷きの狭いパティオに出る。雨はやんでいる。今は空気が冷たくさわやかだ。そのさわやかさはそう長くはもたないだろうが。

「そこ、坐って」そう言って、ミセス・ノヴァックはグレースを木のピクニックテーブルのほうへ押しやる。「ほらほら。坐る場所はいっぱいある。すぐにランチを持ってくるわ」

ミセス・ノヴァックが店にランチを取りに戻っているあいだ、グレースはコンクリート敷きのパティオの真ん中に立ち、腕を組んで大きなお腹の上にのせ、まえを見つめる。三人の黒人の女がピクニックテーブルの席に着いている。ひとりは濡れたベンチにうしろ向きに腰かけ、脚を伸ばして足首を組んでいる。角張った顎と釣り合いのとれた広く張り出した額の影が間隔の離れた両眼に落ちている。細く長い三つ編みが背中まで垂れ、先端にそれぞれ色とりどりの小さなビーズがついている。彼女が動けばビーズがぶつかり合ってウィンドチャイムのような音が鳴るにちがいない。ふたり目の女は向かい側のベンチに行儀よく坐り、ひとり目の女とはちがって両脚をきちんとテーブルの下に入れている。赤いブラウスの丸く深い襟ぐりから、ふくよかな茶色い隆起が飛び出そうだ。一人目の女の顔は鋭角なラインが特徴的だが、ふたり目の女はふっくらとした頬をしていて、顎の真ん中に小さなえくぼがある。三人目の女は片足をベンチにのせて立っている。グレースに乾いたタオルを持ってきてくれたのは彼女だ。完璧なハート型の顔をしている。大きな茶色の眼、突き出した頬骨、細く尖った顎。ミセス・ノヴァックは彼女をキャシアと呼んでいた。少女のようにスレンダーな体をしているが、子どもではない。その若い女の横には黄色いキルトをかけた黒い乳母車が置かれている。

バンバンバンという大きな音がいつもと変わらない午《ひる》どきの静けさを乱して、オルダー通りに響き渡る。雨がやんでいるうちにラグマットを叩いておこうと誰かが思ったのだろう。マリーナは水道栓の赤い蛇口を両手で握って二回ひねると、ホースの先をつかむ。冷たい水が真鍮の金具からほとばしり、ストッキングに飛び散る。小さな水滴が脚を伝って靴の中にはいる。教会へ行くまえに着替えなくちゃ、とマリーナは思う。もっとしっかり雨が降っていれば水やりはしなくてすんだのだが、歩道のコンクリートの色を変えるほどには降らなかった。マリーナはホースを引っぱって前庭へ出ると、水が勢いよく噴出するように、ホースの先端を指で押さえて、キンギョソウを水浸しにする。高く伸びた花のうち三本が――それもピンクばかりが――押しつぶされている。まるで大きなブーツか、あるいは二足の小さな白いスニーカーで、踏みつけられたかのように。

通りに出ると、ラグを叩く音が大きくなる。ベティ・ローソンだ。自宅のポーチに立って、箒をまるで野球のバットのように振ってラグを叩き、埃を落としている。オルダー通りの反対側、ジュリアの家の外には双子がいて、ふたりとも馬鹿げたフラフープをまわしている。もうひとりはとてもうまく、腰をなめらかに動かし、大きなフープを自在にまわしている。もうひとりは動きがぎくしゃくとしていて、フープがだんだん下がっていき、まずは膝まで、それから足元までずり落ちる。マリーナはホースを脇にぽいと放り出し、双子に向かって大声で言う――ちゃんと家の中に戻りなさい！　それからわたしの花に薄汚い足で近づかないでちょうだい！　オリン・スコフィールドとあんな騒ぎがあったのだから、あのふたりももう少し考えて行動すべきなのだ。マリーナはそう思う。それから白い靴を濡らしたまま急いでベティの家に向かう。

「こんにちは、ベティ」とマリーナは大きな声で言う。「あの双子たちを見た？　あの子たち、次は何をしでかすのかしらね？」

ベティはトウモロコシの穂軸でつくった箒に寄りかかり、肘を横に突き出して片手を腰にあてている。くすんだ茶色の髪からピンカールのピンをはずしていないし、まだラヴェンダー色の家庭着を着ている。三枚の小さなラグ——どれも色とりどりの編み込みラグ——がポーチの手すりに干してある。ベティはマリーナの挨拶には答えず、箒の木の柄を持ち上げると、自分に一番近いラグを叩く。埃の雲が宙を舞う。

「これから教会へ行くんだけれど」とマリーナは言う。「ついでにお使いにいってきましょうか？　赤ちゃんに何か必要なものがあるんじゃない？」

「あなたの望みはなんなの、マリーナ？」とベティが言う。

「それじゃ、言わせてもらうけど」ラグをまた思いきり叩かれた場合に備え、マリーナは歩道をあとずさる。数軒向こうでは双子がまだフラフープをまわしている。時折、一方が落としたフープが、コンクリートの上でかたかたと音をたてる。次にあの双子を近くで見るときには、白いスニーカーの靴底にピンクの染みがついていないかチェックしよう。「あなたのご主人のことよ」

「ええ」

「彼のトラブルにわたしを引きずり込まないでほしいのよ」

「じゃあ、わたしも言わせてもらうけど、うちの旦那を刑務所送りにしないでほしいものね」ベティは箒を頭の上まで振り上げ、次のラグを叩く。

「馬鹿なことを言わないで。誰も刑務所に行ったりなんかしないわ。ただ、わたしが夜に運転していたのを見たなんて嘘を言いふらさないでほしいだけよ」

ベティはポーチの端へ移動して、階段の角に足をかける。「あなた、自分がどんなトラブルを惹き起こしたかわかってる？　人になんて言われてるかわかってる？」

「お宅のご主人のトラブルをわたしのせいにされるなんて心外だわ」

「どうしてほんとのことを言おうとしないの？　あなた、あの晩ジェリーを見たじゃないの。ここに立ってるところを。彼を見て、手まで振ったじゃないの」

「ほんとうじゃないことは言えないわ。とにかく、あれは自分のまちがいだったってジェリーに言ってもらいたいの。うちの主人にそう断言してもらうことがすごくすごく大切なことなのよ。あなたたちふたりともまちがってたって。ジェリーが通りで見かけたのはわたしじゃなかったって、ジェリーから主人に言ってもらうことがものすごく重要なの」

ベティは箒の柄を胸に抱き、頭をくいっと横に傾ける。「あなた、怖いんでしょ、ちがう？」そう言って、彼女は箒の穂先を階段の一段目におろしてさっとひと掃きする。「自分の旦那が怖いんでしょ、ちがう？」

「馬鹿げたことを言わないで」とマリーナは言う。「ジェリーに嘘を広めないでほしいって頼む理由なんていくらでもあるわ」

「とっとと帰って、マリーナ」とベティは言い、箒を次の段におろす。

マリーナは歩道をさらにあとずさる。雨雲は薄くなり、ところどころ青空がのぞいている。太陽が雲間から現われ、マリーナの頬や腕を温める。まばゆい光はマリーナに好意的な評価をくだしてはくれない。彼女の肌はここ数年で薄くなっていた。あの双子の少女たちの肌のように、かつてはきらきら輝いていたのに。少女たちのすべらかな肌にはアーモンド色のそばかすが輝き、青い眼はきらめいている。マリーナはずっと青い眼に憧れていたが、彼女の眼はごく平凡な茶色だ。ずっと若い頃、人々はしょっちゅうマリーナの完璧な肌を誉めたものだ。絹のようだとか、あるいは繻子《サテン》のようだとか――そもそもどちらのほうがきれいなのだろう?――言われることもあった。若い頃のマリーナは軽率だった。しかし、今は分別がある。あれは愚かな嘘だった。長い年月を経て、分別を身につけたはずなのに。車のエンジン音がして、マリーナはくるりと振り返る。夫の車ではない。二軒先では双子がまだフラフープをまわしている。片方が数を数え、フープが足元に落ちるまで数えつづけている。マリーナはベティ・ローソンのほうを向く。彼女は箒に寄りかかり、ゆっくり頭を振っている。

「うちの旦那は弱い人かもしれないけど」とベティは言う。「わたしを怖がらせるようなことなんて一度もしたことがないわ。ジェリーを見かけた人はほかにもいるのよ。その人たちは正直に真実を語ってくれた。あの夜、ついでに警告しといてあげるけど、警察はあなたが嘘信頼性に欠けるって言ってた。あなたの話についてそう言ってたのよ。つまり、あなたが嘘をついてることを警察は知ってるってことよ。それは取りも直さず、あなたのウォーレンも知ってるってこと」

「ずっと突っ立ったままでいるつもり？」丸襟の赤いブラウスを着た黒人の女がグレースに言う。仲間は彼女をシルヴィと呼んでいる。彼女の肩幅は男かと思うほど広い。立ち上がったら、グレースよりも頭ひとつ分は背が高そうだ。「こっち来て、坐りなよ」

グレースはハンドバッグを脇に抱え、雨上がりの少しぬかるんだ地面の上を爪先立ちで歩き、手前のベンチの端にそっと腰をおろす。ハンドバッグを膝の上に置き、テーブルの上で手を重ねる。テーブルの天板は細長い木片が削られたり朽ちたりしていて、ところどころざらついている。グレースの向かい側では、深い襟ぐりの赤いブラウスを着たその女が、ふやけた木片をむしっては指で地面に弾き飛ばしている。

「それ、なかなか治らないだろ？」その大柄な女は木片をむしるのをやめ、両手をこすり合わせると、グレースの唇を指差す。彼女は指の爪の根元をすべて小さな三日月形に白く塗っている。その三日月が黒い指先で模造の宝石のようにきらきらと光っている。

グレースは手で唇を覆う。その女、シルヴィは、グレースの顔と身ごもった腹部をじっと見つめていたが、ミセス・ノヴァックが一枚の皿を持って現われ、彼女のまえに置くと背すじを伸ばす。ミセス・ノヴァックがさらに三枚の皿を運んでくるあいだ、シルヴィはフォークでピーマンの牛挽き肉詰めをつつきながら、グレースを見つめる。

グレースの隣りに坐っている女がようやく両脚をくるりとまわして、テーブルの下に入れる。グレースが想像したとおり、その女の三つ編みの先についた小さなビーズは彼女が動くとチャイムのような音をたてる。ミセス・ノヴァックは彼女をルーシーと呼ぶ。ルーシーは身を乗り出してグレースの裂けた唇を見る。が、何も言わない。

「それ、旦那にやられたの?」そう言ったのはキャシア、グレースにタオルを持ってきてくれた少女だ。彼女は乳母車の上に身を乗り出し、薄いキルトの下をのぞく。「しいっ、しいっ、しいっ」そう言ってまたグレースを見る。黒く濃い睫毛が茶色い眼を縁取っている。

「頭をぶつけたのよ」とグレースは言う。「母とわたしで」

キャシアはキルトの角をもとに戻し、片手を乳母車の押し手に置いたまま言う。「手の甲で殴られると、唇って裂けるよね」

ルーシーはまた身を乗り出して、もっとよく見ようとするように眼を凝らし、それからうなずく。

「いいから、いいから」そう言って、シルヴィはフォークを横に置くと、顔を空に向けて、広い肩をうしろにそらす。胸の隆起が丸い襟元からこぼれそうになる。「あたしたちが知らないことなんてないんだから」

キャシアは乳母車の押し手から指を離すと、テーブル越しに手を伸ばし、グレースの顎に添える。もう一方の手で、グレースの上唇の痛む部分に触れる。

「そんなにひどくないわ」とキャシアは言う。

キャシアは二本の指でグレースの顔の横を下から上へとなぞり、グレースの前髪をうしろに搔き上げる。まるで隠れた傷や痣を調べているかのように。その小さな手は子どもの手のように華奢でほっそりとしていて、グレースにはその感触がほとんど感じられない。何も見つからないと知ると、キャシアはすぐグレースの髪を撫でつけて整える。グレースは柔らかな手が顎から離れるまで不思議とくつろいだ気分になる。

「うん」そう言って、キャシアはベンチに腰をおろす。「そんなにひどくない」キルトの下をまたさっとのぞき、椅子に腰を落ち着けるが、片手で乳母車を揺らしつづける。

「なんで奥さんたちはもうここに来ないのさ？」そう尋ねたのは三つ編みのルーシーだ。彼女の眼はダークブラウンで、ほぼ黒に近い。

「え？　なんですって？」グレースは頭上をちらりと見上げる。もし雨が降ってくれれば、この場を立ち去る理由になるのにと思いながら。

「あんたやほかの奥さんたちだよ」とシルヴィが笑みを浮かべながら言う。まるでルーシーの不躾な口調を掩護《えんご》するかのように。「あんたたちがみんな来なくなるから、ミセス・ノヴァックに言われたんだよ、もうそんなにパンを焼く必要はなくなるって」

「みんな怖がってるんだと思う」とグレースは言う。

「女の子を川から引き上げるとき、ここにいるのが怖いってこと？」とルーシーが尋ねる。

彼女は皿の端をフォークで叩きながら答を待っている。顎のラインに沿った筋肉が歯軋りをしているみたいにぴくぴくと震えている。「警察があの子を見つけたら、みんな戻ってくるのかい？」

「それはなんとも言えないわね」

「みんな、タイラみたいな目にあうのを怖がってる。そういうことなんだろ？」とルーシーが言う。

「おだまり」そう言って、シルヴィが指を振る。グレースが子どものとき母親がしていたのと同じ仕種で。「誰もタイラの話なんかしなかった」シルヴィはキャシアのほうを見てうなずき、指を一本、唇にあてる。「誰も何も言わなかった」

「どんな理由で来ないのかなんて、どうでもいいけど」とルーシーが言う。「ミセス・ノヴァックが気の毒だよ」

テーブルの向かい側で、キャシアがルーシーのことばにうなずき、フォークでピーマンの肉詰めをつつく。最初は少しずつ口に運び、ゆっくりと時間をかけて噛んでいる。そこでどうやら好きな味だと判断したらしく、勢いよく食べはじめる。食事の合間にも乳母車の押し手をつかんでゆっくり揺らし、しいっという声を出す。押し手はところどころ錆びつき、黒い天蓋《てんがい》はへりがすり切れている。赤ちゃんがすやすや眠っているとわかると、キャシアは満足そうに椅子に落ち着き、片手を膝の上に置いて、もう一方の手で最後の挽き肉をすくい出す。ルーシーとシルヴィも食べはじめる。テーブルは静かになる。食事をしながら、黒人の女たちは互いに見つめ合う。頭は動かさず、互いに目配せをする。グレースに何かを悟られまいとするかのように。沈黙が積み重なっていく。それをさえぎるのは、静かに咀嚼《そしゃく》する音と光沢のある白い皿にフォークがあたる音だけだ。

「その子はあなたの子ども？」とグレースはキャシアに尋ねる。ほかに何も言うことも、また沈黙を破る方法も思いつかないまま。「なんていう名前なの？」

キャシアの手からフォークが落ちる。フォークは皿のふちにあたって撥ね、テーブルの上を転がり、地面に落ちる。彼女は乳母車の押し手をつかみ、自分のほうへ引き寄せる。車輪がキイキイと軋む。

「あああ」とルーシーが言う。「やっちまったね」

「そう。あたしの子よ」とキャシアは乳母車を揺らしながら言う。押したり引いたりするたびに車輪の軋む音が大きくなる。「どうして？　あたしの子じゃ駄目なの？」

「いいえ、ちょっと思っただけ。その子は……」グレースはちらりとシルヴィを見るが、名前は出さない。キャシアはとても若い。腰は細く、ウェストにはほとんどくびれがない。まだ少女のような体型だ。一方、シルヴィの体は子どもを産んだ女らしい丸みを帯びている。

「そういう意味じゃなかったの……」

「この子があたしの子だったら、何かいけないことでもある？」そう言って、キャシアは乳母車を前後に大きく揺らす。金属のフレームがキイキイと甲高い音をたてる。乳母車の押し手にかけてある黄色いぼろ布がすべり、はらりと地面に落ちかける。キャシアはまるで乳母車のハンドルがいきなり熱を帯びたかのようにさっと手を引く。

グレースはなんとか手を伸ばすと――大きなお腹のせいでそうすばやくは動けない――地

面に落ちる直前に黄色のキルトをつかむ。角をつかんですぐさま持ち上げたので、反対側の角も泥がつかずにすむ。それをキャシアに手渡そうとする。が、キャシアはうなだれて、テーブルの上をじっと見つめている。ほかのふたりはキャシアに寄り添い、小声で話しかけ、肩や背中にそっと触れている。グレースはミセス・ノヴァックの姿を探してあたりを見まわす。が、見あたらない。グレースは両足をベンチの端にまわして立ち上がる。キルトをシーツのように広げ、ひと振りして乳母車の上にふわりとかける――そこでそれがもとの位置に収まるまえにさっと引き戻す。乳母車は空っぽだ。中はぼろぼろで、ところどころ生地がすり減って、下の金属のフレームが剥き出しになっている。グレースは乳母車からキャシアへ、それからテーブルのほかの女たちへ視線を移す。グレースの肩に誰かが手を置く。ルーシーだ。ルーシーはグレースの手からキルトを引き抜き、ベンチに坐らせる。

そして、テーブルの端まで行くと、グレースがやったように、キルトをひと振りして乳母車の上にかける。「ねえ」キルトがもとどおりになると、ルーシーはグレースに言う。「この赤ん坊がどうかしたかい？　キャシアがこの子のママだと何かまずいことでもある？」

シルヴィはテーブルに両肘を突くと、グレースではなく、三つ編みの女を睨む。「そんなふうに意地悪を言うのはやめなよ」

「あたしは意地悪したい相手にはいつだって意地悪するさ」ルーシーは肩にかかった三つ編みを払い、腕を組んで、胸を押し出す。自分をシルヴィに負けないくらい大きく見せようとするかのように。

シルヴィは立ち上がる。「彼女はあんたに何もしてないだろ」

「キャシアに赤ん坊のことを訊いたじゃないか」ルーシーはそう言って、グレースの背後にまわる。グレースからはルーシーの声は聞こえても、姿が見えなくなる。「それだけのことをしたのさ」

「この子はほんとにあたしの赤ちゃんよ」とキャシアが言う。

「ええ、もちろん」グレースはハンドバッグを胸に抱え、ルーシーの声からじりじりと離れる。「とっても可愛い女の子ね。ほんとに」

「ほら、ごらん、キャシア」そう言うと、シルヴィはルーシーに席に着くよう身振りで示す。ルーシーが突っ立ったままでいると、彼女に指を突きつけ、それからベンチを指す。その仕種がまたグレースに自分の母親を思い出させる。彼女の母親にしてはずいぶんと背が高く、体が丸くて横幅も広いけれども。「あんたの赤ちゃんは可愛いよ。気にすることはないよ」

ルーシーはベンチに――グレースからできるだけ離れた場所を選んで――腰をおろし、食べはじめる。その向かい側でシルヴィも食べはじめる。キャシアはいっときふたりを見つめるが、やがて地面からフォークを拾い上げ、ナプキンで拭く。そのあいだもずっと乳母車の錆びた押し手をぎゅっと握りしめている。シルヴィはグレースに向かってフォークを振り、彼女にも食べるよう指示する。しかし、グレースは立ち上がり、ナプキンを皿の上に置くと、誰にともなく言う。「ランチをありがとう」

「明日来るといい」とシルヴィが言う。霧雨がまた降りはじめている。小さな雨粒が彼女の黒い肌の上できらめいている。「ピエロギをつくりたいなら、もっと遅くまでいないと。あたしたちはいつもランチのあとで生地を伸ばすからね。もちろん、ピエロギは全部あたしたちがつくってることは、あんたも知ってるんだろ？」彼女は温かい茶色の眼でグレースにウインクする。「あんたを手伝ってあげるよ。だから、あんたはミセス・ノヴァックのために、ほかの奥さんたちを呼び戻してくれないか？　ミセス・ノヴァックのお客さんたちを」

「できるだけやってみるわ」とグレースは言う。「わたしにできることをやってみる」

シルヴィは指先を宙で振る。「教えてほしいなら、あたしたちに頼むんだね。ミセス・ノヴァックじゃなくて。ミセスは関節炎がひどくてね。そんな人に生地を練らせようだなんて、あんたも思わないだろ？　当然だよね」

15

ベーカリーから家に帰り、グレースはほんの数分だけ眼を閉じるつもりが、気づいたときには数時間も眠り込んでいた。もう夕食の時間だ。階段を降り、居間から聞こえてくる、くぐもった声のほうへ向かう。オーヴンがカチカチと鳴り、母親が自宅に帰るまえに冷凍庫に残していったチキン・キャセロールの心地よいにおいが家じゅうに漂っている。キャセロールのひとつをオーヴンに入れて、うたた寝しているあいだに、ジェイムズが戻ってきたのだろう。何か知らせがあれば、ジェイムズが起こしたのだろうが、実際にはグレースを起こしたのは玄関のベルだった。友人や近所の人はキッチン脇の勝手口を使い、ドア枠かガラスを軽く叩いて来訪を知らせる。ベルが鳴ったということは、友人や隣人ではない客が来ているということだ。

グレースは階段の一番下の踏み段で足を止めると、身を乗り出して、誰が来ているのか見ようとする。風が居間を吹き抜け、グレースの髪やドレスの裾を乱す。ジェイムズは玄関口でグレースに背を向けて立っている。ドア枠にもたれて立ち、足首を交差させている。グレースの足元で床板が軋み、ジェイムズが振り返る。

「起こすつもりはなかったんだ」と彼は言う。シャツのボタンを真ん中のふたつだけとめ、髪は洗いっぱなしで梳かしてもいないようだ。きちんとブラシを使わずに手櫛《てぐし》で梳かしただけのとき、彼の髪は毛先がくるりとはねる。捜索の日々が始まってから、ジェイムズは毎晩いったん帰宅してグレースと夕食をとっている。そして、たいていは食事のあとに、さっぱりしようと顔を洗う。冷たい水で顔を叩き、石鹸をたっぷり使って手や前腕を洗う。夜の捜索に加わるまえに気分をリフレッシュさせるためだ。

ダークブルーのシャツを着た男が戸口に立っている。その男は帽子をグレースに向かって傾ける。彼の横には、同じダークブルーのシャツと帽子を身に着けた二番目の男が立っている。

「ミセス・リチャードソンですか？」と最初の男が言う。

あのときの警官だわ、とグレースは思う。エリザベスが行方不明になった日、シマンスキ家のキッチンテーブルの椅子に坐っていたのと同じ男だ。あの夜、彼は成人した女性が実際には子どもと変わらないということをうまく呑み込めずに、こめかみを揉んでいた。グレースと同年代だが、一日の終わりだというのに――下顎にひげの影ができていてもおかしくない時間帯なのに――顔はつるりとしている。縮れた黒い髪をして、毛先がはねている。

「妻もおれが話した以上のことは話せませんよ」そう言って、ジェイムズは鼻梁を二本の指でこする。

「ちょっとよろしいですか？」二番目の警官――明るい茶色の髪をした背の高いほう――が

身を乗り出して家の中をのぞき、直接グレースに話しかける。「ジェイムズ、中にお通ししなくちゃ」とグレースは階段の一番下の踏み段から動かずに言う。

警官たちがドアのまえで身動きすると、風がさえぎられる。オーヴンは今もカチカチと音をたて、熱を発している。

「お邪魔してもいいですか?」と背の高いほうの警官がジェイムズに言う。

ジェイムズは脇にどき、警官たちを通すと、手を振ってグレースも加わるよう促す。警官たちは帽子を取って小脇に抱える。

「先日の方ですね」とグレースは縮れ毛でつるりとした顔の警官に言う。黒い髪は帽子の跡がついてへこんでいる。「どうぞお坐りになって。何か飲みものでもお持ちしましょうか?」

「おかまいなく、奥さん」とその警官は言う。「ワリンスキ巡査です」と自己紹介してから、隣りに立つ男を肘でつつく。「こちらはトンプソン巡査」

「エリザベスのことで何か?」とグレースは尋ねる。

「この人たちはここで何かあったんじゃないかって言ってるんだ、グレース」ジェイムズはそう言って、グレースに坐るよう身振りで示す。

グレースは、裾がスカート状になっているカヴァーをかけたソファの端に腰かけると、コーヒーテーブルから編みかけのかぎ針編みを取り、膝の上に広げる。ツイードのソファは綿のスカート越しでも脚の裏側がちくちくする。

「何かあった？」

「ある男を尋問したんですよ」と背の高いほうが言う。「この地区での犯罪に関連すること で」

グレースは咳払いをし、ふたりの警官に笑みを向けると、深く坐り直してクッションに背中を預ける。二ヵ月前にこの赤ちゃん用のブランケットを編みはじめたとき、男の子でも女の子でも似合うようにと太めの白い糸を選んでいた。かぎ針の平らな部分を持って、針の先端を編み目の一番下の輪に通す。最初のひと目を編むと、ジェイムズがソファの背にまわり、グレースの肩に両手を置く。彼女はその指先を握り、手首の裏側にキスをする。

「エリザベスに関係のあることですか？」とグレースは尋ねる。糸をかけ、引き出し、糸をかけ、引き抜く。

「その男が」ワリンスキ巡査は彼女の問いを無視して続ける。「ここでの犯罪についてある情報を明かしたんです」

ふたりの男の背後にある玄関のドアは閉まっている。もう風ははいってこない。グレースがカーテンを開けようとしないせいで家の中は暗い。もうひと目編む。これは十二個目の編み目だ。ちゃんと数えておかなければ、とグレースは思う。数え忘れて、編んだ糸をほどいてそこからやり直さなければならないということを彼女は何度も繰り返している。

「犯罪？」とグレースは訊き返す。胃がぎゅっと固くなり、咽喉元までせり上がる。「犯罪？」と繰り返す。自分の声が誰かほかの人の声のように聞こえる。

「何かのまちがいだって言ったんだよ」彼女の肩を揉みながら、ジェイムズが言う。「このあたりではなんの被害も出てないって」

「ないわ」とグレースは言う――たぶん言ったと思う。彼女は編み目の数を忘れる。「このあたりに被害は出てません」

警官はそろってグレースを見つめる。グレースだけを。

「おひとりでお話をうかがえませんか、奥さん」とワリンスキ巡査が言う。

「夕食が冷めてしまうわ」ジェイムズの手に触れられているうなじがじっとりと汗ばんでくる。「これ以上、お話しすることはありませんし」

「ほかのお宅じゃないですか?」ジェイムズはそう言って、グレースの両肩から手を離す。

「もっとも、近所の人から何かトラブルがあったとは聞いてないけど」彼は警官たちの横を通り、ドアを開ける。「シマンスキ家以外には」

ジェイムズは彼らに何も言わない。オリン・スコフィールドがライフルを発砲したことも、ガレージのゴミ入れの小火《ぼや》のことも、早朝窓ガラスを割られて眼が覚める住民がどんどん増えていることも、一切言わない。この通りをかばっているのだろう。グレースはそう思う。両親がわが子をかばうように。エリザベスが行方不明になってから、住民たちは誰もが同じことをしはじめている。オルダー通りがどうなりつつあるのか、どうなってしまったのか、誰も認めようとはせずに。

トンプソン巡査は外へ出ようとするが、縮れ毛の警官、ワリンスキ巡査は立ち去ろうとはせず、じっとグレースを見つづけている。彼は若い。若すぎるほど若い。

「その男はここで女性がひどい目にあったと言ってるんです」と若い巡査が言う。「この番地で。おそらくものすごくひどい目に」

グレースは顎を上げる。顔が赤くなっているにちがいない。けれど、暑さのせいにできるはずだ。舌先で上唇に触れる。傷痕はほとんど癒えかけている。

「気の毒に」と彼女は言う。「もしどなたかがひどい目にあわれたのなら、ほんとうにお気の毒だわ。その方に伝えてください。もしその方が見つかったら。わたしの気持ちを伝えてください」

ジェイムズは玄関のドアを押さえてふたり目の警官が出ていくのを待っている。風がまた家の中に吹き込み、グレースの首と肩の汗ばんだところ――ジェイムズが触れていたところ――を冷やす。

「もし何かあったら」とワリンスキ巡査が言う。またしても彼の眼はグレースだけに注がれている。「どんな情報でもかまいません」彼は頭を下げ、グレースを見つめる。「それがわれわれにとって、唯一の手がかりになるかもしれないんで」

「エリザベスを見つけるための？」とジェイムズが尋ねる。「そういう意味なんですか？　そいつがあの子をさらったんですか？　そういうことなんですか？」

「申しわけありませんが、詳しい話は今ここではできません」玄関ポーチから、トンプソン巡査が答える。

「できない？」とジェイムズは食ってかかる。「それともしたくないのか？　ここはおれたちの町だ。おれたちには知る権利がある」
　トンプソン巡査は首を振り、それ以上は何も言わない。もうひとりの警官はまだグレース
を見つめつづけている。彼女の嘘をあばく鍵をじっくりと探そうとしている。
「お宅の裏を拝見してもいいですか？」と縮れ毛のワリンスキ巡査が言う。「ガレージをざ
っと調べたいんです」
　ジェイムズは戸口の脇柱にもたれ、また足を交差させて言う。「そんな必要はないよ。ち
ょっと近所の人の口の端にのぼっただけだ。そんなことをしても意味はない」
「奥さんはどう思います？」とワリンスキ巡査が言う。「必要あると思いませんか？」
　グレースは首を振り、数ヵ月かけて編んできた編みものの長い段に指を走らせる。母親は
編み目がきつすぎるし、単純すぎると言っている。
「せっかくですけど、必要ありません」とグレースは言う。「貴重なお時間が無駄になるだ
けです」
　ジェイムズは帽子をかぶっているときのように、ちょっと頭を下げる。「悪いけど」そう
言って、警官たちにもう帰るよう促す。「もし何か聞いたら、こちらから連絡します」
　ワリンスキ巡査はジェイムズのまえを通り、もうひとりの警官に続いて外に出る。
「ちょっと待って」グレースはソファに坐ったまま声をかける。
　警官たちがまた戸口に現われ、また帽子を脱ぐ。

「いったいわたしのどんな答を期待してたんです?」

「はい?」

「その男を逮捕したんですか?」

「拘束中です」と背の高いほうが答える。

「わたしが今この場でなんと言ったら、その人をこの通りから遠ざけておけるんです? そその犯罪のことを教えてください。そしたらそのとおりだって言いますから。わたし、そのとおりのことが起こったって証言しますから。たとえ嘘をつくことになっても、それでお役に立つんじゃありません?」

縮れた黒髪でつるりとした肌の警官が一歩まえへ出る。「ご主人」彼はジェイムズに向かって言う。「ちょっと席をはずしていただけませんか?」

「そんなことはできない」そう答えると、ジェイムズはグレースのまえで片膝をついて尋ねる。「いったいなんの話をしてるんだ、グレース? 何かあったのか?」

グレースは片手を伸ばし、ジェイムズのざらついた顎に触れる。このところ彼は数日に一度しかひげを剃っていない。男たちはみんな一様に疲れ、やつれ、ベルトをややきつめに締めているように見える。女たちが毎日食事を食べさせているにもかかわらず、体重が落ちているように見える。あるいは、男たちがエリザベスが行方不明になる以前よりも小さく見えるのは、動き方のせいかもしれない。とぼとぼと歩き、重い荷を背負っているかのように背中を丸めているからかもしれない。

「いいえ、ジェイムズ。何もないわ。ただ、わたしが何か言えば、警察の助けになるんじゃないかと思ったの。何か言えば、エリザベスを助けて、この通りが安全になるんじゃないかって」

エリザベスを守るにはもう遅すぎるけれど、それでもまだ双子やほかの主婦の誰かを救うことはできる。あの男がまた自分勝手な正義をおこなおうとするまえに、オルダー通りから遠ざけることはできる。警察が拘束した男がグレースの身に起こったこと、それがこの住所で起こったことを知っているのなら、その男はあの三人のうちのひとりにちがいない。おそらく見ていられなくなって途中で路地に消えた男だろう。彼なら名前を挙げ、わたしとエリザベスにむごいことをした張本人に警察の眼を向けさせることができる。しかし、そもそも犯罪がなければ、警察は誰の名も知ろうとはしないだろう。

「教えて」とグレースは言う。「エリザベスを助けるためなら、どんなことでも言うわ」

「お宅のガレージで女性が襲われたと言ってもらえますか?」縮れた黒髪の警官が言う。「三人の男がその女性を押し倒して、ひとりの男が彼女を押さえつけているあいだに、もうひとりの男が彼女に乱暴を働いたと?　そういうことを証言してもらえますか?」

ジェイムズがさっと立ち上がり、その警官につかみかかる。もうひとりの警官が逞しい腕をジェイムズの胸にあてて阻止する。

「言ってください、ミセス・リチャードソン」縮れ毛の警官はジェイムズを無視し、強い眼差しでグレースを見すえて言う。その視線をずらして彼女の上唇の小さな傷をとらえると、ほかにもすり傷や痣はないかと探そうとするかのように、彼女の顔に視線を這わせる。「そういうことがここで起きたんじゃないですか？　あなたの身に起きたんじゃないですか？」

ジェイムズは胸の真ん中をもうひとりの警官の手に押さえつけられたまま、離れたところに立っている。三人ともグレースの返事を待っている。グレースにはあの少女――キャシアという名だ――の小さな手が感じられる。グレースの顔を上向け、その傷はそんなにひどくないと言った少女の手だ。あの子はもっとひどい経験をしてきたのだ。グレースは思う。もっとずっとひどい経験を。癒えない傷はない。

「グレース？」

グレースは頭を振る。「いいえ。もちろんそんなことは起こってないわ」と彼女は答える。「少なくとも、わたしの知るかぎりは。うちのガレージで誰かが襲われたなら、わたしは気づくと思います。ただ、お役に立てれば、と思っただけです」

ジェイムズは両手を上げて、警官たちから離れる。

「それだと、どうなるんです？」とグレースは尋ねる。「誰もここで傷つけられていなかったとなると、その男はどうなるんです？」

つるりとした肌の縮れ毛の警官は帽子をかぶり、返事をしかけてグレースの眼を見つめたものの、黙って背を向ける。

ジェイムズは警官たちを追い払うような仕種を繰り返す。彼らがポーチを降りて小径を歩き、私道に近づいたところで、ジェイムズはドアを閉める。

「夕食のいいにおいがするぞ」そう言って、グレースの横を通り、キッチンへ向かう。

椅子の脚がタイルの上をすべる音がする。ラミネート加工のテーブルの上で、銀食器がかちゃかちゃと音をたてる。

「妙な話だよな?」とジェイムズが振り返り、グレースに向かって言う。ジェイムズの声には抑揚がない。腹は立つものの、それを顔に出してグレースに気取られたくないのだろう。「なんで誰かがうちのことを言ったりするんだ? なんできみのことを?」

グレースは窓辺へ行き、カーテンを開く。警官たちは私道の端まで差しかかっている。ふたりのうちの一方、縮れ毛の警官が白黒のパトカーの向こう側にまわり、運転席からグレースに向かって帽子を傾ける。

「たぶん住所をまちがえたのよ。そう思わない?」とグレースは言う。警官たちを乗せた車が動きだし、家のまえから遠ざかる。通りの向こうで、数人の隣人たちが眼に手をかざして陽射しをよけ、グレースのほうを見つめている。「馬鹿なことをしちゃったわ。ごめんなさい」

警察が拘束しているのは三番目の男だとグレースは確信している。彼女が覚えているのは彼の眼だけだ。眼の色はこげ茶で、それを覆うようにまぶたが垂れている。その眼はこれから起こることを気の毒がっているように、グレースには見えた。あのことを自供するとしたら彼しかいない。あの男たちは三人ともおそらくフィルモアに住んでいるのだろう。ほかの黒人の男たちがいつもの時間に通りを歩くのを見たことはあっても、あの三人のうちの誰かを見かけたことはなかった。グレースを襲った夜以来、一度も。あの男が――悲しげな眼をした男が——警察に自供したにちがいない。彼がグレースのことを話したのだ。その女性は妊娠していて、髪は長いブロンドで、オルダー通り七二一番地に住んでいる、と。だからこそ、あの縮れた黒髪につるりとした童顔の警官は、すべてを知っているような顔でグレースを見ていたのだ。彼はグレースの頭のうしろに痛む場所があることも、唇が裂けている理由も知っていた。このブロックで妊娠しているのはグレースだけだ。この通り全体でも彼女以外にはいないだろう。警察はグレースに真実を述べさせたがっていた。エリザベスにはもうそうすることができないからだ。警察は自分から名乗り出ようとしない人間はクズだと思っている。グレースだけが唯一の望みだと思っている。やっと望みが手にはいったのに、と。

ジェイムズの温かい体がグレースの背後に立ち、彼の両腕が彼女の体にまわされる。グレースは彼にもたれる。

「もし、きみに何かあったら、おれはどうしたらいいのかわからない」とジェイムズが言う。

グレースは頭を彼の胸に預けたまま、眼を閉じ、彼の手を握る。真実を知ってもなおそばにいてくれるほど、彼はわたしを愛しているかしら？　グレースは思う。母さんの答はノーだ。「悪いことなんてわたしたちに起こりっこないわ」

「絶対に？」ジェイムズは彼女の髪に顔を埋めて言う。

「絶対に」

マリーナは顔を洗い、眼の下のデリケートな皮膚にナイトクリームをそっと叩くようにしてなじませ、髪をヘアネットの中に入れてから、ベッドにはいる。ベッド脇のテーブルの引き出しから、白い錠剤を取り出し、その壜を夫の眼に必ずとまる場所に置く。薬を飲んだときにマリーナがどれほど深く眠り込むか、夫は知っている。キャノン先生は、この薬がマリーナを落ち着かせ、一日のストレスを最小限に抑えてくれると言った。しかし、たいていマリーナは数を数えて深呼吸することで症状を抑えている。夫が薬の服用を頑として認めようとしないからだ。

薬の服用をやめた直後の数週間がマリーナにとってもっとも辛い時期だった。一日じゅう、薬はマリーナをキッチンの戸棚――普段はそこにしまっていた――に引き寄せようとした。それでも、夫はやめるべきだと譲らなかった。そんなものを飲んだら眼がぼんやりして、怠け癖がつくと言って。薬への誘惑は、時の経過とその夫の頑なさによって徐々に減じられていった。だから今、夫の帰りを待っているあいだにこの薬を二錠飲んだのは、首から肩にかけての緊張した筋肉を和らげたいからでも、頭のまわりでぐるぐると渦巻く不安を落ち着かせたいからでもない。薬を飲んだのは夫に――彼はこの小さな茶色の壜を見たらきっと腹を立てるだろうけれど――マリーナを起こそうとしても無駄だと知らせるためだ。

たとえベティ・ローソンの話が真実で、マリーナの嘘を夫がすでに知っているとしても、今夜のところは妻を問い質すことはできない。マリーナの愚かな嘘を憎むあまり、激怒することもできない。怒りが高じると、ウォーレンはいつもマリーナを殴る。激怒の末に、マリーナの眼のまわりを黒ずませ、頰に痣をつくり、肋骨に痛みを与え、首元の骨――より正確に言えば、鎖骨《クラヴィクル》――を折ったこともある。しかし、今夜のところは、マリーナはおだやかにぐっすりと眠ることができる。明日か明後日には、〃あの黒人の女が殺された夜に運転などしていない〃と嘘をついた理由を説明するためのつくり話を何か思いつくだろう――あの日は寝たきりの人のところへ行っていたの。嘘をついて、ほんとにごめんなさい。あんなに夜遅くに運転するなんて無謀なことをしたと知ったら、あなたが腹を立てると思ったのよ。あるいは――翌朝早くに必要な、清潔なリネンを教会に届けにいってたの。あるいは――あなたの車に何かあったんじゃないかって、ほら、タイヤがパンクしたんじゃないかって、心配だったの。ウィリンガムで起こったことなんて何ひとつ見てないわ。一切合切何も見てないわ。

グラス一杯の生ぬるい水で薬を咽喉に流し込んでから三十分後、マリーナは冷たいシーツの下にすべり込み、ベッドサイドランプの明かりを消すと、窓辺で揺れる白いレースのカーテンを見つめる。薄く軽い布地が風に踊っている。ひらひらとはためくカーテンを見つめる彼女の眼の奥に、薄い靄《もや》がかかりはじめる。階下《した》で、裏口のドアが開いて、閉まる。夫の足音がキッチンを横切る。玄関を通り抜けるときに廊下の床板が軋む音がして、それから静かになる。彼は階段の一番下に立っている。おそらく寝室の閉じたドアを見上げて、マリーナをどうしてやろうかと考えているのだろう。一段、また一段、さらにまた一段――階段をのぼる足音がする。

この日もまた昼夜を通してエリザベスの捜索が行われた。夫は体のあちこちが痛み、疲れているのだろう。普段なら、マリーナは彼の肩をさすってやり、サンドイッチを用意しただろう。寝室のドアが開き、廊下の明かりが部屋に射し込み、マリーナの顔を照らす。彼女のまぶたは閉じられている。光にまぶたを震わせてはいけない。夫がシャツを脱ぎ、ベルトをはずす音がする。バスルームの洗面台で水が流れ、壁ぎわのパイプを通っておりていく。彼はマットレスの端に腰かける。その重みに反応して、マリーナは寝返りを打つ――眠っているときにはそうするものだ。夫の体はさわやかで清潔なにおいを放っている。マリーナのフレンチミルドソープのにおいだ。彼女はそのピンクの石鹸を〈シアーズ〉の通販カタログで取り寄せている。マリーナの顎がゆるみ、肩の力が抜けていく。薬が溶け、体に染み込んでいく。数十センチ離れたところで、空気が夫の鼻に勢いよく吸い込まれ、口から出される音がする。

「マリーナ？」

　低い声で囁かれる。マリーナには背骨から首にかけて走る震えを止めることができない。暗い部屋の中で彼の声がこだまのように響く。

「マリーナ？」さっきと同じ低い声で繰り返す。

　朝、眼が覚めたときには、夫が消えていますように――マリーナは心の底からそう祈っている。

16

陽はとっくに暮れ、いつもならもう眠っている時間なのに、グレースはひとり耳をすましている。黒人たちはすでにこの界隈を通り過ぎていた。彼らが通るのは毎晩十時頃だ。オリン・スコフィールドが裏路地に坐っているので、今はオルダー通りのど真ん中を歩いているけれども。グレースはオリンが外にいることを喜んでいる。オリンが通りを歩くあの男たちを見つけてくれないかと心のどこかで望んでさえいる。うちのガレージで襲われた女性などいない——そう警察に話してから、何かが変わった。何も起こらなかったと告げることは、口を閉ざしていることとはちがう。いっそう悪い。それはあの男たちが——あの男が——野放しにされるということだ。

十一歳になった年の七月四日も、グレースは〈セント・クレア〉号の乗船待ちの列に並んでいた。が、その年は真鍮の手すりの心配より屈託なく笑う黒髪の青年——あの若者——のことを考えていた。もしかしたら、考えていたと信じたいだけかもしれないが。そのまえの年からずっと彼のことを忘れずにいたのだ、と。その年もまだ女たちの肩はプリーツやパッドで強化され、ウェストはきゅっと締めつけられ、体つきも背が高くて堂々としていた。しかし、船の汽笛が響いても彼女の母親は悲しげな音がそぐわないなどとはもう言わなかった。

その年、ジェイムズの腕の中にいたのは別の女の子だった。グレースは髪を首のうしろで押さえながら、甲板のダンスフロアの隅に立っていた。彼の姿を見つけるより早く、まず声が耳に飛び込んできた。今回は黒髪の女の子を抱きながら、くるくるとまわっていた。グレースのそばを通り過ぎるたびに、回転が速くなっていった。ジェイムズを見つめながら、彼の腕に抱かれている女の人は、きっと幸せいっぱいにちがいないと思った。彼の両手の中なら、きっと安心できるにちがいない、と。その年はグレースの母親と父親も踊った。父親が母親を腕に抱いて踊ったのはその年だけだった。

小刻みに揺れるフロアに立ち、グレースは踊る人々を見つめていた。ブロンドの小さな女の子が風に髪をなびかせ、ぽつんと立っていたことをジェイムズは覚えていたと言う。それればかりか、その少女のそばでターンしたとき、その少女の髪をくしゃくしゃにしたのは、当時でさえグレースが特別な存在だとわかっていたからだ、と。グレースの記憶では、ジェイムズとは眼も合わなかったし、彼はウィンクしたりうなずいたりさえしなかった。それでも、ジェイムズが覚えていると話すときには、笑みを浮かべて、わたしも覚えている、と返す。

その年が、彼女の父親が〈セント・クレア〉号に乗った最後の年になった。乗船から数ヵ月後、父親はほかの人々と同じように――ジェイムズと同じように――戦争へ行った。国じゅうが身を引き締めていたのはそのせいだった。女たちが髪を垂らし、いかつい肩のスーツを着ていたのも。妻や母たちは路面電車に乗ってミシガン・セントラル駅へ行き、手を振って、市《まち》を出ていく列車に乗った夫や息子たちを見送った。そんな彼らの多くが二度と戻ってはこなかった。グレースは翌年の七月四日が来るまえに父親が二度と家に帰らないことを知らされた。

階下《した》で、ジェイムズが動きまわる音がする。彼は一時間前に帰宅していた。おそらくコーヒーを沸かして、新聞を読んでいるのだろう。夜はいつもそうする。グレースは彼に、コーヒーを飲みすぎだし、煙草も吸いすぎだと注意していた——食べものがあるでしょ？　毎日昼も夜も奥さんたちが教会のテーブルにたくさん用意してるんだから。ちゃんと食べて。どんどん痩せてしまうわ。それとも、野球の試合があれば、それを見ているのかもしれない。最近では野球の試合を次々と放映するようになっている。球場まで足を運ぶ理由がほとんどなくなるほど。そのとき、寝室のドアが開き、廊下の明かりが室内を照らす。グレースはまばたきする。上体を起こし、ヘッドボードにもたれる。

「起こすつもりはなかったんだ」とジェイムズは言って、ズボンからシャツの裾を引っぱり出し、ボタンをはずす。

グレースが尋ねるまでもない。口を開きかけたように息を吸い込むだけで事足りる。

「いや、進展はなかった」そう言って、彼はグレースのお腹に手を置く。「おれのチビくんの今夜の調子はどう？」

「チビちゃんは元気よ」とグレースは答える。口元には苦もなく笑みが浮かび、いっときすべてがあるべき方向に流れていくように感じられる。

ジェイムズはズボンから黒革のベルトを抜き取り、寝室のドアのフックに吊るすと、ベッドの端に腰かける。片足を反対側の膝にのせ、ブーツのひもを引っぱる。

「いい夜だったかい？」と彼は尋ねる。夕食どきに訪問した警察のことには触れることなく。

「わたしにももっと何かできればいいのにって思う。通りがほんとに静かなのよ。わたし以外はみんなお手伝いに行ってるわけだから」いずれまた出かけるつもりでいて、それをジェイムズに禁じられたくないので、ウィリンガムへの外出やピエロギやベーカリーの女たちのことは話さない。

ジェイムズは片方のブーツを脱ぎ、もう一方も脱ぐと、クロゼットの床に屈んで、両方ともシューズラックに——右のブーツは右側に、左のブーツは左側に——掛ける。立ち上がった彼の指には白い革靴がぶら下がっている。

「これはきみの？」と彼は尋ねる。「ガレージにきみの靴が片方落ちてただろ？　これはその片割れじゃない？」

ガレージで見つかった靴をクロゼットに戻した覚えはない。あの靴はほかの服と一緒に捨てたはずだ。その靴はずっとクロゼットにあり、あの男に襲われた夜から、ずっとシューズラックに掛かっていたにちがいない。

「まあ、そんなところにあったの？」とグレースは言う。「わたしのだと思うわ」笑みを浮かべて、肩をすくめてみせる。グレースが鍵やら、お気に入りのヘアブラシやら、母親のレシピやらをあらぬところに置き忘れるのはいつものことだから。

ずっと昔に起こった出来事のように、グレースには思える。あの男たちが来てから、もう何週間も何ヵ月も経ったかのように。実際にはまだほんの数日前のことなのに。その日数は片手で数えることができる。グレースは毎朝眼を覚ますたびに、ものすごく時が経ったみたいだと思う。覚えているべき物事が——鮮やかで明瞭であるべき記憶が——薄れつつあり、消えそうでさえある。まるで何ヵ月もの時に隔てられているかのように思える。そんなふうに感じるのは、時が癒《いや》してくれる——母親のことばだ——と思っているせいにちがいない。それで彼女の心の時計はどんどん速く進み、何週間も何ヵ月も時を刻んだかのように彼女を欺いている。とはいえ、記憶が抜け落ちるのは癒されたからではない。あの瞬間とあの男たちのことをはるか遠くに感じるのは、グレースが大きく変わったからだ。ささやかな変化ではない。一日だけ、あるいは一週間だけ起こるような、つかのまの変化でもない。彼女はすっかり変わった。普通なら何ヵ月も何年もかけて現われるような、大きな変化だった。それほど大きな変化は隠そうとしても隠しきれるものではない。母親は打ち明けるなと言ったが、いずれジェイムズはその変化に気づくだろう。

あの靴がジェイムズの指先にぶら下がっている。彼はその靴を左右に動かし、さまざまな角度からまじまじと見つめる。何かを考えている。ガレージで恐ろしいことが起こったと言った警察のことばに思いをめぐらせているのだろうか？　それとも、縮れ毛の警官がひどい目にあった女性について話したことを思い出しているのだろうか？　やがて、ジェイムズはそれ以上何も言わずに片膝をつき、形を整えるための丸い針金のフックに、その靴を掛ける。

「しょうがないな」と彼は言う。「きみに新しい靴を買ってあげないと」
グレースはシーツのあいだにすべり込む。ジェイムズも隣りに身を横たえる。明日になったら、またウィリンガム通りへ行こう。グレースは思う。あそこで彼女たちに訊かれたら、何が起こったのか正直に話すかもしれない。グレースは思う。彼女たちはちらりとわたしを見て、たぶんため息をつき、それからそんなに悪いことでもないと言うだろう。彼女たちはきっともっとひどい経験をしているだろうから。グレースはジェイムズの胸に手を置いて、その胸が上下するのを感じながら、彼の肩のぴったり収まるくぼみに頭をのせて寄り添う。それから、オリン・スコフィールドのことを考える。裏の路地の椅子に坐って、黒人の男たちが通り過ぎるのを待っている――きっと待ち望んでさえいる――オリン・スコフィールドのことを。さらに考える。ミセス・ウィリアムソンが夕食の皿洗いを終え、ミスター・ウィリアムソンがラジオを聞きながら寝てしまった頃には、薄くなった髪を青いスカーフで覆ったミセス・ウィリアムソンが裏口を出て、路地を渡り、オリン・スコフィールドの家へ行き、彼にライフルを返したはずだということを。

双子が寝てから数時間経った。でも、まだビルは家に戻らない。エリザベスの捜索が始まってからというもの、夫たちはそろって帰りが遅いが、今夜のビルはほかの人たちよりずっと遅い。ほかの夫たちが帰宅したのは――車のドアが閉まり、コンクリートに靴音が響き、玄関のドアがばたんと閉まって、鍵がかかる音をジュリアが聞いたのは――ゆうに一時間はまえのことだ。それなのにビルはまだ帰ってくる気配がない。

　今日、教会で料理をして給仕をした主婦たちの心には、新たな不安が巣食っていた。彼女たちは一日じゅう、黒人の男がエリザベスの細い手首を大きな手でつかみ、車に引っぱり込んで、どこかに置き去りにして死なせた様子を想像しては、それについて囁き合っていた。逮捕の噂を聞き、もはや誰ひとり、エリザベスが迷子になったとは思えなくなっていた。そう思うふりをすることすらできなくなっていた。彼女の失踪は悲劇的な事故ではなかった。エリザベスの身に起こったことは、主婦たちの誰の身にも起こりうることだった。

　ひとすじの光が玄関の小さな窓をさっと横切る。ダイニングルームの窓が真っ暗になってから、少なくとも二時間は経っている——ジュリアの推測では。彼女は絶対に時計を見ない。時間など知らないほうがいいからだ。階上《うえ》の双子の寝室から物音がしなくなってから、しばらく経っている。車のエンジン音が私道から聞こえ、やがて静かになる。光が消える。鍵が錠に差し込まれる。玄関のドアが開く。

　メリーアンが死んだあとの一年で、ジュリアは毎晩ビルが帰宅するのを待つあいだにオーヴンに夕食を入れておくことを学んでいた。数ヵ月、彼は飲んでばかりで、みんながそのことを知っていた。彼の夕食は冷えてしまい、手をつけられないままになることがしょっちゅうだった。で、ジュリアは、たとえほんの数口でも、何か食べさせるに越したことはないと学んだのだ。

「すまない」そう言って、ビルはよろめきながら玄関をはいってくる。

まるでこの二年間など——最悪の時期を脱した二年間など——存在しなかったかのように。

「すまない、遅くなった」

ジュリアは椅子から立ち上がり、ビルが倒れ込むまえに慌てて体を支える。彼は両腕を彼女の肩にまわす。ジュリアは踏ん張って彼の重みを受け止め、胸を押して、彼をまっすぐ立たせようとする。すべてが彼女の心に甦る。まるでまったく時が過ぎていないかのように。

「さあ、食べて」と彼女は言う。ビルがバランスを取り戻すと、ジュリアは腕を彼の腰にまわす。「温かい夕食があるわよ。オーヴンから出したばかりの。あなたが好きなビスケットをつくったの。エリザベスのことで何か進展はあった？」

ジュリアが初めてビルに会ったときには、彼女のほうが彼よりも五センチ背が高かった。が、それもわずかなあいだのことだった。当時、ジュリアの家族はケンタッキーから引っ越してきたばかりで、ジュリアのことばには、ゆったりとした南部特有の強い訛りがあり、彼女は日々それをなくそうと努力していた。ジュリアはビルにひげが生えるまえから彼を知っていた。まだ彼の肩幅が狭く、華奢だった頃から。頬や額に赤いニキビができていた頃から。ふたりが恋に落ちたとき、彼はまだ少年だった。

「こんなに遅くなるべきじゃなかった」そう言って、ビルは椅子にどさりと坐り、テーブルの上の手近なグラスを取る。

「お水を足すわ」水はたくさん飲ませれば飲ませるほどいい。「何かニュースはあった？警察が誰かを捕まえたって聞いたけど」

おしゃべりするのもいい。それもメリーアンが死んだ直後の日々にジュリアが学んだことのひとつだった。彼女が話せば話すほど、彼は長く眼を開けていられる。そうすれば、ちゃんとした食事を食べるチャンスが増える。

「カンザス・シティはくそ遠い」ビルにはどうやらジュリアのことばは聞こえていない。水をすると、グラスをテーブルに置く。その拍子にテーブルクロスの上に水がこぼれる。

「くそ遠すぎる」

ジュリアは布巾でこぼれた水を拭き、グラスをビルに差し出す。「そんなこと心配しなくていいから、ほら、もう少し飲んで」

「くそ遠すぎる」ビルはそう繰り返すと、テーブルの上で腕を組み、そこに頭をのせる。

ジュリアは彼が眠らないように肩を揺さぶる。「ちゃんと坐って。お皿を持ってくるから」彼女はキッチンに夕食を取りにいこうと立ち上がる。「新鮮なトウモロコシを茹でたの。あなたの大好物でしょ。それに、あの子たちと一緒にバナナプディングもつくったのよ」そのときビルが何かを言い、ジュリアは足を止める。顔を埋めているので、なんと言ったのかわからない。

「え？　なんですって？」とジュリアは言う。

「あの子がどんなに泣いてたか覚えてるか？」

「あの子って？」

「赤ん坊だ。覚えてるか？」

「疝痛《せんつう》よ。先生は疝痛だって言ってたわ」

「ちくしょう、あの子は泣いてた。四六時中」

「赤ちゃんは泣くものよ」

　ジュリアはビルを見下ろす。テーブルに頭をつけていて、横顔しか見えない。暗いひげの影が彼の顎と鼻の下を覆っている。

　メリーアンの疝痛は生後二週間から始まった。最初はミルクを飲んだあとに、三十分かそこら泣くだけだった。そんなとき、ジュリアはメリーアンをブランケットでくるんで抱き、そっと揺らしながら、二階の廊下を行ったり来たりした。それでも効果がなく、一時間以上も泣きつづけるようなときには、ブランケットを剝がしてメリーアンをじかに腕に抱き、ロッキングチェアに坐るようにした。生後四週間になる頃には、赤ちゃんは毎晩二時間泣くようになった。激しく泣きすぎて咳き込んだり、息をつまらせたりすることもあった。「疝痛ですね」と医者は言った。「しっかりげっぷをさせるように。ひと月もすればよくなるでしょう」

　ジュリアは赤ちゃんにげっぷをさせたり、散歩に連れ出したり、揺らしてあやしたり、歌を歌ってあげたり、部屋にひとりで寝かせたり、車に乗せてドライヴしたりした。生後六週間になる頃には、メリーアンは眼を覚ましているときには、一分一秒途切れなく泣くようになった。身をこわばらせて泣く姿はまるで丸太かセメントの塊みたいだった。ちっとも赤ちゃんらしくないばかりか、生きものにさえ見えなかった。メリーアンは絶叫した。赤ちゃんの顔はてらてらと光り、その頬と首のいたるところに赤い斑点ができていた。ビルとジュリアはまったく眠れなかった。ビルは眼が腫れ上がり、髪は伸び放題、体重も落ちた。ジュリアは指の関節と腕が焼けるように熱を帯びた。眼の奥が常にずきずきと痛んだ。ヘアブラシで髪を梳かすと髪がごっそり抜けた。

「どうしてそんなことを言うの？」とジュリアは尋ねる。

ビルは答えない。

ジュリアは彼の肩を揺さぶる。「話して」

「くそっ、あの子は泣いてばかりいた。きみはあの泣き声が嫌にならなかったのか？」

「そんなこと言うのはやめて」

「おれはなった」彼は折り曲げた肘の中につぶやく。「嫌で嫌でたまらなかった」

ジュリアは階段のほうへあとずさりしはじめる。ビルから自分を引き離してくれる階段のほうへ。「そんな恐ろしいこと、言うもんじゃないわ」

「うんざりだったんだよ」とビルは言う。片腕に頭をのせ、もう一方の腕は脇にだらりと垂らしている。「心底うんざりだった」

階段の下まで来ると、ジュリアは立ち止まる。「それが次の赤ちゃんを欲しがらない理由なの？」

返事はない。眠っているのかもしれない。ジュリアはビルを見つめながら思う――わたしはこの人のことを何もわかっていなかったのだ。

「それしか、あの子のことを覚えてないの？」ジュリアはまた尋ねる。「ずっと泣いてたことしか？」

彼はもごもご何かつぶやく。

「赤ちゃんはもう欲しくないってことなのね？」

彼の眼が開くが、頭は動かない。ダイニングルームの奥の何もない壁をじっと見つめている。ジュリアは階段をのぼりはじめる。ゆっくりと一度に一段ずつ。

「ジュリア」

彼女は足を止める。

「ほんとにすまない」と彼は言う。

ジュリアは振り返り、テーブルに突っ伏しているビルを見下ろす。

「すまないって何が？　なんのことを言ってるの？」

「ほんとにすまない」彼は繰り返す。「ほんとうに」

手すりにしがみつきながら、ジュリアは階段を二段降りる。「あなた、何をしたの、ビル？」

彼の眼がまた閉じられる。返事はない。

彼女はさらに二段降りる。「ビル、なんなの？　話して」

ここ数日、みんなのあいだではジェリー・ローソンのトラブルの噂で持ちきりだった。多くの主婦たちが、ジェリー・ローソンが解雇されたのはウィリンガムで黒人の女を殺したせいではないかと口々に話していた。ジュリアは自分の夫を見つめながらふと思う、次はビルにまつわる噂が渦巻くことになるのだろうか。

「何をしたっていうの、ビル？」

ジュリアは答を待つ。家の中はしんとしている。双子は眠っている。近隣の家々も、夜の静けさに落ち着いている。どこか近くで、チューニングするラジオの雑音が聞こえ、野球の実況中継をするアナウンサーの声がしたところで止まる。ウッドワード通りを車が行き来する音がこんな遅い時間にも聞こえている。ビルの呼吸は浅く規則的なものに変わる。眠ってしまったようだ。ジュリアはゆっくりと階段をのぼる。

「心底うんざりだった……」ジュリアが二階までのぼりきったところで、彼の声が聞こえる。ビルの姿はもう見えない。

メリーアンがその短い生涯で泣かなかった夜は死んだ日の夜だけだった。

六日目

17

イジーはバスルームの鏡に反射する朝陽に眼を細める。百回数えるまで髪を梳かしてから、ブラシを脇に置く。泡立てた洗顔クロスで顔をこすったので、頬と顎が赤くなっている。肩に垂らした髪はなめらかだ。次に歯を磨き、それから白い綿のブラウス——化粧箪笥から出したとき、ほとんど皺がなかったもの——をスカートの中にたくし込み、髪が顔にかからないよう青いヘアバンドをはめる。アリーが毎朝バスルームにあんなに長い時間こもっているのもわかる、とイジーは思う。

廊下にいるアリーがバスルームのドアを叩く。これで三回目だ。イジーが急がないと、教会に出かける時間に間に合わなくなるのを心配しているのだろう。ふたりは、ジュリア叔母さんから出かけるまえに入浴するよう命じられていた。ゆうべも入浴したのだが、午前中ずっと、ビル叔父さんのガレージの塗装剝がしをしていたからだ。今朝、朝食の席でイジーがぶつくさと文句を——テレビは灰色の画面がガーガー鳴ってるだけだし、家の中は暑いし、レコードはどれももう覚えちゃったし、どうして誰もジェファーソン・ビーチに連れていってくれないの？——言ったとき、叔母さんは、アリーには八センチほどのパテ用こて、イジーには針金のブラシを渡して、そんなに退屈なら喜んで暇つぶしをさせてあげる、と応じたのだった。イジーは最後にもう一度ちらりと鏡を見ると、バスルームのドアを開き、頭を低くして廊下を駆け抜ける。イジーがアリーになりすましたことに、アリーが気づくまえに。

階下《した》へ降りると、玄関のドアが開いている。車のトランクがばたんと閉まる音がして、ジュリア叔母さんが小径からポーチに上がってくる。イジーの眼にはジュリア叔母さんの胸が昨日よりも大きく見える——そんなことはありえないとわかっていても。日々、ふくらんでいるようにさえ見えるジュリア叔母さんの体は、イジーに自分の体があんなふうになる日は絶対来るわけがないと確信させる。イジーは顎先を胸につけて、足の親指の先でリノリウムの床をつつく。ジュリア叔母さんのブラウスの隙間をじっと見ているところを見つかったときに、アリーがいつもやっているように。

「イジーに急ぐように言ってくれる？」と叔母さんが玄関を通ってキッチンに向かいながら言う。叔母さんのあとから甘い香水のにおいもはいってくる。「あの子が支度をしないと遅れちゃうわ」

イジーはひたすら床を見つめながら、笑みをこらえる。「ジュリア叔母さん」とイジーはアリーの声に似せて、ほんの少し高い声で言う。「イジーとあたし、今日はおうちにいてもいい？」

　ジュリア叔母さんは足を止めて腕を組む。ジュリアはイジーをアリーだと思っている。イジーが髪を百回梳かして、真っ赤になるまで顔をこすり、皺のないブラウスをスカートの中に入れているせいで。

「イジーのことはちゃんといい子にさせるって約束するから」とイジーは言う。「だって、あんまり教会へは行きたくないの。なんだか怖くて」

「どういうこと？」ジュリアはイジーのつやつやした髪をアリーのつやつやした髪だと思い込んで撫でる。

「あそこへ行くと、ずっとエリザベスのことばっかり考えちゃって」とイジーは言う。「怖くなるの」

「そうねえ」そう言って、ジュリア叔母さんは階上《うえ》を見上げる。バスルームの中ではアリーが髪を梳かし、顔をごしごしこすっているところだろう。「わたしがすごく心配しているのはあなたじゃなくて、イジーなのよ。あの子、最近言いつけを守らないから」

「あたしがちゃんと言うことを聞かせるから」とイジーは言う。「イジーがどこかに行っちゃわないように見張っておくって、約束する」

　ジュリア叔母さんの車のテールライトがオルダー通りとウッドワード通りの交差点の角を曲がって消えたあとも、階上《うえ》のバスルームではまだ水を流す音がしている。イジーはパリッとした白い綿のブラウスの裾を引っぱり出して腰のまわりにだらしなく垂らし、ヘアバンドをはずすと、裏口から飛び出し、庭を抜けて路地に出る。アリーも連れていきたかったが、アリーは突然、路地を怖がるようになったから、誘ったところでついてはこないだろう。イジーはターナー家のまえまで一気に走り、ミスター・ターナーが刈り込みをしないせいで草が伸び放題になっている茂みの奥にしゃがみ込む。ブロックの端まで来ると、ジュリア叔母さんの家の二階が見える。眼を凝らすと、ふたりの寝室の窓辺にアリーらしい人影が立っているのが見える。念のため、イジーはアリーに向かって大きく手を振ってみせる。何も問題ないと知らせるために。それからまた茂みの奥にしゃがみ込み、近づいてくる車がないか様子をうかがう。

長いあいだじっと待っていても何も見えず何も聞こえないので、イジーは茂みから顔を出す。交差点の向こう側、ミスター・シマンスキの家のすぐ外で、三人の男たちが顔を寄せ合いクリップボードをのぞき込んでいる。そのうちふたりは棒切れを持ち、三番目の男がクリップボードを持っている。数分話をしたあと、三人はフィルモアのほうへ歩きだし、裏手に消える。きっとポプラ並木に向かったのだろう。エリザベスをついに見つけられるかもしれないと期待しつつ、低木の茂みや並木林の奥にあるふやけた落ち葉の山を棒でつつくのだろう。その三人の姿が消えたことを確認すると、イジーはミスター・ターナーの家の伸び放題の茂みから飛び出し、最後にもう一度、アリーが見ている場合に備え、彼女に向かって手を振ると、〈ビアーズドーフ〉食料品店に向かって駆けだす。

グレースがベーカリーのドアを押し開けると、頭上の小さなベルが鳴る。昨日と同じように、小さな店の中の空気はこもっていて暖かい。ガラスのケースやスチールラックはまだ空っぽのままだ。今日はウィリンガム通りでは給料日で、いつもなら週で一番にぎわう日なのに、ほかの店はすべて閉まっている。奥の部屋から、柔らかな声が洩れ聞こえる。キャシア――黒い乳母車の若い母親――の声だ。甘く軽やかな声で、もっと小麦粉をちょうだいと言っている。そしてシルヴィー――グレースが昨日会った中で一番大柄な女性――が、それ以上は要らないよ、生地が駄目になっちまう、とキャシアに答えているのが聞こえる。グレースはミセス・ノヴァックの店のカウンターにハンドバッグを置き、ひとつずつ指先を引っぱって手袋をはずす。

二台のパトカーが店のまえを通過し、ウィリンガム通りとチェンバリン通りの交差点で停止して左折する。おそらく川へ向かったのだろう。エリザベスの捜索のために。グレースは深く息を吸う。ここウィリンガムでは、楽に呼吸ができる。ここウィリンガムではすべてが楽になる。お腹の赤ん坊が下がって重くなることもなく、腰骨の痛みもない。これは夜の深い眠りが人にもたらす効果だ。それはすなわち、膝の上にライフルを置いて路地で見張りをするオリン・スコフィールドがグレースにもたらしてくれた効果だ。

「時間どおりだ」と黒いカーテンの向こうから現われたミセス・ノヴァックが言う。灰色のスカートが床を掃き、その裾から小さな黒いローファーがのぞいている。靴から柔らかそうな幅広の足がはみ出ている。彼女はカウンターの下から、大きな銀のトレイを四つ出す。

「急いで。あの子たち、生地を伸ばしてる。今日は人の手がたくさんあるからすぐにつくりおわるわ。あなた、つくり方を覚えたいんでしょ?」

ミセス・ノヴァックの背後、レジのそばの壁ぎわに昨日グレースが見た乳母車が置かれていて、昨日と同じ黄色いぼろのキルトが掛けられている。

「冷凍庫で保存しておいても平気よね?」とグレースはまるで乳母車で赤ん坊が眠っているかのように小声で言う。「手づくりバザーは延期になったの」店の外で車のエンジン音がまた聞こえ、グレースは振り返る。店のすぐそばをキャリアカーが波止場に向かって走っていく。重い荷がグレースの足元の床を揺らす。ほどなくあのキャリアカーは――あるいはそれとよく似た車は――荷台を空《から》にして戻ってきて、北へ向かうだろう。たるんだチェーンや風雨にさらされたベルトをかたかた鳴らしながら、この道を通り過ぎることだろう。

「いくらでも好きなだけ冷凍庫に入れておける」そう言うと、ミセス・ノヴァックも店の正面の窓の外に眼を向ける。

一時停止の標識で停まっているのはジュリアの車だ。ジュリアがハンドルを握っている。もつれた赤毛は見まちがえようもない。彼女は前方の倉庫をまっすぐ見つめている。まるで心ここにあらずといった体《てい》で。

ウィリンガム行きの午後のバスに乗るまえに、グレースはジュリアの家に立ち寄り、一緒にコーヒーを飲んだ。グレースはすでにジュリアを避けていることにうしろめたさを感じていた。なにしろ電話が鳴ってもジュリアからと知りつつ無視し、何度か裏口をノックする音が聞こえても居留守を使っていたのだから。そのためちょっと立ち寄って、その埋め合わせをしようと思ったのだ。

ジュリアの家の玄関ポーチにも完熟バナナの甘いにおいが漂っていた。ジュリアの手づくりのバナナブレッドのにおいだ。

「今日はピエロギをつくる予定なの」グレースはジュリアの家のキッチンのテーブルにつき、角砂糖を入れたコーヒーを混ぜながら言った。「ミセス・ノヴァックに助けてもらうのよ」

ジュリアはコンロのまえに立ち、カップ一杯の牛乳をソースパンに注ぐと、そこに棒状バターの半分とカップ山盛り一杯のブラウンシュガーを加えた。バターが溶けたら、粉砂糖を加えてなめらかになるまで掻き混ぜ、そして最後にアイシングをバナナブレッドの上にかけるのだ。ジュリアはグレースをちらりと見ると、コンロの火を強め、泡立て器で混ぜた。まぶたが腫れぼったく、眼が赤い。さっきまで泣いていたというよりは、昨夜、おそらくひと晩じゅう泣いていたかと思えるほど。彼女の赤毛も――そもそも完璧に押さえられたことが一度もないとはいえ――ぼさぼさのまま肩に垂らされていた。ジュリアは、まさにメリーアンが死んだ直後の数ヵ月と同じ顔をしていた。

「それって、ジェイムズはどう思うかしら？　絶対いい顔はしないと思う。あんなにあなたを家から出さないようにしてるんだから」

キッチンの開いた窓の向こうから、金属を板にこすりつける音が聞こえてきた。裏庭では双子がガレージの塗装を剝がしていた。その音がほんの一瞬でも途切れると、ジュリアは窓から身を乗り出して大声で言った。「まだこするところはあるでしょ！」

「ジェイムズに言うつもりはないわ。あなたも言わないでくれる？」グレースはコーヒーを飲み、ジュリアに差し出された煙草を見て、首を振った。

ジュリアは牛乳を冷蔵庫に戻すまえに、自分のグラスに注ぎ、グレースにも勧めた。今日は水曜日。ジュリアのダイエットの日だ。彼女は月、水、金曜日に一日四回ずつ〈スウェーデン式ミルクダイエット〉を一匙、グラス一杯の牛乳に溶かして飲んでいる。

「もう少し形のあるものを何か食べたほうがいいんじゃない？」とグレースはそれを見て言った。

コンロの上で小さなタイマーが鳴った。ジュリアは牛乳を飲んで、そのざらついた咽喉越し――しょっちゅう文句が飛び出す咽喉越し――に頭を振ると、オーヴンから二本のバナナブレッドを取り出し、両手を振ってミトンをはずし、背中をそらし、腰を一方に突き出して言った。「女はスタイルを保たないとね」そう言って腰を振り、グレースに向かって大きな胸を揺らし、笑ってみせようとした。グレースはいつもなら顔を赤らめて、ジュリアをぴしゃりと叩き、やめてちょうだい、などと言うところだが、その日の朝はグレースがそうするまえに、ジュリアは腰をもとの位置に戻すと、肩を落として言った。

「どこへ行ってたの、グレース？」そう言って口元を手の甲で拭いた。「ずっとバスに乗ってなかったでしょ。電話もしたし、家にも行ってみたのに」

「あんまり具合がよくなくって」それは嘘ではなかった。「どうかしたの？　何かあったの？」グレースは立ち上がり、ジュリアの腕に触れようとしたが、ジュリアはすっと身を遠ざけた。

「何もないわ」そう言ってせっせと汚れた皿を洗いはじめた。

「今日は家にいたほうがいいわよ」とグレースは言った。「教会へ行くのはお休みして、あの子たちと一緒に過ごしたら？」

ジュリアは手を振り、グレースの提案を却下すると、皺になったカーテンを開けて、窓の向こうにいる双子を見つめた。剝がれかかった塗装を金属で削り取る音が裏庭に響き渡っていた。「また昔みたいに」と、そのとき彼女は言った。「万事うまくいくようになるのかしら」

ミセス・ノヴァックは四つの銀のトレイを持ったまま、店と奥の部屋を仕切る黒いカーテンを肩で押し開け、グレースのために押さえる。

「ほんとに迷惑じゃない？」とグレースは尋ねる。

外の通りではジュリアの車がようやく交差点に進入し、右折して消える。ジュリアと一緒にいてあげるべきだった――グレースは思う。ほんとうは何に悩んでいるのか、もう一度尋ねるべきだった。でも、バスの時間が迫っていた。それにグレースはどうしてもオルダー通りから離れたかった。どれほど多くのものが失われたかを思い出させるすべてのものから。ジュリアの悩みはオルダー通りの誰もが抱く悩みとおそらく同じものだろう。六日が経ち、いまだに行方不明のエリザベス。きっとジュリアは彼女の想像が生み出す光景と闘っているのだろう。エリザベスがひとりぼっちで怯えているか、あるいは死にかけているか、死んでいる――そんな光景を思い浮かべて、その光景から逃れようとしているのだろう。グレースも同じ光景と闘っている。とはいえ、その光景はグレースの想像から生まれたわけではない。あの男たち――あの男――に襲われた夜の記憶から生まれたものだ。

「見てのとおり、客はいない」とミセス・ノヴァックは言う。「来て。ピエロギをつくる時間はたっぷりあるから」

「赤ちゃんはここへ置いていくの?」とグレースは尋ねる。「誰か見てなくていいの?」

ミセス・ノヴァックはカーテンのところから離れ、トレイをカウンターに置く。鼻の先にちょこんとのった丸い眼鏡の奥から、眼をすがめるようにしてグレースを見つめる。「赤ん坊はいない。あなたも知ってるんでしょ?」

グレースはうなずく。「以前はいたの?」

「赤ん坊に生きててほしかったって、そう思ってる母親がいるだけ。子どもが子どもを産む。悲しすぎることだけど、それが現実ね」

グレースはざらついたタイルの上で、ゆっくりと音をたてないように足を動かす。乳母車のそばまで来ると、キルトの角をつまんで引く。キルトが剝がされ、空っぽのバスケット型のベッドが現われる。グレースは思う――ここの女たちはキャシアの身に起こったことを知っているから、あのとき彼女にやさしく語りかけ、肩や背中にそっと触れていたのだ。

「エリザベスも同じじゃね。ちがう?」とミセス・ノヴァックは言う。「こんな悲しいことばっかり起こる。これからさきどうなるのか」

グレースはキルトをさっと振って、乳母車の上に掛ける。

「来て」そう言って、ミセス・ノヴァックはトレイを持つ。「やることがたくさんあるんだから。忙しいのはいいことよ。すごくいいことよ」

新たに二台のパトカーがウィリンガム通りを通り過ぎる。今度は赤い回転灯をつけ、サイレンを鳴らしている。さっきの二台のパトカーのように交差点で停止することはせず、停止信号を無視して進み、川へ向かう。

ミセス・ノヴァックは黒いカーテンを閉め、トレイをカウンターに戻すと、白黒のタイルの上を歩き、店の正面の窓のそばまで行く。さらにもう一台のパトカーが通り過ぎる。

「今日はピエロギをつくるための日じゃないかもしれない」彼女は頭を振り、舌打ちをする。

「悪い知らせが来るかもしれない。あなたは家に帰ったほうがいいんじゃないかな」


アリーには駄目だと言うべきだった――ジュリアは今さら思う。アリーもイジーも一緒に教会に来なさいと言い張るべきだった。もし頭の中が自分のことでいっぱいでなければ、きっとそう言っていただろう。それでも、きちんと髪を梳かして顔を洗ったばかりのアリーに留守番をさせてほしいと言われ、ジュリアはひとりで家を出たほうが楽だとつい思ってしまったのだ。教会へ行く途中、なぜ工場のそばを通るのか、そこで何を見たいと思っているのか――双子にそんなことを訊かれてもうまく説明できなかっただろうから。

ウィリンガム通りの商店はベーカリー以外、今日はどこも閉まっていて、窓が暗い。ジュリアは眼のまえの工場の駐車場を見つめる。車が停まっているのは敷地の半分だけで、駐車しているのはすべてジュリアの知らない人々の車だろう。エリザベスに会ったことのない人たち――ウッドワードの東側か、エイト・マイルの北側に住む人たちの車だ。捜索に出ている男たちの抜けた穴を埋めるために、シフトを二回こなしている人たちの車。ウィリンガム通りがチェンバリン通りにつきあたったところで、ジュリアはブレーキを踏み、エンジンをアイドリングさせる。工場の隣りの倉庫に立っている女はいない。女たちは給料日にやってきて、男たちを誘惑し、窓の中で自分の体を見せびらかす――主婦たちはそう噂していた。しかし、実際には倉庫のドアには板が打ちつけられ、窓の中は何もなく真っ暗だ。二、三の窓はガラスが割れ、誰も侵入できないよう、あらゆる角度からベニヤ板が打ちつけられている。

ここにビルの車があるかもしれない、と本気で思っていたわけではない。ビルの車はたぶん教会にあるだろうし、そうでなければ、グレースの夫が地図で区切った地域のどこかを走っていることだろう。ダイニングテーブルの椅子に坐り、腕に頭を埋めたビルに、ほんとうにすまないと言われ、ジュリアはなぜかウィリンガムで死んだ女のことを思い浮かべたわけだが、そんな連想などすべきではなかった。でも、ほかに何を思い浮かべればよかったのか？　男をあそこまで苦悩させる理由が何かほかにあるだろうか？　あれは罪の意識か自責の念の為せる業としか思えない。ジュリアは右折のウィンカーを出し、ウィリンガム通りからチェンバリン通りにはいる。やがてジュリアの心はエリザベス・シマンスキの行く末へとさまよいはじめる。

教会の集会所では、ジュリアは車を降りたとたんに鼻をかすめた美味しそうなにおいを誉めちぎってまわる。長テーブル――洗濯してアイロンをあてたばかりの白いテーブルクロスが掛けられている――の端まで行くと、ほとんど何もせずにみんなに支度を任せてしまってごめんなさい、としきりに謝りながら、バナナブレッドのラップをはずす。ビルがもうランチに来たかどうか、主婦の誰かに尋ねようかと思ったものの、まだ手をつけられていないキャセロールの皿や、正方形のカードテーブルに整然と並んだコーヒーカップの列を見て、まだ誰ひとり来ていないことがわかる。ただ、ほんとうのところ、尋ねなかったのは、自分の声に疑念や恐れや動揺を感じ取られたくなかったからでもある。

今日は葬儀のことが話題になっている。集会所で交わされる会話の断片から、ジュリアはそのことを知る。フィルモアの黒人が逮捕されたことで、主婦たちは、エリザベスがまもなく見つかるのではないかと推測している。ジュリアはもはや、自分はエリザベスが自宅の門を通るのをほんとうに見たのかどうか、確信が持てなくなっている。実際に起きたから記憶しているのはどういうことで、そうあってほしいと強く願うあまり記憶した気になっているのはどういうことなのか？　警察は彼女に質問をしたとき――都合三回尋ねられた――ただ時系列で事実を把握したいだけだと説明した。誰の責任なのか見定めようとしているわけではない、と。人生とはそういうものです――とその警官は言った。ときには眼をそむけたくなるような厄介事が起こるものです。力を抜いて。眼を閉じてもいいですよ。さあ、ほんとうに起こったことはなんですか？

ジュリアはバナナブレッドのラップをはずし、一本目を切り分け、柔らかくするためにバターをテーブルに出したあと、ふたつのピッチャーに水を入れ、パーコレーターの水を新しくする。コーヒーカップを積み重ね、クリーム入れにクリームを満たしながら、部屋を歩きまわるジュリアの動きを主婦たちの眼が追う。彼女たちはジュリアが笑いかけると視線をそらし、ジュリアが背を向けたと思った瞬間、視線を戻す。何かを知っているけれど、わたしには伝えたくないのだろう——ジュリアは思う。それとも、今回の件でわたしを非難しているのか、わたしの今後を心配しているのか。あるいは、表情や眼つきや歩き方から、ゆっくりと恐怖に沈んでいくわたしに感づいているのだろうか。自分の夫がやったかもしれないことへの恐怖の沼の中に。

18

寝室の窓から見ているかもしれないアリーのために、最後にもう一度だけ手を振ると、イジーは路地を走り抜け、オルダー通りに出る。そこで二番目の捜索グループを見かけて、また茂みのうしろにしゃがむ。一ブロック先では三番目のグループを見つけ、まだ枝を切り落としていないニレの木の奥に隠れる。昔はオルダー通りの両側にニレ並木があったという。葉が生い茂る夏には並木が枝のアーチをつくり、冬には葉を落とした枝が下に並ぶ家々をつかむ鉤爪《かぎづめ》のように見えたそうだ。今ではニレの木はほとんど残っていない。オルダー通りだけでなく、ほかの通りからも消えてしまった。

イジーは三番目の捜索グループから身を隠し、三人の男が玄関まで行き、ドアを軽く叩いてその家の主婦が出てくるのを一歩さがって待つ様子を見つめる。そして、そこでふと三人の男を誰ひとり知らないことに気づく。あたしが知らないってことは、向こうだってあたしが誰だかわからないはずだ。たとえ姿を見られて、もう誰も安全と考えていない地域を走っていることを不審に思われたとしても、あたしがどこの子か知らなければ、ジュリア叔母さんに告げ口のしようがない。イジーは残りの道のりを誰かに見られるかどうかなど気にすることなく駆け抜ける――〈ビアーズドーフ〉食料品店の先の角に、ミスター・ハーツの巨大な青いセダンを見かけるまで。その車の後部にはテールフィンがついていて、クローム加工したボンネットが陽光を受けて、きらきらと輝いている。まちがいなくミスター・ハーツの車だ。

〈ビアーズドーフ〉の重いドアを開けると、扇風機の風がイジーの顔を直撃する。小さな店内はミルクと漂白剤の饐えたにおいがする。正面のカウンターの奥に、ミスター・ビアーズドーフが立っている。片手をレジの上に、もう一方の手を大きなお腹の上に置いている。双子がジュリア叔母さんと一緒にこの店で買いものをしていたときには――この界隈が腐ったバナナのようになるまえには――ミスター・ビアーズドーフのエプロンは白くパリッとしていて、お腹はもっとふくらんでいた。今、彼のエプロンは灰色になり、お腹はしぼんでしまっている。ミセス・ビアーズドーフが亡くなり、料理や洗濯をしてくれる人がもういないからだ。彼はイジーのほうにちらりと眼を向けたものの、奥の壁ぎわのショーケースのまえに立つ大柄な黒人の女に、すばやく視線を戻す。丸々としたその女はピンクと白の更紗《サラサ》のドレスを着て、太いウェストにベルトを締めている。片手で小さな女の子の手首をつかみ、もう一方の手で店のトマトをひとつひとつ吟味している。イジーは店内のほかの場所をさっと見まわす。ミスター・ハーツの姿はない。きっとこの界隈で捜索しているにちがいない。たぶんクリップボードを持つ役をしているのだろう。

「商品に疵をつけるんじゃないぞ」とミスター・ビアーズドーフが呼ばわる。

その女は、お祖母ちゃんの口癖を借りれば、まるでミスター・ビアーズドーフのヤギを盗もうとする（相手を怒らせる、の意）みたいにたっぷりと時間をかけて、ひとつひとつのトマトに触っている。店主のことなど気にもとめず、じかに手に取って選んでいる。ミスター・ビアーズドーフが彼女を睨むのに忙しくしているあいだに、イジーは店の奥へ向かう。イジーのスニーカーが黒と灰色の市松模様の床を楽々とすべるように進む。イジーは背すじを伸ばし、両腕を自然に脇に垂らして歩く。普通の歩幅で歩き、監視している人物のほうをちらちらと見ないのがコツだ。イジーの背後で――細長い窓があり、そこだけ光が射し込んでいる――店のドアが開く。熱風が店内に勢いよく流れ込み、イジーの赤毛が顔にかかる。その熱風がミスター・ビアーズドーフにぴんと背すじを伸ばさせ、お腹を突き出させる。彼が二倍の大きさになった原因を知りたくて、イジーは振り返る。

黒人の男が三人、店にはいってくる。ひとりは立ち止まってドア枠にもたれ、ほかのふたりはそのまま進む。店内を歩く男のひとりはものすごく背が高くて横幅もあり、顎ひげを生やしている。男たちがミスター・ビアーズドーフには眼もくれずに彼のまえを通り過ぎると、イジーはまた店内を歩きだす。背すじを伸ばし、腕をだらりと垂らし、視線をちらちら動かしたりせずに。

一番通路の隅の頭上に、赤と緑の三角旗が飾られている。男たちが連れてきた風のせいで、旗の尖った先端がゆらゆら揺れている。カウボーイハットをかぶった少年を象った大きなボール紙のパネルが、豆やコーンの缶詰のはいった箱を示している。少年の頬と鼻の先は太陽を浴びすぎたように赤らみ、ボール紙の首には青いスカーフが巻かれている。このボール紙の少年は、イジーとアリーがジュリア叔母さんに連れられてよくこの店を訪れていたときにも、その箱の上に立っていた。当時ふたりは今よりも幼く、そんなふたりにミセス・ビアーズドーフは言ったものだ――その男の子もあなたたちに会えて喜んでるわ、ふたりが戻ってくるのを一年じゅうずっと待ってたのよ、と。イジーは、その男の子がじっと自分を見ていて、これから何をしようとしているのかすっかり見通されているような気がして怖くなり、ボール紙のパネルのまえは走って通り過ぎる。

イジーはツナ缶がないかと、叔母さんの家の戸棚を探した。ある日の午後には、ツナってすごく美味しいんだけど、と言いさえした。そのとき叔母さんは、教会の人たち用に最後のひとつを使っちゃったから、買いものリストに入れとくわね、と言った。なのに、そのあとウィリンガムに二回買いものに行きながら、まだひとつも買ってきていない。イジーがツナ缶を手に入れるにはこれしか方法がなかったのだ。

ツナ缶の置き場所は、前回アリーと一緒に〈ビアーズドーフ〉に来たとき――シャツの下に炭酸飲料をすべり込ませて盗む直前に――見つけていた。もしふたりが猫を見つけようと思ったら、ツナは完璧な餌になる。アリーを元気づけるためにイジーに思いつく方法は、猫のパッチズを見つけることくらいだった。ここ何ヵ月も、アリーはロシア人が宇宙に打ち上げた犬のことを心配し、気を揉んでいた。黒い空を見上げては、犬を乗せた宇宙船が見えますようにと願っていた。もし宇宙船が見えたら、その犬もきっと無事だと思えるだろう。アリーがその犬を探すのをやめた頃、ふたりの飼い猫が消えた。その後、アリーは路地を怖がるようになった。すべてがこんな調子で続くんじゃないか。イジーにはそんなふうに思える。アリーの悩みがひとつ消えたと思ったら、また別の悩みがやってくるのではないか。

イジーは頭を下げたまま、トマトを選んでいる母親と小さな女の子の背後を通り過ぎると、通路のつきあたりまで行ってしゃがみ、一番低い棚と向かい合う。左右を見てミスター・ビアーズドーフが来ないか確認してから、ツナ缶をこっそり手に取るとゴムのウェストバンドにはさみ込む。イジーの背後で小さな女の子が悲鳴を上げる。

「うるさい！」と少女の母親が別のトマトを左右にまわして吟味しながら言う。「いい子にしてな」

イジーは女の子に向かって、アリーが怒ったときにするように顔をしかめてみせる。その子は母親の太い脚にさっと腕を巻きつけ、太腿のうしろに顔を隠す。女の子がもう見ていないとわかると、イジーはウェストバンドからツナ缶が落ちないように、ゆっくりと立ち上がる。大股で五、六歩も歩けば、通路の端までたどり着き、店の正面まで戻れる。イジーが完全に立ち上がったとき――缶はしっかりとゴムにはさまっている――黒人の女の子が母親の太腿のうしろから顔をのぞかせる。イジーは指を唇にあてる。小さな女の子は母親の脚から手を離し、通路の真ん中にぴょんと跳び出ると、さっきのイジーの真似をして、顔をしかめてみせる。二本のおさげ髪がふわふわした黒い柄みたいに少女の頭から突き出ている。少女はぴょんぴょん跳びはねて、母親のブラウスを引っぱる。母親はまずイジーを見て、それから娘を見下ろし、トマトを脇に置き、娘を抱き上げようと手を伸ばす。が、少女はぴょんと跳ねてその手から逃れ、両腕をばたばた動かして、イジーを指差す。

「どろぼう、どろぼう」と少女は繰り返す。「どろぼう、どろぼう」

少女の母親は暴れる小さな腕を払いのけ、なんとか娘の肩に腕をまわす。女の子がもがいたはずみに、トマトがいくつかショーケースから転がり落ちる。イジーは通路の奥のボール紙の少年のほうへダッシュする。女の子はわめきながら母親の腕からすり抜ける。母親は娘に飛びかかり、娘の細い手首をかろうじてつかむ。そのとき転がり落ちたトマトを踏みつける。母親は足をすべらせ、娘をつかんだ手を離す。女の子は通路に躍り出て、イジーの行く手をふさぐ。

イジーは、自転車に飛び乗ってハンドルをつかもうとするみたいに両手を大きくまえに投げ出し、女の子の脇をするりと抜け、そのまま市松模様の床に顔から突っ伏す。ツナ缶がウエストバンドからはずれ、イジーのショートパンツの下から転がり落ち、床で跳ね、女の子の頭を直撃する。ツナ缶はそのまま黒と灰色のタイルの上を跳ね、イジーの伸ばした手の数十センチ先で止まる。

「おい、こら！」ミスター・ビアーズドーフが怒鳴る。

通路の端にミスター・ビアーズドーフが現われ、今はもう揺れていない三角旗の下で立ち止まる。左側にはボール紙のパネルが立っている。しかし、床に突っ伏しているイジーからは茶色いボール紙の裏側とパネルを支える木の板しか見えない。

「何をやってるんだ?」とミスター・ビアーズドーフが言う。「おい、おまえ」イジーに指を向ける。「名前は? どこの子だ?」

　イジーは慌てて体を起こし、膝をつく。うしろで女の子が泣いていて、母親が抱き上げようとしている。

「あんたはその代金を払ってくれよ」ミスター・ビアーズドーフは泣いている娘をなだめている母親に指を突きつけ、大声で言う。

　イジーは両手両足をつき、缶をさっとつかんで勢いよく立ち上がると、ミスター・ビアーズドーフとボール紙のカウボーイのあいだを走り抜け、入口に向かう。

「おい、待て!」ミスター・ビアーズドーフが泣き叫んでいる少女越しに怒鳴る。「缶詰を返せ!」

　店の入口で、友人ふたりを待っている黒人の男がドアを押し開けると、片手でさっと外を示して、イジーに出るよう促す。「助けてやったのはこれで二度目だな?」イジーが走って通り過ぎようとしたとき、男がイジーを見下ろし、笑みを浮かべて言う。温かみのある茶色い肌に真っ白に輝く歯。ビル叔父さんのような、柔らかでまったりとした眼をして、逞しい背中の背すじをぴんと伸ばして立っている。イジーは、男がなんの話をしているのかわからないまま、笑みを返す。ツナ缶を片手でつかんで店を飛び出し、車が停まっていない駐車場を駆け抜ける。ミスター・ビアーズドーフは、あの黒人たちが心配で追ってこられない。それがわかっているので、イジーは通りに出ると歩をゆるめる。ツナ缶を宙に放り投げてキャッチする。投げてはまたキャッチする。

「叔母さんはきみが外をほっつきまわってることを知らないんじゃないか？　それにきみがそのツナ缶を買ったとも思えないんだが」

イジーはツナ缶を両手で覆い、慌てて隠そうとする。三人の男がイジーに近づいてくる。三人のうちふたりは茂みをつつくための長い棒を持っている。帽子をかぶり、白い綿の作業シャツの袖をまくって、折り目のない色あせたブルーのズボンを穿き、黒いブーツを履いている。彼らのあいだに三番目の男が立っている。イジーの知っている人。イジーの予想どおり、三番目の男、ミスター・ハーツはクリップボードを持っている。


今日、主婦たちがセッティングしたテーブルの数は数日前よりも減っていた。捜索に加わる男たちの数が日に日に減っているからだ。シフトを二回こなす人々の厚意に甘えるのもそろそろ限界だと言っている人たちもいる――今日は給料日で、新しい給与期間が始まる。そろそろ仕事に戻るべきときだ。また、逮捕者が出たのだから、もう捜索を続ける必要はないのでは？　と言う人たちもいる――その黒人はすぐに白状するさ。しばらく警察に任せよう。そのうちそいつが自供するよ。

マリーナがようやく眼を覚ましたのは、午《ひる》も近くなった頃だった。夫はすでに出かけていた。彼のコロンの残り香も消えていて、廊下の空気はひんやりと乾いていた。彼が外出するまえに浴びたシャワーの熱い湯気も残っていなかった。薬の効果はあった。夫はマリーナを起こそうとはしなかった。同時に、薬はマリーナの思考を濁らせ、遅くまで眠らせもした。ベッドから出たマリーナは、クロゼットで最初に見つけた、皺になりにくいドレスを身につけ、シンクの下から黄色いゴム手袋を出してから、外へ向かった。裏口から出ると、ゴム手袋についたコーンスターチを振り落とした。通りの向かい側、数軒先にあるベティ・ローソンの家のまえに、引っ越し用のトラックが駐車していた。確かに、引っ越し用のトラックだった。黒人の男がふたりで青いツイードのソファを運び出すあいだ、ジェリー・ローソンが玄関のドアを開けていた。もうすぐわたしの悩みのひとつが消えてなくなる、とマリーナは思った。ウォーレンがローソン家のキッチンテーブルについて坐り、警官からお宅の奥さんは嘘つきですよ、と聞かされる日はもう絶対に来ない。だってローソン家はオルダー通りから出ていくんだから。

教会の集会所の階段を降りたところで、マリーナは今日のランチ担当のサラ・ウォッシュバーンに挨拶をする。サラはクリップボードを手に、マリーナの名前の脇にチェックマークを書き、〝ピーマンの肉詰め〟とマリーナが持参した料理名をメモする。それから、マリーナの指示どおりに応対できたことに満足そうに笑みを浮かべる。茶色の髪を肩の上あたりできつめに巻き、今日のように気温の高い日には不向きの厚手の格子縞のドレスを着ている。マリーナはサラにウィンクをし、ぽんと肩を叩く。サラのことが好きだからではなく、ローソン家のまえに引っ越し用トラックが停まっているのを見て、気分がよくなっていたからだ。眼もくらむような気持ちだ、とさえ言えるかもしれない。マリーナはほかの手づくり料理の横に、持参したキャセロール皿を置くと、テーブルの表面を指で撫でるようにして、ほかの主婦たちの料理をチェックする。広げてテーブルクロスを掛けたカードテーブルの上には食器のセットが用意され、部屋の奥の小さなテーブルの上では、コーヒーがぼこぼこと泡を立てている。そのうしろに立っているのは、ジュリア・ワグナーだ。

「まあ、ここに来てたのね」とマリーナは言う。「てっきり双子と家にいるんだと思ってた」

ジュリアは両手でつかんだ皺くちゃの紙から眼を上げる。細かい文字が印刷され、端がすり切れて薄くなっているところを見ると、おそらく新聞の切り抜きだろう。ジュリアは笑みを浮かべたものの、何も言わない。

「バナナブレッドを持ってきてたでしょ」マリーナはそう言って、パーコレーターのひとつからコーヒーをカップに注ぐ。「うちの夫も大好きなのよ。今年の手づくりバザーにも出品したらどう？」

ジュリアの——今日はまだブラッシングされていない——髪にはクリーム色のスカーフが巻かれており、ブラウスはいつものことだが、胸のあたりがぴったりしすぎている。生地が引っぱられてボタンとボタンのあいだに隙間ができ、ジュリアはその隙間を安全ピンでとめてふさごうとしていた。

「なんですって？」とジュリアは紙を折りたたんで、テーブルの上に置く。今どこにいるのか急にわからなくなったかのように、部屋の中を見まわす。

「手づくりバザーのことよ」とマリーナは言う。「あなたのバナナブレッドならまちがいなく大人気なのに、どうして思いつかなかったのかしら」

「そっちじゃなくて」ジュリアは言う。「あの子たちのこと。なんて言ったの?」

「なんでもないわ」とマリーナは言う。「ただ、今日家を出ようとしたとき双子を外で見かけたから。正確に言うと、見たのは双子のひとりだったけれど。てっきりあなたが家にいるんだと思ったのよ。ここで会うとは思ってなかった」

「あの子たちを外で見かけた?」

マリーナはうなずき、ジュリアのブラウスにとめられた安全ピンには眼をやらないようにする。ジュリアが息を吸うたびに、その銀のピンが頭上のライトを受けてきらきらと光る。

「見かけたのはひとりだけ」とマリーナは言う。「通りを歩いてたの。なんの騒ぎも起こしてなかったわよ。まあ、わたしはうちの花壇を時々踏みつけていくのは、あのふたりじゃないかと疑ってるけど」

「コーヒー当番を代わってもらえる?」とジュリアはテーブルの向こう側から出てきて尋ねる。「急いで家に帰らなくちゃ」

集会所の階段の下に夫たちのひとりが姿を見せる。帽子を片手に持ち、ふちに指を這わせながら、首を伸ばして部屋の中を見渡す。「ドリス!」彼は近寄ってくる主婦たちを追い払って呼ばわる。「うちのドリスはどこだ?」

「いいわ」とマリーナは言い、集会所で起こりかけている騒ぎをじっと見つめながら、ジュリアの代わりにテーブルの向こう側につく。余分な仕事を押しつけられても、マリーナの気分が落ち込むことはない。ジュリアという隣人が変わり者なのは、今に始まったことではない。ジュリアの赤ん坊が死んでからというもの――そんな大きな悲しみを乗り越えられる人がいるだろうか？――マリーナは彼女と話をするのが苦手になっていた。「これ、忘れてるわよ」マリーナは端がすり切れたぼろぼろの新聞の切り抜きを取り上げ、テーブル越しにジュリアに手渡す。

ジュリアは切り抜きを二本の指ではさんで受け取ると、記事を開く。

「このこと、考えたことある？」そう言って、ジュリアは記事を掲げ、マリーナによく見えるように押し出す。

「考えたことって？」

主婦たちがどんどん階段のまわりに集まっている。「ここにいるわ！」ドリス・テイラーがひときわ大きな声を張り上げる。「なんなの？　わたしはここにちゃんといるわよ」

「こういう施設のこと」とジュリアは主婦たちにはまったく注意を払わずに言う。「〈ウィローズ〉。聞いたことある？」

マリーナは腕を組んでテーブルの向こう側から出ると、ジュリアが広げて持っているものを見ようと身を乗り出す。「なんなの、これ？　わたしにはなんのことだかさっぱりわからない。双子がいるじゃないの、ジュリア。あの子たちの面倒をみなくちゃならないのはあなたなのよ」

「あなたとウォーレンには子どもがいない。だから考えたことはあるはずよ。養子を。養子を取ることを考えたことはないの？」

「あなたには関係のないことよ、ジュリア・ワグナー」

「おれたちを通してくれ」とドリスの夫が言う。「どいてくれ、あんたたちみんな。通してくれ」

地下室じゅうで、主婦たちがバッグやラップをまとめ、慌しく動きはじめる。キャセロールを持って帰らなくちゃ、と騒いでアルミホイルをかけている者もいれば、皿やソーサーやナイフやフォークを掻き集めて、奥の食器棚にしまっている者もいる。また、テーブルからリネンを剝がして洗濯袋に詰めている者もいる。

「よくもまあ、そんな不躾な個人的な質問ができるわね？」とマリーナは言う。「あなたはあの子たちの心配をすべきなんじゃないの？　そんな馬鹿なことを考えるのはやめなさい」

「わたしがあの子たちのことを心配してないとでも言うの？」とジュリアは言う。

ジュリアの香水の安っぽくて甘い香りがマリーナの咽喉をふさぐ。マリーナは握り拳を口にあてて空咳をする。ジュリアは肩を怒らせ、顎を突き出す。ブラウスの隙間が広がり、安全ピンの細い針金を巻いたバネの部分が歪む。

「養子を取る云々っていうのは個人的なことで、こんなふうに話すことじゃないと思う。それに、あなたにはすでに世話をすべき子どもがふたりいるのよ」マリーナはジュリアの香水が惹き起こすいがらっぽさを和らげるためだけでなく、考える時間が欲しくて咳払いをする。「あなたの調子がよくないことはわかってる。無理もないわ。エリザベスが消えてしまったストレスを抱えて、どれほど罪悪感を抱いているか想像もつかない。でも、いい、わたしは、ただあなたのバナナブレッドを手づくりバザーに出品してくれないかって言っただけなの。あなたはほんとに料理上手だから。それだけよ。ほんとにそれだけ」

「ちょっとちょっと、そこのふたり、急いで！」サラ・ウォッシュバーンだ。部屋の向こうから呼んでいる。ジュリアとマリーナが動こうとしないと見ると、サラはふたりに近づいてくる。白い綿のセーターを腕に掛け、両手でクリップボードを持っている。「それはそのままにしておいて」とサラは言う。「コーヒーのスイッチを消して、家に帰って」

「あなた、わたしがイジーとアリーのことを気にかけていないとでも思ってるわけ？」ジュリアはサラを無視して続ける。

「そんなこと、誰も言ってないでしょ」マリーナはことばを切り、ジュリアの腕に触れようと手を伸ばす。

ジュリアはすばやく身を引き、よろけそうになる。「それがあなたの考えてることなんでしょ？　わたしは不適格だって」

「ふたりとも」サラが繰り返す。身を守るようにクリップボードをしっかり胸に抱いている。

「続きはまた今度にしてちょうだい。ここを閉めなくちゃならないから」

「お願いよ、ジュリア。わたしはあなたが不適格だとかそんなことは言ってない。いったいどうしちゃったのよ？　あの子たちは二、三週間いるだけでしょ。あの子たちにもあなたにも大きなトラブルなんて起こらない。それに、そもそもわたしはあの子たちに関心があるわけでもなんでもないし」

「さあ、一緒に出て」とサラが言う。

「じゃあ、もしあの子たちがずっと住むことになったら？　そうしたら心配するの？　数週間だけなら、わたしにもあの子たちの面倒をみる資格があるってわけ？」

「それ、ほんとなの？」マリーナの頭を覆っていたもやもやが取れる。彼女は派手な格子縞のドレスを着たサラ・ウォッシュバーンを見て、それからはちきれんばかりの白い綿のブラウスを着たジュリアへ視線を移す。思考をクリアにするためにもう一度深く息を吸い込もうとする。が、ジュリアの香水のせいで空気が澱みすぎている。「あの子たち、ずっといるの？　これからもずっと？」

「ちょっと話を聞いて！」とサラが大声を出す。

ジュリアはくたびれた紙をテーブルに置く。ふくよかで大きな胸が上下する。顔にかからないようにスカーフでまとめていた赤い髪のほつれ毛が増え、頭から針金のように突き出ている。ジュリアもマリーナもサラのほうを向く。

「エリザベスよ」とサラが肩を落として言う。「警察が見つけたの。わたしたちのエリザベスを見つけたの。もう家に帰りましょう。お願いだからそうして」

19

今日は家に帰るのが一番だというミセス・ノヴァックの勧めに、グレースはうなずく。五台目のパトカーがベーカリーのまえを通り過ぎ、角を曲がって川へ向かうのを見届けてから、彼女はバスに乗ってオルダー通りに戻る。が、自宅のまえを素通りし、まっすぐミスター・シマンスキの家へ向かう。鉄の門を開け、ポーチへの階段を三つのぼって、そっとドアをノックする。ドアが開く。ミスター・シマンスキのシャツは皺だらけで、ネクタイは短すぎる。ズボンのウエストはゆるく、足首のあたりがだぶついている。仔ヤギのなめし革製の紳士靴が一足、ドアの横に置かれている。彼の右の靴下の小さな穴から親指の先がのぞいている。

「どうしているかと思って」とグレースは言う。「さっきウィリンガムに行ってきて……」

グレースはそこでことばを切り、あとは沈黙に委ねる——何台ものパトカーや鳴り響くサイレンのことを自分から持ち出そうとは思わない。指先をひとつずつつまんで白い手袋をはずしながら、悪い知らせを持ってくるかもしれない警官の姿がないかと通りをチェックする。

ミスター・シマンスキはまるでグレースが誰だかわからないかのように、二度まばたきをして眼を細め、それから笑みを浮かべて言う。「はいってくれ。そんなところにいたら暑くなる」

家の外の舗装した小径の割れ目からメヒシバが頭をのぞかせている。エリザベスが行方不明になってからの短期間で庭はすっかり荒れ果てていた。おそらくはエヴァが死んだときから、ゆっくりと着実に荒廃は始まっていたのだろうが、グレースはそのことに今まで気づいていなかった。

居間にはいると、手袋をハンドバッグにしまう。室内の空気はむっとしてかび臭く、息苦しいほどだ。エリザベスが行方不明になって以来、グレースには息をするのがむずかしくなることがしょっちゅうある。

「赤ちゃん、元気かい？」とミスター・シマンスキが尋ねる。

グレースはうなずき、居間の分厚いカーテンを開ける。陽射しが室内に射し込み、空中に舞う埃がきらきらと光る。通りの向こう側のフィルモア・アパートはひっそりとしている。フィルモアの住民はいつもひっそりと暮らしている。夜、仕事から帰ってきたときにも、きっと車を停めたらすぐ屋内にはいるのだろう。あそこには黒人の家族も住んでいる、と誰もが言うけれど、グレースはあのガラスの扉から黒人が出入りするところを見たことがない。路地を――今では通りを――徘徊するところを見かけるだけだ。彼女を襲った男の姿は、あの晩以来、見ていなかったが。グレースは席を立ってキッチンへ行き、シンクの下から希釈した酢のはいった壜を取り出すと、昨日の新聞の数ページ分をつかみ、また居間へ戻る。

「警察は来たか？」とミスター・シマンスキが尋ねる。

「来たわ」グレースは壜を脇へ置き、新聞紙を両手でくるくると巻く。

あの警官たちはジェイムズとグレースに質問しにきてから、五、六回、パトカーでオルダー通りを通っていた。そのたびにパトカーは速度を落とし、グレースの家のまえを這うように通り過ぎた。彼女が外に駆けだし、嘘をついたことを認めるチャンスを与えるかのように。グレースさえ真実を話せば、彼らはエリザベスを発見できるのにと訴えるかのように。

「昨日」とグレースは言う。「昨日来たわ」

丸めた新聞紙に希釈した酢を振りかけ、グレースは居間の曇った窓ガラスを小さな円を描きながら磨きはじめる。

「警察はまたあれこれ訊いてきたかい？」とミスター・シマンスキは尋ねる。

グレースはまた息を深く吸う。声が震えないように。

「何か話せればよかったんだけれど」そう言って、鼻をこする。

エヴァの酢水はグレースが自宅で使っているものより酸がきつい。きつければきついほど効果は上がる。ガラスはきらめき、グレースが磨くたびにキュッキュッという音がする。

「何か役に立てることを話せればよかったんだけど。でも、警察は男を逮捕したんでしょ？それを聞いて、少しは気持ちが落ち着いた？」

知ることで得られる慰めもあるだろう。グレースはそう思う。何も知らないでいることは、父親を苦しめ、夜も眠らせず、髪を藁《わら》のように頼りないものに変え、肩を落とさせ、背骨を曲げてしまう。彼らのひとりが逮捕されただけでも、この通りはいくらか安全になったはずだ。この逮捕はみんなにいくらか安心をもたらすはずだ。

ミスター・シマンスキはソファに坐っている。以前の彼は壁ぎわの茶色のリクライニングチェアに坐っていた。そして、その横にはエヴァが自分の椅子に坐っていた。ミスター・シマンスキは両手を膝にのせたまま、明るくなった窓を見て、笑みを浮かべる。

「警察は誰も捕まえなかった」と彼は言う。

「でも、ひとり逮捕したんでしょう」

「それは関係のない男だった。警察はそう言ってた」とミスター・シマンスキは言う。「なぜそんなこと言うのか、わからない。エリザベスは普通の人より大切じゃない。そういうことなのか？」

「わたしにもわからない」とグレースは言う。「釈放したってこと？　どうしてそんなことができるの？」

ミスター・シマンスキは首を振る。「すごく長いあいだ捕まえておけない。警察はそう言ってる。言ってたのはそれだけだ」

「その男はあそこに住んでるの？」グレースはそう言って、フィルモア・アパートを指差す。そして、眼を細めて、磨いたばかりの窓の向こうを見つめる。さきほど玄関のドアを開けたときにミスター・シマンスキが眼を細めたように。オルダー通りの向こう側を見つめながら、濡れた新聞紙で模造大理石の窓敷居を拭く。「その男はこの通りにいるの？　見かけたことはある？」

「一度もない」

「あなたの助けになれたらよかったんだけど」グレースは自分に真実を告げる勇気がなかったばかりに、あの男が通りに戻ってきたのだと思う。「何か警察に言えればよかったんだけど。こんなことを止められるようなことを何か言えれば」

ミスター・シマンスキはソファに坐ったまま、靴下の穴からのぞく親指の先を見下ろしている。「あんたは私を助けてくれてるよ」と彼は言う。「あんたはいい隣人だ。それに、いつも私のエリザベスによくしてくれてる。いつでもよくしてくれてる。あんたにももうじき自分の子ができる。そしたらわかると思う。愛する娘がいるっていうのはどんなにすばらしいことか」

グレースはキッチンの窓を磨いたあと、調理台を拭くと、空っぽの冷蔵庫を満たすローストビーフを数日のうちに——あるいは、もし毎週ローストビーフを食べるのに飽きたなら、詰めものをしたローストチキンでも——持ってくると約束する。それからミスター・シマンスキと連れ立って正面の門まで歩く。門に着くと、彼をそっと抱きしめ、門の掛け金を押し上げる。固くて動かない。もう一度押す。オルダー通りのグレースの自宅付近に双子の一方がいて、グレースたちのほうに向かって歩いてくる。この距離では、ふたりのうちのどちらなのか、グレースにはわからない。

「今日、警察がここに来た」とミスター・シマンスキが言う。「あんたが来る少しまえに」

グレースは開きかけた門から手を離し、振り返ってミスター・シマンスキの顔を見る。

「なんてこと……」

双子のひとりは半ブロック先まで近づいている。周囲を恐れるように頭を左右に動かし、肩を落としているところを見て、グレースにはその少女がアリーだとわかる。

「ああ」とミスター・シマンスキは言う。「川だった。警察が言ったのはそれだけだ。今日見つけたってことだ。ほかの人たちが私のエリザベスだと確認した」

グレースは手を伸ばしてミスター・シマンスキの手首をぎゅっと握り、腕の中に引き寄せる。「なんてこと……わたしのせいだわ。それもこれもみんな。わたしのせい」

ミスター・シマンスキはぎこちない角度で――グレースの大きなお腹をよけながら――覆いかぶさるようにして、彼女の肩に頭をのせる。「信じられない」と彼は言う。「私のエリザベスが……死んだ？」

グレースは目頭をそっと押さえる。どんな状況だったのか、警察は何を見つけたのか、グレースは詳しく尋ねたいと思う。しかし、アリーはもう隣りの家のまえまで来ている。あの子にこんな場面を見せたり、こんな話を聞かせたりするわけにはいかない。

「家の中まで送るわ」グレースはそう言って、ちらりとアリーに視線を戻す。アリーはさらに数メートル進んだところで、立ち止まっている。シマンスキ家の隣家、アーチャーズ家のまえの歩道に立ち、自分で自分を抱きしめるみたいに両腕を体にまわしている。この距離からでもグレースにはアリーが泣いているのがわかる。

「行ってくれ」とミスター・シマンスキが言う。「あの子のところへ行ってやってくれ」彼は小径を半分ほど戻ったところで、立ち止まって振り返る。「ひとりぼっちで取り残されるのは、一番辛い」

グレースはミスター・シマンスキが自宅のポーチにたどり着くのを見届けてから、掛け金を叩いて押し上げ、門を抜けるなり、アリーに向かって小走りになる。

「アリー、ねえ、どうしたの？　何があったの？」

アリーは唇をきゅっと引き結び、あとずさる。首を振るばかりで、何も言わない。

「アリー、お願いよ。どうして泣いてるの？」グレースはさらに数歩近づく。今度はゆっくりと。

アリーはエリザベスの死を知ったにちがいない、とグレースは思う。一緒に涙を流すべきなのだろう。しかし、それはグレースにはずっとわかっていたことだった——こういう結末を迎えるということは。

「イジーのことなの」アリーが両腕で自分の体を抱きしめたまま言う。「あなたに起こったことがイジーにも起こりそうなの」

グレースの手が伸びて肩に触れそうになると、アリーはよろめきながらあとずさる。無礼なことだとわかっている。ジュリア叔母さんが見たらがっかりするだろう。それでも、あの路地で今眼のまえにいるミセス・リチャードソンの身に何か悪いことが起こり、それはアリーがジュリア叔母さんにさえ内緒にしているすごく悪い何かなので、どうしてもアリーはその何かに触れられたくないと思ってしまう。

もう一度彼女は囁くような声で繰り返す。「あなたに起こったことがイジーにも起こりそうなの」そう言って、鼻をすすり、手で鼻をこする。

ミセス・リチャードソンはそれ以上近づいてこようとはしない。白い髪が明るい太陽を受けてきらきら輝いている。顔にかからないように留めたヘアバンドから髪がはみ出すこともなく、こめかみあたりの髪が縮れていることもない。いつも縮れているアリーの髪とはちがって。車がすぐそばを通り過ぎても、ミセス・リチャードソンは笑みを浮かべたり、手を振ったりしない。近所づき合いには欠かせないことなのに。今やミセス・リチャードソンのほうがアリーに近づくのを恐れている。

「それはどういう意味、アリー？　あなた、わたしに何が起こったと思ってるの？」

今朝、ジュリア叔母さんと教会へ出かけるために身支度をすませたあと、アリーはスニーカーを持って、階下《した》に駆け降り、靴下を穿いた足で、キッチンへすべり込んだ。誰もいなかった。裏庭に向かって大声で叫んだ。なんの返事もなかった。最後に家の正面にある窓をのぞいた。私道にも誰もいなかった。ジュリア叔母さんはどこにもいなかった。イジーもいなかった。アリーは二階に駆け上がり、寝室の窓からオルダー通りを見渡した。通りに並ぶ家々のドアはどこも閉まっていた。どこの私道にも誰もおらず、車も停まっていなかった。アリーはイジーのベッドの上にのると――イジーはキルトをぴんと伸ばしたり、角をきちんと折り込んだりしないので、ベッドカヴァーが皺くちゃだ――家の脇の窓から外をのぞいた。

ずらりと並んだ屋根とアンテナと電線の向こう、路地の奥に人の姿が見えた。あまりに遠くて、イジーかどうか見分けられなかったが、それでもアリーにはイジーだとわかった。腕を高く伸ばして、大きく振っていたのだ。

三十分ものあいだ、アリーは路地を見つめていた。まだ時間はある――と自分に言い聞かせた。ミスター・スコフィールドがまた出てきて椅子を広げるのは、五時になってからだ。オルダー通りのほかのみんなと同じように、ミスター・スコフィールドも黒人が通るのは朝の十時と夕方の五時頃であることを知っている。イジーはきっとそれよりずっとまえに戻ってくるはずだ。しかし、やがて一時になり、二時も過ぎ、もうすぐジュリア叔母さんが帰ってくる。そのまえにイジーを探しにいかなくちゃ。アリーはそう思った。

一方、アリーが二階から路地を見ているあいだにも、オルダー通りのほうがいつしか騒がしくなっていた。車が何台も通り過ぎ、家々の私道に戻ってきていた。車から降りた奥さんたちは急ぎ足で玄関へ向かっていた。アリーは両手で手すりにしがみつきながらポーチの階段を降りると、歩道に出てみた。そして、しばらくそこに立って、奥さんたちの誰かから家の中へはいっていなさい、と大声で言われるのを待った。が、アリーに気づいた人もアリーを叱る人もいなかった。アリーは三回、通りを行ったり来たりしてみた。車が続々と通り過ぎたが、今度は奥さんたちではなく、旦那さんたちがおかしな時間に帰宅していた。彼らも大急ぎで――ゴミ容器を片づけたり、スプリンクラーをセットしたり、まだ明るいうちに芝刈りをしたりすることなく――家の中にはいっていった。そんな様子をしばらく見ていたこともあり、時間は飛ぶように過ぎた。そして、気づくともうすぐ五時になろうとしていた。そこでアリーの心に恐怖が湧き起こり、半ブロック先にミセス・リチャードソンの姿を見つけたときには、その恐怖が涙となってあふれ出るのをとめることができなくなったのだった。

「答えてちょうだい」とミセス・リチャードソンが言う。アリーの腕をつかんでいる。イジーとアリーが火をつけたと勘ちがいして、つかんだのと同じ場所を。「どういう意味なの？　わたしにどんなことが起こったと思ってるの？」

アリーはミセス・リチャードソンの手を見下ろす。その指にぎゅっと力が込められる。が、アリーは身を離そうとはしない。

「悪いこと」とアリーは答える。「ガレージで起こった悪いこと」アリーは眼を上げる。「イジーが見つからないの。イジーにも同じことが起こったらどうしよう……」

ミセス・リチャードソンの手の力が抜け、アリーの腕から離れる。「いらっしゃい」ミセス・リチャードソンはそう言うと、今度はやさしくアリーの手を取る。「あの車、あなたの叔母さんのじゃないかしら。家まで送るわ。それからイジーを探しましょう」

グレースはアリーに微笑み、なめらかな落ち着いた声で話しかける。怯えていることを極力悟られないようにして。それでも、白い襟に隠れた首元には赤みが差し、眼の下の柔らかな皮膚や上唇の上の産毛にはうっすらと汗がにじんでいる。歩くというより、今にも走りださんばかりに、アリーを引きずるようにして、グレースはジュリアのほうへ向かう。

ジュリア叔母さんの車が私道にはいる。ビル叔父さんはポンコツだからと言って、ジュリア叔母さんがその車を運転するのを嫌がっている。が、叔母さんは新車だろうがポンコツだろうが、バスじゃ行けないんだから、今日はこの車に乗るしかないのよ、と言っていた。ジュリア叔母さんはうしろのバンパーが通りにはみ出たまま駐車させると、アリーたちに向かって歩きだす。最初はゆっくりと、やがてミセス・リチャードソンが急いでいることに気づくと、速足で。

通りの反対側ではミセス・ハーツも自宅の私道に車を停めている。ミスター・ハーツの大きな青い車はすでに私道に停まっている。それを見てアリーは思う——きっとミスター・ハーツもほかの旦那さんたちみたいに、早く家に帰ってきたんだ。イジーの身に悪いことが起こったんじゃないかって、あたしはそればかり心配していたけど、ジュリア叔母さんはメイクが崩れた顔のまま、大股で急いで歩いてくるし、近所の旦那さんたちは家に早く帰っているし、どの家もドアをぴたりと閉ざしているし、もしかしたら、ここオルダー通りでは何かもっと別の悪いことが起こっているのかもしれない。

ジュリア叔母さんと同様、ミセス・ハーツも車をおざなりに停め、片方のタイヤでキンギョソウの花壇を踏みつぶす——誰かにおしっこをかけられたんじゃないかと心配して一日に何度も水を撒いているせいで、どっちにしても花は全部枯れてしまうだろうけれど。ミセス・ハーツは車のドアをばたんと開けると、通りの反対側からジュリア叔母さんに向かって手を振る。

「ジュリア、待って！」ミセス・ハーツが何かをひらひらと振りながら、大声で言う。

ジュリア叔母さんは足を止めたものの、振り返りはしない。「わたしのことは放っておいて、マリーナ」

「お願い、待って！」とミセス・ハーツは繰り返す。高いヒールでふらふらと私道を歩き、手首にかけた白いハンドバッグを揺らしている。「お願い、聞いてちょうだい！」

ジュリア叔母さんはミセス・ハーツを待つことなく、アリーのほうに向かってまた歩きだす。そして、すぐそばまで来て、アリーが泣いていたことがわかると、腕の中に抱き寄せて尋ねる。「どうしたの、アリー？」ジュリア叔母さんは、熟したバナナとブラウンシュガーのフロスティングのにおいがする。

ミセス・ハーツは細いヒールでふらふらと歩きつづけている。そのあいだもずっと何かを振りながら、聞いてほしいの、とジュリア叔母さんに訴えながら。

ジュリア叔母さんはミセス・ハーツとはもう口を利こうとせず、アリーのまえで身を屈め、両手でアリーの肩をつかむ。「どうして泣いてるの？　この騒ぎはいったい何？」ジュリア叔母さんは笑みを浮かべ、押し殺した声で言う。口調がゆったりとして、ひとつひとつのことばの最初の音を強く発音する。辛いときであれ、幸せなときであれ、どんなときであれ、ジュリア叔母さんの南部訛りはよく顔を出す――ビル叔父さんはそう言っている。

「ジュリア、あなたの切り抜きを持ってきたの」ミセス・ハーツがジュリア叔母さんの背後で、よろめきながら立ち止まる。ショートヘアの黒い前髪が汗をかいた――ミセス・ハーツなら〝発汗した〟と言いそうだ――額にへばりつき、取れかかった赤い口紅が上唇に縦に走る皺の中に残っている。「これを見て。返そうと思って持ってきたのよ」ジュリア叔母さんは深く息を吸う。ブラウスの隙間を留めた銀の安全ピンがぽんと弾けて、アリーに向かって繰り返す。

「さあ、教えて。どういうことなの？」そう言ってから、ミセス・リチャードソンを見て尋ねる。「エリザベスのこと、聞いた？」

ミセス・ハーツは白いヒールを履いた片足で地面を踏み鳴らし、ジュリア叔母さんの肩をつかんでぐいっと引っぱる。アリーのまえでしゃがんでいる叔母さんはうしろに倒れ、尻餅をつく。ミセス・リチャードソンがとっさに手を出すが、叔母さんが倒れるのを止めることはできない。

「いったいどうしたのよ、マリーナ？」ミセス・リチャードソンが言い、叔母さんを助け起こそうと、大きなお腹越しに苦労して手を差しのべる。

「わたしはあなたを助けようと思っただけなのに、ジュリア」ミセス・ハーツはミセス・リチャードソンの問いかけは無視して、ジュリア叔母さんをじっと見下ろして言う。ミセス・ハーツの黒髪の真ん中には灰色の筋が走っている。「それなのに怒るだなんて、見当ちがいもいいところよ」

「マリーナ」

低い声が轟き、全員をぴたりと黙らせる。通りの向こうにミスター・ハーツがいる。青い車の背後に立ち、テールフィンの一方の先に手を置いている。

「そんなところでいったい何をやってるんだ？」とミスター・ハーツは怒鳴る。「人様のことに首を突っ込むんじゃない」

ミセス・ハーツは腕を組み、ジュリア叔母さんに覆いかぶさるようにして上体を倒すと、声を落として囁く。「お願い、聞いて」両眼を大きく見開き、黒く細い眉をいつもより高く吊り上げる。まぶたの上に眉のラインからはみ出した毛がぽつぽつと生えている。お祖母ちゃんが見たらきっとこう言うだろう――とアリーは思う――ミセス・ハーツはそろそろ毛抜きを使ったほうがいいんじゃない？「お願い。双子をあなたの実家に返して」

「何を言ってるの、マリーナ？」ジュリア叔母さんはミセス・ハーツの手から紙を引っつかんで言う。「あなた、どこかおかしいんじゃないの？　花のことが原因なの？　そのせいでそんなこと言うわけ？」ジュリア叔母さんはミセス・ハーツを追い払うような仕種をして、片手でミセス・リチャードソンの手を取り、もう一方の手でミセス・リチャードソンがポケットティッシュカヴァーから取り出したティッシュを受け取る。ジュリア叔母さんは立ち上がり、眼の下にできた染みをティッシュで押さえると言う。「ご主人の言うことを聞いて、わたしたちのことには首を突っ込まないで」

ジュリア叔母さんは顔や胸をティッシュで軽く叩きつづける。ミセス・ハーツは通りの真ん中まであとずさる。ジュリア叔母さんは視線をアリーに落とし、それから右を見て、左を見て、また右を見る。

「イジーはどこ?」ということばがジュリア叔母さんの口からぽろりとこぼれ、彼女の指先からは丸めたティッシュが落ちそうになる。

あとずさっていたミセス・ハーツが足を止める。その背後の私道にはミスター・ハーツが立っている。

「ねえ、イジーはどこなの?」

20

マリーナは道の真ん中でぐずぐずしている。が、車がやってきてしかたなくその場を離れる。車の運転手に愛想よく手を振って、自宅のまえの縁石に足をかける。夫はセダンのそばに立っている。彼は車のテールフィンの上部をまるでマリーナの太腿を撫でるようにさすっている。マリーナの頬が熱くなる。きっと赤くなっているにちがいない。通りの反対側では、ジュリアが双子の一方のまえにひざまずき、その子を見上げている。グレースは少女の横に立ち、少女の肩に手を置いている。

「アリー、あなた、ふたりでちゃんと家の中にいるって約束したわよね」とジュリアが言っている。「神様に誓って約束するって言ったでしょ?」ジュリアの片脚のストッキングは伝線し、スカートの横の縫い目が広がり、穴ができている。

少女は首を横に振る。「ううん」

マリーナは勇気を奮ってまた通りに出ると、三人のやりとりに耳を傾ける。

「ううん、ってどういう意味? 玄関でわたしに約束したじゃない。あなたが言ったのよ、アリー。ちゃんとイジーを見張ってるからって」

少女は首を振る。マリーナはさらに一歩踏み出す。

「そんな約束してない」と少女は言う。「それ、イジーだよ。あたしのふりをしてたのよ」

三人の話はさらに続く。少女がフィルモア・アパートのほうを指差している。グレースがそれを見て、少女の肩を叩きながら首を振る。ジュリアがオルダー通りの左右を見まわして尋ねる——イジーが家を出てからどれくらい経った？　最後にイジーを見たのはいつ？　どこへ行こうとしてた？　イジーが出ていくことは知ってたの？　出ていったときに気づかなかったの？

「ねえ、今日、双子のどちらかを見かけたって言ってたわよね」ジュリアはマリーナがそばに立っていることに気づくと、大声で尋ねる。「それってイジーだった？　どこへ行くのか言ってなかった？」

マリーナは首を横に振りながらも、背後の夫をちらちらと見ずにはいられない。

グレースが少女に腕をまわし、ジュリアの家の私道まで連れていきながら言う。「この子を家の中に入れたら、それから近所の人たちに訊いてみるわね」「そんなに遠くへは行ってないはずだ。このあたりのブロックを車でまわってみるよ」

「鍵を取ってくるよ」と夫がマリーナの背後から呼ばわる。

そう言って、ウォーレンは家の中にはいる。網戸が開いてばたんと閉まる音がして、彼が戻ってくるとまた音がする。車が一台通りかかり、マリーナとジュリアは道を空ける。グレースの夫、ジェイムズの車だ。彼は車を路肩に寄せて車を降りる。が、ジュリアから子どもが行方不明だと聞くなり、また車に乗り込む。

「この車をどかしてくれ」マリーナの夫、ウォーレンが妻に向かって怒鳴る。「おまえの車が邪魔になって車を出せない」

マリーナはハンドバッグの留め金をいじり、片手を中に突っ込んで鍵を探す。

「あなたはどうなの、ウォーレン？」ジェイムズ・リチャードソンの車が走り去ったあと、ジュリアが尋ねる。「今日、外をまわっているときに、双子のひとりを見かけなかった？もしそうならそれがイジーだったはずよ」

ジュリアの家の中から出てきたグレースは、首のつけ根から這うように広がる赤みを除けば、血の気のない白い肌をしている。グレースが家まで送った少女は窓のまえに坐り、窓ガラスに顔を押しつけて家の中から外を見ている。マリーナの眼には、少女がウォーレンをじっと見つめているように映る。

夫は片手に鍵束を持って車の横に立っている。通りをはさんで向かい側にいるジュリアをただ見つめている。何も答えない。

「ウォーレン」とジュリアは繰り返す。「あの子を見たの？」

彼は鍵束を見下ろし、鍵穴に差し込むと車のドアを開ける。

「ウォーレン？」

「ああ、まったく……」ウォーレンは言う。鍵束を宙に放り投げてからつかむと、車のドアをばたんと閉める。「三人目の女の子が外を駆けまわってんじゃなければ、あそこにいるのがきみたちの捜してる子なんじゃないのか？」

ジェイムズ・リチャードソンが一ブロック先で自宅の私道に車を入れている。彼もまたウォーレンと同じものに気づいたのだ。通りの端、今も数本だけ残るニレの木が小さな影を投げかけているあたりを双子のもうひとりが歩いている。ジェイムズ・リチャードソンは通りに出て、親指で少女の家のほうを指し、急いで戻ったほうがいいと合図する。胸に何かを抱えた少女はのろのろと走りだす。が、家に近づき、腕を組んだジュリアが縁石に立っているのに気づくと、歩をゆるめる。マリーナは少女をもっとよく見ようと進み出る。少女は確かに両手で何かを抱えている。紙の束だ——白くつやつやとした紙。一枚目も二枚目もすべてまったく同じサイズの紙。少なくとも一センチほどの厚みがある。マリーナは通り過ぎる少女のほうへ身を乗り出す。その紙の上部には〝迷い猫〟と大きな黒い太文字で書かれている。

少女はゆっくりと時間をかけ、家に向かって歩きつづける。ジュリアは無言のまま腕を突き出し、人差し指を自宅に向ける。少女はうなだれてジュリアのまえを通り過ぎる。玄関にのぼる階段のところで、グレースが——まだ青ざめている——少女の頭のてっぺんを片手でくしゃくしゃと撫でる。少女は頭を引っ込めて、グレースの手から逃れると、家の中に消える。ドアが閉まる。グレースは手すりに注意深く体を預けながら、最後の数段を降りると、小径を歩いて通りに出る。ジュリアはドアが閉まる音を聞くと、ようやく突き出していた腕を降ろす。その視線はマリーナを素通りして、グレースへ向けられる。

数日前、マリーナはあの少女の腕にしっかりと抱えられていた紙の束とそっくりなものを見た。夫が持ち帰ったものだ。ウッドワードの商店街の窓に貼らせてもらうために職場の女の子たちがつくった、エリザベス・シマンスキを捜すためのチラシだった。それは、つやつやしてすべらかで、普通の用紙とはちがっていた。工場にある機械がどれもそっくり同じものを量産したのだ。その機械の使い方は職場の女の子たちが心得ていた。ウォーレンはそんな雑用に自ら手を出したりしない。一枚一枚、まえの紙も次の紙も、すべてそっくり同じもの。そして今、マリーナの眼のまえを挨拶もなく通り過ぎた無礼な双子の片割れも、同じようなチラシの束を抱えていた。一枚目には〝迷い猫〟と書かれていた。残りの紙もすべてそっくり同じものにちがいない。

イジーが家にはいるとき聞こえた網戸が閉まる音には、どこか終わりを思わせるものがある。網戸が開くときにまずキーッと鳴り、それからぎりぎりまで引っぱられた蝶番《ちょうつがい》のバネが軋み、閉まる寸前、一瞬の静寂が訪れ、そしてばたんと音がする。午後の風がジュリアのストッキングの裂け目からのぞいた脛や膝を冷やす。ジュリアは白いブラウスの裾をスカートの中にたくし込み、ウエストの生地を伸ばし、曲がった安全ピンをブラウスからはずす。通りの反対側ではマリーナが夫のあとから家にはいっていった。ジェイムズ・リチャードソンの姿も見えない。きっとグレースがこっちにいるのを見なかったのだろう。今頃、自宅に戻ってグレースを捜しているにちがいない。ジェイムズが心配しないよう、グレースをすぐに家に帰さなくちゃ——体を揺らしながら近づいてくるグレースを見て、ジュリアはそんなことを思う。エリザベスの知らせはみんなの心に重くのしかかることだろう。グレースはその悲しみをすべて受け止められるような状態ではない。エリザベスが無事に帰宅することを期待していた者などもはやひとりもいなかったとはいえ、期待しないことと事実を知ることのあいだには、天と地ほどの大きな隔たりがある。

「じゃあ、あなたも聞いたのね？」とグレースは尋ねながら、ジュリアの横で立ち止まる。そして、大きなお腹の下で両手を握りしめ、大きな声を出すまえのように咳払いをする。

ジュリアはうなずいてから訊き返す。「あなたはどこで聞いたの？」そう言ってから、さらに質問を重ねる。「あの子に何があったのかも聞いた？」

「川で見つかった」とグレースは答える。「ミスター・シマンスキから聞いたのはそれだけよ」

「いずれにしろ、これでもう全部終わるのね？」とジュリアは言う。「ランチ当番も？　デザートやコーヒーも？　捜索もおしまい？」

「みんな、あそこの人たちが連れていったんだと思ってる」グレースは、頭をフィルモア・アパートのほうに向けて言う。それ以上、何も言う必要はない。「知ってる？　警察だってそう思ってるのよ。でも、仲間のひとりを逮捕しながら、釈放するしかなかったんですって。あなたも知ってるんでしょ？　そのことは知ってるわよね？」

「ええ、知ってる」

ジュリアは嫌な予感を覚える。そう感じたのはグレースのことばではなく、グレースのしゃべり方のせいだ。彼女の声音はまるでタイプした原稿を呼んでいるように抑揚がない。

「じゃあ、どうして?」とグレースが言う。

「何がどうしてなの?」

「どうして、あの子たちを好き勝手させておいたの?　危険なのに。あの子たちが危ないじゃないの」

「わたしの責任だってことはわかってるのよ、グレース。追い討ちをかけてくれなくてもいいわ」

「あなたのせいだなんて言ってないわ。ただ、この通りがもうすっかり変わってしまったことをあなたはわかってないって言ってるだけよ」グレースの肌は血の気がなく、唇は乾いてひび割れている。「あの子たちのことを気にかけてやって。恐ろしいことが起こるまえに」

「エリザベスを気にかけなかったんだから、せめてあの子たちくらい気にかけてやれってこと?　ひどいことを言うのね。あなたもマリーナと同じことを言うのね」

「ジュリア、そうじゃない」グレースはジュリアの手を握ろうとするが、ジュリアはさっと手を引く。「エリザベスの身に起こったことはあなたのせいじゃない。だから自分のせいだなんて言うのはもうやめてくれない?」

「なんであなたがそんなことを頼むのよ、グレース?」

ジュリアはグレースにそれを言わせようとしている。グレースをじっと見すえたまま、いささかも視線をそらそうとしない。グレースがそのことばを口に出すまで。

「だって、もしあなたが自分のせいだと思っているのなら、わたしのせいだとも思ってるはずだもの」

あの網戸の閉まる音とともに、すべてが変わってしまった。ジュリアはそう思う。エリザベスは二度と家に帰らない――これもわたしのせいで。実の娘も二度と家に帰らない――わたしのせいで。どうすれば母親になれるのか、わたしにはわからない。メリーアンで失敗し、きっと双子でも失敗する。実の娘が死んだのは、わたしが不注意で不運な母親だったからだ。このさき新しい赤ちゃんに恵まれることもなければ、エリザベスが帰ってくることもない。

「あなたのせいだったのよ、グレース」とジュリアは言う。「わたしと同じくらいあなたにだって責任があるのよ」

今は五時――そうにちがいない。黒人たちが通るのはいつもその時刻だからだ。寝室の窓から、あの男が見える。そう、あの男。あいつだ。これだけ離れていても、グレースにはわかる。丸めた背中と、威張りくさった歩き方でわかる。そう、あの男は確かに威張りくさって歩いている。その男が左手を上げる。まえに一度見たときにも左手を使っていた。左手で顎を――顎ひげを撫でる。そうやって形を整えている。何度も何度も黒く短いひげを撫でては、毛先を引っぱって尖らせる。

ジェイムズは今、家にいない。グレースはそのことを嬉しく思う。彼は数分前に出かけていた。ジュリアのところに行ってあげて――グレースがそう言ったからだ。ジェイムズが報告したのは、グレースがすでに知っていることだった。彼がキッチンテーブルについて、エリザベスはもう戻ってこないと伝えているあいだ、グレースは新しいスチームアイロンを持ち、アイロン台のそばに立っていた。眼のまえには、ジェイムズのよそゆきのシャツが広げられていた。シャツの肩の切り替え部分の上でアイロンを前後に動かしながら、時折、水を噴射するボタンを押した。それは家事労働を楽にするため、作業をしやすくするための機能だ。もう壜から水を振りかける必要もないし、シンクで湿らせてからアイロンをあてる必要もない。アイロンがシューシューと音をたて、グレースはほのかな蒸気を吸い込んで思った。わたしの顔が真っ青で、両眼が赤く腫れているのはエリザベスが死んでしまったから、それにアイロンをかけるのが今では辛くなっているせいだとジェイムズは思っていることだろう。だから今こそジェイムズに打ち明けるべきだ。わたしやエリザベスを襲った男のことを。あの男の〝報復〟はまだ終わっておらず、双子やほかの誰かを襲いにくるのではないかとわたしは気が気じゃないことを。しかし、そこまで思いながらもグレースは何も言わなかった。

ジュリアの言ったことは正しい。グレースはそう思う。エリザベスが死んだのはわたしのせいだ。わたしは死ぬまでその真実の重みに耐えなければならない。キッチンで坐っていたあの静かなひととき――ジェイムズがわたしの手の甲をさすり、頬を撫でていたとき――わたしは何も言わないことを選んだ。あの瞬間、わたしはそのさきに起こりうる出来事の重みを背負う運命を自分自身に課してしまったのだ。あのときそうしたことには一切触れず、わたしはジェイムズにただこう言った――ジュリアと双子の様子を見てきてもらえる？　ビルがまだ帰ってないのよ。ジュリアにはあなたの助けが必要だわ。これからエリザベスのことを双子に話さなくちゃならないのに、ひとりじゃ荷が重すぎる。その場に一緒にいて、ジュリアと双子の様子を見ていてあげて。それが無事終わったら、夕食を食べに、急いで戻ってきてね。本来ならジュリアに何かを――謝罪なり罪の告白なり、何かしら悔恨の意を示すことばを――返すべきだとわかりながら、わたしが差し出したのは自分の夫だけだった。いつものように五時になったら、黒人の男たちが家のまえを通り過ぎることを承知しながら。今日はその中に自分を襲った男がいるだろうということもわかりながら。あの男にとってエリザベスは脅威でもなんでもない。わたしだけがあの男を脅かすことができるのに。なのにわたしは警察に嘘をついた。そんなことは一切なかったと断言までした。あの男を野放しにしたのはわたしだ。だからこそわたしはジェイムズを行かせたのだ。

グレースはお腹の下で両手を組み、寝室を横切って裏手に面したほうの窓辺に立つ。指先を模造大理石の窓敷居にのせる。眼下の路地では予期していたとおり、オリン・スコフィールドがパイプ椅子に坐っている。背中を丸めている――眠っているのかもしれない。ライフルはガレージに立て掛けてあるのだろう。すぐに手が届くけれど、近所の人に見られて、また取り上げられてしまわない場所に。ジュリアのところに行ってあげて――ジェイムズにそう頼んでおいてよかった。グレースは改めてそう思う。

今日は四人でつるんで、オルダー通りをだらだらと歩いている。男たちがちょうど自宅のまえに差しかかったとき、グレースはキッチンのドアを開ける。

「オリン」彼女は路地に向かって呼びかける。「助けてくれない、オリン？」

耳をそばだてて待つ。彼が立ち上がれば椅子の軋む音が聞こえるだろう。が、何も聞こえない。彼女はもう一度声をかける。今度はもう少し大きく、しかし、通りを歩く男たちには聞こえない程度の声で。

「オリン、こっちよ。家《うち》まで来て助けてほしいの」

金属の椅子が耳ざわりな音をたてる。ほどなくガレージの横にオリンの姿が現われる。彼はエリザベスが死んだことを知っているのだろうか。通りを歩いてくる男がエリザベスを連れ去って殺したことを、それ以外にもあの男が——グレースとしては想像もしたくないようなことを——したことを知っているのだろうか？

「そこのあなたたち！」

グレースは大声をあげる。黒人の男たちの耳に届くように。揉めごとが起きたと思い、オリンがライフルを取ってくることを願いつつ。彼女は私道の端まで出る。最初はゆっくりと、それから急ぎ足で。男たちをなるべくジュリアの家から遠ざけておかなければ——ジェイムズが彼らに気づいたら厄介だ。

「ちょっと、待ちなさい！」

この時間にしては珍しく、オルダー通りは静まり返っている。エリザベスが川から引き上げられたという知らせを受けて、夫たちはすでに帰宅している。ガレージの扉は閉ざされ、カーテンも引かれ、窓さえ閉められているようだ。夕食を給仕するときのいつもの音——グラスがぶつかり合う音や、銀食器のどれかを落とす音や、普段使いの皿を重ねて運ぶ音——がまったく聞こえてこない。しかし、そういう音が聞こえなくても、隣人たちが今、食卓についていることはわかる。声をひそめて、近々おこなわれる葬儀について話したり、これからどうなるのだろうかと話し合ったりしていることも。オルダー通りはいつまでも昔のままでいられるのか？　それともオルダー通りは——自分たちの暮らしは——もうあと戻りできないほど変わってしまったのか？　グレースはちらりと背後を振り返る。オリンの姿はまだない。

男たちのうち、ふたりだけがグレースの声に振り返る。顎ひげの男はゆっくり歩きつづけている。通りの反対側では、ポーチを掃いていたミセス・ウォレスが家の壁に箒を立て掛け、中にはいってドアを閉める。ふたりの男はグレースを見て、それから互いに顔を見合わせる。一番目の男が二番目の脇腹をつつき、肩をすくめる。それからふたりは先頭を歩く男に追いつこうと急ぎ足になる。

「そう、あなたたち」とグレースは大声で言う。「あなたたちのことよ！」

今日は赤ん坊がずしりと重い。一日の終わりにいつも感じるより重い。きっと男の子だからよ——母親はそう言いたがる。でも、グレースは、健康で丈夫な赤ちゃんだからだとしか思わない。

「よくもまあ、こんなところを歩けるわね」と彼女は言う。

背後で足音が聞こえる。一歩、二歩、コツン。一歩、二歩、コツン。オリンは銃を杖のように突いている。一メートルほどの木の棒を杖がわりにしていたように。オリンにはグレースの姿も男たちの姿も見えたにちがいない。杖を突きながら歩く速度が速まっている。ほどなく彼の息づかいが聞こえてくるはずだ。歩くことが辛くて咳き込む音も。もし今、振り返ったら、オリンが真っ赤な顔をして、こめかみから汗を垂らし、よれよれの白いボタンダウンのシャツをお腹に張りつけている姿が見られるはずだ。グレースの呼びかけに今度は別の男が振り返る。その男はグレースを見てから、左右を見まわす。誰に話しかけているのだろうと戸惑うように。

「奥さん?」

あのとき途中で立ち去った男だ。グレースの記憶はまちがっていなかった。大きな茶色の眼の上のとろんとしたまぶたが、彼をほかの男たちよりもやさしそうに、思慮深そうに見せている。彼には仲間を止めることはできなかった。が、同時に仲間の所業を見ていることもできなかった。

「あなたたちが何をやったかわかってるのよ」グレースは大声で言う。「あなたたちの仕業だってことはお見通しなのよ」

ほかのふたりも振り向く。が、顎ひげの男はグレースに背を向けたまま立っている。杖と足の音は止まっていた。どの男なのかオリンにわかるように、グレースは指を向ける。一番背の高い男を指し示す。幅広い肩は丸まっている。両手首から肘にかけて、ひものように太い静脈が走っている。この距離からだと静脈までは見えないが、グレースは知っている。あの晩、あの男が覆いかぶさってきたときに――あの両腕にはさまれてとらわれたときに――この眼で見た。ほかの三人に続いて顎ひげの男も振り返る。男の視線は最初、グレースを素通りする。グレースもオリンも素通りする。まるでふたりには眼をとめる価値すらないかのように。それからようやく男の眼の焦点が定まる。視線がグレースに向けられる。

「知ってた、オリン？　警察が今日わたしたちのエリザベスを見つけたの。川から引き上げたのよ」グレースはまた手を上げて指し示す。「この男があの子をさらって、ゴミみたいに川に捨てたのよ」

オリンはくたびれているにちがいない。毎朝、毎晩、夜遅くまで路地で番をしているのだから。彼は黒人たちが路地を通らなくなったことを不思議に思い、自分が彼らを追い払ったのだと考えたかもしれない。エリザベスが行方不明になってからというもの、オリンは誇りを感じているようだった。長い年月で初めて自分が役立っていると、力を持っているとさえ感じていたはずだ。それが今、路地ではなく、通りを闊歩《かっぽ》する黒人たちを眼にしている。自分の脅しが成功したわけではなかったのだと思い知らされている。グレースは思う、そう、わたしが彼のその誇りを奪ったのだ。

「オリン」オリンが動かないので、グレースは繰り返す。「そこにいる男よ。そいつよ」

「あんた、絶対言うだろうと思ってたんだがな」

男の声音――ジェイムズよりもずっと低い声――がグレースをあとずさりさせる。男のにおいの記憶が甦ってくる。朝一番に振りかけたスパイシーなコロンと腋臭《わきが》の混ざったにおい。

この男はわたしのところに警察が来たことを知っている。警官が質問して、わたしが嘘をついたことも。だからまた戻ってきたのだ。もう安全だから。せっかく誰かが――グレースより強く、エゴイストでもない誰かが――逮捕されたのに。それはやさしい眼をしたおとなしい男だったかもしれない。それが誰であれ、その人は二度とあんなことが起こらないように行動する強さを持っていた。警察にオルダー通り七二一番地で女性が襲われたと告げた。妊娠した女性がひどく傷つけられた、と。しかし、グレースは嘘をついたのだ。結婚生活と、生まれてくる娘のために描いていた未来を守りたくて。腰骨の痛みと首のこわばりを隠しながら、警官に笑みを浮かべたのだ。そして今、男は舞い戻り、オルダー通りを闊歩している。この男は自分のしたことなど、まったく意に介していない。グレースを見てもすぐには誰だかわからなかったほどなのだから。

「あなたがやったってことはわかってるのよ」とグレースは言う。

今度は囁き声で。彼女の横からオリンがよろめきながらまえに出てくる。いつも坐っている彼が銃の重みを必死で受け止めて立っている。

「おれが何をしたって？」男はそう言って、両側に立つ仲間を見やる。「おまえら何か知ってるか？」

両隣りの仲間は首を振る。とろんとしたまぶたの男は地面を蹴って、腕を組む。グレースが傷つけたのはエリザベスだけではない。このやさしい男も傷つけたのだ。彼の肩に手を置き、なだめてあげたい。グレースはそう思う。母さんなら、だらけてないでちゃんと立ちなさい、と叱りつけるところだろうが。そのとき、まるでグレースの考えを読んだかのように、三本指で顎ひげを撫でつけた男がやさしい男の肩に手をまわす。押さえつけ、ぎゅっとつかんでいるようにも見える。やさしい男は耐えてじっと立っている。

「何かのまちがいでしょ、奥さん」と顎ひげの男は言う。「誰も何も言わなきゃ、何も起こっちゃいないってことだ。そういうもんじゃないですかねえ？」

グレースの視界の隅で何かがきらりと光る。夕陽が黒い金属に反射している。細い銃身が持ち上げられ、水平に保たれる。オリンが咳き込む。息をするたびにぜえぜえと苦しそうな音がする。彼も昔からずっとこんなに具合が悪かったわけではない。しかし、年を追うごとに、息をするのも、歩くのも、立っているのも、何をするにも辛そうになっている。今では医者は焼けるように痛い注射をオリンに打っている。が、オリンの不幸はオリンだけのものだ。オリンは男たちのほうを向いてうなずき、標的が誰かを確認する。グレースは心の中で自分につぶやく。あの男はわたしが警察に何も話さなかったことを知っている。わたしには話すつもりがないことも、やさしい男が彼を裏切ったことも知っている。

「駄目よ、オリン」とグレースは言う。手のひらで細い銃身を押さえ、銃口を地面に向けさせる。オリンがグレースの家のガレージを撃った日に、ミスター・ウィリアムソンがやったように。「駄目」

大きな手でやさしい男の肩をつかんだまま、グレースをひどい目にあわせ、エリザベスを殺した男はひょいと頭を下げる。あの男はわたしが撃たせたりしないことを知っている。男は背を向け、仲間を連れて去っていく。しかし、彼らはまたやってくるだろう。グレースはそう思う。わたしが弱すぎるせいで。

21

ジュリアは冷蔵庫のまえに立ち、中を見つめる。普段なら、双子とビルのために夕食を食卓に並べている時間だ。冷蔵庫の一番上の棚から、アルミホイルできっちり包んだバナナブレッドをひとつ取り出す。プディングにするには熟れすぎたバナナがあったので、それを使ってバナナブレッドをつくったのだ。〝無駄なければ不足なし〟。ジュリアはきっちりくるんだバナナブレッドを両端のホイルが破れるまでぎゅっとひねると、裏口のドア脇にあるゴミ容器に向かって投げつける。さらにアルミホイルで包んだ塊を三本取り出す。どれも明日の捜索隊の食事用にと焼いたものだが、もう捜索は終わり、結局、このバナナブレッドは全部無駄になる。最初の一本と同じように、残りの三本もキッチンの隅に向かって投げつける。次に、薄いブルーの地に白い〈バタープリント〉柄のキャセロール皿を引っぱり出す。メレンゲを八センチものせたバナナプディングで、これも明日教会へ持っていくつもりだった。ジュリアの泡立てるメレンゲは崩れたり溶けたりすることがない。このプディングも例に洩れず完璧な仕上がりだ。ジュリアは手のひらに冷たい皿をのせ、肩の高さまで持ち上げると、ゴミ容器に向かって放り投げる。皿は壁にあたって砕け散る。次はライ豆のクリーム煮。これは昔からビルの好物だった。ライ豆は、レモン色のキャセロール皿ごとキッチンを飛んで壁に激突し、びちゃっと飛び散る。薄い色の平べったい豆が壁にくっつき、それから床に落ちて転がる。

「ジュリア叔母さん」

ジュリアはくるりと振り返る。

「何か悪いことでもあったの？」とイジーが尋ねる。片手をアリーの肩に置き、もう一方の手をだらりと脇に垂らして、キッチンの戸口に立っている。ふたりとも素足で、入浴したばかりの髪は濡れている。

「いいえ」とジュリアは言う。「なんでもないわ。ふたりとも階上《うえ》に戻りなさい」

アリーは戻ろうとするが、イジーは動かない。

「エリザベスのこと？　見つかったの？」

「今は駄目、イジー。あとで、ビル叔父さんが帰ってからにしましょう」

「あたし、何も悪いことはしてないよ」とイジーは言う。「パッチズを捜しにいってただけよ。叔母さんがちっとも捜させてくれないから」

アリーはもう廊下を歩きだしていたが、イジーのほうはてこでも動こうとしない。

「アリーのふりをしてごめんなさい。アリーは知らなかったの。あたしはただ……」

「今すぐ階上《うえ》へ戻れって言ったでしょ！」

「でも、ジュリア叔母さん、あたしたち……」

「あんな猫、絶対見つかりっこない」

ジュリアは冷蔵庫に手を入れて、バナナブレッドの最後の一本を引っぱり出すと、腕を大きくうしろに引いて、投げつける。きっちりくるんだ小さな包みがどすんと壁にあたる。

「あの猫はお祖母ちゃん家《ち》にいたのよ。市《まち》のずっと向こう側なの。きっと今頃はもう死んでるわよ」

イジーは下唇を突き出す。「そんなことない。パッチズが死んだなんて、そんな証拠はどこにもない！」

ジュリアはイジーに背を向けて言う。「階上《うえ》へ行きなさい。今すぐ！」

少女たちの寝室のドアがばたんと閉まる音が聞こえるまで、ジュリアは自ら投げつけた料理の残骸を見つめている。ふたりがちゃんと部屋にはいったと確信できてから、玄関まで行き、通りに面した窓からすばやく外をのぞく。近所のご主人たちはもう帰宅しているというのに、ビルが帰ってくる気配はない。ジュリアはカーテンから手を離すと、玄関脇のテーブルから、マリーナに返された黄ばんだぼろぼろの〈ウィローズ〉の記事の切り抜きを手に取る。何度も開いては折りたたむことを繰り返したせいで、折り目が破れかかっている。それからキッチンに戻り、黄色いプディングやバナナのかけらやぬるぬるした豆が飛び散ったゴミ容器のそばに立ち、切り抜きの薄い紙をはらりと落とす。

以前ジュリアは自分に言い聞かせていた――この記事を取っておくのは写真に写っている建物が好きだからだ、と。玄関ポーチを囲む美しく塗装された手すり、二階のテラスを支える角柱のあいだに渡された丸いアーチ。今でもこの写真を見ていると――真ん中に丸い油染みがついているが――未婚の母たちが天気のいい日に二階のテラスの椅子に坐っている様子が眼に浮かぶ。彼女たちはひっそりと赤ちゃんを産むためにたったひとりでカンザス・シティへ送ってこられたにちがいない。そこへは国じゅうから女たちがやってくる。すべての鉄道はカンザス・シティに通じ、さらにメインストリート二九二九番地の〈ウィローズ〉へとつながっているのだから。ジュリアはゴミの中から記事を拾い上げ、エプロンで拭うと、仔細に見つめる。写真の中の小さなプライヴェートポーチに誰かが坐っているようにも見える。粒子の粗い写真なので断言はできないが、直接訪ねてみれば、自分の眼で確かめることができるだろう。

キッチンに佇《たたず》み、どれくらい色褪《あ》せた写真を見つめていたのだろう？　ノックの音がして、ジュリアは現実に引き戻される。ドアを開けると、ジェイムズが片手を外壁につけて立っている。両袖をまくり上げ、シャツの裾を出している。ビルが週末に着ているのと同じ、ダブルステッチのシャンブレー織りのワークシャツに、ビルと同じ紺色のあや織りのズボン。ビルと同じ爪先に鉄芯のはいった黒いワークブーツ。以前はビルも仕事を終えて帰宅したとき、同じようにシャツの裾を出していたものだった。家にはいると、ジュリアがボタンをはずしてシャツを脱がせたあと、ランニングシャツ姿のままでいたこともあった。メリーアンが生まれるまえは彼もジュリアのシャツを脱がすのを手伝い、居間の床で愛を交わしたこともあった。

「こっちは何も問題はないかい？」ジェイムズは外壁から手をどけると、ちらりと通りを見る。「グレースに様子を見てくるよう言われてね」

ジュリアは網戸を開け、家の中に招き入れ、ジェイムズが引き連れてきた暖かな外気を吸い込む。彼は昔のビルと同じにおいがする。グリースのにおいだろうか？　それともオイル？　金属の削りくずのにおい？　今日は工場で働いていないのに、ジェイムズからはそんなにおいがする。彼の足取りが床板を通じて伝わる。彼の体が玄関口をふさぎ、薄手のカーテン越しに射し込む陽射しをさえぎっている。

「ジュリア？」とジェイムズがキッチンをじっと見て言う。「何があった？」

ジュリアは新聞の切り抜きをこの一年間しまっておいた引き出しの中に戻す。「ビルはもう赤ちゃんを望んでないのよ」

そんなことが言えたのはジェイムズがこちらを見ていなかったからだ。彼は壁からしたたり落ちるプディングや、ゴミ容器の横にへばりついている茶色いバナナブレッドのかけらを見つめている。

「わたしに触れようともしないの」

顔を合わせられず、ジュリアは床に向かってつぶやく。黒いワークブーツが近づいてくる。温かな手が彼女の両肩をつかむ。

「わたしは自分の赤ちゃんの面倒もみられなかった女だけれど」ジュリアはジェイムズの胸に頬を寄せて言う。「今度はエリザベスの面倒もみられなかった。同じ失敗を二度もしちゃったわけよ……」

眼を閉じると、何もかもがうまくいかなくなるまえのビルが眼のまえにいるように思える。がっしりとした手。ビルのように広い肩幅、高い背丈。一緒にいると自分が小さくなったように思わせてくれる男。ジュリアはたいてい女性の中で一番背が高い。子どもの頃は〝ひょろ長い〟と言われていた。細長い腕と脚だけでできたような体だった。そんなジュリアに、母親は不恰好な時期もそのうちに終わるよと言った。背が伸びるのが止まって、横にふくらみはじめるから、と。今、ジェイムズは眼のまえに立ち、グリースだかオイルだか金属の削りくずだかのにおいをさせている。手を伸ばして彼の胸に触れると、ビルと同じ肌触りがする。シャツの硬い生地、裏止めの小さな補強ボタン、ぬくもり。ジュリアはそっと彼にもたれる。彼女の肩をつかんでいた彼の両手が彼女の腕をすべりおりて腰へまわされ、彼女を引き寄せる。

マリーナは、リサイクルショップに持ち込むために回収した古着の袋をよけながら、ガレージの中を爪先立ちして進む。夫は二階で昼寝をしている。ひそかに手早くすませてしまおう。今年の春に防風用の二重窓を取りはずしたとき以来、ウォーレンは工具を使っていないし、夏の暑い時期に使うこともない。秋が来て、彼が柵の手すりを修理したり、窓枠を差し替えたりしようと思い立つ頃には、赤い柄のハンマーを持っていたことなど、とっくに忘れているはずだ。赤いハンマーがどうなったのかとか、なぜそこに茶色い柄のハンマーが掛かっているのかとか、そんなことは考えさえしないだろう。

エリザベスが発見された以上、また普通の生活が戻ってくる。男たちは仕事に戻り、主婦たちは手づくりバザーの準備を再開する。マリーナは夫の作業台までたどり着くと、すべらかな木製の厚板の上に身を乗り出し、茶色の柄のハンマーをつかんでペグボードからはずす。そのハンマーは新品で、工具の中で一番清潔だ。すぐに夕食の用意をしなければならないときに、わざわざ汚れた工具を使う必要はない。

ガレージから出ると、マリーナは裏庭を囲むヒマラヤスギの柵の手すりに両腕をのせる。柵が充分にプライバシーを保ってくれているし、家の両側にある門はそれぞれスライド式のボルトの掛け金で閉められている。庭の外側の境界線には黄色や白やピンクや赤の花々が交互に並んでいる。草花は前庭よりこの裏庭のほうが幸せそうだ。たぶん前庭にはピーターソン家のニレの木――この通りに今も何本か残るうちのひとつ――が日陰をつくっているためだろう。あの木の枝は柵の内側まで垂れ下がっている。あの木がうちの庭にどんな病気を落とすかわかったものではない。マリーナは右脚のストッキングの縫い目が曲がっていることに気づき、引っぱって正しい位置にずらす。それからあたりを見まわし、外を出歩く人がいないことを確認すると――近所の人たちはエリザベスの死の知らせに怯え、みんな家に閉じこもっている――そっと門を抜ける。ここから始めよう、とマリーナは思う。あの双子がうちの裏庭に忍び込むとしたら、最初に必ずここを通るはずだ。

あのなめらかなブロンドヘアのキュートな刑事は、マリーナを助けてはくれなかった。双子が無事に帰宅したあと、マリーナは夫に続いて自宅にはいった。正面の窓からジュリアとグレースが通りで言い争っているところを見ていると、階上《うえ》から、これからシャワーを浴びて夕食まで仮眠する、と呼ばわる夫の声がした。そこでマリーナは書類を引っ掻きまわし、ブロンドの若い警官がくれた電話番号を見つけ出すと、電話をかけて、誰かが花壇に放尿したと訴えた――たぶん向かいの双子の少女が犯人だと思うんです。どうにも手に負えない子たちで、よその家の敷地にはいり込んだり、夕食どきを過ぎても外をうろついたりしてるんですよ。この通りの子どもですらないのに。ウッドワードの東側のどこかで、申し分ない保護者のお祖母さんと暮らしているんですから。可哀そうなエリザベス・シマンスキに何が起こったか、考えてもみてください。この通りの住民にこれ以上の悲劇を受け止めきれると思いますか？　同じことがこのふたりの幼い無垢《むく》な子どもたちの身に起こったら、耐えられますか？　お願いします、あの双子を家に帰すように取り計らってください。しかしあの刑事の答は――電話越しに話すと、絹のようなブロンドも赤く薄い唇も見えないまま話すと、大してキュートでもないとマリーナは思った――子どもとはそんなものだし、自分にできることはなく、しようとも思わない、というものだった。

声が洩れないように送話口を手で覆いながら、マリーナは懇願さえした。あの刑事にわかってほしかった。あのチラシは夫の関心が高まった証拠なのだということを。それなのに、あの子たちはこの通りに住みつづけるかもしれない――永久に住むかもしれない――というのだ。マリーナは彼にわかってほしかった。これがいつものパターンであり、次に何が起こるかは夫自身よりもマリーナのほうがよく知っているということを。夫にはずっと女の影があった——たいていは大人の女の影が。けれど、ウィリンガムの少女のように、はっきりと区別できない相手もいた。少女とも言える。女とも言える。そのふたつの境界線のなんと細いことか。もし双子のどちらかに——夫がどちらを選ぶにしろ——そういうことが起これば、その子の眼を見れば、マリーナにはわかるだろう。まずその眼に、ほかの人にはショックと勘ちがいされそうな表情が浮かび、やがてそれが悲しみに変わり、最後にはあきらめとなる。周囲の人々は訝しむことだろう。なぜあの子の眼は突然、影を深め、ぽっかりと穴があいたようになってしまったのか、と。今までマリーナは不穏な兆候をすべて無視してきた。毎年、数週間で自宅に帰ることになっていたからだ。マリーナは数週間滞在するだけだったからだ。双子はしかし、マリーナはあの刑事にそういう話は一切しなかった。夫が双子たちに与えた贈りもののことも、彼女の知るほかのことも一切。キュートな刑事はこう答えた——その双子が奥さんや奥さんの財産に損害を及ぼさないかぎり、ほんとに何もできないんです。やりようがないんですよ。

アリーは怖がる。いつも怖がる。だからイジーは彼女を引っぱって階段を降りて玄関まで連れていかなければならない。少なくとも、イジーはそう思っている。でも、とアリーは思う。それはちがう、あたしは怖がってるんじゃなくて、ただ心配してるだけだ、と。普段のジュリア叔母さんなら、大声で叫んだり食べものを投げつけたりしないし、ほんとかどうかわからないのに猫が死んだなんて言ったりしない。イジーは階段を一段降りるごとに怒りを募らせ、アリーを引っぱりつづける。ふたりは無言のまま、しかめっつらでにらみ合い、前後に——イジーはまえに、アリーはうしろに——引っぱり合いながら、玄関口を抜け、外に出る。いつだって勇敢な子で、強い子で、大人に盾突く子はイジーだけだと思われてる。そんなのはずるい。アリーはイジーをぐいっと引っぱり、家の中に戻ろうとする。立ち止まって考えるのが一番というときだってある。お祖母ちゃんは、冷静な頭で考えた者が勝つといつも言っている。しかし、結局、キッチンにいるジュリア叔母さんにもミスター・リチャードソンにも気づかれずに、ふたりは家を抜け出し、ポーチを降り、芝生を駆け抜けている。〈ビアーズドーフ〉からの帰り道、イジーは盗んだツナ缶の中身を出そうとしたのだけれど、缶の蓋を開けられず、結局、捨てたとアリーに話した。そして、ミスター・ハーツがくれたチラシの何枚かを貼りながら帰ってきたのだ、と。ミスター・ハーツはイジーにチラシの束と灰色のテープを渡すとき、こう言ったそうだ——このことは絶対に内緒だ。どこでチラシをもらったかは誰にも言っちゃいけない。じゃないと、私が困ることになる。それからミスター・ハーツはイジーに二度と自分ひとりでは猫を捜しにいかないと約束させた。それでも、イジーはそのあとも捜しまわった。もらったチラシを電柱や家やビルの壁にテープで貼りつけもした。今、アリーと一緒に家を抜け出したのは、そのチラシを全部剝がしておきたかったからだ。チラシを見つけたジュリア叔母さんにまた怒られるまえに。

オルダー通りの真ん中まで出ると、ふたりは走るのをやめ、背後をチェックする。ジュリア叔母さんもミスター・リチャードソンも出てくる気配はない。このブロックの家はどこもしっかり戸締まりをしている。そのとき、通りの向こう側のガレージから、ミセス・ハーツが出てくる。手にはハンマーを握っている。アリーのほうがイジーのシャツを引っぱり、ミセス・ハーツのほうを見るように促す。ミセス・ハーツはガレージと家の側面のあいだに立ち、通りを渡ろうとするかのように左右を見ている。車は一台も走っていないから、誰かに見られはしないかチェックしているのだろう。ミセス・ハーツがこれから何をしようとしているにしろ。双子は互いに引っぱり合うのをやめ、しっかりと手をつないで、ミセス・ハーツが門を開けて自宅の裏手に消えると、そのあとを追う。

ミセス・ハーツの家の裏庭には板塀が張りめぐらされているけれど、板の隙間から中の様子をのぞくくらい、双子にとってはわけもない。ミセス・ハーツはもう誰かに見られているのではないかと気にするそぶりもなく、芝生にハンマーをぽとんと落とし、スカートを膝の裏にはさみ込んでしゃがみ込む。それからハンマーをまた手に取ると、両手で持って振り上げ、ピンクの花をつけた丈の高い植物の真ん中に振りおろす。鈍い音とともにハンマーが地面に叩きつけられ、花びらが飛び散る。ミセス・ハーツはもう一度ハンマーを持ち上げて、振りおろす。今度は白い花びらと緑の葉が散り、つぶれて折れた茎から甘いにおいがにじみ出る。あちらこちらに手を伸ばせるだけ伸ばして、塀沿いの花を叩く。数分間、左を叩き、右を叩きつづける。ふたつの小さな足がキンギョソウを踏みつぶしていったかのように。片手をついて体を伸ばしても、それ以上遠くに手が届かないとわかると、ミセス・ハーツは体勢をもとに戻し、ハンマーを横に放り投げる。ハンマーは門にあたって撥ねる。ボルトの掛け金がかたかたと音をたてる。

「あれ、あたしたちのせいにするつもりなんだ」とイジーが言う。「でしょ？」

ミセス・ハーツは汚れた指で顔に触れたくないらしく、慎重に前腕を使って眼にかかった前髪を払う。彼女の胸は大きく上下し、鼻の下には汗の粒がついている。

「わたしの庭のことに口出ししないでちょうだい」とミセス・ハーツは言う。「あんたたちにはまったく関係ないことよ」

なんだかまずいことになりそうだ――アリーはうつむき、イジーをここへ連れてきたことを後悔する。そのうちジュリア叔母さんも、二階の部屋にいるはずのふたりが家を抜け出したことに気づくだろう。

「この辺で猫が死んでないかなって思って」イジーはうなだれたアリーとは逆に顎を突き出して言う。「見てませんか？」

「ええ、死んでたわよ。はっきりこの眼で見たの。ぽっくりいっちゃったみたいね。さあ、もうふたりともとっとと行ってちょうだい。お祖母さんのところに帰るのよ。そのろくでもない猫を捜して、この近所を走りまわるのはやめて。さもないと、エリザベス・シマンスキみたいな目にあうわよ」

「自分で花をめちゃくちゃにしといて、それをあたしたちのせいにするつもりでしょ」イジーはアリーの脇腹を突いて加勢を求める。

ミセス・ハーツは両手で地面を押し、膝を伸ばして立ち上がると、スカートからピンクや白の花を払い落とす。

「何を言ってるの。わたしが大切なお花をめちゃくちゃにするわけがないでしょ」とミセス・ハーツは言う。「きっと、あなたたち、こってり絞られることになるんじゃない？　叔母さんはこの庭を見たら、すごく興味を持つでしょうから。きっとわたしの話を信じるわよ。なにしろあんたたちふたりときたら、ここへ来てからずっと、彼女にとってトラブルの種でしかなかったんだから」

「嘘つき！」またイジーが言う。

マリーナは腰に巻いたエプロンを手で撫でつける。「とんだ言いがかりね」

「そんなことないわ」アリーはそう言って、塀の中に手を入れ、ボルトの掛け金をはずし、芝生に転がっていたハンマーをさっと拾い上げる。こうしてついに、アリーは勇敢な子に、機転の利く子に、状況を好転させる子になる。

イジーが歓声をあげて拍手する。ふたりは門を開けっ放しにしたまま逃げ出す。

22

キッチンの戸口で、ジュリアはジェイムズの胸に頰を預けたまま、息を吸い込む。グレースの夫のまとう空気は暖かい。彼の胸は厚くて逞しく、いかにも男らしい。以前はわたしにもこんな生活があったのに、とジュリアは思う。メリーアンが死ぬまえには。エリザベス・シマンスキが死ぬまえには。ビルが離れていくまえには。以前は。

彼女はジェイムズの首に手をまわし、襟足にかかったくせのある毛先に指をからめると、顔を傾けて、彼を引き寄せる。ガスコンロの上の時計がカチカチと音を刻んでいる。居間の扇風機が軋みながら左右に首を振っている。遠くで車のドアが閉まる音がする。ジュリアは彼に体を押しつける。ジェイムズは片手を彼女の背中に添え、もう一方の手を腰に置く。ふたりの唇が触れ合う寸前、彼は咳払いをするような声をあげて身を引く。両手を彼女の体から離して大きく左右に広げ、よろけながらあとずさる。ふたりは身じろぎもせず、その場に立ち尽くす。そのとき、ドアノブががたがたと揺れ、玄関のドアが開く。

ジェイムズと同じダブルステッチのワークシャツを着たビルが、家の中にはいってくる。その足取りを見て、足がまっすぐまえに出ていないことに気づく人は誰もいないだろう。しかし、ジュリアにはわかる。飲酒のせいでそのうち顔がむくみ、肌が黄みを帯びてくることだろう。それでも、ほかの夫たちよりは遅れたものの、夕食に間に合う時間には帰ってきた。ビルはジェイムズとジュリアには気づかず、ドアの錠をいじっている。鍵束をじゃらじゃらと鳴らし、ドアノブにつかまって体を支えている。ぐいと鍵を引っぱり、ようやく鍵穴から引き抜く。ビルは背すじを伸ばして振り返る。無言のまま、腕を組み、視線をジェイムズにとめる。ジェイムズの手はもう両脇におろされている。

「あんたがここにいるとは思わなかったな」とビルは言う。

ジェイムズはビルより十歳近く年上で、工場では上級職についている。ビルの最初の上司で、メリーアンが死んだあとの辛い時期にも、ビルが仕事を失わずにすむよう、何かと手助けしてくれた。

「ジェイムズは、あの子たちの様子を見にきてくれたのよ」とジュリアは言う。「ふたりが無事だってことを確かめにきてくれたの。わたしたちが無事だってことを」

ジュリアは手の甲で口を拭く。彼女の唇がジェイムズの唇に触れることはなかったのだが。どくどくという心臓の鼓動が鼓膜まで伝わり、耳が聞こえづらくなる。ジュリアは両手で自分を抱きしめる。

「あの子たちの面倒は、おれひとりでみられる」とビルが言う。

「グレースに様子を見てくるよう言われたんだ」とジェイムズは言う。「きみが帰ってきたなら、おれはもう帰るよ」

ビルは小さく一歩さがり、ジェイムズに道を譲る。

「そういうことなら」とビルは言う。

男たちは狭い戸口をふさぐように向かい合う。

「そういうことだ」長い沈黙のあと、ジェイムズは言い、ドアノブに手を伸ばす。「グレースもきっとすぐに様子を見にくると思うよ、ジュリア」

小さな足が階段を駆け上がり、ポーチを走る音がして、ジュリアは床から顔を上げる。双子はぴたりと立ち止まり、片方がもう片方にぶつかって、敷居でよろめく。双子のひとり、アリーが両手でハンマーを持ち、まるでトロフィーのように掲げている。が、ビルとジェイムズが見つめ合っているのを見て、ハンマーをおろす。

「それは外に置いておきなさい」そう言って、ジュリアは手を振って、急いで中にはいり、まっすぐ部屋に戻るよう示す。

アリーはハンマーをポーチに置き、両手をシャツで拭くと、イジーのうしろから二階に上がる。

「よし、それじゃあ」とジェイムズは言って、ビルの肩を叩く。「いい夜を」

オリンと一緒だと家に帰るのにどうしても時間がかかる。黒人の男たちがオルダー通りとウッドワード通りの交差点まで行ったのを見届けると、グレースはオリンを急がせる。ジェイムズはジュリアの家に長居はしないだろうし、オリンとふたりそろって通りに出ているところを見られたら、まずいことになる。数メートル歩いたところで、グレースはオリンの代わりにライフルを持つ。銃口を下に向けて、通行人に気取られないよう脇で抱えるようにして。家に近づくと、双子の声が聞こえる。あれほどジュリアにふたりから眼を離さないよう言っておいたのに、あの子たちはまた家から抜け出している。それ以外、通りに変わったところはない。静かなものだ。グレースは数メートルごとに立ち止まってオリンを休ませ、肩越しに振り返り、ジェイムズが来ていないか確かめる。オリンは靴が足を締めつけるとぼやく。グレースは家に帰ったら足を水に浸しましょうと言う。グレースの家の敷地までたどり着くと、ふたりは私道にはいり、よろよろと路地に向かって歩きつづける。路地に出ると、オリンが自分の椅子を指差す。グレースはライフルを抱えたまま、錆びた椅子を広げる。が、オリンがそこに坐ろうとしたところで、ジェイムズが横に現われ、ライフルに手を伸ばして、グレースから奪う。

「おいおい、どういうことだ?」ジェイムズは片手で銃を持ち、もう一方の手でオリンの腕をつかむ。「どうやってこれを取り戻した? 勘弁してくれよ、いったい何をやってる?」

オリンは自分の椅子にどさりと坐ると、ポケットから黄色いハンカチを取り出し、額を拭う。「番をしてた……」彼は荒い息の合間に答える。「くそったれの番をしてたんだ」

「ジェイムズ、お願い」とグレースは言う。「騒ぎ立てないで。なんのトラブルもなかったんだから」

「この銃にでっかくトラブルと書いてある。きみは中にはいれ。オリンの面倒はおれがみる」

寝室の窓から、グレースはまた路地を見下ろし、ジェイムズがオリンに手を貸して、家まで送るのを眺める。ふたりの姿が消えると、クロゼットの引き戸を開け、アイロンをあてたばかりのジェイムズのシャツを吊るす。グレースはいつも几帳面にシャツを吊るしている。まず日曜日に着る白いシャツにあて、それから家で夜に着たり、週末に何かあるときに着たりする暗い色のシャツにあてる。襟先はぴしっとプレスされ、下に垂れた袖口は硬く糊づけしてある。ジェイムズは週末に車をいじったり芝を刈ったりするとき、袖をまくり上げて、硬くプレスした袖口を台無しにしてしまうけれど。やがてキッチンのドアが開く。階段をのぼる足音がする。

「グレース？」

ジェイムズは片手にワークブーツを持っている。もう一方の手をグレースの肩に置き、上体を屈めて彼女の頬にキスをする。グレースは彼の手に自分の手を重ね、ぎゅっとつかむ。

「さっき何があったのかオリンから聞いたよ」と彼は言う。「きみは黒人の男たちに話しかけたんだって？　きみがそのうちのひとりを撃ってほしがっていたってオリンは言ってるけど。それはほんとうか、グレース？　そんなことはありえないって言っておいたけど」

「あなたから見て、わたしはどこか変わったように見えない？」

ジェイムズは長い息を吐き出す。おそらく物事があるべき方向へちっとも進まないことに疲れているのだろう。常に何かしらトラブルが起こることにも。グレースはそう思う。「そうだな、そりゃあ」とジェイムズは言う。「きみは体が大きくなった」

「そうじゃなくて、わたし自身が変わったの」グレースは視線をクロゼットの中のだらりとしたシャツの列から、ジェイムズへと漂わせる。「そう見えない？」

ジェイムズは開いたクロゼットのまえにしゃがんで、シューラックにブーツをのせると、立ち上がってシャツのボタンをはずす。この暑さが定着して以来、彼はアンダーシャツを着なくなっていた。ごわごわした黒い体毛が彼の胸で細長い三角形を描き、茶色い革のベルトの下へと消えている。彼は何かを探しているみたいにクロゼットのほうを向き、シャツを引っぱる。シャツはまず一方の肩からすべり落ち、それからもう一方の肩からも落ちる。脱いだシャツはうしろに放り投げられ、ベッドの上に落ちる。彼はまた屈み込む。立ち上がったとき、彼の指にはグレースの白い靴がぶら下がっている。クロゼットの中で最初にそれを見つけた日のように。

「きみは大丈夫だ、グレース」彼はグレースではなく、靴を見つめながら言う。いずれ何かがジェイムズを蝕みはじめるだろう――グレースはそう思う。それがなんであるのかよくわからなくても。片方の靴がガレージに転がっていて、車に踏みつぶされたのに、なぜもう片方はクロゼットのラックに無事に収まっていたのだろう？　彼はそう思いいたるかもしれない。「きみはきれいだ。さあ、外で何があったのか話してくれないか？　オリンはそいつらのひとりがきみに話しかけたといっていた。そいつはなんて言ったんだ？」

「どうでもいいことよ」グレースはジェイムズからあとずさり、ベッドの端に腰かけると、両手を膝の上に置く。「オリンが言ってた。きみがしゃべらなかったとそいつは言ってたそうじゃないか。どういう意味なんだ？」

グレースは両手を組む。「葬儀はいつになるのかしら？　あなた、知ってる？」

「まだだ」靴はまだ彼の指からぶら下がっている。「きみの心配することじゃない。お願いだ、グレース。おれに話してないことが何かあるんだろ？」

「小火《ぼや》」と彼女は言う。「ガレージで起きた小火《ぼや》のことなの。双子が花火で遊んでただけだって言ったわよね」

「それで？」

「ほんとはそんなこと思ってなかったの。あの子たちのいたずらだって言ったのは、そう言っておけば、あなたが心配しないだろうと思ったから。悪意のない事故だと思ってくれるだろうって。ほんとは路地を通る黒人たちの仕業だと思ってた。ガラスを割っていく人たちの。でも、あなたが怒るだろうと思ったのよ。きっと言い争いになるんじゃないかって」

ジェイムズはわかったというようにうなずくものの、眉をひそめたまま、頬の内側を嚙んでいる。またひとつ工場が閉鎖するという記事を新聞で読んだときと同じように。彼はその靴をラックにのせ、グレースに近づく。

「きみはエリザベスに何があったのか知っているのか、グレース？　あいつらのうちの誰かの仕業なのか？　きみがオリンに教えた男がそうなのか？」

グレースはゆったりとしたブラウスのへりを縁取る細いレースを指でいじる。

「誰かがエリザベスを殺したんだ、グレース。事故じゃなかった」

グレースは首を振り、凹凸のあるレースのへりに沿って指を走らせつづける。

「犯人はあの子の頭のうしろを撃ったんだ」そう言って、ジェイムズは耳の上あたりを指し示す。「ここを犯人は撃った。もし何か知っているのなら言うべきだ」

「ジェイムズ、やめて」とグレースは言う。「そんな恐ろしいことを言うのはやめて」

「何を知ってる、グレース？　さあ、話してくれ」

「オリンは混乱してるのよ」そう言って、グレースは坐ったままベッドの端のほうへ数十センチほどずれる。そして立ち上がり、ジェイムズの横を通って寝室のドアへ向かう。「オリンは混乱してる、それだけよ」彼女は廊下に出る。「わたし、ミスター・シマンスキのために夕食を用意したの。あなた、届けてきてくれない？　どれもこれもほんとに恐ろしい話だわ。誰がそんなことをエリザベスにしたのかしら？」

「グレース？」

「手を洗ってきて」とグレースは言う。「十五分後に夕食にするわね」

七日目

23

ジュリアは二度ビルを起こそうとしたが、眼を覚ます気配がない。このままではまちがいなく仕事に遅刻する。夫たちは全員今日から工場勤務に復帰することになっていて、ビルも出社しなければならないのに。背後の双子の部屋のドアは閉じられている。部屋は静かだ。ジュリアは腕時計を見る。

昨日ジェイムズが帰ったあと、ビルはキッチンの戸口に立って、ジュリアを見つめた。彼は何も言わなかった。説明を求めもしなかった。そもそもキッチンの惨状に気づきもしなかった。ただ、じっと彼女を見つめただけだった。ジェイムズとジュリアのあいだに起こったことは、部屋の中に確かに何かを残していた。入口をすっぽりとふさぎ、ビルとジュリアを引き離すだけの実体のある何かを。玄関のドアをばたんと閉めて出ていったときには、ビルは真実を悟っていたのだろう――ジュリアはひと言も発しなかったけれども。そのあと、ジユリアはビルが帰ってくるのをずっと待っていた。が、夜中にいつのまにかソファで眠ってしまい、彼が帰宅したときにも眼を覚まさなかった。

「ビル」とジュリアは寝室のドアを押し開けて呼びかけ、枕なしで眠ったせいで凝りかたまった首を片手で揉む。「仕事に遅れるわよ」彼女は部屋の中に身を乗り出すが、足は踏み入れない。「もう起きなくちゃ」

ベッドが軋み、ビルが上掛けをはねのける。彼は昨日着ていた服を着たままで、足にはまだ黒いブーツを履いている。両足ともひもがほどけ、黒い靴ひもが白いシーツの上にだらりと垂れている。ビルは上体を起こすと、両脚の向きを変えてベッド脇におろす。部屋の戸口にまで、酒のにおいが漂ってくる。〈ブラック&ホワイト〉だ、とジュリアは思う。彼はいつもそのスコッチをロックで飲む。

「仕事より頭の上の蠅《はえ》を追い払うほうがさきだ」彼の声は煙草の煙でしわがれている。

「それ、どういう意味？」

ジュリアは部屋にはいったものの、ベッドの裾で立ち止まる。身を屈めて、ビルが寝る側のキルトを引っぱり、ぴんと伸ばす。

「あいつは何をしたんだ？」

「あいつって？」

「ジェイムズ・リチャードソンだ。この家で。あいつはきみに何をした？」

ジュリアはまるで腰から上に何もまとっていないような気分になり、胸のまえで腕を組む。

「馬鹿なこと言わないで。どうして仕事に行かないのよ？」

「きみに質問してるんだ。単純明快な質問だ」

「だから言ってるでしょ。馬鹿げた質問だって」

ベッドから立ち上がりながら、ビルはうめき声を洩らす。工場から帰宅したときも、しょっちゅう腰の上や首の根元の分厚い筋肉をさすっている。彼は窓辺まで行くと、通りを見下ろす。

「きみに触れたのか？」

「大きな声でしゃべらないで。あの子たちを起こしちゃうわ」

「だったら質問に答えてくれ。あいつはきみに触れたのか？」

ジュリアはあとずさり、戸口にもたれる。「どうして仕事に行かないの、ビル？」

「ゆうべおれはきみたちの邪魔をした。何をするところだったのか教えてくれ」

「あなたはなんの邪魔もしてないわ。ジェイムズは……彼はわたしを慰めてくれてたのよ。親切にしてくれてたのよ」

「あいつがおれの妻を慰めていた？」ビルはゆっくりと一語一語を噛みしめるように言う。まるでその意味がうまく呑み込めないとでもいうように。

「そうよ」

ジュリアはビルを見つめる。ビルは丸めた肩を落としている。頭のてっぺんは髪がくしゃくしゃになり、顎のラインはたるんでいる。メリーアンが死んでからの数年で、ビルはジュリア以上に体重を落としていた。じっくりと観察してみて、ジュリアは彼がどれほど憔悴《しょうすい》しているか気づく。憔悴しきった彼は娘が泣いていたことしか覚えていない。小さな赤い顔と硬直した小さな体のことしか。メリーアンが生きていたほんの数ヵ月のあいだ、ビルは不満しか言わなかった。睡眠が足りない。夜にしっかり眠らなければ、一日じゅう働くことなんてできない。ほかの赤ん坊はこんなに泣きわめいたりしないのに、どうしておれたちの子はこうなんだ？

ビルはシャツの小さなまえボタンをはずす。それからベルトのバックルをはずして引き抜くと、ベッドの上に放り出す。

「あいつはきみに触れたのか？」

ビルはあの泣き声に耐えられなくて、自分の手でその声を止めようと決意したのかもしれない。ジュリアは思う。それがここ数年、彼に重くのしかかっていたものの正体なのかもしれない。あの夜、すまないとつぶやいたとき、ビルが指していたのはウィリンガムの女やエリザベス・シマンスキのことではなかったのだ。ジュリアはそれまでそんな可能性を考えたことはなかった。一度たりとも。しかし、思いをいたせば、それ以外の答はないように思える。医者の見立てはまちがっていたのだ。赤ん坊はわけもなく死んだりしない。ビルをここまで憔悴させたのは悲しみではない。罪悪感だ。

「答えてくれ。あいつはきみに手を出したのか？」

「わたしからさきに出したのよ」

シャツを脱ぎ、それもベッドに放り投げると、ビルは視線を上げる。「なんだって？　もう一度言ってみろ」

言いすぎだとわかっていても、ジュリアには止めることができない。息を吸い込み、顎を突き出す。今ならわかる。ジュリアは思う。メリーアンが死んだ夜、ビルはあの子に何かしたのだ。わたしが寝ているあいだに子ども部屋に行った。もうこれ以上、一日たりとも耐えられないと決意して。メリーアンが死んだあと、ビルはまるでわたしが一緒に暮らしていることに気づかないかのように、家の中をうろついていた。彼の視線はわたしを素通りし、わたしの周囲をさまよい、わたしを通り抜けた。彼の心は麻痺していた。きっとここ何年かはその罪悪感を――メリーアンのことを――忘れていたにちがいない。彼は陽気さを取り戻し、結婚当初と同じようにわたしを愛しているようにさえ見えた。でも、そんなとき、グレースに赤ちゃんができ、ベティ・ローソンにも赤ちゃんがやってきて、エリザベスが行方不明になった。その中のどれかが彼の記憶を刺激し、また罪悪感を記憶の表層まで引っぱり出したのだ。彼があの子を手にかけたのだ。だからこそ、もうひとり子どもを持とうと考えることすら耐えられないのだ。

あの朝、ジュリアは寝すごした。眼を覚ましたとき、静けさに驚いて上掛けをはねのけた。冷たいオーク材の床に立ち、爪先を丸め、足をこすり合わせて温めながら、耳をすました。子ども部屋の中は、重く沈殿していた空気が浮き上がり、温度が下がっていた。まるで窓が開いているかのように。あるいは誰かがブランケットについたゴミを振り落としたかのように。ジュリアは木の床の上を、軋ませないようにゆっくりと歩いた。ベビーベッドに近づくと、片手を柵の手すりに置き、もう一方の手を伸ばした。メリーアンの小さな脚は冷たかった。

喪失の痛みは二週間かけてじわじわと心に浸透し、やがてそこに巣食った。医者は灰色の太い眉をこすり、こういうことはたまにあるんですよと言った。これといった理由はないんです。くれぐれも理由を探そうとしないように。そう言って、医者はビルの背中をぽんと叩いたのだ。

「しばらくすれば、また奥さんの準備も整いますよ」と医者は言った。

最初の頃は、人々はふたりをそっとしておいてくれた。肩にやさしく触れ、抱きしめてくれた。キャセロールやレモンスクウェアを持ってきてくれた。グレースは毎日やってきた。玄関から音もなくはいってきて、洗濯物を干したり、箒で床を掃いたり、鍋やフライパンを磨いたりしてくれた。グレースだけに来る日も来る日もそれをやり抜く勇気があった。ジェイムズは家の外まわりの作業をした。落ち葉を掻き集め、雨樋を掃除した。数週間経つと、ビルはグレースとジェイムズに礼を言い、握手とハグをして帰ってもらい、そうしてメリーアンの部屋のドアを閉めたのだ。

「うしろを向いてばかりもいられない」彼はそのときそう言った。時がジュリアとビルを癒してくれる。数ヵ月が経った頃、人々は時間について話すようになった。時がジュリアとビルを癒してくれる。心配ないさ。癒えない傷などないのだから、と。しかし、喪失の痛みは沈殿しつづけ、日ごとにより深く沈んでいった。

ジュリアはビルに尋ねたことがある。「少しは楽になった？」ジュリアにとっては、メリーアンを記憶にとどめ、彼女の話をすることが必要だった。自分はよい母親であったと感じることが、ああいう悲劇はもう二度と起こらないのだと感じることが必要だった。

「どんな話をしたところで、あの子が戻ってくるわけじゃない」ビルはそう言い、徐々に仕事から帰宅する時間が遅くなっていった。自分で運転してオルダー通りまで戻り、千鳥足で玄関から帰ってくることもあれば、バーに居合わせた客が彼を送り届け、階段をのぼるのを手伝ってくれる夜もあった。見知らぬ人間がジュリアの家の中を歩きまわり、彼女の夫をベッドに寝かしつけることもあった。

そして、ほぼ一年が経った頃、悲しみの期間は終わりにすべきとばかりに、人々はジュリアとビルにまた子どもを持つべきだと言いはじめた。可愛い奥さんといいご主人のあいだに子どもがいないなんてもったいない、と。ジュリアは両手を広げて、腕が痛いのとビルに言った。その痛みはメリーアンが死んだあとから始まっていた。わが子を抱けなくなって、肩も前腕も関節も疼くように痛みだしたのだ。

「もう一度言ってみろ」とビルは繰り返す。彼の胸がふくらむ。両手は固く握りしめられて拳になっている。

「もう長いこと、男の人に触れられたことがなかったから」とジュリアは言う。「ジェイムズであれ誰であれ、嬉しかったわ」

ビルは大股で二歩まえに出て、ジュリアの二の腕をつかむと、彼女の体を荒々しく壁に押しつける。ジュリアは頭をしたたかドア枠に打ちつける。前腕を胸に押しつけられ、身動きができない。眼のまえに立ちはだかるビルからは、〈ハリーズ・バー〉の煙草のようなにおいがする。彼はまた大きくなったように見える。メリーアンが死ぬまえと同じくらい。鼻から呼吸をするたびに彼の胸は大きく上下する。唇はぎゅっと引き結ばれている。

胸に押しつけられたビルの腕の重みに喘《あえ》ぎながらジュリアは言う。「出て、行って」

今日は仕事復帰の初日で、ウォーレンもほかの夫たちも、普段通りの生活を再開していた。だからあと三十分以内でウォーレンは帰宅するはずだ。それなのに、マリーナはまだ食卓に夕食を並べてもいないし、スコッチと炭酸《ヴァーノーズ》を混ぜてもいないし、めちゃくちゃになった裏庭の花を片づけてもいない。キンギョソウは全部引き抜いてしまおう、とマリーナは思う。たぶんそれが一番いいだろう。でも、まずはジュリアに見せてからだ。日がな一日、マリーナはジュリアが外に出てこないか見張りつづけ、何度かドアをノックもした。が、双子さえ姿を見せなかった。夫の車が来ないか通りをチェックしながら――すぐに家に戻ったほうがいいと知りつつも――マリーナは今度はグレースの家のドアをノックする。家の中から足音が聞こえ、玄関のドアがようやく開く。

「よかった！」とマリーナは首元のパールのネックレスを指でいじりながら言う。「家にいたのね。夕食のお邪魔をしてなければいいんだけれど」

グレースは布巾で手を拭く。「大丈夫よ。ジェイムズはまだ帰ってないから。どうぞ、はいって」

「すぐに帰るわ、ほんとうに」とマリーナは敷居をまたいで言う。「具合でも悪いの？　ここ、ものすごく暗くて陰気な感じがするけど」

「用事は何かしら、マリーナ？」

「ハンマーのことなの」とマリーナは言う。「わたし、ハンマーが要るのよ」

「ハンマー？」とグレースは言う。

「ずっとご近所に訊いてまわってたの。ジェイムズは持ってないかしら？」

「ガレージにあると思うわ」

リチャードソン家のガレージの天井には電球が吊るされておらず、マリーナの行く手を照らす光はない。彼女は立ち止まり、眼が薄闇に慣れるのを待つ。すると緑色の大きな金属製工具箱が見えてくる。ジェイムズが誤って車で轢いてしまわないよう、奥の壁に立て掛けられている。工具箱の横には、衣類や靴、ハンドバッグやベルトを詰めた袋がいくつか、壁ぎわの邪魔にならないところに置かれている。マリーナは一本の指で工具箱の掛け金をはずし、蓋を開ける。一番上にハンマーがふたつ置かれている。どちらも頭部は丸く、先は割れていない。ちがう種類のハンマーで、マリーナの必要なものではない。

「ここに置いてある衣類はなんなの？」とマリーナはガレージの奥から大声で尋ねる。「寄付するためのもの？」

「ミスター・シマンスキが持ってきたのよ」とグレースも大声で返す。「大半はエヴァのものだと思うわ。あなたのところに――リサイクルショップに――届けてくれって頼まれたのよ」

「だったら、わたしに引き取らせて」そう言って、マリーナはまず衣類の詰まった三つの袋を集める。ベルトやハンドバッグや靴のはいった袋は洗濯の必要がないので今日は残しておくことにする。両手に三つの袋を抱えて、また陽射しの下に出ると、彼女はグレースに微笑みかける。「わたしがこれをちゃんとリサイクルショップに届けておくわ。あなたの手を煩わせなくてもすむように。エリザベスの知らせはあなたにとってはことさら辛いだろうし」

グレースは家の影の中から出てこようとせず、適切なお礼のことばを口にする代わりに笑みを浮かべる。「必要なものは見つかった?」

「大したことじゃないの」とマリーナは夫のハンマーのことばかり気にすることに嫌気がさして言う。この暑い盛りにウォーレンが工具に眼をとめるはずもないのに。秋になって、住まいの冬支度に取りかかるまえに、また別のハンマーを買うことにしよう。双子に盗まれたハンマーの代わりに。赤い柄のハンマーの代わりに。「どうしたの、グレース?」グレースが左右をきょろきょろと見て、両手で手すりにしがみついていることに気づき、マリーナは尋ねる。「あなた、怯えてるんじゃない? 何か怖いことでもあった?」

グレースは首を振るが、マリーナにはわかる。恐怖を見れば、彼女にはすぐにそれとわかる。

「近いうちに一度夕食を食べにきて」とマリーナは袋を腰で支えながら言う。「ジェイムズとふたりで。赤ちゃんが生まれてくるまえに、ご馳走してあげる。なかなかいい案だと思わない?」

グレースはほんとうに可愛い女性だ。ジェイムズのような年齢の男性には少し若いが、それはマリーナがあれこれ言うべきことではない。結局のところ、マリーナ自身も夫よりもずっと若いのだから。結婚したとき十七歳だったの、とマリーナは好んで人に話している。が、実際には十五歳だった。ふたりが初めて会ったときにはまだほんの十三歳だった。年の差婚だけでなく、おそらくこの恐怖もまた、グレースとマリーナが分かち合えるものとなるだろう。

「たまにはいいんじゃない?」とマリーナは言う。「上げ膳据え膳で温かい夕食を食べるのも」

グレースが返事をするまえに、マリーナは、のんびりした午後にしては多くの車が次々と通っていくことに気づく。エンジンが切られ、ドアを閉める音が続く。数日ぶりに夫たちが仕事から帰宅しはじめているのだ。裏路地が騒がしくなる――タイヤに弾かれた小石が木の柵にぶつかる音だ。黒いセダンがグレースの家の裏手でスピードを落とし、暗いガレージに進入する。ジェイムズ・リチャードソンが仕事を終えて帰宅したのだろう。

「走って戻らなくちゃ」そう言って、マリーナはグレースの脇を走り抜け、通りへ急ぐ。「近いうちに夕食に来てちょうだい。ジェイムズとふたりで。ね、素敵でしょ?」

24

もうすぐ夕食の時間になる。イジーとアリーはお腹をぺこぺこにすかせている。ジュリア叔母さんが昼食をつくってくれず、自分たちで用意しなければならなかったからだ。イジーは自分のベッドの裾に立って、ベッドカヴァーの両角を引っぱるものの、その下のシーツを伸ばしていないせいで、アリーのベッドのようにきちんと整った印象にはならない。イジーはぐうぐうと鳴るお腹の上で手を組み、自分で整えたベッドをじっと見つめる。アリーはさっきと同じことばを繰り返す――手伝いたいけど、言いつけにそむくことになるから手伝えない。でも、頑張ってね。ジュリア叔母さんが夕食にフライドチキンをつくってくれるかもしれないでしょ？　イジーは答える――おあいにくさま、自分のベッドくらい自分で整えられるよ。フライドチキンのことなんて持ち出さないでくれない？　お腹がすきすぎて痛くなってきちゃう。

アリーはいつも朝一番にベッドを整える。まずシーツをぴんと張るまで伸ばし、病院のベッドのように角をきちんと折り込む。それからベッドカヴァーをぱっと広げる。そうすればカヴァーは皺なく広がり、きちんとベッドの上に掛けられる。イジーはたとえ夕食抜きにな

って も、もうキルトをまっすぐ伸ばすことには頓着しないと決めると、マットレスの上でごろりと横になり、枕の代わりに手を頭の下で組んで考える——ジュリア叔母さんはどうしてキッチンの壁に食べものを投げつけたりしたんだろう？　ビル叔父さんはまた家に戻ってくるんだろうか？　それともあたしのママみたいにもう二度と戻ってこないんだろうか？

　アリーは完璧にベッドメーキングしたベッドに腰かけ、イジーを見て頭を振る。それからミセス・リチャードソンのガレージで見つけたベルトに、ステーキナイフの先で穴をあける作業を続ける。この作業を始めるまえ、アリーは必死に記憶を甦らせて、パッチズの首の太さの見当をつけた。ナイフが貫通したら、ぴったりのサイズの首輪ができあがるはずだ。

「ふたりとも」とジュリア叔母さんがドアを叩く。「はいるわよ」

　ドアが開き、ジュリア叔母さんが部屋にはいってくる。叔母さんの顔と首は赤く、髪は頭の上がぼさぼさになっている。もし階下《した》でチキンを揚げていたなら、白い綿の胸あてつきエプロンをつけているはずだが、眼のまえの叔母さんはエプロンをつけていない。イジーはすごくフライドチキンを愉しみにしていたのに。

「エリザベスのことで何か話したいことはある？」とジュリア叔母さんが尋ねる。「何か質問はある？」

　ふたりは首を振る。ふたりがエリザベスに会うのは年に数回だけだった。ジュリア叔母さんがシマンスキ夫妻と話しているときに、一緒に坐って待っていることもあったが、エリザベスは一度も口を利かなかった。

「それじゃあ、盗みのことを話し合わないといけないわね」とジュリア叔母さんは言う。

イジーとアリーはジュリア叔母さんが心配しなくていいわよ、と言ってくれるのを期待していた。ビル叔父さんはすぐに帰ってくるし、大人同士がたわいもない理由で喧嘩しただけだから、と。そのことばをふたりは望んでいた。そのことばとフライドチキンを。

「わたしはね、あなたたちはもっと分別があるって思ってたわ」とジュリア叔母さんは言う。「イジーがやったのよ」片手にナイフを持ち、もう一方の手にベルトを持ちながらアリーが言う。小さなバックルについた透明な宝石がきらきら輝いている。アリーがコットンで拭き、アルコールで磨いたからだ。アリーはナイフをイジーのほうに向ける。「わたしは一緒に行ってもいないんだから」それからナイフの刃を人に向けてはいけないことを思い出し、ナイフを下げて謝る。「ごめんなさい」ジュリア叔母さんは見ていなかったけれども。

ジュリア叔母さんは息を吐き、ゆっくりとまばたきをする。ふたりに説教をすることにうんざりしているみたいに。叔母さんは手で振り払う仕種をして、イジーをベッドからどかすと、ベッドカヴァーをはずして、シーツをまっすぐに皺なく伸ばしはじめる。

「叔母さんが買っておいてくれなかったから」とイジーは言う。「あたし、戸棚を全部見たんだよ。パッチズのために必要だったの。あとでちゃんとお金は払うよ」

「あたしもお金を稼ぐのを手伝う」アリーは言う。イジーのせいにしたことをすでに後悔しはじめている。

ジュリア叔母さんはイジーのシーツの両角を完璧に折り込み、青いベッドカヴァーを振って広げると、ふわりとベッドにかける。「誰にお金を返すの?」そう言って叔母さんはイジーの枕を腕に抱いてベッドに腰かける。

「ミスター・ビアーズドーフに」

「あのハンマーはミスター・ビアーズドーフのものなの?」ジュリア叔母さんは枕をふわふわにふくらませると、ふたつの角を持って勢いよく振り、ヘッドボードの真ん中にもたせかける。「あんな遠くまで行ったら駄目だって言ってるでしょ」

「ちがう」とイジーが言う。「あれはミセス・ハーツのハンマーだよ」

「よりにもよって、なんでマリーナのハンマーをあなたたちが持ってるのよ?」

アリーは自分のベッドの枕側に寄ると、両足を垂らして坐る。ふたつのベッドのあいだにある化粧箪笥の上にナイフを置き、ベルトを膝の上にのせる。「あたしたち、ミセス・ハーツが花壇のお花をハンマーで叩いてるところを見たの。あとであたしたちのせいにするつもりだったのよ。あの人、なんでもあたしたちのせいにしようとするのよ。何もしてないのに。この眼で見たから、その証拠にハンマーを持ってきたの。叔母さんに見せようと思って。盗んだんじゃないよ」

「それじゃあ、あのハンマーはマリーナのものなのね?」とジュリア叔母さんは言う。「だったらどうしてミスター・ビアーズドーフにお金を返さなくちゃいけないの?」

「あたしがツナ缶を盗んだから」とイジーが言う。

そう言って、イジーはてっきりじっと顔を見つめられると思う。しかし、ジュリア叔母さんはアリーの膝の上に置かれたベルトをじっと見つめている。陽射しを受けて、バックルがきらきらと光っている。

「パッチズのためにツナを用意してあげたかったの。パッチズの大好物だから。あたしの考えなの。全部あたしが考えた。アリーはなんにも知らなかった。あたしがアリーのふりをして叔母さんを騙して、ひとりで〈ビアーズドーフ〉まで行ったの」

ジュリア叔母さんは何も言わない。

アリーはちらりとイジーを見て、それからジュリア叔母さんを見る。ジュリア叔母さんに、どうかしたの？ってイジーが訊いてくれないかと思う。でも、イジーはジュリア叔母さんの様子がおかしいことに気づいていない。ジュリア叔母さんが立ち上がり、アリーの膝の上から細いベルトを取り上げる。

「これはどうしたの？」とジュリア叔母さんは尋ねる。ベルトを片手で軽く握り、もう一方の手で引っぱる。拳がバックルのところでとまると、人差し指で小さく透明な宝石をなぞる。

アリーは怯えている――イジーは胸の奥底でそれを感じることができる。それから自分の鼓動も聞こえる。舌が大きくふくらんで口の中からはみ出してしまいそうな感じがする。それはつまりアリーも同じように感じているということだ。

「ミセス・リチャードソンが捨てようとしていたの」とアリーが言う。

「ゴミと一緒に置いてあったんだよ」とイジーが言う。「ゴミだからもらったのよ。パッチズにちょうどいいリードになると思って」

イジーは立ち上がり、ジュリア叔母さんに細い革のベルトにアリーがあけている新しい穴を見せようとするが、叔母さんはさっとベルトを引っぱる。

「これはミセス・リチャードソンのベルトじゃないわ。エリザベス・シマンスキのものよ」叔母さんはベルトをアリーの顔のまえで振ってみせる。「これをどこで見つけたの？」

「そんなはずないよ」そう言って、イジーはジュリア叔母さんの脇をすり抜け、アリーの隣りに腰かける。イジーはアリーの手を取る。「ミセス・リチャードソンのガレージのゴミ袋の中にあったんだもん」

「あなたたち、これをミスター・シマンスキから盗んだの？」ジュリア叔母さんは頭を振りながら言う。「そんなことするなんて信じられない。よくもまあ、そんなことができたわね？」

「やってないよ」とイジーが言う。

アリーはベルトを見なくてもすむように眼をつむって、頭を振っている。「エリザベスから盗んだりなんかしない。ミスター・シマンスキからも盗んだりなんかしない」とアリーは言う。

ジュリア叔母さんはベルトを胸に抱きしめる。「ミスター・シマンスキにこれをどう説明したらいいの？　エリザベスはまだ埋められてもいないのに、その子から物を盗むなんて」

「あたしたちやってないよ。ジュリア叔母さん」とイジーが言う。「やってない」

「ひとつだけはっきりさせてちょうだい。あんたたちは外出を禁じられてるの。それは絶対に外に出ちゃいけないってことよ。あのハンマーはたぶんミセス・ハーツのものじゃなくて、ミスター・ハーツのものだと思うわ。ちょうど彼が帰ってきたところだから、今すぐ返してらっしゃい。ちゃんと謝ったら、まっすぐふたりでここへ戻ってきなさい。ビル叔父さんが罰として鞭で打ってから、雑用を言いつけると思う。それでお駄賃をもらって、ミスター・ビアーズドーフにお金を返しなさい」両手でベルトを抱きしめながら、ジュリア叔母さんは部屋を出ていく。

「あたしたち、盗んでないよ」イジーが叔母さんの背中に向かって大声で言う。「誓うよ。盗んでない」

「この家では」ジュリア叔母さんは戸口で立ち止まって言う。「あなたたちの誓いになんかなんの意味もないの」

マリーナは縁石につまずかないように歩幅を狭くして、ほとんど走るようにグレースの家から自宅へと急ぐ。通り過ぎる車――どの車も夫を夕食の席へと運んでいる――など一切無視して。前髪が落ちて眼の中にはいりそうになっても、両手に衣類を詰めた袋を三つも抱えているせいで、立ち止まって髪を払いのけることはできない。急いで戻ったものの、自宅まえの歩道に着いた頃には、マリーナは遅すぎたことを知る。私道には夫の青いセダンが停まっており、ポーチには――マリーナの家のポーチには――あの双子が立っている。夫は戸口にもたれている。若者がよくするように体の力をだらりと抜いて足を組みながら。

手に何かを持って、首を振っている。

「ふたりともそこで何をしてるの？」とマリーナは言う。「ミスター・ハーツの邪魔をしちゃ駄目でしょ」

「ジュリア叔母さんの言いつけで来たの」と双子の片方が答える。「あたしたちが盗んだんだから、ふたりに謝ってこいって言われて」

マリーナは階段をのぼり、双子のあいだに乱暴に割ってはいる。双子はよろめきながら、脇にどく。

「いったい何をしたの？」そう言ってから、マリーナは持っていた袋をどさりと落とす。薄っぺらなブラウスや皺くちゃのスカートがウォーレンの足元に散らばる。

「マリーナ？」と夫が言う。

夫の手のひらにはきらきらと輝く銀色の頭部と茶色の柄のハンマーがのっている。きれいな状態に戻っている。きっとジュリアが双子に返却させるまえに、磨いて乾かしたのだろう。

「この子たちは、これをうちの裏庭から持ち出したと言ってるが」夫はそう言って、マリーナによく見えるようにハンマーを差し出す。

彼女はすべらかな茶色の柄に触れる。「これ、あなたの？」

「おれのじゃない」と夫は答える。

「ミセス・ハーツがお花を叩いてたんです」と双子の一方が言う。あきれるほどこまっしゃくれた、うるさいほうの娘だ。「あたしたち見たんです。しかも、あたしたちのせいにされそうだったんです。あんたたちの猫は死んだわ、とか、この花を駄目にしたのはあんたたちよとか言って。花を踏みつけたり、おしっこをかけたりしたとも言われました。だからあたしたち、ハンマーを取ったんです」

夫はハンマーをマリーナのほうに突き出す。「それはほんとうか？」

「ほんとうなわけないでしょ？　だいたいそのハンマーはうちのじゃないのに。つくり話をしてるだけよ。なんでそんなことを言うのか、考える気にもならないわ」

気の弱いほうの少女は階段を降りはじめる。

「あたしたち、返さなきゃいけないんです」うるさいほうの少女がなおも言う。「あたしたちが取りました。ごめんなさい。はい、どうぞ」それからポーチから飛び降りると、もう一方の双子の手をつかんで、一緒に芝生の上を走りだす。マリーナのしなびたキンギョソウの花壇を跳び越えて、通りを渡って駆けていく。

「おれは自分のハンマーを探してみたよ」と夫が言う。「これはおれのじゃないことをあのふたりに納得させたくて」彼は片手で柄を握り、頭部の平らなほうで手のひらを軽く叩く。

「でも、見つからなかった」

マリーナはスカートを膝の裏にたくし込んでひざまずき、ポーチに散らばった衣類を拾う。どれもエリザベス・シマンスキの洋服にちがいない。ラヴェンダー色やピンク色の服ばかりだ。あの子はパステルカラーが大好きだった。その色合いが彼女の顔色を悪く見せていても。マリーナは袋に衣類を戻しながら言う。「わたしはハンマーだとかそういうことについては何も知らないわ」

　最後の服を袋に詰め込むと、マリーナは三つの袋を持って立ち上がろうとする。が、それより早く夫の手が彼女の左頬を打つ。マリーナはポーチの上でよろめき、転んで階段の手すりにぶつかる。衣類を詰めた袋が前庭に吹っ飛ぶ。マリーナは手すりに激突し、呼吸ができなくなる。開いたり閉じたりする拳のように、横隔膜が収縮を繰り返す。肺を空気で満たそうと喘ぎながら、両手で頬を押さえる。手のひらの下で刺すような痛みが燃えるような痛みへと変わる。マリーナは大きく息を吸い込むと、両側の隣家に眼を走らせる。

「おまえだったのか?」と夫が言う。汗が彼の顔の両側を伝い、下顎から咽喉元へ流れる。「言うのなら今だ。おまえがあの女を殺したのか?」

　マリーナは顔から手をおろす。一瞬、呼吸が停止するというのは、ものすごく奇妙な感覚だ。体はこんなにも空気を吸い込みたいと望んでいるのに、それができないというのは。夫を見つめながら、マリーナの体はまたしてもその感覚と闘っている。ゆっくりと、彼女は首を横に振る。

　ウォーレンはこのままキッチンへ行き、テレビの電源を入れ、スコッチを掻き混ぜながら、テレビが温まるのを待つことだろう。過去にはこういうことがもっと頻繁にあった。若い頃のマリーナは不注意で、何も考えずに嘘をついていた。たとえば冷蔵庫の中のスペアリブを調理し忘れて、こっそり捨てたとき、ゴミ容器から漂うにおいについて嘘をついたりだとか。それが年とともに、慎重に振る舞うことを覚え、嘘をつかなければならない理由を極力自分に与えないようになった。プライド――今回、車の運転とハンマーのことで嘘をついたのはそのためだ。夫が帰宅しているべき時間をとっくに過ぎても空っぽなままの私道を他人に見られたいなどと思う女はいない。

「まずいことになりそうだ」とウォーレンは言い、彼もまた近所の人々を気にするように、オルダー通りの左右を見渡す。それから家の中にはいってドアを閉める。

八日目

25

昨日はエリザベスの訃報とこの界隈の雰囲気を写し取ったかのように、主婦たちも静謐《せいひつ》な一日を過ごしていた。が、今朝になると、またそろって外出を始めた。大半はウィリンガム通りに日常の買いものに出かけた——それはつまり、噂は広まり、グレースとオリンと黒人の男たちのことは周知の事実となるということだ。とはいえ、重いカーテンの向こうからグレースと男たちを目撃していたとしても、話し声までは聞こえなかったはずだし、詳しい事情を知りたくても、質問まではしてこないだろう——マリーナを別にすれば。マリーナの大声を無視できなくなり、グレースはしかたなく歩道で足を止める。

「時間に遅れそうなのよ」と言って、グレースはマリーナの家のガレージに向かって歩きながら、白い手袋を引っぱる。通りをはさんですぐ眼のまえにはジュリアの家がある。電話もせず、バスにも乗らない朝がまたひとつ過ぎた。たぶん帰りには立ち寄れるだろう。ウィリンガムでしばらく過ごせば気分もよくなり、また強くなれる。ミセス・ノヴァックと店の女性たちなら、きっと黒人の男のことについて尋ねたり、わたしがどんなひどいことをしたのかと訝しがったりもせず、ピエロギづくりを手伝ってくれるだろう。生地を混ぜて、伸ばして、茹でて、わたしに箱いっぱいのピエロギを持たせて送り出してくれるだろう。ウィリンガムに着けばすぐに呼吸をするのが楽になり、戻ってきたときには、ジュリアにも会いにいけるだろう。「あなたと話してる時間がないの」

「お宅のガレージから持ってきた衣類だけど、こんなに繕う必要があるとは思わなかったわ」とマリーナは言う。

自宅のガレージの中で、マリーナは床にところ狭しと並ぶ箱や袋のひとつに屈み込んでいる。どの箱、どの袋からも古着やシーツやタオルがはみ出している。彼女は繊細なつくりの黄色のブラウスを取り出すと、両肩部分を持ち上げて広げ、さっと振ると腕に掛けてたたむ。

「それはわたしも知らなかったわ」グレースは腕時計を見る。もうすぐバスが来る。ジュリアの家を振り返りたい衝動を抑える。ジュリアが辛い思いをしているから、顔を見にいってあげたほうがいい、とジェイムズは言っていた。けれど、もうすぐバスが来るし、それを逃すわけにはいかない。ジュリアを訪ねるのはあとにしよう。「どの袋か教えてくれれば」とグレースは言う。「わたしが直しておくわ」

マリーナはガレージの床をさっと見まわす。彼女の背後にはペグボードがあり、ウォーレン・ハーツの工具が掛かっている。この界隈では、ウォーレンと同じようにペグボードを使う者が増え、男たちは誰もがしきりに工具の心配をするようになっている。近所の人も信用できないと言う者もいる。少なくとも、以前のようには信じられないから、できるかぎり工具の所在は把握しておかなければならない、と。ウォーレンの工具はまるで子どものパズルのピースのように完璧に掛けられている。欠けているのはハンマーだけだ。

「そこよ」とマリーナが言う。「あなたの足元にある。その袋の中身は繕う必要があるものばかりなの。だけど、あなたに頼むのは気が引けるわ。誰かほかの人が手伝ってくれるんじゃないかしら」

「今日さっそく取りかかるわ」

マリーナが別の袋に手を入れているあいだ、一瞬の間《ま》ができる。グレースは質問攻めを覚悟する――あなたはいったい黒人と何を話していたの？　オリンはあの男を撃ったの？　あなたはいったい何を知ってるの、グレース・リチャードソン？　わたしたちが知らない何を知ってるの？　エリザベスが棺に横たわっているのに、あなたは何も言えないっていうの？

「まあ、ご親切に」それだけ言うと、マリーナは引き続き選り分けたり、たたんだりを繰り返す。

沈黙は終わる。質問はなし。エリザベスのことにも触れなければ、彼女の葬儀のことも、哀れなミスター・シマンスキのために何ができるかしらという話も出てこない。

「誰かに手伝ってもらうわ」袋を持ち上げようと腰を屈め、グレースはうめき声を洩らす。

「ほんとにどうもありがとう」とマリーナは言う。ペグボードを見つめながら。「終わったら、リサイクルショップに持ち込んでくれてかまわないから」

起きなければ、とジュリアは思う。普段なら毎朝六時半にはベッドから出ている。ビルの朝食を用意して、お皿を洗って、それから双子の朝食を用意する。ふたりはたいていパンケーキを欲しがる。けれど、ビルはおらず、双子たちも眼は覚ましているかもしれないが、ことりとも音をたてていない。今はまだ用がなくても今日が終わるまでには何かしら言ってくるだろう。ビルがいないことにはやがてみんなが気づくだろう——今はまだ誰も知らなくても。まるでメリーアンが二度死んだかのようだ。ジュリアは思う。まるで真実を知ったことで赤ちゃんを取り戻し、そしてまた殺《あや》めてしまったかのようだ。まるで真実を知ったことがビルのしたことに匹敵するほど悪いことのようにも。痛みが胸に居坐り、抑えつけるせいで、呼吸のたびに苦しくなる。脚が重い。腕が痛む。

次に眼を覚ますと、寝室の中は暑くなっている。いつのまにかまた眠っていたようだ。両足をベッド脇にまわして床につけ、上体を起こす。最初、ジュリアは静けさを歓迎する。ドアのそばには荷造りをすませたスーツケースが置いてある。ジュリアは双子をビルに預けて出かけるつもりでいた。けれども、それは昨日までのプランだ。彼が出ていったからには、ふたりも連れていくことにする。三人で休暇を過ごそう。あの子たちもしばらくここを離れたほうがいい。反抗的な行動の数々も少しばかり一緒に過ごせば収まるだろう。列車に乗り、感じのいいホテルに泊まり、素敵なレストランで夕食をとる。〈ウィローズ〉の看護師や医者たちにも、わたしがどれほど双子を可愛がっているか、どれほど互いに愛し合っているかわかるだろう。たとえわたしに夫がいなくても、きっと赤ちゃんを渡してくれる。たとえエリザベス・シマンスキが二度と家に戻らなくても。たとえ一度わが子を亡くしていても。

ジュリアはキッチンへ行き、パンケーキではなく、スクランブルエッグをつくる。それから、ようやく時刻に気づく。もう午《ひる》を過ぎている。朝食にはあまりに遅すぎる時間だ。ジュリアは階上《うえ》の双子の寝室の物音に耳をすます。廊下を歩く足音にしろ、どちらかがベッドの上で跳ねる音にしろ、重みでスプリングが軋む音にしろ、何か聞こえてこないか耳をすます。何も聞こえない。シンクに身を乗り出し、裏庭を見る。この時間帯、双子たちはビルのガレージの陰に坐るのが好きで、白いチョークでコンクリートの板に何やら描いて遊んでいる。三目並べをしていることもあれば、お人形さんの絵を描いていることもある。が、今はその板の近くに人影はない。最後に描かれた絵は薄くなり、数本の白い斜めの線しか残っていない。ジュリアは階段の下へ行き、階上《うえ》に向かって大声で叫ぶ。「イジー！　アリー！　降りてらっしゃい！」

反応を待つが、何も聞こえない。

駅へ行くまえに双子の髪を乾かしておきたい。そのためには今、シャワーを浴びさせる必要がある。列車は何本かあって選べるはずだ。あの新聞記事には、この国のすべての路線はカンザス・シティの中心部に通じている、と書かれていた。カンザス・シティ行きの列車は毎時間出ていることだろう。ジュリアはスクランブルエッグを冷たいコンロの上に移して、腰をおろし、電話帳をめくる。何を探しているのかもよくわからないまま。

一時近くになってまた双子のことを思い出す。一年のほとんどの期間、ビルが仕事に行っているあいだ、ジュリアはひとりで家にいる。だから静けさには慣れている。扇風機が軋む音にも。冷蔵庫が作動したときのブーンという音にも。双子が来ているときはそうではないということをたまに忘れてしまうことがある。ジュリアはまた裏に面した窓をのぞき、それから玄関のドアから外をのぞく。もっとよく見えるよう、私道の端まで出る。まばゆい陽射しに眼を細める。通りの左右に向かって双子の名を呼ぶ。ふたりの気配はない。家に戻ると、階段をのぼってふたりの寝室のドアを開ける。

室内の壁は白い。二年前ビルが壁に塗った色にふたりが納得しなかったためだ。ジュリアがベッドカヴァーを新調したときにもふたりは納得しなかった。ぽこぽこしたシェニール織りのカヴァーの青色をイジーに、黄色をアリーに買ったのだが。アリーは毎朝言われなくてもベッドを整える。シーツの端をきちんと折り込み、ベッドカヴァーを伸ばして枕をふくらませる。イジーはいい加減で、皺くちゃのシーツもベッドカヴァーもベッドからずり落ちそうなまま放置する。ジュリアは部屋の半分だけがきちんとして、もう半分がだらしない状態を見ていられず、いつもイジーのベッドを整えることになる。アリーは文句のひとつも言ってよさそうなものだが――当然その権利があるわけだが――文句は一度も言ったことがない。アリーがイジーの分までベッドを整えようとすることもあるが、ジュリアはそれを許さない。ルールを破るとしたらイジーのほうで、アリーが破ることはない。

今朝も――もう午後だが――いつもと同じように、アリーの黄色いベッドカヴァーはまっすぐ伸ばされ、枕もきちんとヘッドボードの真ん中に置かれている。当然、イジーのほうは整っておらず、ベッドカヴァーはくしゃくしゃで、枕は使った場所に置かれたままぺちゃんこになっているはずだ。ところが、イジーのベッドもアリーのベッドと同じように整えられている。昨日ジュリアが整えたままのように見える。ジュリアは昨日、ミスター・シマンスキのものを盗んだと言ってふたりを叱った。ふたりの誓いには意味がないとも言った。イジーのベッドには眠った形跡がなく、いつも掛かっているロザリオがアリーのヘッドボードから消えている。

よろよろとあとずさり、ジュリアはドアノブにしがみついて体を支える。双子はゆうべまちがいなくここにいた。ジュリアがキッチンをめちゃくちゃにしたあとは。ジェイムズが来たあとは……いや、それは水曜日のことだ、とジュリアは思い直す。あの子たちは水曜日には家にいた。そのあと木曜日になって、その朝、ビルとわたしは喧嘩をし、わたしはビルに大声を出さないでと言った。双子はまだ眠っていた。ビルに壁ぎわに追い詰められ、わたしは出ていけと言った。そのあと盗んだツナ缶とハンマーとエリザベスのベルトの話になった。それがゆうべのことだ。昨日はふたりに夕食をつくっただろうか？　もちろんつくったはずだ。でも、何を用意した？　自分が眠るまえにふたりを寝かしつけなかったのだろうか？

ジュリアは階段を駆け降り、キッチンへ行く。ゴミ容器から食べものがあふれ、饐えたにおいが居間と玄関口にまで漂っている。キッチンにはシンクに汚れた皿が二、三枚と食パンの干からびた耳が数本と双子の好物である〈スパム〉の切れ端が残っているだけだ。ふたりは自分たちでサンドイッチをつくったのだ。

玄関ホールに戻ると、ジュリアはアドレス帳をめくってある番号を見つけ出し、ダイアルして、待つ。ビルが出ていったとき、彼女はどこへ行くのかとは尋ねなかった。が、彼の兄のところ以外に選択肢はなかったはずだ。キャサリーンが出る——いいえ、ビルは来てないわよ。いいえ、どこにいるかは知らないわ。たぶん仕事に行ったんじゃないの？　ええ、ビルから連絡があったら、伝えておくわ。何かあったらすぐに折り返しかけるから。ジュリアは電話を切る。家の中は空っぽだ。エリザベス・シマンスキのように、双子もいつのまにか消えていた。

マリーナはガレージにいる。主婦たちから集めた寄付の品に囲まれて立っている。家に届けられたときに、もっとしっかり選り分けて、さっさと運んでおくべきだった。通りの向こう側では、ジュリア・ワグナーが家から出てきて私道の端に立ち、双子の名前を大声で呼んでいる。昼食を食べに戻ってこいということなのだろう。マリーナはたたんでいた紳士用のシャツを横に放り出し、ガレージから陽射しの中に出る。

ジュリアは家の中に消え、通りはいっとき静かになる。ジュリアがまた出てくる。今度はよろめくように玄関のドアから出てきて、私道を歩いている。赤毛が顔にかかり、白い綿のガウン——寝間着を着ている。また双子の名を叫びだす。家に帰ってこい、と。何度も何度もジュリアは双子の名を呼ぶ。ことばとことばの間隔が延び、訛りが強くなる。たいていの日、ジュリアは玄関ポーチに立って、まるで犬に帰ってこいとでも言うかのように双子の名を呼んでいる。しかし、今日の彼女の声音はどこかちがう。張り詰めて、今にも息が切れそうで、声が少し高い。一語一語がもったりと発音されている。まるで悲鳴だ。そう、ああいう声は普通悲鳴と呼ばれるものだ。ジュリアがまた家の中に戻るのを見届けると、マリーナは家の中に駆け込み、運転用手袋と車のキーをつかんで、玄関のドアを開け放つ。

そして、ウッドワードとウィリンガムの交差点まで出ると、スピードをゆるめて右折し、〈ウィルソン・クリーニング〉のまえに駐車する。昼時を過ぎたばかりで、通りには誰もいない。主婦たちはすでに帰ったあとだ。数週間後、土曜日の午後のちょうどこの時間には、この通りに折りたたみテーブルと椅子がずらりと並ぶことだろう。市《まち》じゅうから人々が手づくりの焼き菓子を買いにくる。そのときにはわたしに感謝してもらいたい、とマリーナは思う。この企画にいったいどれほど時間を費やしただろう？　各テーブルの配置を決めたり、主婦たちがちゃんとお菓子づくりに取り組むようフォローしたり、ときには自らコーヒーを淹れて励ましたりもしたのだ。

マリーナは車を降りると、〈ウィルソン・クリーニング〉のまえを過ぎ、ウィリンガム通りを渡って、工場に向かって歩く。男たちが仕事に戻り、駐車場は車で埋まっている。通りの反対側に立てば、すべての車を見渡すことができる。夫の車はその中に見つかるだろう。彼の車はあそこにある。きっとあるはずだ。昨日、双子たちが帰ったあと、マリーナは芝生に散らばった衣類を掻き集め、夫に続いて家にはいった。彼女は夫に何も見ていないし、何もしていないと誓った。夫は彼女を押しのけ、帽子をかぶると何も言わずに出ていった。ひと晩じゅう彼は戻らず、朝食の時間にも帰ってこなかった。午《ひる》をずいぶんと過ぎてから、マリーナが外出したときにもまだ戻っていなかった。だから、ジュリアが私道の端に立ち、寝間着姿で悲鳴をあげていたのは、ウォーレンのせいであるわけがない。

ここ数日、マリーナは〈ノヴァック・ベーカリー〉へは行っていなかった。ミセス・ノヴァックが給料日に店を閉めようとしないので、主婦たちはもう彼女の店で買いものをするのをやめていた。だから今、開け放たれた店のドアから外に漂っている炒めたタマネギの強いにおいを嗅いで、妙に感じる。お客もいないのに、ミセス・ノヴァックは誰のために焼いているのだろう？　扇風機もまわっている。それもミセス・ノヴァックが何かを焼いている印だ。当初、マリーナは店のほうを見ることさえなく通り過ぎるつもりだった。角を曲がって、そこから駐車場を見るつもりだった。店の中にはいるつもりなどさらさらなかった。店の真ん中に――通行人の眼を惹かずにはおかない場所に――あの乳母車が置かれていることに気づくまでは。

マリーナはドアに続く階段をのぼり、店内に足を踏み入れる。小さなチャイムが鳴る。広げた黒い天蓋と箱型ベッドにかけた黄色いキルトが正面に見える。天蓋のフレームはねじ曲がり、押し手は錆びついている。マリーナはさらに近づく。まず片足を正方形の白いタイルの上ですべらせ、それからもう一方の足を黒いタイルの上ですべらせる。

「パンを買いにきたの？」ミセス・ノヴァックが奥の部屋から出てきて言う。灰色のスカートは粉まみれで、頬は赤くつやつやと輝いている。

「そんなわけないでしょ」

マリーナはじりじりと乳母車に近づく。

ミセス・ノヴァックは店の奥へつながる黒いカーテンを開いて「キャシア」と声をかける。

「こっちへ来て。赤ん坊、連れていって」

少女——あの少女——がカーテンの向こう側から出てくる。黒い両手は手首まで小麦粉で覆われ、腰には小さな白いエプロンをつけている。彼女はマリーナを見ると立ち止まる。

「奥は暑すぎるから」少女はマリーナを見つめながら言う。「あたしの赤ちゃんは奥にいちゃ駄目だって言ってたのに」

「いいから。連れていって」とミセス・ノヴァックは言う。「それからあんたも。買わないなら帰って」

マリーナはもう一歩乳母車に近づく。細いヒールが床を打つ。「帰らない」

あの夜、暗い道を歩いていたときより少女は小さく見える。少女は小さな両手を押し手に置いて乳母車を引き寄せる。人形のような顔に華奢な肩と腰。その体からはあのにおいがするにちがいない。マリーナがウォーレンのシャツから洗い落としているのと同じにおいが。しかし、今はタマネギとバターの香りに掻き消され、マリーナにはそのにおいを嗅ぐことができない。少女は乳母車を押して、カーテンの奥へ戻っていこうとする。その足はとても小さく軽やかで、足音もしない。この少女は母親ではなかったはずなのに。もうひとりの女――大きな丸い尻と太い脚をした大柄な女――のほうが母親だったはずなのに。それなのに、この少女――ウォーレンの少女――はここにいて、ウォーレンの赤ちゃんをのせた乳母車を押している。

奥の部屋から、グレース・リチャードソンが出てくる。まるでここが彼女のいるべき場所であるかのように。手には白い大きな菓子箱を持っている。

「順調なスタートになったわ、ミセス・ノヴァック」グレースはマリーナを見ると立ち止まり、箱をカウンターの上に置く。まるでその箱を持っているところをマリーナに見られたくなかったとでもいうかのように。

「その乳母車の中を見たいの」とマリーナは言う。

グレースは手袋をはめていない手を伸ばして、少女の腕に触れる。まるで互いに互いを知っているかのようにその少女に触れる。まるで互いに互いを慈しんでいるかのようにその少女に触れる。

「奥の作業はほとんど終わってるから」グレースはその少女に言う。「もうそんなに暑くないわよ」

「そのキルトの下を見せて」とマリーナは言う。

少女は小さな顔を傾け、マリーナをじっと見つめる。おそらく写真か何かでわたしを覚えているのだろう、とマリーナは思う。おそらくウォーレンの机の上にある写真で。少女は首を振る。

「あたしは返したよ」と少女は言う。「もう返した」

「わけのわからないことは言わないでちょうだい」とマリーナは片方の白い靴のヒールで床を踏み鳴らす。「わたしにはその乳母車の中を見る権利があるのよ」

「あのハンマーはもう返したって」と少女は繰り返す。

グレースは少女のまえに出て、乳母車をうしろに押しやって言う。「これはあなたには関係のないことよ、マリーナ」それから身を乗り出して、マリーナの耳元に囁く。「ほんとうに。あなたには関係ないことよ」

「もちろん、わたしには関係ないことよ」マリーナは言い、ドアのほうへあとずさる。が、カウンターの上の白い箱に気づいて立ち止まる。「それはピエロギじゃないでしょうね、グレース・リチャードソン？　わたしたちが食べるものをここの女たちにつくらせようとするだなんて、思いもよらなかったわ。料理はこの人たちにやらせて、服の繕いはわたしに押しつけるつもりだったわけ？　なんて恥知らずなの」

グレースならわたしの友達になれると思ったのに――マリーナは思う。グレースとジェイムズに夕食をご馳走して、そうしたらグレースがコーヒーに誘ってくれて、午後、赤ちゃんが眠っているあいだに一緒におしゃべりをしたりして過ごせたのに。可愛いベビー服をプレゼントして、わたしたちは友達になれたのに。

「グレース・リチャードソン、あなたは恥知らずよ」

26

グレースはベーカリーの裏に置かれたピクニックテーブルのベンチに坐り、白い糸と針を持って、ミスター・シマンスキがガレージに置いていったワンピースのひとつにボタンをつけ直している。もうしばらくここに居残るための恰好の口実。静かに坐って数分もすると、お腹の中の赤ちゃんが眼を覚まし、蹴ったり体の向きを変えたりする。縫いものの合間にお腹に手を置き、小さな足や膝を感じる。グレースがそうするたびに、キャシアも伸ばした手をグレースの手の横に添える。

マリーナが荒々しく店を出ていったあと、キャシアとほかの女たちは黙々とピエロギづくりの後片づけをした。ミセス・ノヴァックにはそれ以上料理したり焼いたりする仕事がなかったので、彼女たちはグレースの縫いものに取りかかった。グレースの反対側にはシルヴィとルーシーが坐り、それぞれワンピースを鼻先に近づけて、眼を凝らしながら針を生地に刺し、裏側から引き抜いている。時折、ふたりはワンピースの肩の部分をつかんで持ち上げ、左右に揺らし、作業の出来栄えを見せ合っている。グレースの隣りにはキャシアが坐り、乳母車を揺らしている。彼女の動きが木のベンチを通して伝わってくる。メリーアンが亡くなるまえ、ジュリアが言ったことがある。女は自分の鼓動のリズムに合わせて赤ちゃんを揺らすのよ。グレースが今感じているのもそれだ――キャシアの鼓動のリズム。

「この服は誰のものなの？」シルヴィが尋ねる。

グレースは膝の上のワンピースの身頃に並ぶボタンに指を走らせる。

「エリザベスよ」とグレースは答える。

「誰かにあげちゃうなら」とキャシアが乳母車を揺らしつづけながら言う。「どうして繕ってるの？」

「それが正しいことだからよ」

キャシアは肩をすくめ、シルヴィとルーシーは繕いものを続ける。シルヴィの手つきはグレースの母親のようにすばやくてスムーズだ。ルーシーはボタンを付け直すのに苦労していて、時折自分の指を針で刺しては叫び声を上げている。

「あなたたち、マリーナ・ハーツを知っているの？」グレースはエリザベスのワンピースのひとつの袖口を引っぱりながら尋ねる。彼女たちの顔は見ずに質問を続ける。「今日彼女がここへ来る以前から、知ってたの？」

シルヴィは針と糸を脇へ置き、腕にワンピースをかけてたたむ。「ああ、知ってたよ。あの人がミセス・ノヴァックを困らせてるんだろ？」

「彼女、ほかにも何かトラブルを起こしてるの？」

「ひとつトラブルを起こすと」ルーシーが歯で糸を嚙み切りながら言う。「芋づる式にほかのトラブルも引き寄せるものさ」

「彼女には近づかないほうがいいわ、キャシア」

キャシアはベンチの上でもぞもぞと身を動かす。「あたし、返したから」と彼女は言う。

「なのに厄介事を押しつけられるなんてさ。最初は持ってたけど、ちゃんと返したんだから」

「ハンマーを？」とグレースは尋ねる。「あなた、ハンマーのことを言ってるの？」そこでことばを切り、返答を待つ。「どうしてあなたがマリーナのハンマーを持ってたの？　誰があなたに渡したの？」

「見つけたんだよ」とキャシアは言う。「それで返したの」

「そんなことはしてないよ」ルーシーが言い、ちらりと乳母車を見てからグレースに目配せする。「キャシアは混乱してるんだ、それだけさ。ハンマーなんて持ってなかった。ただちょっと頭がこんがらかってるだけだ」ひとつ繕いものを終えると、ルーシーはラヴェンダー色のワンピースをグレースに渡し、茶色の袋に手を入れて次のワンピースを取る。彼女が動くと細い三つ編みの先についたビーズが音をたてる。「奥さんたちはそろそろ戻ってくるのかね？　またここで買いものをしてくれるんだろうか？」

「残念だけど」グレースは肩の部分を持って広げ、服を吟味する。「それはむずかしそうね」

彼女はワンピースを振ってから両手でまっすぐに伸ばし、指先でレースの襟に触れる。エリザベスはこのワンピースを着るといつも襟ぐりを引っ掻いたり引っぱったりしていた。それでも、襟を取ってくれと言ったことは一度もなかった。誕生日とイースターに着る、彼女のお気に入りの服だった。そして毎年、一年に二度、エヴァは骨ばった指を曲げ伸ばししながら、このワンピースの小さなボタンや硬いレースの飾りに文句を言っていた。ワンピースを顔のまえまで持ち上げて、グレースは息を吸い込む。エリザベスのにおいがする。エヴァと同じほんのりと甘いにおいだ。

「わたしが初めてここへ来た日、女の人の話をしていたでしょ。確かタイラという名前の」グレースはエリザベスのワンピースを抱きしめる。「その人がここで殺された女性なんでしょ？」

彼女たちは顔を見合わせるが何も言わない。

「知り合いだったのよね。悲しいわよね」

「タイラがいなくて悲しんでる人なんていないよ」とキャシアが言う。

シルヴィがキャシアの肩に手を置く。「ヘビみたいに意地の悪いやつだったのは確かだね」

「ちょっとあんたたち、お黙り」とルーシーが言う。片眼をつむって、青い糸を針に通そうとしている。「そんな話をするんじゃないよ」糸が針の穴を通ると、ルーシーはグレースを見る。「そんな話をするんじゃない」彼女は繰り返す。

グレースはエリザベスのワンピースを半分にたたみ、それからまた半分にたたんでキャシアに念を押す。「マリーナには近づかないで」

そろそろオルダー通りに戻らなければならない。ジュリアの家に寄って、もっと早い時間に来られなかったことを謝ろう。もう家に帰らなければ。

「できるかぎり、近づかないで」

警官たちはジュリアの家のキッチンに立ち、分厚いベルトを引っぱったり、重いブーツの爪先で床を叩いたりしながら、どうにも理解できないでいる。そもそもジュリアの話を理解しろというほうが無理な話だった——いえ、ビルはここにはいません。昨日の朝から帰ってきてないんです。どこにいるかは知りません。義兄《あに》の家に電話しました。ビルが義兄《あに》のほうに顔を出したら伝えてくれるそうです。仕事にも行かなかったんです。双子を最後に見たのはいつかって？ それが思い出せないんです。警官たちにはなぜジュリアが思い出せないのか理解できない。夕食にふたりのために何かつくったりしたでしょう？ キッチンが汚れてるのはなんでもないんです。うっかりしてて。ゴミ入れをひっくり返しちゃって。ええ、確かに夕食に何かをつくったはずだし、お風呂にはいって髪を洗ったあとふたりを寝かしつけたはずなんですけど、でも、思い出せないんです。

茶色い髪の警官は黄色い鉛筆で走り書きをする。彼の名はトンプソン。エリザベスが行方不明になった日に家を八軒数えて、ジュリアは自分で思うほど正確には見ていないのではないかと指摘した警官だ。エリザベスが行方不明になったのはジュリアのせいだということに最初に気づいた人物だ。

「ふたりの寝室は？」その警官が言い、ふたりはジュリアのあとから階段をのぼる。

ここがふたりの寝室です。黄色いほうがアリーで、青いほうがイジーです。イジーのベッドはいつもわたしが整えるんです。あの子はベッドメーキングがあまり得意じゃなくて。でも、今日はやってません。きれいに整えられたままだったから。ジュリアは泣きはじめる。昨日イジーはわたしを騙して、〈ビアーズドーフ〉で物を盗んだんです。警官たちはすでにそのことを知っている。われわれは通りのあちこちを見まわってますから。今までのところ、どちらのお嬢さんも見かけてませんが。

階段を降りながら、警官の一方がジュリアの肘をつかみ、転ばないように支える。階段の下で、ジュリアは開けっ放しの玄関のドアから外を見る。オルダー通りでは人々が行き交っている。誰もわざわざドアを閉めようとはしない。

ベルトと盗んだツナ缶とハンマーのことで揉めたんです。あの子たち、ハンマーを持ち帰ったんです。ご近所の庭から取ってきたんです。マリーナ・ハーツの家の庭です。わたし、あの子たちを叱りました。返して謝ってこいって言ったんです。強く言いすぎたのかもしれません。でも、ほかにどうしろって言うんです？　そう、だんだん思い出してきました。あの子たちはハンマーを返しにいったんです。でも、数分後に戻ってきて、ミスター・ハーツに要らないって言われたって。ミスター・ハーツは、これは自分のじゃない、男は自分のハンマーのことはよく知っているものだって言われたと言ってました。ともかく、受け取ってはくれたみたいですけど。ウォーレン・ハーツが家にいたなら、五時すぎにちがいありません。五時半とかそれくらい。そうです。わたしが最後にあの子たちを見たのは、五時を少しまわったくらいです。昨日の。いいえ、ビルは家にいませんでした。そう、彼はひと晩じゅう家《うち》を空けてたんです。

ほどなく、オルダー通りに並ぶ家々でポーチの明かりが灯される。懐中電灯から伸びる光があちこちをさまよい、横庭をさっと横切り、出窓を照らし出す。誰もがエリザベス・シマンスキのことを思い浮かべ、同じ結果にならないことを祈っている。

ふたりの警官はジュリアの家から通りに出たあと、明らかにマリーナの家に向かおうとしている。マリーナはダイニングルームに戻り、テーブルの上のニンジンの山から一本を手に取る。ニンジンの葉は深みのある美しい緑で、まだしなびていないし茶色に変色してもいない。根のオレンジ色は上から下までむらがない。わたしのケーキの材料にふさわしい、とマリーナは思う。背後のキッチンで、勝手口のドアが軋む。ウォーレンがきちんと閉めていなかったにちがいない。彼は仕事から早く帰ってくると、珍しいことにそのままガレージに向かった。マリーナはその様子をキッチンの窓から見ていた。ワイシャツを着てネクタイをしめ、よそゆきの革靴を履いたウォーレンは、車から降りるとガレージの横のドアから中にはいったのだった。数秒後に彼が出てくると、マリーナは急いで居間に戻った。彼はキッチンの横のドアから家にはいり、マリーナの脇を走り抜けた。それから一度に二段ずつ階段を駆け上がり、これから捜索隊に加わると大声で言った。階段を降りてきたときには――赤い顔をして息を切らし、階上《うえ》に上がるときより動きが鈍くなっていた――茶色のズボンを穿き、週末用のシャツを着て、芝刈りをするときにいつも履く靴を履いていた。そうして玄関のドアから出ていった。

マリーナは意識をニンジンに戻し、左右にくるくるとまわすと、左手でおろし金をつかみ、小さな刃にニンジンをあててすりおろしはじめる。それまで彼女は正面の窓から、主婦たちが自宅の私道の端に出ている様子をずっとうかがっていた。ウォーレンが疑われる理由はないし、わたしが疑うべき理由もない。マリーナは思う。ベーカリーを出たあと、もう数メートル先まで歩いていたら、いつもの場所にウォーレンのセダンが停まっているのが見えたはずだ。しかし、結局のところ、マリーナはその必要を感じなかった。ベーカリーを出てから、彼女は自分の車に向かい、まっすぐ家に戻ってきたのだった。

あの少女があの乳母車を押していたからといって、それが何かを意味するわけでもない。あの赤ん坊の父親は誰であってもおかしくないし、母親が誰であってもおかしくない。けれど、あの少女とグレース・リチャードソンがマリーナに向けた眼差しは？　あれはなんだったのか？　あのふたりは唇を薄く開き、重たげなまぶたの奥からやさしく彼女を見た。そして、まるで適切なことばが浮かばず、言いよどんだかのように息を吸い込んだ。あのふたりは哀れみの眼で、マリーナを見ていた。よりにもよって哀れみの眼で。

家の外では男たちも女たちも通りのあちこちで大声を張り上げつづけている。人々はグループを離れ、散らばって、家々のまわりやブロックの先のほうへ消えていく。無駄に終わるだけなのに、とマリーナは思う。もし双子がこの近辺にいるのなら、最初に呼ばれたときにジュリアの声を聞いていたはずだ。礼儀作法は最悪でも、あの子たちはジュリアに呼ばれれば、いつも走って戻ってくるのだから。それでも、遠く離れたところから、いくぶん近いところから、隣りの庭先ほどすぐそばから、人々は双子の名を大声で呼んでいる。マリーナはダイニングルームの開け放った窓の網戸越しに、彼らの声を聞いている。アリー！　イジー！　あるいは、アラベル！　イザベル！　ノックの音がして、マリーナはニンジンを置くと、エプロンで両手を拭って、ドアを開ける。

「ミセス・ハーツですか？」と警官が尋ねる。

縮れた黒髪の警官だ。彼はまるでマリーナのことを覚えていないとでもいうように、彼女の名を尋ねる。赤い唇をしたキュートなブロンドの刑事も一緒に来てくれればよかったのに。

「ええ、そうです」とマリーナは答える。

「いくつかお訊きしたいことがありまして」と茶色の直毛の警官が言う。「通りの向かいの家に住んでいる双子の少女のことはよくご存知ですよね？」

「あの子たちはあの家に住んでいるわけじゃありません」とマリーナは言う。「しばらく滞在しているだけです」

「ふたりが行方不明になっていることもご存知ですか？」

「主人が捜索に加わっています」

「そうでしたね、奥さん」と黒い縮れ毛の警官が言う。「ところで、あのふたりは昨日こちらに来たそうですね」

「まるであの子たちが遊びにきたみたいな言い方ね」

直毛の警官は手帳を開き、そのページを鉛筆で叩く。それを見て、マリーナは思う、早く話せってことね。

「あのふたりは問題児なんですよ」とマリーナは言う。「昨日も謝るために寄越されたんです」彼女は腰のエプロンをはずし、腕に掛けてたたむ。「あの子たちがわたしの花壇にどんな悪さをしたか、ご覧になります？」

「ふたりが訪ねてきた時間を覚えていますか、奥さん？」

「もちろんです。五時四十五分ぴったりです。主人が家に着いたところでしたから。主人はいつも時間に正確なんです」

「ふたりはお宅から何かを盗んだそうですね、奥さん？」

マリーナは腕にかけたエプロンの皺を伸ばす。彼女は毎週土曜日の朝、エプロンをまとめて洗って干し、お湯を振りかけ、一枚ずつ熱いアイロンをあてている。ふたりの刑事の脇から、そよ風が家の中に吹き込む。背後で勝手口のドアが軋み、開く音がする。もし警官が尋ねれば、きっと話すだろう。マリーナには自分がそうすることがわかっている。彼らが尋ねさえすれば……あなたのご主人は悪い男だと思いますか？　彼は悪いことをしたことがありますか？　なぜ少女たちはハンマーを盗もうとしたんです？　ふたりの女の子にしてはずいぶん妙なものを？　きっと真実を話すはずだ、彼らが尋ねさえすれば……

「あのふたりはわたしの努力の結晶を盗んだんです」とマリーナは言う。「わたしの可愛いお花たちをめちゃくちゃにしたのよ」

「ハンマーでしたね？」と一方の警官が片手で持った手帳をちらりと見て言う。「そう、ハンマーだ。ふたりはハンマーを返しにきたんですよね？」

「そんなことわたしが知るわけないでしょ？」

「ふたりはご主人にハンマーを返さなかった、ということですか？」

「誰かに物を返そうと思ったら、まず借りていなくちゃならないわ」

「しかし、少女たちはここへは来た？」

「ええ、謝罪するためにね」

「そのあと奥さんはふたりを見かけましたか？　今日、ふたりを見ましたか？」と縮れ毛の警官が尋ねる。「じゃあ、ご主人はどうです？　ご主人はいらっしゃいますか？　もしかしたらご主人がふたりを見たかもしれない」

「もちろん主人はいません。さっきも言いましたけど、主人はほかの方と一緒にふたりを捜しにいってます。それからわたしはふたりを見てません。あのふたりはじゃじゃ馬なんですよ。ちょっと姿が見えなくても不思議じゃないわ。警察は本気でこの界隈の助けになろうとしてるんですか？　最初はエリザベス・シマンスキで、今度はこの騒ぎだなんて」

茶色い短髪の警官は無言で手帳をぱたんと閉じる。

「もしかしてあのふたりはゆうべからいないってことなんですか？」とマリーナは尋ねる。

「あのふたりは昨日から行方不明だってことなんですか？」

縮れ毛の警官はうなずくと、うしろのポケットから折りたたんだ紙を引っぱり出す。「これに見覚えはありますか？」

マリーナは身を乗り出して、皺くちゃのチラシを見る。〝迷い猫〟と書かれている。

「このチラシがこの近所にテープで貼られていました。ミセス・ワグナーはあなたのご主人が少女たちにあげたんじゃないかって言っています。ご主人は似たようなチラシを以前つくったことがあるそうですね」

マリーナはそのつやのある紙に触れる。「わたしが知るわけないでしょ。でも、それとあの子たちがいないこととなんの関係があるんです？」

「ただ、みなさんの行動を把握しようとしているだけです」警官は帽子をかぶり、少し頭を傾けて、マリーナに礼を言う。それから何か思い出したことがあったら連絡してください、と言う。

警官たちが行ってしまうと、マリーナはダイニングルームに戻って作業を続ける。一本目のニンジンを小さくなるまですりおろすと、次の一本を取り、同じようにくるくるまわして吟味する。外のオルダー通りでは男たちがふたりずつ車に乗り込みはじめている。彼らもまたマリーナと同様、双子がミスター・ハーツを訪ねて以降何時間もずっと行方がわからなくなっていることを聞かされている。男たちは四方八方へ散らばる。おそらく何人かはエリザベス・シマンスキが発見された川のほうへ車を走らせるはずだ。

ニンジンを左右にまわし、マリーナはこのニンジンも自分のケーキにふさわしいと判断して、おろし金ですりおろしはじめる。が、人差し指と中指の関節から血が出ているのに気づいて手を止める。指をエプロンで拭き、エプロンについた染みは重曹をたっぷり使って歯ブラシでこすり落とすこと、と頭の中にメモをする。それから二本目のニンジンに改めて取りかかる。

ほどなくすりおろしたニンジンの山が大きくなりすぎて崩れ、オレンジ色のかけらが白いテーブルクロスの上に散らばる。ケーキひとつにつき、二カップのニンジンが必要だから、少なくとも六カップ分にはなっているはずだ。手づくりバザーに来る人たちはみんなわたしのケーキを買い求めにくる。彼らをがっかりさせるような恥ずかしい真似はできない。ケーキを三つ多く焼くということは、幸せな人が三人増えるということだ。マリーナは両手でニンジンの山をすくい上げ、ダイニングルームからキッチンへ運ぶ。オレンジのかけらがいくつかこぼれ、床に落ち、くるくると転がる。勝手口の脇で立ち止まる。外からは双子の名を呼ぶ声がまだ聞こえている。マリーナは手のひらにニンジンをのせたままドアを蹴り開けて、私道を横切る。

ウォーレンはガレージをいつもきちんと整頓している。毎週土曜日にはコンクリートの床を掃き、釘やネジは金色の蓋の広口ガラス壜に保存する。そんな整然としたスペースをマリーナの持ち込んだ袋や箱が乱している。マリーナはまるでニンジンを誰かに捧げるかのように掲げて運び、ガレージにはいる。必要とあらば膝を高く上げ、袋や箱のあいだを縫うように進む。夫の作業台に近づいて足を止める。まっすぐまえのペグボードの縁取りはすべて埋まっている。ハンマー——ウォーレンのハンマー——も黒い縁取りの中にぴたりと収まっている。あの赤い柄のハンマーが左から二番目の定位置に掛けられている。わたしが壁からはずしてハンドバッグの中に押し込み、ウィリンガム通りまで車を走らせた夜とまったく同じ位置に。あの女がわたしを驚かせて、ひどいことを言った夜とまったく同じ位置に。あのときあの女は言った。白人の男が黒人の女を孕《はら》ませたらどうなると思う？　赤ん坊は白人の父親と瓜ふたつになって、どいつが父親なのか、誰にもわかるようになるのさ——とあの女は言ったのだった。すると少女——ウォーレンの少女——が女に向かって、うるさいと怒鳴ったのだ。乳母車の赤ちゃんのことをちょっとでも悪く言ったら、ただじゃおかない、と。女は少女に言い返した。馬鹿ったれ、なんとでもお言い。そのあと少女を嘲笑った。おまえは、救いようもなくイカれてるよ。そこでマリーナはハンマーを置いたまま、逃げ出したのだ。あのときのハンマー、まさにあのハンマーが夫のペグボードの定位置に今、掛けられている。

グレースはオルダー通りでバスを降りる。家に向かって歩きはじめたとたん、なじみのある感覚が戻ってくる。といっても、うきうきと家路を急ぎたくなるような感覚ではない。呼吸が速まり、皮膚が冷たくなり、口の中が渇く、あのいつもの感覚だ。

菓子箱を大きなお腹で支え、繕った衣類の袋を片手で抱え、グレースはまっすぐ歩いていく。主婦たちがそろって前庭に出ていて、何人かは茂みを突いていることには気づかないふりをして。何台もの車に追い越され、仕事をしているべき男たちが降りてくることも、意識から締め出す。ジェイムズの黒いセダンが通り過ぎたときでさえ、グレースは眼を向けようともしない。彼は一ブロック先で、裏のガレージにはまわらず、私道に車を停めると、グレースのほうへ駆けてきて、彼女の手から箱と袋を取り上げ、尋ねる。

「何かわかったか？」

ジェイムズの髪は指で無造作に掻き上げたようにうしろに撫でつけられていて、洗う時間がなかったらしく、前腕は黒いグリースの汚れがこびりついている。グレースはお腹の赤ちゃんのまわりに鈍い痛みを感じる。

「何かわかったか？」と彼は繰り返す。「ジュリアのところに何か連絡は？」

グレースはあとずさりながら訊き返す。

「双子のこと？」

ジェイムズはこのあと封筒の裏にこの地区の地図をまた描くのだろう。それぞれのエリアをブロックに分け、ふたりずつ割りあてるのだろう。暗くなりはじめたら、女たちはポーチの明かりをつけ、温かいコーヒーを持ち寄る。ポーチの下や低木の奥を調べる。数人の男はフィルモア・アパートのまわりを歩き、そこで待つ。中から誰かが出てくることをなかば願うような気持ちで。しかし、誰も出てこない。警察はすでにフィルモア・アパートに来ていた。たぶん前回と同じふたり組の警官が来たことだろう。しかし今回、パトカーはミスター・シマンスキの家ではなく、ジュリアの家のまえに停まっている。何が起こったのかを知っているのはわたしだけだ。わたしだけが知っている、あの男たちがどんなふうに双子の細い腕をつかみ、悲鳴をあげさせたか。双子たちはわたしよりも強い。体の大きさではなく、精神的な意味で、だ。きっと大声で叫んだはずだ。声をかぎりに。けれども、あの男たちはふたりを黙らせた。わたしだけがそのことを知っている。

「グレース」ジェイムズが身を屈めて、彼女の顔をのぞき込んでいる。「大丈夫か？」

かつてはニレの木々がグレースたちの家の正面や芝生を隠してくれていた。グレースは一年じゅう居間のカーテンを開けておくことができた。しかし今、そんなことをしたら、夕陽が彼女のソファや絨毯《じゅうたん》の色を褪せさせてしまうだろう。グレースは手を上げて眼の上にかざす。彼女の眼にジェイムズが小さく映る。長い結婚生活の中で一番小さく見える。

「ガレージはもう調べた？」とグレースは言う。

「ガレージ？　あの子たちを捜すのに？」

グレースは眼のまえの自宅のガレージを見つめる。扉は開いている。彼女が決して閉めようとしないからだ。オリン・スコフィールドの空っぽの椅子が奥の角に立て掛けてある。ジェイムズがそこに置いたにちがいない。オリンはグレースが通りに呼び出して、黒人の男たちが歩いているのを指差して以来、もう外には出てこなくなった。オリンに引き金を引くよう言うべきだった。グレースは思う。わたしが止めさえしなければ、きっと彼は撃っていただろう。

オルダー通りでは、続々と車がそれぞれの私道に停められ、続々と夫たちが家の中に消えては白いランニングシャツ姿になり、柔らかい靴底の靴を履いて外に出てくる。ミスター・

シマンスキも来ている。彼はグレースの家の外の歩道に立っている。彼の穿いている灰色のズボンはここ数週間グレースがクリーニング店に出した覚えがないものだ。皺だらけの白いシャツの襟元には、ネクタイがゆるく結ばれている。彼の肌は色を失い、灰色になりつつある。まるで命が少しずつ彼の体から流れ出しているかのように。彼が実際に死ぬことはないかもしれない。それでも、やがてすべてが消えてしまうまで、彼は色を失いつづけるのだろう。

「ガレージを全部調べて」そう言って、グレースはジェイムズの脇を抜け、通りに出る。

27

　車のドアがばたんと閉まる音が聞こえると、縮れた黒髪の警官が食卓の椅子から立ち上がり、玄関口へ向かう。ジュリアは赤いテーブルの上に両手を置いたままじっと坐っている。椅子の背にもたれて、フォーマイカの天板の塗装が剝《は》げた部分の木くずを指先でいじってい る。彼女が坐っているのは、普段はイジーが坐る席だ。グレースはすでにテーブルを拭きおえたにちがいない。クローム加工されたへりはつやがあり、指紋もなければ、汚れもついていない。ジュリアが掃除をしてもこんなふうにぴかぴかにはならない。グレースの使うお酢の希釈水の効果だ。彼女はジュリアのよりずっと濃い希釈水を使っている。

　車のドアの閉まる音に続いて、ポーチを歩く足音が聞こえる。きっと警察か近所の誰かがどこを捜せばいいのか指示を仰ぎにきたのだろう。ジュリアは誰が来たのか確認しようとさえしない。キッチンのシンクのまえで、グレースが布巾を絞っている。彼女はここに来るなり、何も言わずに箒で床を掃き、モップをかけ、濃度の濃い酢水であちこちの表面を磨きはじめた。メリーアンが死んだときと同じように。ジュリアの家の中に突入する勇気があるのはグレースだけだ。

「こういうことはたまにあるんだって言われたの」とジュリアは言う。

グレースは調理台の上に身を乗り出し、シンクの底の汚れを磨きつづけている。何年もこびりついていた汚れを。ジュリアには決して取れなかった汚れを取り除こうとして。

「メリーアンが死んだとき、先生はそう言った。このことあなたに話したことあったっけ？」

調理台から離れ、グレースは左側の引き出しから清潔なタオルを取り、両手を拭く。ブロンドの髪をうしろに流し、白いヘアバンドでとめている。穢れのない美しさ。

「ずっとしっくりこなかったのよ。赤ちゃんがまったくなんの理由もなく死んでしまうなんて。あなたはそういうものだと思う？」

「いいえ」とグレースは言う。「そう思ったことはないわ」

こんな話をしたらグレースを不安にさせるのではないか。生まれてくる赤ちゃんが無事に過ごせるか心配するのではないか。そういう気配りをすべきなのに、ジュリアはしない。できない。

「彼があの子を殺したの」

足を動かす音がいくつか聞こえ、この部屋にはほかの人間もいることをジュリアに思い出させる。

「ビルがあの子を殺したのよ」とジュリアは続ける。「だから彼はいなくなった。彼がメリーアンを殺したの。そして、わたしを苦しめてるのよ。二度と赤ちゃんを産めないようにしてるのよ」

グレースはジュリアの肩越しに誰かを見る。ジュリアは思う、誰に知られようが、もうかまうものか。

「そんな」とグレースは言う。「ビルがそんなことするわけがないでしょ」

「泣き声に耐えられなかったのよ。本人がそう言ってた。ろくに眠れないし、食事も咽喉を通らないし、仕事もできなくなった。もうあの子の泣き声に悩まされたくなかったんだって」

「ご主人がそう言ったんですか、奥さん？」

背後から声がする。縮れた黒髪の警官——どうしてジュリアには双子がいなくなった時刻を思い出せないのか、理解できなかった警官の声だ。

「わたし、ジェイムズにキスしたの」とジュリアは言う。静かな部屋の中で、ぴしりと鞭を打ったように嘘が響く。「そこで」とジュリアはキッチンの入口を示す。「わたし、彼にそこでキスをしたの。ちなみにちっとも後悔してないから」

グレースは説明を求めるかのように警官をちらりと見る。警官は首を振る。

「今なんて言ったの？」とグレースは改めて訊き返す。

「そこで」とジュリアは言う。「戸口のところで。だってここへ来たのは彼で、あなたじゃなかったから」

警官がテーブルに近づき、ジュリアを見下ろしてその脇に立つ。

「あなたにとってはすべてが一分《いちぶ》の隙もないほど完璧なんでしょうね？」ジュリアは警官を無視して、グレースを見つめる。

「奥さん、メリーアンというのは誰です？」

「素敵な旦那さんがいて、もうすぐ自分の赤ちゃんが生まれてくる」とジュリアは言う。「あなたの家。あなたの友達。みんながあなたとジェイムズを高く評価してる。みんなエリザベスのことはあなたのせいでもあることにさえ気づいていない。わたしと同じくらいあなたのせいでもあるのに」ジュリアはそこでことばを切る。息を吸い込むと、石鹸のにおいがする――ジュリアが投げつけた食べものを拭き取るのに、グレースが容器をぎゅっと押してバケツの中に入れた石鹸水のにおいだ。「そして、あの子たちまでエリザベスみたいにいなくなった。でも、誰もふたりがいなくなったのをあなたのせいにはしない。わたしだけが責められる」

「奥さん、あなたはご主人が誰かを殺したって思うんですか？」

「いつもそんなふうに完璧にいくわけじゃないのよ、グレース」とジュリアは言う。「あなたの赤ちゃんが死ぬことだってありうるんだから」

ジュリアはグレースに最悪のことばを投げつける。キスの嘘よりひどいことを。なにより深く彼女を傷つけることばを。ジュリアは自分の痛みをひとりで背負えるほど勇敢でも善良でもない。

グレースは腰につけたエプロンをほどき、椅子の背に掛ける。暑さのせいでジュリアの髪は縮れているが、グレースの髪はなめらかで、キッチンの乏しい光の下でさえ艶めいている。洗いものや磨き掃除をしたせいで頬には赤みが差して、汗でしっとりと濡れている。でも、その眼は澄んで乾いている。グレースは大きなお腹を覆うブラウスを引き下げ、何かを言いかけるときのようにひとつ空咳をする。が、そのまま無言でジュリアの脇を通り過ぎ、ジュリアの答を待っている警官の脇も通り過ぎて、玄関から出ていく。

エリザベスが消えた夜のように、オルダー通りのあちこちでポーチの明かりが灯される。しかし、今夜はあのときより涼しく、赤ちゃんの重みが腰に負担をかけていても、グレースは楽に呼吸ができる。主婦たちは網戸の外に立っている。今夜は夕食を出すことはないだろうに、エプロンをつけている人もいる。オルダー通りの一ブロック半ほどのあいだがポーチの明かりと街灯とで明るく照らされている。一番手前の街灯の下にミスター・シマンスキが光にとらわれたかのように立っている。エリザベスの捜索のときと同様、彼はほかの男たちから取り残されている。グレースは自宅の私道に着くと、ジェイムズの車の後部バンパーのそばで立ち止まる。ジェイムズは車を路地にまわしてガレージに入れなかった。すぐに必要になるかもしれないと思うときはいつも車を私道に停めている。

今日は三人だ。通りを歩いてくる人影が見える。ミスター・シマンスキにも見えたにちがいない。彼らはフィルモア・アパート――大半の窓は暗く、駐車場は半分しか埋まっていない――のまえを通り過ぎる。三つの影がミスター・シマンスキの家のそばの街灯のところまで来ると、影は三人の男の姿に変わる。グレースは通りの真ん中まで出る。まだ一ブロック以上も離れているが、男のひとりが足を止める。ほかのふたりは歩きつづける。この距離からでもグレースにはあの男の視線が感じられる。男が手を上げる。顎に触れ、ひげを撫でていることがグレースにはわかる。彼女は通りから自宅の私道に戻る。

　あの男たちはもうわざわざ路地を歩いたりしない——エリザベスが行方不明になったときからしなくなった。彼らがエリザベスをさらって殺したときから。最初の頃、近所の人たちがフィルモア・アパートと黒人のことを噂しはじめるずっとまえは彼らが道を歩くのは、この界隈が寝静まった夜だけだった。路地に緑のガラスの破片をばら撒いて、彼らがここを通ったことを、また通ることを、住民たちに知らしめることはあっても。しかし、彼らはエリザベスにしたことでも、グレースにしたことでも、罰を逃れた。そして、今度は双子を連れ去った。彼らは得意になっている。あの男は得意になっている。善良な人々が歩く場所を闊歩することで、その尊大さを誇示している。

　車のキーがまえのシートの真ん中に置かれている。ジェイムズは不注意な行動は慎むべきだと知っている。この界隈は変わってしまい、もう鍵を置きっぱなしにはできないことを。が、鍵はそこにある。グレースはドアを開けて、鍵束を取ると、指で包み、ぎゅっと握りしめる——金属が温まるまで。彼女にはどれが家の鍵だかわかる。同じ鍵がハンドバッグにはいっているのだから。もうひとつの鍵は小さすぎる。彼女は銀色の鍵を試してみる。まず一方を上にして差し込む。次に裏返して差し込む。鍵は鍵穴にすべり込み、回転する。

マリーナは汚れていないほうの手をうしろにまわし、背中に垂れた白いリボンの先に触れる。エンボス加工された幅広の襟に優美なリボンがついている。〝バックリボン〟と女の店員は呼んでいた。マリーナの服の中でもとびきり可愛いワンピースだ。赤と白の花柄の生地に、スレンダーな体型をもっとも際立たせるハイウェストのライン。もっと長く陽射しを浴びておけばよかった、とマリーナは思う。この肌では土色と――あるいは灰色とさえ――言われてしまいそうだ。頰に色味をのせればいい。そうすれば少しは血色よく見えるだろう。一方、彼女のウェストは夫の手を取って教会の通路を歩いた日から少しも太くなっていない。マリーナはそのことに感謝し、そのことを誇りにも思っている。それでも、もっと日光を浴びておけばよかったと思わずにはいられない。彼女は指先からリボンを離すと、両手をこすり合わせ、絞り袋を手に取る。

まず片手で三角形の白い絞り袋を持ち、開いた広い口を上に向け、狭い口をテーブルに向ける。次にスプーンでアイシングクリームをすくって、袋の中に入れる。さらにスプーン何杯分かを加えて、広い口を折る。それからゆっくりと絞って口金からアイシングを出す。指先を舐め、片手を細い先端に添えて、もう一方の手でクリームのふくらみの上を持つ。すでに十個のケーキにデコレーションをすませ、それぞれのケーキに波型の縁を描きおえていた。家の中が暑すぎるせいで、クリームの飾りがすべり落ち、側面に垂れているケーキもある。給料日はまたやってくる。いずれは。ほかのどの曜日より早くやってくる。ウォーレンが帰宅するまえから、マリーナにはあのにおいを嗅ぐことができる。今では毎日あのにおいを感じている。だから、給料日かどうかは問題ではないのかもしれない。あの甘い麝香のにおいがウォーレンのシャツの襟につく。マリーナはキッチンのシンクに水を張り、そのシャツをひと晩浸けておく。最初にあのにおいを嗅いでから、一年分の給料日が過ぎた。最初の頃、それがなんのにおいなのかマリーナにはわからなかった。わかるのは、饐えたようなにおいが執念深く家に染みついて、どれだけ洗ってもそのにおいを落とすことができないということだけだった。

マリーナは白い絞り袋を絞り、ケーキにアイシングクリームをのせる。暑すぎる。クリームの温度がぬるすぎると、波型の飾りは形を保つことができない。クリームの硬さはとても重要だ。実際、一番重要なことだ。このクリームは葉っぱや薔薇の花びらを象るのに使ったクリームに比べると硬さが足りず、さらにケーキの表面や側面を塗るのに使ったクリームより厚ぼったくて乾いている。マリーナは絞り袋を水平に構えると、さっとクリームを押し出し、貝のように広がるふちを描き、いったん離す。それからゆっくりと口金をまえに進め、ケーキを軽く叩くようにして飾りの流れをとめる。これで完璧な波型がひとつできあがる。マリーナとしては、外は充分涼しいと思っていたのだが、家の中が暖かすぎた。もっとたくさんの窓を開けておくべきだった。波型の飾りが溶けてふちから垂れている。マリーナは背すじを伸ばし、さらに作業を続ける。

もうひとつ、ケーキが仕上がった。今日はこれだけにしておこう。本来なら手づくりバザーはほんの数週間の準備期間で開催されるはずだった。けれど、エリザベス・シマンスキが行方不明になり、さらに亡くなったことがわかり、開催日が変更になった。それはつまり、用意したケーキはあと数週間は保存しておかなければならないということだ。そのことにもっと早く気づくべきだったのに。

マリーナはデコレーション用の絞り袋をテーブルに置いて、腰のエプロンをほどき、それで指先を拭くと、ダイニングルームのテーブルの上に放る。玄関へ行き、洒落た五センチのヒールの靴を脱いで、爪先の細い白のピンヒールに履き替える。この靴のほうが赤と白のワンピースに合っている。マリーナは自分の華奢な足首に自らうっとりしながら、爪先で小さな円を描く。まず片方の足で、次にもう一方の足で。ふくらはぎの完璧な形は何年もまえからずっと変わっていない。美しいままだ。マリーナが深く息を吸うと、胸がふくらみ、空気が肺を満たす。彼女は背中に垂れたリボンをつかみ、勝手口へ向かう。

いずれあの子は成長し、あの乳母車には乗れなくなるだろう。いずれウィリンガム通りを歩きはじめるだろう。ウォーレンに似た青白くたるんだ顔をして。肌の色はクリームブラウンで、小さな手を母親のダークブラウンの手の中に押し込んでいることだろう。いずれ背も伸びて、ウォーレンに似た足取りで歩くようになるだろう。両肩を丸め、首すじも丸めて、常に疲れて――疲れ果てて――いるような歩き方で。いずれ誰もが知ることになるだろう。

いずれ誰かが疑いはじめるだろう。黒人の女を殺したのはミスター・ハーツではないか、と。やがて人々は突き止める。黒人の女が死ぬ直前に、乳母車の中の子どもの悪口を言ったことを。ミスター・ハーツは、男なら誰でもそうするように、自分の子どもを守ろうとしただけだということを。善良な男が人を殺す理由はそれしかない。でも、そのあとに誰かが――やがては誰もが――頭をぽんと叩き、口をすぼめて考える。彼の妻だって同じことをするかもしれない。誤って、思わず、同じことをしてもおかしくはない。もし突然、自分の夫が別の女の子どもの父親だと知らされたら、手にした唯一の物を使って殴りかかるかもしれない。そして、ようやく人々は――そもそもそう考えるべきだったのだが――母親の仕業ではないかと気づく。あの母親――あの少女――が子どもを守るために殺したんじゃないのか？　それが一番ありそうなことじゃないか？　その母親――その少女――を愛する男は彼女を守ろうとする。なぜなら彼は善良な男だから。そして、凶器のハンマーを家に持ち帰り、もとに戻した。まるでそんな夜など、そんな恐ろしい夜などなかったかのように。

そんな行動を取る男が、あんなに細くて華奢な赤ん坊の母親にむやみに手を出すわけがない。彼は彼女を守ろうとした。つまり彼女を愛しているのだ。それに、通りの向かいに住む双子――スプリンクラーの上を跳んだり、きれいなキンギョソウを踏みつぶしたりする、まだ幼い少女――にむやみに手を出すわけもない。彼はその双子を憧れの眼で見ているのだ。妻とのあいだにはわが子を得られなかったことを淋しく感じながら。彼は双子を見ながら、別の女との子どもが走りまわったりスキップしたり笑ったりしているところを思い浮かべているのだ。彼は赤ん坊を愛し、その子の母親を愛しているのだ。いずれ誰かが――誰もが――そう知ることになる。

男たちは数時間のうちに捜索を終える。そのときにもまだ双子が見つかっていなければ、休息を取って明日の捜索に備えるために。ウォーレンも家に帰ってくる。そのうち警察は双子を最後に見たのはウォーレンとマリーナだと気づくだろう。もしマリーナの考えが誤っていて、ウォーレンが劣情を抱いて双子を見つめていたのだとしたら、警察はそれを突き止めるだろう。ミスター・ハーツはなぜあのチラシを双子に贈ったのだろう、と不思議に思い、真実を突き止めるだろう。きっと警察は突き止めるだろう。もしそうならなければ、ウォーレンはいずれ再婚するだろう。その新しい妻はマリーナに穢された家には耐えられないはずだ。新しい妻は痩せてほっそりとしていて、夫に北に引っ越したいとせがむだろう。もっと広い庭のある、新築の家がずらりと並ぶ界隈に。それで双子は危険から逃れることになる。マリーナが消えるおかげで。

網戸がばたんと閉まる。外に出たマリーナは私道を横切り、ガレージにはいる。袋や箱のあいだを歩き、はみ出ている服のへりや袖を汚さないよう、よけながら歩く。最後の古着はリサイクルショップに持ち込む準備ができている。きちんと繕い、たたんである清潔な衣類。あとは誰かが引き受けてくれるだろう。夫のキャビネットの鍵はペグボードに掛かっている。ハンマーのすぐ横、丁寧に描かれた枠の中に。鍵もハンマーも枠にぴたりと収まっている。外から大声が聞こえてくる。イジー！　アリー！　イザベル！　アラベル！　誰かの車のエンジンががたがたと音をたて、どこかの家で網戸が閉まり、どこかの庭で犬が見知らぬ人々に向かって吠えている。きっとこの衣類は全部誰かが引き取ってくれるだろう。

28

ジェイムズは何度かグレースに運転を教えようとしたことがある。結婚したばかりの頃のある土曜日の午後、聖アルバヌス教会の駐車場で練習をした。彼はグレースの手を取ってハンドルを握らせると、自分も片手で握って誘導した。「ほら、こうやって」彼は言った。グレースが足でアクセルを踏み込むと、車は突然、動きだした。ブレーキを強く踏みすぎると、ジェイムズはつんのめり、ダッシュボードを両手でつかんだ。それでも、笑ってグレースを引き寄せ、唇に強くキスをしてから言った。「まっすぐまえを見て」

父親がグレースに運転を教えたことはなかった。彼女が運転できる年齢になるまえに死んだからだ。死んで何度目かの夏が過ぎ、グレースと母親は〈セント・クレア〉号にまた乗船した。母親は父親が死んだあとの数年で運転を覚え、〈フォード〉の受付の職に就いた。一九四六年の夏、母親はリネンのジャケットを羽織り、よそゆきの帽子をかぶると、もう前向きに生きてもいい頃よ、と言ったのだった。

その年のグレースは、もう走って乗客の先頭に出たいという衝動に駆られることもなく、木のタラップを踏んでぞくぞくすることもなかった。彼女はもう淑女の仲間入りをしていて、

かの男たちはよけるだろうけれど――そして実際、そのとおりになる。オルダー通りを走り
ら。あの男はここを自分の居場所と思っているから。だから、あの男はよけたりしない。ほ
がエリザベスをさらい、今度は双子をさらったから。わたしがオリンに発砲させなかったか
しが警察に言わなかったから。あの男はわたしのことを知っているから。なぜなら、あの男
　あの男は車をよけたりしない。グレースはそう思う。わたしにはわかる。なぜなら、わた
エイムズが何度もやっている動作をする。見よう見まねで両手を交差させる。
りの真ん中に出ると、グレースはギアを落とす。まっすぐまえを見て、ハンドルを切る。ジ
急発進する。さらにアクセルを踏み込む。車は歩道を飛び越え、縁石の端を蹴りあげる。通
　グレースはまずギアを下げて、バックに入れる。それからアクセルを踏む。車はうしろに
が子どもの頃だった、と。それはロマンティックに美化された思い出話で、事実ではない。
笑顔も覚えているけれど、それが最初ではなかったと言う。最初に笑いかけたのはグレース
かったかのように。ジェイムズは彼女に気づき、笑みを浮かべた。ジェイムズはこのときの
れていたあいだに痩せていた。男性の多くがそうだった。まるで食べものを与えられていな
り過ぎた。腕に抱いた女の子の髪が何色だったのか、グレースは覚えていない。彼は国を離
い声が響いたのだ。また音楽が始まると、彼はくるくるとまわりながらグレースのまえを通
ズの姿を見るまえにその声に気づいた。楽団が演奏をいったんやめたときに、あの大きな笑
りとして、背すじはまっすぐ伸びていた。それまでの年と同じように、グレースはジェイム
背丈も大人と同じくらい高くなっていた。細いウェスト、ほっそりとした首。体格はしっか

だし、アクセルを踏んでスピードを上げると、ほかのふたりはぱっと左右に散る。ふたりのどちらかはあの疲れた眼をしたやさしそうな男なのだろう。片方は左側に、もう片方はミスター・シマンスキのいる右側に飛ぶ。ひとりだけが道の真ん中をまっすぐ歩きつづける。あの男はわたしを挑発している。わたしを嘲笑おうとしている。一度起こったことを変えることなどできないのだと、これからもあの男の一部がわたしの中に生きつづけるのだと、証明したがっている。グレースは爪先を床まで踏み込む。ジェイムズが隣りのシートにいたら、何かにつかまって体を支えたことだろう。ドンという衝撃が走る。人影が飛んで、消える。今、車は停止している。車内の空気は薄くて生暖かい。まるで彼女がすべて使いきってしまい、何も残されていないかのように。音だけが欠けている――が、徐々にボリュームが上がる。叫び声と悲鳴が聞こえはじめる。グレースはシートに横たわり、片手を赤ちゃんに添えて、じっと待つ。そして眼を閉じる。

警官のひとりがジュリアを見下ろしている。肩を怒らせ、黒い靴を履いた足を大きく広げて。もうひとりは彼女の背後に立ち、椅子に手を置いている。まるで彼女が家から逃げ出すことを恐れているかのように。彼はメリーアンの名を手帳に書きとめていた。三番目の警官は居間にいて、時折、無線に向かって話しかけている。無線はパチパチと音をたてたり、ジージーと雑音を洩らしたりしている。ドアはグレースがここを出るときに閉めたのだろう、とジュリアは思う。それを誰かがまた開けたらしく、風が吹き込み、キッチンの窓を抜けていく。小さな足がぱたぱたとリノリウムの玄関を駆け、キッチンにはいる。ジュリアは頭を上げる。双子が飛び込んでくる。外のにおいをまとっている——汗染みのついたシャツ、土がはさまった爪、洗っていない髪。駆け寄ったふたりは細い腕をジュリアの首にまわして、温かい体で息苦しいほど抱きしめる。

「ジュリア叔母さん！」

ふたりはジュリアの髪に顔を埋めており、ジュリアにはどちらがどちらだかわからない。それでもそれぞれに腕をまわす。ふたりの背後にビルが立っている。彼は襟と袖口にボタンのついた白いシャツを着ている。しばらくそこにいて、三人の無事を確認すると、踵を返して出ていこうとする。

「何をしたの？」とジュリアは言う。彼女の頰には少女たちの細い体が押しつけられている。片側にひとりずつ。

警官が手を伸ばし、ジュリアにはそのまま椅子に坐っているように、ビルには動かないように指図する。

「この子たちにいったい何をしたのよ？」とジュリアは繰り返す。

ふたりの少女はジュリアから体を離す。「叔父さんはあたしたちを見つけてくれたんだよ、ジュリア叔母さん。怒らないで」

「お義母さんの家の近くにいたんだ」とビルは言い、それから警官のほうを見ると、ジュリアではなく、彼に向かって話す。「ウッドワードから数キロ北、数ブロック東のところにね」

ろめく。

「嘘よ」ジュリアは立ち上がろうとするが、背後の警官に肩をつかまれる。

「ほんとだよ、ジュリア叔母さん！」

双子の一方がジュリアの手首をつかんでいる。が、その手をジュリアに引き剝がされてよろめく。

「彼です！」ジュリアはそう言って、勢いよく立ち上がる。椅子ががたんと倒れる。「白状しなさい、ビル。あなたがメリーアンを殺したって言いなさいよ」

「パッチズは見つけられっこないってミセス・ハーツが言ったの」と双子のひとりが言う。

「あたしたちの猫はもう死んでるって、それに花壇を荒らしたのはあんたたちでしょって。でも、あたしたちはやってません。お花を荒らしたりなんかしてない。あたしたち、パッチズを捜しにいってたんです。お祖母ちゃん家《ち》にチラシを貼りにいったんです。チラシはミスター・ハーツがつくってくれたんです。一枚一枚全部同じのです。だけど、どの通りを行ったらいいのかわからなくなっちゃって。お祖母ちゃん家《ち》が見つからなかったの」

「言いなさいよ、ビル！」とジュリアが叫ぶ。

少女たちの顔にはひものように固まった髪がかかっている。髪を洗っていないせいだ。片方は泣いている。アリーにちがいない。もう片方は頰を紅潮させ、拳を握りしめている。こちらはイジーだ。

「やめてよ、ジュリア叔母さん！」そう言ったのはイジーだ。アリーは激しく泣きじゃくり、何も言えなくなっている。「ビル叔父さんがあたしたちを見つけてくれたんだよ！　叔父さんはあたしたちがお祖母ちゃん家《ち》に行ったたってわかってたんだよ」

キッチンにいる警官の数が増えている。多すぎる。ジュリアは思う。お酢と、彼らが履いている黒い革靴のにおいがする。硬い靴底がコツコツと床に響く。床にはたぶん黒い疵ができているることだろう。それから青い制服のにおいもする。この暑さなのに厚すぎる生地だ。それを着ている警官たちが汗をかき、饐えたようなにおいを家に充満させている。

「あのとき、おれは嬉しかったんだよ」とビルが言う。

彼は視線を上げ、ジュリアを見る。

「情けないことだけど、ジュリア、あの朝、きみが死んだメリーアンを見つけたとき。一瞬、おれはほっとしたんだ」

ジュリアは倒れ込むようにまた椅子に坐る。

「もう疲れきってたんだ。ああいう夜の繰り返しに。途切れない泣き声に」ビルは視線をジュリアから彼の右側にいる警官に移す。それから順々に彼らを見まわして「自分を止められなかった。そう思わずにはいられなかった。くそっ、ほんの一瞬、おれはほっとしてしまったんだ」彼は自分の握り拳に白状する。声が震える。「どこの男がそんなことを思う？　どこの父親が？　どんな父親がそんなことを感じる？」

縮れ毛の警官がビルの横に立つ。家の外のイジーとアリーを呼ぶ声はもうやんでいる。玄関ポーチを歩く足音ももう聞こえない。階上《うえ》でドアが閉まり、水が流れる音がしはじめる。双子は部屋に戻ったようだ。

「おれはあの子に手をかけてはいないよ、ジュリア」とビルが言う。「でも、それより悪いと思ってる、おれがしたことは。おれが感じた安堵はそれよりも悪いことだ」

茶色い髪の警官が帽子をかぶり、メモ帳を小脇に抱えてキッチンを出ていく。ビルはひとりで立っている。両腕をだらりと脇に垂らして。彼の髪はもつれ、首には赤い斑点がぽつぽつとできている。虫に刺されたのを掻きむしったのだろう。

「どうしてあの子たちがお祖母ちゃんの家に行くってわかったの?」ジュリアは赤いテーブルの天板の小さな木くずを見つめながら尋ねる。

「確信があったわけじゃないけど。たぶんあの猫がらみじゃないかと思ったんだ」

「わたしも感じてたけれど……ビル」

「いや、ちがう。それは嘘だ。嘘をつくんじゃない」

ジュリアは頭を振る。「ほんとうに思ったのよ。あの子が生まれてから、一度も息を吐いてないみたいだった。そしてあのとき感じたの。思ったときにはもう感じてた。毎日、考えてる。わたしが知らなかったことがあったんじゃないかって。あの子を助けてあげることができたんじゃないかって」

ビルは涙を流している。男が時折見せるような静かな涙を。彼の眼は濡れて赤く、頬は涙のすじできらめいている。

「おれは父親にはなれない」

「わたしが母親だったように、あなたはいい父親なのよ」

「いいえ、ビル。わたしたちは同じ鞘《さや》の豆なの。少しもちがいはないわ」

「おれにはもうできない」

ジュリアは爪先立って、彼の首に腕をまわす。夜気は薄く煙がかっている。花火か、あるいはどこかで隣人が庭のゴミでも燃やしているのだろう。ビルの着ているシャツは、彼の兄のものにちがいない。柔らかな綿は物干し綱で一日干したにおいがする。そのとき、外で衝撃音が轟く。また大声が聞こえ、人々が走る音がする。バックファイヤーを起こしたような大きな破裂音がして、警官たちが外へ駆けだしていく。イジーとアリー——アリーが階段の下まで降りてくる。それともずっとそこにいたのかもしれない。それから——アリーが言う。そういうことを言うのはイジーのほうだと思っていたジュリアはそのことばに驚く。「今のは銃声じゃない？」

「それはちがう」

数日後

29

ジュリアは両膝をついたまま、温かい石鹸水のバケツの中にスポンジを浸し、水気がなくなるまでぎゅっと絞る。それから数十センチほど這うと、スポンジを幅木に押しつけて、また拭きはじめる。左手で体を支えながら、右手でごしごし磨く。肩が焼けるように痛むまで。背すじを伸ばし、またスポンジをあっというまに冷えてしまった石鹸水に浸して、水分を一滴残らず絞りきると、バケツの横に置く。

幅木を拭いたのはこの三年で初めてだった。オーク材はきらきら輝き、塵や埃の靄を拭き取ったところがほとんど黄色に見える。ジュリアはゴム手袋をはずすと、裏表を逆にして床の上に放り投げる。この部屋に残っているのはベビーベッドだけで、これを使う可能性があるのはグレースしかいない。主婦たちの多くはこの数ヵ月あまりでグレースにおさがり――衣類やキルトやオムツ――をあげていたが、ジュリアは何も渡していなかった。このベビーベッドはほんの短い期間しか使っていないとはいえ、こんなベッド——ほかの赤ちゃんが死んだベッド——にわが子を寝かせたいと思う母親がいるだろうか？　それとも、例のキスのせいで、グレースはベビーベッドを受け取ろうとしないだろうか？　それがグレースの入院中三日間にジュリアが考えたことだった。なのに、グレースは健康な赤ん坊をお腹に宿したまま退院すると、ジュリアに会いにきた。

グレースがジュリアの家にはいると、沈黙ができた。ふたりはキッチンの戸口に——ジュリアがグレースの夫とキスをしたと言った場所に——立っていた。

「わたし、謝りにきたの」とグレースは言った。

「あなたは坐らなきゃ」とジュリアは言った。

グレースは首を振った。「わたしはこの夏ずっとあの子たちの心配をしてたでしょ？」

「そうね」とジュリアは言った。「でも、あなたが謝ることなんて何もないわ、グレース。謝らなきゃいけないのはわたしのほうよ。ジェイムズのことでわたしが言ったこと、キスしたって話、あれは嘘なの。最低の嘘」

グレースはジュリアに話した。三人の男について話した。ふたりの顔のない男と、その顔も手もにおいも、グレースが彼女自身よりよく知る男について。あまりによく知るせいで、おそらく今でも彼女の内部に生きているにちがいない男について。ジュリアはグレースのお腹を見て、思わずよろけて倒れそうになった。グレースは首を振った。いいえ、赤ちゃんはジェイムズの子よ。あの男たちはほんの数週間前に来たの。エリザベスの靴が見つかった夜に。グレースがそう口にしたとたん、ジュリアはぴんときた。その男たちの仕業だったのだと。

「エリザベスも……」とジュリアは囁く。

やはりそれが真実だったのだ。エリザベスはふらふらとウィリンガム通りから川まで歩き、帰り道がわからなくなってしまったわけではなかった。その男たちがエリザベスをオルダー通りから、自宅のすぐ眼のまえから連れ去ったのだ。男たちは、グレースは生かしておいたけれど、エリザベスは殺したのだ。

「ちがうわ」とグレースは言った。

ジュリアは思った――結局のところ、エリザベスがその男たちの眼にとまったのはわたしのせいだし、そんなに簡単に餌食《えじき》になったのもわたしのせいだし、男たちがエリザベスを自宅の前庭から連れ去ることができたのもわたしのせいだ。グレースはただそう言っているのと変わらない、と。

「あなたが何を考えているのかはわかるわ、ジュリア。でも、誓ってあなたのせいじゃない」

ジュリアはグレースにもう一度椅子を勧めた。グレースは首を振ると、ドアに向かって歩き、片手をノブにかけて言った。

「死んだ男。わたしが轢いた男のことだけど。わたしはあの男の仕業だと思ってた。車に乗り込んだとき、双子を捜そうと思ってたわけじゃないのよ」グレースの声は震えていた。彼女はそこで一呼吸置いて続けた。「あの子たちはもう死んでしまったと思ってた。絶対そうにちがいないって。あれは事故だったわけじゃない。わたしはあの男に死んでほしいと思った。あの男がエリザベスを殺して、双子もさらったんだと思い込んでいた。でも、そうじゃなかった。ということは、わたしがあの男を殺したのは、あの男がわたしにしたことのせいだけってことになる」グレースはそこでことばを切り、話しだしてから初めてジュリアを見た。「あの男がわたしにしたこと、それだけでも理由になると思う？」

双子がいる階上《うえ》からは何も聞こえなかった。部屋にいるのだろうが。たぶん階下《した》の様子に耳をそばだてているのだろうが。

「ジェイムズは？」とジュリアが言わんとすること――グレースが男たちのことをジェイムズに話したのかどうか訊いていること――を察して首を振った。

グレースはジュリアが言わんとすること――を察して首を振った。

「彼は絶対に自分を許そうとしないと思うの」とグレースは言った。「母さんは、あんなことがあったと知ったら、ジェイムズはわたしを見放すだろうって言ってたけど、でも、それはちがう。きっと彼は罪悪感でぼろぼろになってしまったと思う。それは彼自身もわかってるんだと思う。深いところではそんな自分に気づいているにちがいないわ。わたしは彼に、わたしたち家族に、そんな仕打ちをするわけにはいかない」

グレースがもう帰らなくちゃ、と言ったとき、ジュリアは待つように言い、コートのクロゼットの上の棚を探して、双子が盗んできたベルトを見つけた。アリーが細い革に開けた穴を修復することはできなかったけれど、やはり持ち主に返すのが正しいことだと思ったのだ。

「これをミスター・シマンスキに返してくれる？」とジュリアは言った。「あの子たち、これを盗んだのよ。あなたのところにあったって、あなたの家のガレージにあったゴミだったって言いわけしようとしてたけど。何を考えてこんなことをしたのか、想像もつかない」彼女はアリーがきれいに磨いてきらきら光っている小さなバックルに指を走らせた。「エリザベスがこれをつけていたのを覚えてる。あの子のお気に入りだった。ねえ、あなたも覚えてる？」ジュリアは手を伸ばして、ベルトをグレースに渡した。「意気地なしだってことはわかってる。でも、彼に合わせる顔がないのよ」

　グレースは玄関の銀色のドアノブに手をかけたまま立ち止まって言った。「あの子たちはほんとうにうちのガレージで見つけたんだと思う」そう言って首を振り、ベルトを押し返した。「それはあの子たちにあげて。それからアリーに伝えてくれる？　わたしは大丈夫だからって」グレースはドアを開け、ポーチで足を止めた。まるで顔に降り注ぐ陽の光を愉しむかのように。「わたしを信じるって約束して。あなたはわたしの一番の親友で、そんなあなたに嘘は言わないわ。だから約束して。エリザベスに起こったこと……それはあなたのせいじゃない」

　グレースがベビーベッドを欲しがるかどうかは別にして、ビルの助けがなければこのベッドを分解することはできない。小型の箪笥はなんとか階下《した》まで運ぶことができた。小さな衣類をすべて箱詰めし、引き出しをはずして、ひとつずつ運んだ。ビルが外から戻ってきたら、どう思うか訊いてみよう。彼はもう四十五分も家の裏手でジュリアの物干し綱がたるまないように、錆ついたネジやボルトを締めようと奮闘している。けれど、わざわざ尋ねなくても、ジュリアにはわかっている。きっとビルはこう言うだろう。グレースの心を苦しませることはないよ。そのベビーベッドは教会に持っていけばいい。誰が使ったものかは言わずに寄付すればいいさ。

「何してるの、ジュリア叔母さん？」

少女たちが子ども部屋の戸口で肩を並べ、身を乗り出している。が、中にははいろうとしない。ふたりとも髪が湿っている。言われなくてもシャワーを浴びたのだ。勝手に家を抜け出したことを反省している印だろう。

「ふたりともそろそろ髪を切ったほうがいいわね」ジュリアは床から立ち上がって言う。「学校が始まるまえにきれいに切ってもらいましょう」

「ほかの物はみんなどこへ行ったの？」ほとんど空っぽの部屋で、イジーの声が壁に撥ね返り、まるでこだまみたいに響く。

この三年のどこかの時点でこの子たちは子ども部屋をのぞいたにちがいない。そうしない子どもなんているだろうか？　いつも閉まっている謎のドアをまえにして。もちろんふたりはのぞいたのだ。ジュリアは頭を動かし、ふたりに部屋にはいるよう示す。

イジーがまず動く。彼女は恐れを知らない。決して恐れることがない。小さな部屋を歩き、クロゼットの扉を開けたり閉めたりする。それから窓辺に行き、アリーも来るように手招きをする。今朝の空気は軽やかで清々しい。イジーは鼻から深く息を吸い込む。通りの向こうのウォーレン・ハーツの家の窓は暗く、私道には車もなければ人もいない。おそらく彼は近いうちに引っ越し、いずれ再婚するだろう。ジュリアは思う。彼としてももう二度とあの家で暮らすことはできないだろう。ガレージに足を踏み入れることももう二度とできないだろう。

「あなたたちに謝らないと」とジュリアは言い、アリーにも部屋の中にはいるよう身振りで示す。「あなたたちが出ていったことに、気づかなきゃいけなかったのに。あなたたちをふたりぼっちにしてしまった。ほんとにごめんなさい」

「最初の夜、あたしたち、きっと叔母さんが来てくれるって思ってたんだよ」そう言うと、アリーは部屋にはいってジュリアの横に立ち、ふたりの体が触れ合うまでに身を寄せる。アリーは温かく、石鹼とシャンプーのにおいがする。彼女は部屋の隅にぽつんと残されたベビーベッドを見つめる。「暗くなったとき」とアリーは言う。「叔母さんはきっとあたしたちを心配して、捜しにきてくれるって思ったの。あたしたち、ひと晩じゅう歩いてたの」

「あたしたち、もう可愛がってもらえないの?」イジーが頭をジュリアの腕にのせて尋ねる。彼女の湿った髪にジュリアの服の袖が濡れる。

「ふたりともここにいなさい」とジュリアは言う。「ビル叔父さんとわたしと一緒にここにいるの。もうお祖母ちゃんのところには住まない。ここから学校にかよって、ここで暮らすの。イジー、この部屋はあなたの部屋にしたらいいわ。全部ひとり占めよ」

「あれはどうするの？」そう言って、イジーはベビーベッドを指差す。

「赤ちゃんのいる誰かにあげるわ」とジュリアは言う。「ねえ、あなたたちはここにいたい？　自分の部屋ができて、ここでビル叔父さんとわたしと一緒に暮らすのはどう？　もしあなたたちが一緒に暮らしてくれたら、こんな嬉しいことはないわ」

「部屋の壁を青に塗ってもいい？」イジーが尋ねる。

「ええ」とジュリアは言う。「青ね、なかなかいいんじゃない」


今日は生地を練るのに完璧な日だ。気温も低く、湿気も少ない。結局のところ、グレースをずっと悩ませていたのは、気候だったとも言える。ウィリンガムの女たちにとっては、暑さなどなんの問題でもなかったけれど。彼女たちのピエロギは完璧に仕上がり、グレースの冷凍庫に無事に収まっている。もしグレースがまた〈ノヴァック・ベーカリー〉へ行けば――グレースが行きさえすれば――彼女たちはもっとたくさんの生地をつくってくれるだろう。けれど今年、手づくりバザーは開催されない。マリーナがいなければ、今後もおこなわれることはないだろう。グレースは麺棒でなめらかな生地を伸ばす。大きなお腹を抱えたグレースはテーブルの半分までしか手が届かない。体を起こし、背すじを伸ばすと、赤ちゃんがくるりとまわり、居心地のいい体勢を見つけて落ち着く。

お湯が沸騰すると、最初のピエロギを落とす。一歩さがるけれど、鍋の中をのぞき込めないほど離れることはない。小さな三日月型のダンプリングのまわりに白い泡ができはじめる。

けれど、閉じた口はしっかりしまっている。生地が破れることも、膨張することも、水を含んで中身が重くなりすぎることもない。やがてダンプリングは浮き上がり、ぐつぐつと沸騰するお湯にあわせて上下する。グレースはタイマーを二分にセットする。タイマーが鳴ると、金属の網状のおたまを鍋に入れ、ダンプリングをすくって、ワックスペーパーの上にのせる。完璧なピエロギをふたつ鍋からすくい上げたら、一度に三個のピエロギを加え、くっつかないようにそっと掻き混ぜる。ほどなく二ダースのピエロギが茹で上がる。粗熱《あらねつ》が取れたら、キャセロール皿に何列か並べ、その上にワックスペーパーを敷いてまた並べ、皿全体をアルミホイルで包む。裏口で手袋をはめ、帽子をかぶると、キャセロール皿と、エリザベスの衣類を詰めた紙袋を持ち、家を出る。

グレースはもうウィリンガムへは行っていない。彼女とジェイムズは近いうちに引っ越しをする。そうしたら新たな買いもの場所を見つけなければならないだろう。新しい家に落ち着く頃には、母親になっている。その頃には、毎日買いものに出かけたいとは思わなくなるかもしれない。週に一度か二度行くだけになるだろう。時々、ジュリアが電話をかけてきて、デリカテッセンやベーカリーで何か買うものはないかどうか訊いてくれるだろう。グレースはそのたびに、ありがとう、大丈夫よと答える。それより家に戻ったら、コーヒーを飲みにきてちょうだい、と言う。ジュリアとビルは今は引っ越さない。けれど、いつかはそうなるかもしれない。

ミスター・シマンスキの家のドアが開く。

「そのにおいはよく知ってる」と彼は言う。

「エヴァほど上手じゃないけど」

「そんなことはないよ」と彼は言って、グレースから茶色の紙袋を受け取る。「すごく似てる」

グレースは家にはいると立ち止まり、その空虚さに身をなじませてから、ミスター・シマンスキのあとからキッチンにはいる。キャセロール皿をガス台に置き、手袋と帽子を脱ぐ。ミスター・シマンスキは調理台に置いた茶色の紙袋の中に手を入れると、ゆっくりと袖を引っぱり、一番上のラヴェンダー色のワンピースを取り出す。ミスター・シマンスキがひとりになれるよう、グレースはシンクのほうを向く。

「あの子のものは取っておきたいんじゃないかと思って」とグレースは言う。

グレースには彼のほうを見ることができない。ミスター・シマンスキはおそらくウィリンガムの女たちがつけ直した小さな白いボタンに触れているのだろう。

「これはずっとあの子のお気に入りだった」と彼は言う。

グレースは調理台から体を離して振り返る。「わたしが最後に見たとき、あの子はそれを着てたのよ、チャールズ」

彼は食卓につき、膝の上にワンピースを広げる。彼の銀髪は伸びすぎて、白いシャツの襟にまでかかっている。エヴァが生きていたら、そんなに伸びるまで放っておかなかっただろう。

「この家にあの子のものがあると、私は眠れない」とミスター・シマンスキは言う。「だから手放した。警察には叱られたけれど。そんなことをするなと叱られたけれど、でも、眠れないんだ」

「そう……」とグレースは言う。

「午後だった。川――ほかの場所は思い浮かばなかった。ずっとあのあたりで働いてたから。あの川ならあの子を連れていって、何もなかったみたいになる。そう思った。あんなに大きな川なら。あんたもそう思わないか？」

グレースは椅子を引き、ミスター・シマンスキの向かい側に坐る。

「チャールズ？」

「最後のひとりになるのは恐ろしいことだ」と彼は言う。「あんたにもわかるだろ？　だろ？」

「ええ」

「エリザベスを最後のひとりにしたくなかった。あの子をひとりぼっちにしたくなかったんだ。あの子はそんなに長くは生きない。そう言われてた。だから、私はあの子より長生きしようとした。でも、それはむずかしすぎた。もし、たったひとりで残されたら、あの子はどうなる？　そう考えるのに私は疲れてしまったんだよ」

グレースはテーブル越しに手を伸ばす。が、ミスター・シマンスキは彼女の手を取らない。「誰かが音を聞くだろう。そう思ったんだ」彼は視線を右に漂わせる。まるで彼の眼にはウォーレン・ハーツの家が見えるかのように。が、そんなはずはない。「銃声を。でも、誰も聞かなかった。誰も来なかった。お気に入りのワンピースを着たまま、あの子には死んでほしくなかった」と彼は言う。「たくさんの人が私のエリザベスを捜してくれた。あれが一番辛かった。自分はまちがっていたかもしれない。そう思った。あの子はひとりぼっちじゃなかった。そしたら、すごくあの子に帰ってきてほしくなった。みんながあの子を見つけてくれる。そう願った。きっと見つけてくれて、あの子が帰ってくる。そう信じた。奥さんたちと一緒に坐って待ちながら、みんなに見つけてほしい。そう願った」

グレースは立ち上がり、食卓をまわって、ミスター・シマンスキのすぐそばの椅子に坐る。

「あの子を最後のひとりにしたくなかった」と彼は繰り返す。「だけど、私はまちがってた。だから、川はあの子を連れ去ってはくれなかった」

そろそろジェイムズが帰宅する時間だ。どこにいるのかと彼に心配をさせるわけにはいかない。すべてが終わったあと、彼は心配ばかりしている。一連の不吉な出来事が自分の家庭にも忍び寄り、善良なものを穢していくのではないかと心配している。かつてのグレースのように心配している。

「警察に言ってもいい」と玄関でミスター・シマンスキはグレースに言う。「私はもう自分のことはどうでもいい。そのことはあんたも知ってるだろ?」彼はゆっくりとまばたきをする。「もし私が生きているあいだに言えないなら、私が死んだら言ってくれ。きっとすぐそうなる。毎日、私のエヴァに近づいてる気がするんだよ。エリザベスにも。ふたりは一緒にいる。ひとりぼっちなのは私のほうだ」

グレースはミスター・シマンスキの両手を持ち上げ、唇を寄せてから、自分のお腹に触れさせる。彼は蹴ったり回転したりする胎動を感じて笑みを浮かべる。車が何台か通り過ぎる。この界隈には、今では〝売家〟の看板が三つ出ている。四番目の看板がまもなくオリン・スコフィールドの家に掲げられるだろう。彼は娘家族と一緒に暮らすために南へ引っ越す予定だ。ほかの住民たち――引っ越す資金のない人たち――はここに残り、素敵な庭と手入れをした家を保つためにできるかぎりのことをするだろう。

このあたりの住民も今ではもう互いに自分たちのことを話し合わなくなった。黒人の二家族が引っ越していったという噂だが、グレースは彼らが家を出入りするところをこれまで一度も見たことがなかった。彼らがすぐそばで生活しているのを見たことがなかった。朝、緑のガラス片が裏路地に散らばっていることは今でもある。ジェイムズが不満を言っても、グレースはそのガラス片を片づけつづけている。住民の中にはガラス片など放置して、タイヤをパンクさせかねない大きな破片だけ蹴って脇に寄せておくという人もいる。

ジェイムズとグレースは、今年は〈セント・クレア〉号に乗る予定はない。出産が間近に迫っているからだ。とはいえ、ふたりは決めていた。七月四日にはウッドワードの端までドライヴして、船を眺めよう、と。乗客がタラップの下に集まり、全員が乗船したら、船は航跡を描きながら埠頭をゆったりと離れていく。煙突から蒸気がたなびき、うつろな汽笛が鳴り、デトロイトのダウンタウンの通りに響き渡る。それはきっと淋しい音だろう。グレースはそう思う。いっとき、わたしは何かが失われたように感じることだろう。しかし、そのあと真鍮の手すりの輝きや、艶のあるダンスフロアを思い出すだろう。夫となる人と初めて恋に落ちた場所を。来年の七月四日には、ジェイムズとふたりで、船がデトロイト川の彼方に消えるまで見つめ、汽笛に耳を傾けることだろう。そして、あとに残された空虚な川を眺めるだろう。やがて、娘を連れて船に乗る日もいずれ来ることだろう。そうなったら、毎回早めに到着して、列の先頭に並ぶことにしよう。乗船したときに、まだ誰にも触れられていない、新品のように輝く手すりや金具が見られるように。

ミスター・シマンスキの家の小径を端まで歩き、グレースは鉄の門を開ける。掛け金が壊れている。今夜、夕食のときに、ジェイムズに直してくれと頼もう。この週末は、ジェイムズと一緒に、ミスター・シマンスキの庭の芝生を刈ろう。日曜日には、彼を夕食に招待しよう。グレースはローストビーフとポテトをつくり、ミスター・シマンスキとジェイムズはテレビで野球を見る。ビルとジュリアと双子には、デザートを食べにきてもらおう。ジェイムズがアイスクリームをつくるときには、双子は大喜びで塩を振ることだろう。それからみんなで、陽がとっぷりと暮れるまで、庭でくつろいで過ごそう。門の外に出ると、グレースは鉄の門を閉め、家に向かって歩きだす。

謝辞

すばらしい編集者、デニース・ロイとまた仕事ができたことは、わたしにとって大きな幸運だった。デニース、あなたの提案、見解、洞察、そしてわたし以上に登場人物たちを知り尽くしてくれたことに深い感謝を。また、作品を支援してくれたブライアン・タートとダットン社編集部ならびにプルーム社の編集部にも感謝を。

ここ数年にわたって、ベント・エージェンシーのジェニー・ベントと仕事をする機会に恵まれるうちに、粘り強さがエージェントの重要な資質だということを学んだ。ジェニーはそのすぐれた例だ。ジェニー、決してあきらめないあなたに、その率直さと導きに、心からの謝意を。

カリーナ・バーグ・ジョハンソンとアダム・スミスには、その友情と、思うままに赤ペンを入れてくれたことに改めて感謝したい。ともに笑ってくれたステイシー・ブランデンバーグと、現在も支えてくれているキム・ターナーにも、ありがとう。

オーヴィル・ロイとイヴリン・ロイ、スザンヌ・ランツァ、ミッシェル・ムーンズには、偉大な都市デトロイトの思い出を語ってくれたことに感謝を。わたしの母、ジャネットには献身的にわたしを鼓舞してくれたことに、わたしの父、ノームにはわたしの人生で初めて物語を語ってくれたことに感謝を。わが家では今も夕食が遅れ、洗濯物が溜まりっぱなしの日々が続いている。だからもう一度ビルとアンドルーとサヴァナに、いつも理解してくれてありがとう。

そして最後に、直接顔を合わせて仕事をしたりお礼を言ったりする機会はないけれど、わたしの本のために力を尽くしてくれたとても多くの人々がいることを、かつて企業で働いた経験からわたしは知っている。販売、広告、デザイン、編集、流通、在庫管理、ＩＴ、人事、法務、財務、税務、印刷・製本、その他、挙げそびれているかもしれないペンギン社のすべての部署に、心からの感謝を捧げたい。そして、かつてわたしもその一員だったから……経理のみなさんにも。ありがとう。

解説

温水ゆかり

タイトルを見てすぐに思う。三人称の「彼女」とは、いったい誰のことだろう、と。

読み始めてほどなく、エリザベス・シマンスキのことだと分かる。彼女は昼食を終えた日の午後、特別の日に着せられる晴れ着、ラヴェンダー色のワンピース姿で忽然と姿を消した。その日は彼女の二十二歳の誕生日。でも彼女の中身は、ひとりで服を着たり公共交通機関に乗ったりすることもできない〝小さな女の子〟。

エリザベスの失踪が警察に通報され、近隣の住人たちも組織だって捜索を開始する。それが本書の中で流れる時間、タイムラインに沿った物理的サスペンスである。

とはいえ読み進むほどに、「彼女」とは本当にエリザベスのことだけを指しているのだろうか、という疑問がわいてくる。というのも、時間の経過とともに「彼女」の枠に入れたい女性が何人にも増幅していくからだ。それは一滴の水を落とせば、どんな小さなコップの中にも波紋が広がる光景に似ていた。

エリザベス・シマンスキは、コップの中にしたたった一滴の水。その震えが連鎖して、コップの中では「彼女」や「彼女」や「彼女」のドラマが始まる。本書の原題は『UNTIL SHE COMES HOME』。homeが荒野のように感じられる「彼女」、homeを見失って迷子になりそうな「彼女」、homeの中に秘密の格納庫をもってしまった「彼女」。物理的なサスペンスの下で、心のサスペンスが不穏に泡立つ。読み終えてみれば、これは複数の女たちの声を響かせる多声小説だった。

舞台はデトロイト。時代設定は、おしゃまなガールズ枠で出てくる双子の一人、アリーが教えてくれる。彼女は夜空を見上げると、宇宙ロケットに乗せられた「ソ連の犬」の運命を思わずにはいられない。ソ連の犬とは、おそらく人工衛星スプートニク2号で地球を回る軌道に送り出された初の生物ライカ（メス）のことだろう。冷戦構造下、愛国心溢れる大人たちの間では、宇宙開発においてソ連に後れをとったと激震が走ったスプートニク・ショックも、動物ラブの少年少女たちにとっては、あまり想像したくない仲間の運命だったに違いない。スプートニク2号の打ち上げは一九五七年十一月のこと。本書の中の季節は七月の独立記念日が迫っている夏だから、翌年の一九五八年、もしくは五〇年代の終わりというような言い方で特定できると思う。

では、アメリカの50's＝フィフティーズとはどんな時代だったのか。それは第二次世界大戦に勝利して、かつてない経済的繁栄を誇ったアメリカの黄金時代だった。別の言い方をするなら、アメリカの中間層が憂えのない暮らしを謳歌した時代だ。失業率は低く、男たちは仕事にあぶれることもなく、労働の対価でテレビや冷蔵庫や自動車、ガレージや裏庭のある郊外の家を買い、女は専業主婦となって男の名誉と沽券と台所を守った。家庭回帰の時代とも言われている。

本書を開ければ、そんな二度と還ってこない50's《フィフティーズ》の世界にあっという間に連れていかれる。同じようなデザインの家が並ぶ住宅街、ダイニングテーブルにはアイロンを当てた上等のテーブルクロスがかかり、決まった時間に帰宅する夫を、妻たちはツナのキャセロールやオニオンリング、ブラウニーのデザートなどを用意して待つ。男同士でテレビのスポーツ観戦をしたり、仲のいい家族同士が集まって裏庭でバーベキューパーティをしたり、金曜日の夜はダイナーに出かけ、カウンターのスツールをお尻で回してはしゃぐ子供たちを叱りながら、並んでホットファッジサンデーを食べたりするのも週末のお楽しみだ。

妻たちは夫のいない昼間はバスに乗って買い物に出かけ、ベーカリーやデリカテッセンや腕のいいクリーニング店で用事を済ます。教会の活動にも熱心だ。エリザベスが失踪する日の昼も、教会慈善事業委員会婦人部の月例会が開かれていた。自宅を会場として提供したのは待望の第一子を妊娠中の美しいグレース。出席したメンバーの中には、黒人の売春婦が殺されたという新聞記事に異常なほどの関心を示し、凶器の推測までしてみせるスレンダーなマリーナや、反対にどこもかしこもはちきれんばかりのふくよかな体型のジュリアもいる。ジュリアは三年前に子供を亡くした痛手からいまだに立ち直れていない。

そこにエリザベスが裏口から入ってくる。ランチを済ませたエリザベスを、ジュリアが帰宅ついでに送っていくことになる。ジュリアはエリザベスが自宅の前に到達したのは見たけれど、家の中まで入ったかどうかは確認しない。グレースと夫のジェイムズが夕食後、誕生日祝いのアイスクリームをもってミスター・シマンスキ宅を訪れたとき、エリザベスの姿はどこにもなかった。

黒人の売春婦殺人事件とエリザベス失踪事件はリンクしているのだろうか？　エリザベスは生きて帰ってこられるのだろうか？　物語は二つの謎を孕みながら進行するが、謎は葡萄《ぶどう》の房状に女たちの秘密も育てる。マリーナが夫に対して重ねていく嘘という秘密、グレースが夫にはけして打ち明けてはならないと決めた酷すぎる秘密、子供を亡くして以来、ジュリアが抱えてきた夫婦間の秘密と、悲鳴のような夫の本音。ラストには、まるで幕を裁ちきるような告白という秘密の暴露が待っている。サスペンスという意味でも、女たちのドラマという意味でも、なんという深度をもった作品であることか。

ところで、恥ずかしながら告白すれば、私はエンターテインメントと文芸の区別がよく分からない。一つだけ思うのは、後味がいいとか悪いとか、そういったことを言い募りたくなるのがエンターテインメントで、後味という基準など思い浮かびもしないのが文芸なのかなと、ぼんやり考えている。

ローリー・ロイの前作『ベント・ロード』を読んだとき、後味のことなど考えもしなかった。物語から受け取ったさまざまな刺激と感覚で満たされていた。本書もそう。それでもむりやり言えば、細かなピースがおさまるべき所におさまる本書は、一見ハッピーエンドだ。

ローリー・ロイは、日常は回復されたといわんばかりに、筆を擱《お》く。しかし、回復されたものはけして以前と同じ状態ではない。似ているけれど、違うものだ。

書き手と読み手の間には、いつも基本的なミステリーが横たわっている。この作家はなぜいま、この場所を舞台に、この時代設定でこの物語を書いたの？　という素朴な問いだ。ローリー・ロイはなぜデトロイトを舞台に、いまではもう遠くなってしまった五〇年代、アメリカン・ドリームのただなかにいた人々を描いたのだろう。

ミシガン州にあってカナダと国境を接するデトロイトは、五大湖の水の利を得て造船業で栄え、船のエンジン製造技術を車のエンジン製造に活かす形でアメリカを代表する工業都市となった。多くの労働者が仕事を求めてこの街に蝟集《いしゅう》する。もちろん黒人たちも。

デトロイトは二十一世紀の現在、「破産都市」として有名だ。ＹｏｕＴｕｂｅなどで見ると、まさに廃墟。本書の中にも言及があるミシガン・セントラル駅の現在の無残な姿には息をのむしかない。

デトロイトは五〇年代の終わり、すでに衰退し始めていた。ジュリアは思う。〈マレー〉も〈パッカード〉も〈スチュードベーカー〉も閉鎖された。「それこそ主婦が心配しなくちゃならないことではないのか」と。地域のコミュニティも、黒人たちが近くに住まうようになって、中間層である白人が誇りに思う〝同質社会〟からは遠ざかりつつある。黒人たちが定期的に通る裏路地に散らばる緑や茶色のガラス瓶のかけら、ときどき割られる窓。グレースの夫は業者を呼んで家の価値を見積もらせようとしている。「最後の一軒になるまでぐずぐず居残っていたくはない」と言って。〝終わりの始まり〟を思わずにはいられない。

前作を読んだときから、ローリー・ロイの真髄は、ひとつの事象を語る文章の中に、相反する価値観や見方をプリズムのように反射させる力だと思ってきた。たとえば幸福そうに見える未来に落下の予感があり、暴力の中に少年の独立宣言が刻まれている、と。本作でも、安定の中に崩壊の予兆があり、穏やかな郊外生活の中に、いつか失われるものという悲劇の種を感じさせる。さきほどあえて書いた、おさまるべき所にピースがおさまるというのも、とてつもなくナイーヴなバランスで、かろうじて調和に見えているだけではないか？　一見政治的に正しくない表現があったとしても、彼女が書きたいのは正しいことではなく、それが当事者にとってどうだったかという感情のうねりだ。

デビュー作の『ベント・ロード』がアメリカ探偵作家クラブ賞（通称エドガー賞）の処女長編賞にノミネートされたのに続いて、二作目の本書はエドガー賞の本丸、最優秀長編賞の最終候補作にリストされた。三作目の『LET ME DIE IN HIS FOOTSTEPS』も二〇一六年の同賞にノミネートされたと聞いている。舞台はアメリカ北部から一転して、サザンゴシックの南部に移るようだ。

わずか三作で現代アメリカン・ミステリーの最前線に躍り出たローリー・ロイは、女たちの毛穴が捉える微細なものを通してアメリカという社会、因習も差別も偏見も含めた〝アメリカの心音〟を描こうとしているという気がしてならない。


（ぬくみず・ゆかり　ライター）

集英社文庫

彼女《かのじょ》が家《いえ》に帰《かえ》るまで

2016年4月25日 第1刷　　定価はカバーに表示してあります。

著　者　ローリー・ロイ
訳　者　田口俊樹《たぐちとしき》・不二淑子《ふじよしこ》
発行者　村田登志江
発行所　株式会社 集英社
東京都千代田区一ツ橋2-5-10　〒101-8050
電話　【編集部】03-3230-6095
【読者係】03-3230-6080
【販売部】03-3230-6393（書店専用）
印　刷　図書印刷株式会社
製　本　図書印刷株式会社

フォーマットデザイン　アリヤマデザインストア　　マークデザイン　居山浩二

ISBN978-4-08-760720-8 C0197